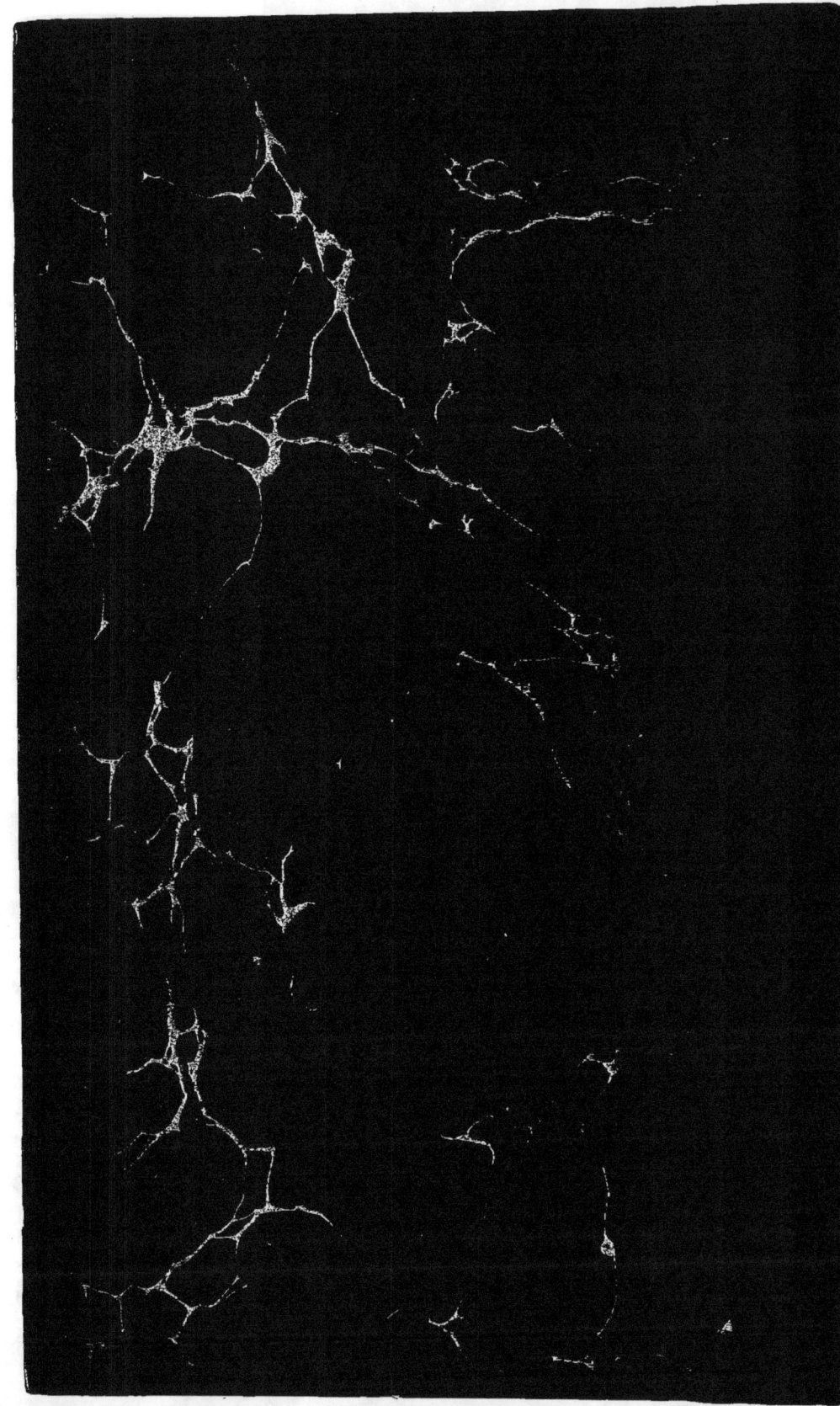

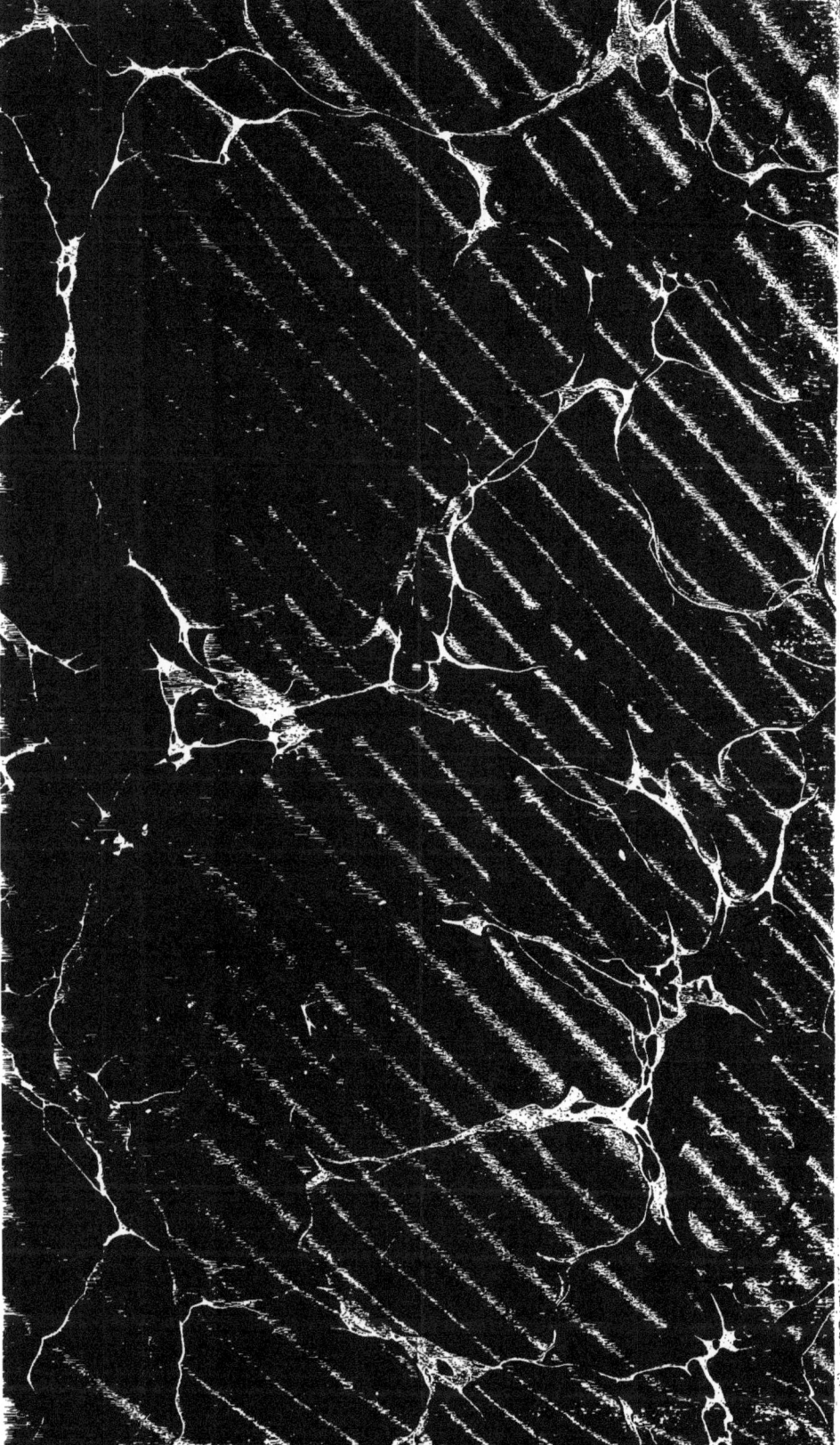

13781

ACADÉMIE ROYALE DE BELGIQUE

BRUXELLES

TYPOGRAPHIE DE M. WEISSENBRUCH

11, RUE DU MUSÉE, 11

LES

ENFANCES OGIER

PAR

ADENÉS LI ROIS

———❦———

POËME PUBLIÉ POUR LA PREMIÈRE FOIS

D'APRÈS UN MANUSCRIT DE LA BIBLIOTHÈQUE DE L'ARSENAL

ET ANNOTÉ

PAR

M. AUG. SCHELER

ASSOCIÉ DE L'ACADÉMIE ROYALE DE BELGIQUE
BIBLIOTHÉCAIRE DU ROI DES BELGES ET DU COMTE DE FLANDRE

———◆◆———

BRUXELLES

CLOSSON & Cᵉ
COMPTOIR UNIVERSEL, ETC.
26, RUE SAINT-JEAN

C. MUQUARDT
HENRY MERZBACH, SUCCᵉ
LIBRAIRE DE LA COUR

———

1874

PRÉFACE

Le poëme que renferme ce volume n'est pas une œuvre
d'un mérite assez élevé pour que l'éditeur puisse se flatter
de l'espoir de lui voir éveiller, parmi les investigateurs du
moyen âge littéraire, un très vif intérêt. Reproduisant,
pour le fond, la première branche d'une composition
livrée à la publicité depuis plus de trente ans, il ne se
fait remarquer ni par l'invention des sujets qui s'y trou-
vent traités, ni par l'originalité des pensées ou des senti-
ments exprimés.

Comparées même aux deux autres productions de l'au-
teur qui jusqu'ici ont été mises au jour, les *Enfances Ogier*
leur sont inférieures, soit pour l'attrait de la matière, soit
pour la variété et la nouveauté des tableaux et des épiso-
des qu'elles présentent.

Néanmoins, ceux qui savent juger de la valeur d'une
composition poétique datant du dernier tiers du xiiie siè-
cle, avec la mesure qu'il est équitable d'appliquer aux
produits de cette époque, ne contesteront pas au remanie-

ment entrepris par Adenés [1] des qualités poétiques rela-
tives et reconnaîtront avec nous qu'il méritait d'être
imprimé à des titres aussi respectables qu'une foule
d'autres monuments de la littérature médiévale. Ils n'hé-
siteront pas à approuver la commission académique belge,
chargée de publier les anciens écrivains nationaux, d'avoir
fait succéder à la publication du *Cléomadès* celle des
Enfances Ogier, pour arriver peu à peu à la collection
complète des œuvres d'un poëte brabançon qui occupe une
place marquée parmi les écrivains français du moyen âge.

M. Paulin Paris, dans la notice étendue qu'il a consa-
crée à la biographie et aux œuvres d'Adenés le Roi dans
l'Histoire littéraire de France, a suffisamment mis en
lumière les mérites et les faiblesses qui peuvent être attri-
bués à ce trouvère, pour que nous ayons pu nous dispen-
ser d'insérer dans cette préface nos impressions person-
nelles à ce sujet. On y trouvera de même sur notre poëme
en particulier et sur ses rapports avec celui qui l'a inspiré,
la *Chevalerie Ogier de Danemarche* par Raimbert de
Paris, des renseignements et des appréciations dont notre
édition permettra aux critiques de vérifier la justesse. Une
lecture attentive des *Enfances Ogier* les engagera peut-
être à mitiger le jugement quelque peu sévère qui
souvent a été porté sur la valeur de cette pièce relative-
ment à son modèle. En tout cas, l'impression leur per-
mettra de mieux démêler ce qu'il y a d'individuel dans le
remaniement entrepris par Adenés, soit au point de vue

---

[1] L'orthographe *Adenés* ou *Adenès* ou *Adenez* est trop invétérée
pour que nous osions nous en écarter en la remplaçant par la forme
normale *Adenet* (diminutif d'*Adam*). Si les noms propres de l'ancienne
langue devaient se perpétuer sous leur forme de nominatif, il faudrait
conséquemment changer *Rutebeuf* en *Rutebeus*. On a eu tort aussi
d'écrire *Mouskes* ou *Mouskés* au lieu de *Mouske* ou *Mousket* (Mouchet).

du plan général de la composition, soit en ce qui concerne
l'agencement des épisodes et l'introduction de particula-
rités étrangères à l'original.

La poésie du trouvère brabançon est d'une autre nature,
a d'autres racines et d'autres visées que celle qui, à une
époque beaucoup plus reculée, a fait éclore la *Chevalerie
Ogier* : autres temps, autre goût, autre style.

Si, d'une part, nous nous sentons attirés par des allures
vives et spontanées, par un récit un peu désordonné, mais
rapide et mouvementé, par une expression parfois sau-
vage, mais toujours vigoureuse et naïve, nous voyons,
chez Adenés, la narration s'aplanir dans une intention à
la fois d'ordre, de clarté et d'ornementation artificielle, la
langue se polir et se produire avec aisance en vers cou-
lants et gracieux, les traits durs de l'original s'adoucir ou
s'effacer sous l'empire d'une sensibilité plus délicate, d'un
goût plus raffiné, d'une tendance plutôt à plaire qu'à
émouvoir. La prolixité tant reprochée au protégé de Gui
de Dampierre est moins un défaut personnel qu'un effet
de la dégénérescence générale de la poésie épique, et
d'ailleurs rachetée par une versification facile et soignée
et par une diction d'une pureté peu commune. « Le roi
ménestrel du Brabant », dit M. Potvin, « fit comme les
poëtes de l'époque : il chercha, dans les anciennes chan-
sons de gestes, les sujets les plus célèbres, pour les pré-
senter à la brillante noblesse de son temps, dans la langue
et sous la forme qu'elle aimait, et avec l'idéal le plus
avancé que pût alors rêver un poëte. » (*Nos premiers
siècles littéraires*, 24e conférence, p. 14.)

Mais, nous l'avons déjà fait entendre, nous ne comp-
tons pas présenter ici des considérations littéraires sur
l'ouvrage que la Commission nous a chargé de publier;

notre ambition, comme éditeur, ne dépasse pas les limites de notre tâche et ne vise pas plus loin qu'à l'honneur de voir les soins que nous avons donnés à l'établissement d'un texte correct et fidèle, reconnus conformes aux justes exigences de la critique, notre édition des *Enfances Ogier* accueillie avec la même faveur que celles que nous avons faites successivement des œuvres poétiques des deux Condé, de Watriquet, de Couvin et de Froissart.

Parmi les quatre manuscrits dont nous avons eu connaissance, nous avons pris pour base de notre édition celui qui, de l'avis de tous ceux qui se sont occupés d'Adenés, est le plus recommandable et considéré comme écrit sous la surveillance même de l'auteur. C'est le n° 175 (belles-lettres) de la bibliothèque de l'Arsenal, le même qui a servi à notre confrère, M. Van Hasselt, pour son édition du Cléomadès. La transcription en a été confiée à M. Michel Deprez, de la Bibliothèque Nationale, qui s'est acquitté de cette tâche avec la plus louable exactitude. Les passages qui dans sa copie éveillaient quelque doute, ont été soumis à une soigneuse vérification, et nous sommes en droit de supposer notre texte minutieusement conforme avec celui de l'original. Des trois manuscrits de la Bibliothèque nationale qui nous ont été signalés comme renfermant les *Enfances Ogier* — mss. franç. 12467 (anc. suppl. fonds du Roi, n° 428) xiii° siècle, — fonds La Vallière, n° 2729, — n° 1471 (anc. 7548 [3]) xiii° siècle, — n° 1632 (anc. 7630 [5. 5.]) xiv° siècle, — les deux derniers seulement nous ont paru valoir la peine d'un collationnement; les variantes, dignes d'être relevées, ont été consignées dans les notes qui terminent ce volume.

Ces notes présentent aussi, outre un certain nombre d'errata, des observations plus ou moins développées, destinées soit à faciliter l'intelligence précise du texte, soit à élucider quelques points de grammaire ou de lexicographie anciennes. Il est bon de dire qu'en les rédigeant, nous avons supposé des lecteurs tant soit peu familiers avec la langue d'oïl, ou du moins pourvus des manuels propres à les renseigner sur les termes ou les formes que nous passons sous silence. Dans ces sortes de commentaires, il est difficile d'observer la juste mesure ; les uns se verront dans le cas de reprocher à l'auteur des inutilités, les autres se plaindront des lacunes. Quoi qu'il en soit, nous nous flattons que nos confrères en philologie romane rencontreront dans nos notes quelques détails de nature à captiver leur attention.

Nous avons cru rendre service aux études qui ont pour objet l'histoire légendaire, telle qu'elle se manifeste dans les chansons de gestes, en recueillant dans une table alphabétique tous les noms des personnages qui figurent dans les *Enfances Ogier* comme jouant des rôles principaux ou secondaires, ou qui n'y sont qu'incidemment mentionnés.

On ne contestera pas non plus l'utilité d'une courte analyse du poëme que nous plaçons à la suite de cette préface.

Bruxelles, 10 mars 1874.

AUG. SCHELER.

ANALYSE DU POËME

Introduction, vers 1-56.

Charlemagne, revenant d'Espagne, est informé des incursions faites sur le territoire de sa tante Constance, la reine de Hongrie, par Gaufroi le duc de Danemarche, et s'apprête à en tirer une sévère vengeance. Le duc Naime, beau-frère de Gaufroi, avertit ce dernier du danger qui le menace et l'engage à le prévenir par une soumission complète. Le duc de Danemarche se rend à ce conseil et fait sa paix avec l'empereur, moyennant la reddition des conquêtes faites en Hongrie et le paiement d'un tribut, et laissant en garantie son jeune fils Ogier, que l'empereur place sous la garde du châtelain de Saint-Omer; 57-239 [1].

Pendant sa captivité à Saint-Omer, l'enfant Ogier se lie d'amour avec Mahaut, la fille du châtelain, et devient par elle le père de Baudouin; 240-283.

Ambassade envoyée par Charlemagne en Danemarche à l'effet de presser le paiement du tribut dû par Gaufroi; à l'arrivée des messagers, le duc étant absent, sa femme leur

---

[1] Dans Raimbert, ces préliminaires indiquant la cause pourquoi Ogier fut livré en otage, font défaut. Quant à cette cause, elle est présentée d'une toute autre façon par l'auteur de *Gaufrey*.

inflige un ignominieux affront dans la criminelle intention de
faire livrer à la mort l'otage Ogier, fils du premier lit de son
mari, qu'elle avait intérêt à voir disparaître; les messagers, à
qui la marâtre avait fait accroire qu'elle agissait de connivence
avec son mari, s'en reviennent à Paris auprès de l'empereur
et lui rendent compte de l'outrage qu'ils ont subi; 284-370 [1].

Charlemagne, sur l'avis de ses barons, décide de marcher en
Danemarche et ordonne la mort d'Ogier; grâce à l'intercession
de Naime, cette exécution est ajournée et l'enfant confié à la
garde de son oncle; 371-458.

L'armée se rassemble à Laon; mais, quand l'empereur y fut
arrivé, un messager se présente et lui expose comme quoi les
Sarrasins ont envahi Rome et chassé le pape; aussitôt les pré-
paratifs contre Gaufroi sont dirigés sur l'Italie; l'armée impé-
riale franchit les Alpes et se réunit à Viterbe, où Charlemagne
procède à la distribution des commandements militaires;
l'enfant Ogier, toujours sous la garde de son oncle, fait partie
de l'expédition; 459-577.

A la nouvelle de l'arrivée de l'armée chrétienne, Corsuble, le
chef suprême des Sarrasins, réunit ses vassaux et leur déclare
que son intention est d'attendre l'ennemi dans les murs de
Rome même; 578-635.

Le troisième jour qui suivit son arrivée à Viterbe, et après
avoir confié au Lombard Alori l'oriflamme de Saint-Denis,
Charlemagne quitte Viterbe, s'avance jusqu'à Sustre et y établit
son camp; 636-706.

Dès le lendemain, l'empereur, avec deux de ses cinq corps
d'armée, se dirige sur Rome; 707-757.

Danemon, fils de Corsuble, étant sorti de la ville avec trente
mille hommes armés, pour chercher aventure, aperçoit les
Français sur les champs et s'avance contre eux; le combat
s'engage; fuite d'Alori, le porte-bannière; 758-828.

Grâce à un renfort de vingt mille Sarrasins amenés par

---

[1] Dans Raimbert, l'outrage en question est le fait de Gaufroi; dans
Adenés, il en est innocent et le déplore vivement (v. 335).

Brunamon, la bataille prend une tournure très critique pour les chrétiens ; 829-903.

Alori, le fuyard, aperçu aux portes de Sustre par des Français du camp qui y étaient venus *s'esbanyer*, est désarmé par Ogier, qui endosse son armure, saisit l'oriflamme et se précipite avec cinq mille compagnons à la rescousse des chrétiens en péril ; 904-1066.

Les prouesses du Danois arrêtent les succès de l'ennemi ; les prisonniers sont délivrés, le courage se réveille ; l'empereur, touché de la vaillance d'Ogier, lève l'arrêt de mort prononcé contre lui et l'adoube chevalier ; la lutte recommence ; 1067-1206.

Les payens fuient, et Charlemagne avait déjà fait sonner le retour, quand arrivent les trois batailles restées au camp de Sustre ; leur secours étant devenu inutile, l'armée entière reprend le chemin du camp ; 1207-1310.

Honneurs rendus à Ogier ; grâce à sa généreuse intercession, Alori échappe au châtiment qui l'attend ; 1311-72.

Arrivée de Charlot, fils de l'empereur, nouvellement créé chevalier par Thierri d'Ardenne ; 1373-89.

A la nouvelle de la défaite de son armée, le roi Corsuble se livre au plus vif chagrin et ne se rapaise que quand on l'a informé que Carahuel, le fiancé de sa fille Gloriande, est sur le point d'arriver avec vingt mille compagnons ; si Corsuble s'en réjouit, Brunamon, le rival de Carahuel, en éprouve du dépit ; 1390-1479.

Prévenu par Sadoine des succès d'Ogier, Carahuel s'est à peine donné le temps de saluer le roi Corsuble et sa belle fiancée, qu'il se rend la nuit même sur les champs, avec dix mille cavaliers, dans l'espoir d'y rencontrer l'ennemi ; 1480-1560.

Échauffourée de Charlot ; avec deux mille hommes seulement, il quitte le camp pour chercher aventure et engage follement la bataille avec les troupes commandées par Carahuel ; 1561-1673.

Voyant l'extrême danger d'une défaite complète, le duc
Fagon, qui avait accompagné le jeune prince dans cette entre-
prise, fait demander du renfort à Sustre; grâce à ce secours et
aux prouesses d'Ogier, Carahuel et les siens battent en retraite
et l'armée chrétienne rentre pour la seconde fois victorieuse
dans ses campements près de Sustre; 1774-1844.

Réprimande adressée par l'empereur, au sujet de la témé-
raire entreprise de Charlot, tant à celui-ci qu'au duc Fagon,
qui s'en était rendu complice; 1845-77.

Le dépit qu'éprouve le roi Corsuble à la nouvelle de la dé-
confiture de Carahuel est apaisé par sa fille, et les deux chefs
vaincus, Carahuel et Sadoine, échappent à sa disgrâce; 1878-
1951.

Corsuble prépare la revanche; Carahuel est député auprès
de l'ennemi avec la mission de sommer l'empereur soit de se
rendre en abjurant sa foi, ou d'accepter la bataille; 1952-2070.

Carahuel accomplit dignement sa mission, mais essuie,
quant au premier point de ses propositions, un refus énergique
de la part de Charlemagne; 2071-2175.

Carahuel propose alors à Charles de vider le différend par un
combat singulier entre lui et le plus valeureux de l'armée
chrétienne; il s'engage à céder au vainqueur Gloriande, sa
drue, à la condition que son adversaire, de son côté, promette,
en cas de défaite, de renoncer à sa foi ou de livrer sa tête; Ogier
accepte le défi; 2176-2220.

Charlot étant venu contester à Ogier le privilége de cet
honneur, il est décidé que Carahuel se battrait avec Ogier, et
son ami, le roi Sadoine, avec Charlot; 2221-2315.

Après avoir donné toutes les assurances quant à l'accomplis-
sement loyal de la convention faite, Carahuel s'en retourne à
Rome, rend compte de sa mission et des engagements pris et
obtient l'approbation de Corsuble; 2316-2488.

Apprêts du combat dans le camp chrétien; les ducs Naime
et Thierri préparent et encouragent de leurs conseils les deux
jeunes champions; 2489-2548.

Les combattants des deux parts se rendent au champ clos de l'île de Valcler près de Rome, où Gloriande, l'enjeu de la bataille, sera témoin de la terrible épreuve; Danemon, le perfide, de son côté, prépare un guet-à-pens pour le cas d'une défaite des deux joûteurs sarrasins; 2549-2710.

Description du double duel; les deux payens sont vaincus; douleur de Gloriande; 2711-2890.

Danemon sort de son embuscade avec trente compagnons; le loyal Carahuel, indigné de cette lâche et traîtreuse attaque, parvient à sauver Charlot, mais ses efforts pour secourir Ogier sont vains et le bon Danois succombe sous le nombre des assaillants et reste prisonnier entre leurs mains; 2891-3019.

Deuil des Français, au retour de Charlot, sur la perte d'Ogier qu'ils supposent tué; 3020-90.

Ogier, emmené à Rome et menacé de mort, est sauvé par Gloriande, qui obtient de son père qu'il soit emprisonné dans sa propre tente; 3091-3114.

Carahuel exprime au roi Corsuble ses plaintes amères sur la trahison commise par son fils et réclame, pour sauver la foi jurée, la liberté du prisonnier; sur le refus du roi, il se rend sans délai au camp français, pour se justifier auprès de Charlemagne de l'acte perfide de Danemon et pour se mettre à sa merci; 3115-92.

L'empereur, touché de cette loyauté, confie le généreux otage à la garde courtoise du duc Naime; 3193-3229.

La nouvelle du départ de Carahuel afflige vivement le roi Corsuble; Brunamon, son rival, le lui impute à félonie et porte le défi à quiconque oserait l'en disculper; 3230-83.

Ogier, ayant appris ce défi, l'accepte avec le consentement de Corsuble et à la grande satisfaction du provocateur; 3284-3376.

A la requête de Gloriande, Ogier fait partir un messager pour Sustre, dans le double but de recommander à la clémence de Charlemagne le loyal Carahuel et de lui notifier l'engagement qu'il a pris envers Brunamon pour venger l'honneur outragé du vaillant Sarrasin; 3377-3443.

Les nouvelles apportées au camp français par ce messager déterminent Carahuel à prier l'empereur de le laisser partir sur parole afin de relever lui-même le gant jeté par son accusateur; Charles y consent; au départ, Naime lui recommande chaleureusement de protéger de tout son pouvoir la vie de son neveu; 3444-3561.

Aussitôt son arrivée à Rome et après avoir salué sa fiancée, Carahuel va trouver Ogier et convient avec lui que le lendemain ils se présenteront tous les deux armés devant Corsuble et laisseront au roi la décision quant à celui qui entrerait en lice contre Brunamon, le retour de Carahuel ayant changé la situation; 3562-3731.

Brunamon, prévenu de la question qui devait être soumise au roi, exprime sa résolution de se battre avec Ogier en premier lieu, et s'il est victorieux, de se mesurer avec Carahuel; ce dernier ayant fait de vains efforts pour l'en détourner, le duel s'engage; 3732-3918 [1].

Description des passes; Brunamon est tué, et Ogier s'empare avec bonheur du fameux coursier Broiefort; 3919-4097.

Carahuel s'adresse de nouveau à Corsuble pour en obtenir la liberté d'Ogier, selon la foi jurée à Charlemagne; il réussit, cette fois, et après avoir récompensé le vaillant champion de son honneur en lui offrant Courte, son épée, il le ramène lui-même au camp de Sustre en se faisant escorter par dix mille hommes armés; 4098-4351.

---

[1] Raimbert de Paris a tout autrement amené et motivé le duel entre Brunamon et Ogier. Carahuel, d'après son récit, s'étant livré à Charles comme ôtage, avait engagé les Français à forcer par de nouvelles attaques la reddition d'Ogier. En récompense de quelques succès remportés dans ces rencontres, Brunamon obtient de Corsuble la main de Gloriande. Celle-ci s'en désespère et supplie Ogier de provoquer le prétendant au combat. Ogier le défie, en effet, en promettant d'une part que, s'il est tué, les Français quitteront la Romanie, et en exigeant, d'autre part, que s'il est vainqueur, Gloriande soit rendue à Carahuel. C'est pour cautionner ces conditions que Carahuel, autorisé par Charles, vient assister au combat.

Le nouveau coup monté par Danemon, pour se saisir d'Ogier et le tuer, est déjoué cette fois par les précautions prises par Carahuel; 4351-4399.

Arrivé près du camp français, Carahuel renvoie son escorte, se rend auprès de l'empereur, et lui livre, sain et sauf, son digne ami Ogier, dont il s'était constitué l'otage; 4400-4495.

Grande joie de Charles et de ses barons; honneurs rendus à Carahuel par toute la cour et particulièrement par le duc Naime; 4496-4629.

Carahuel prend congé et retourne à Rome; 4630-4690.

Aux reproches que lui adresse Danemon d'avoir protégé et sauvé Ogier, Carahuel répond par cette dure apostrophe : « Faus hom soit li hounis »; 4691-4705.

Les chefs sarrasins, réunis en conseil, décident l'attaque des chrétiens pour le lendemain; 4706-83.

Ils se mettent en campagne, divisés en huit batailles, dont le poëte énumère les chefs en blasonnant leurs armes; Sadoine se désole d'être empêché par ses blessures de prendre part à cette expédition décisive; 4784-4905.

Préparatifs et dispositions des Français, que le pape lui-même est venu visiter pour leur prêcher la guerre sainte; leur armée est divisée en cinq corps comme à leur arrivée; description des armoiries des divers chefs chrétiens; 4906-5168.

Les deux armées sont en présence; 5169-5215.

Éloge de Charlemagne; 5216-5250.

La bataille s'engage; c'est Ogier qui frappe les premiers coups; 5251-94.

Description de la bataille; incidents nombreux; le poëte met en scène successivement les chefs des deux armées et consacre aux prouesses de plusieurs d'entre eux des mentions multiples; celles de Charles, d'Ogier et de Carahuel sont particulièrement mises en relief; 5295-6259 [1].

---

[1] La prise de Rome et la bataille qui la précède sont très succinctement racontées par Raimbert, et l'on peut dire que les trois derniers huitièmes des *Enfances Ogier* sont l'œuvre personnelle du poëte bra-

Les principaux chefs payens étant tués (Danemon sous les coups d'Ogier, Corsuble sous ceux de Charlemagne), l'armée sarrasine se débande; la chasse commence; derniers efforts de Carahuel; il était sur le point de succomber quand Ogier vient l'arracher aux assaillants et le persuade à se rendre; 6260-6496.

Carahuel et Ogier rentrent à Rome, mais Gloriande, qu'ils s'empressent de rechercher, avait dû se réfugier, ainsi que Sadoine et sa suite, dans une porte fortifiée de l'antique cité, dont les chrétiens étaient occupés, au moment même de l'arrivée d'Ogier, à faire l'assaut; ce dernier fait suspendre l'attaque et ordonne aux assaillants de protéger tous ceux qui sont enfermés dans la tour; 6497-6656.

Carahuel, reconnu de Gloriande, qui se tenait à la fenêtre, est recueilli dans la tour avec vingt de ses compagnons; il console sa fiancée éplorée et fait à Sadoine le récit de la bataille; 6657-6774.

Ogier, qui s'est rendu auprès de l'empereur pour lui rendre compte de ses procédés à l'égard de Carahuel, en obtient l'approbation; Charles engage Naime à se rendre en compagnie d'Ogier auprès des captifs de la tour pour leur confirmer la grâce qu'Ogier déjà leur avait assurée, en l'étendant à tous ceux qu'ils désigneraient; après avoir confié la tour (*Porte Majour*) à une garde de sûreté, le duc de Bavière retourne auprès de l'empereur; Ogier juge bon de rester pour garantir l'exécution des ordres donnés; 6775-6891.

Aspect de Rome pendant la nuit qui suivit la bataille; 6892-6922.

Riche butin des Français; abnégation de Charles; 6923-6955.

Charlemagne donne l'ordre à Thierry et à Naime de lui amener Carahuel et Ogier; tentatives faites pour déterminer

bançon. Les détails du retour des Sarrasins d'une part, et des Français de l'autre, ainsi que le double mariage, qui conclut le récit de l'expédition de Rome, sont étrangers à la *Chevalerie Ogier*.

le roi payen à se convertir; ni les promesses de Charles, ni les exhortations du pape ne les font aboutir; 6956-7122.

L'empereur n'en témoigne pas moins une sincère amitié pour Carahuel et charge Ogier de l'accompagner dans la recherche des prisonniers dont on lui a accordé la délivrance; Carahuel, après avoir accompli cette besogne et relevé les corps de Corsuble et de Danemon, obtient (toujours par l'entremise d'Ogier) l'autorisation de retourner dans son pays et prononce le vœu de ne plus jamais porter les armes contre l'empereur; 7123-7299.

Le surlendemain de la bataille, Charlemagne fait son entrée dans Rome et procède à la réintégration du pape dans son siége pontifical; 7300-7418.

Charles se loge au Capitole; les payens s'apprêtent à partir; touchants adieux entre Gloriande et Carahuel d'une part, Naime de Bavière et Ogier de l'autre; 7419-7534.

Carahuel et sa compagnie s'embarquent; à Triple, ils enterrent solennellement Corsuble et Danemon; à Sur s'accomplit la remise de l'héritage du roi Corsuble entre les mains de sa fille Gloriande, et enfin le mariage de celle-ci avec Carahuel; l'auteur laisse en doute si la tradition de leur conversion est fondée ou non; 7535-7650.

Après que la restauration des églises fut achevée, l'armée chrétienne quitte la ville sainte et repasse les Alpes; 7651-7776.

Charles à Paris; ses largesses; Ogier doté en Beauvoisis; 7777-7830.

L'empereur quitte Paris pour se rendre à Aix, et s'arrête pendant quinze jours à Cambrai; 7831-7855.

Ce n'est qu'en cette ville qu'Ogier apprend la mort de Mahaut, la fille du châtelain Huon de Saint-Omer, qu'il avait rendue mère de Bauduin; attendri par la douleur que lui cause cette nouvelle, l'empereur fait mander le châtelain pour le remercier et récompenser des soins qu'il avait voués à Ogier; Huon est grandement fêté par Charles et par ses barons et l'objet des démonstrations les plus affectueuses de la part d'Ogier ; 7856-7958.

Charlemagne arrive à Aix ; dès avant son passage à Paris, il avait appris la vérité sur l'affront qui avait été fait à ses messagers en Danemarche et comme quoi Gaufroi n'en était aucunement coupable et avait, au contraire, rendu depuis d'éclatants services à la reine de Hongrie ; il appelle donc Gaufroi auprès de lui pour lui en témoigner sa satisfaction ; 7959-8011.

Arrivée de la reine Constance et de son fils, le prince Henri ; 8011-8056.

Pour cimenter la paix entre la famille de Gaufroi et celle de Charles, Naime propose de marier le prince Henri à Flandrine, la sœur utérine d'Ogier ; le projet trouve bon accueil auprès de la reine de Hongrie et de l'empereur, et celui-ci le complète par une alliance matrimoniale entre le veuf Gaufroi et la veuve Constance, qui est également consentie par les parties ; Ogier reçoit la mission d'aller chercher sa sœur, et la double union s'accomplit ; 8056-8182.

Charles part pour Cologne, d'où les deux couples poursuivent leur voyage ; Ogier reste près de l'empereur ; 8182-8210.

Conclusion du poëme ; 8211-8229.

ENFANCES OGIER

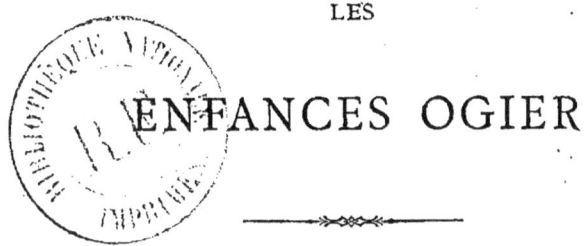

Bien doit chascuns son affaire arréer
A ce qu'il puist sa vie en bien user ;
Aumosnes est dou bien amonester
Et des preudoumes le bienfait recorder,
5 Car nus ne l'ot qui n'en doie amender.
Pour ce me plaist estoire à deviser,
Certaine et vraie, qui moult fait à amer :
Ce est d'Ogier qui tant fist à loer,
Qui pour l'amour de Dieu à conquester
10 Et pour sa foi essaucier et lever,
Fist maint paien l'ame dou cors sevrer ;
Par lui morurent maint Turc et maint Escler.
Cil jougleour qui ne sorent rimer,
Ne firent force fors que dou tans passer ;
15 L'estoire firent en pluseurs lieus fausser ;
D'amours et d'armes et d'onnour mesurer
Ne sorent pas les poins ne compasser,
Ne les paroles à leur droit enarmer
Qui apartienent à noblement diter ;
20 Car qui estoire veut par rime ordener,

1

Il doit son sens à mesure acorder
Et à raison, sans point de descorder,
Ou il n'i puet ne, ne doit assener.
Li Rois Adans ne veut plus endurer
25 Que li estoire d'Ogier le vassal ber
Soit corrompue; pour ce i veut penser
Tant qu'il la puist à son droit ramener,
K'au Roi Adam le plaist à coumander
'   Celui que il ne doit pas refuser
30 Que ses coumans ne face sans veer :
C'est li cuens Guis de Flandres seur la mer.
Li jougleour deveront bien plourer
Quant il morra, car moult porront aler
Ains que tel pere puissent mais recouvrer;
35 · Or le nous vueille Diex longuement sauver !

Droit ens ou tans k'yver couvient cesser,
Que arbrissel prennent à boutonner
Et herbeletes coumencent à lever,
Ala Adans, plus ne volt demorer,
40 A Saint Denis en France demander
Coument porra de ceste estoire ouvrer,
Par quoi la puist seur verité fonder;
Car n'i vorra nule riens ajouster
Fors que le voir, et mençonges oster;
45 Là où seront, les vorra fors sarcler.
Uns courtois moines, cui Diex puisse honourer,
Dant Nicholas de Rains l'oy noumer,
Li fist l'estoire de chief en chief moustrer,
Si coume Charles en fist Ogier mener
50 En sa prison el bourc à Saint Omer.
Iceste estoire dont ci m'oés parler
Est gracieuse à dire et à chanter.
En la matere vueil desormais entrer,
Plus ne m'en quier tenir ne arrester.

55 Or me doinst Diex que la puisse achever
   En tel maniere c'on ne m'en puist blasmer.

   Jadis avint, ou tans ça en arrier,
   Que Charlemaines, qui tant fist à prisier,
   Fu en Espaigne pour paiens guerroyer,
60 Si que il dut arriere repairier;
   Devers Hongrie li vinrent messagier :
   « Sire », font il, « nous vous venons noncier
   « Que li Danois ne vous ont gaires chier,
   « De Hongrie ont essillié grant quartier,
65 « Li dux Gaufrois fait moult à desprisier
   « Quant il guerroie Constance au cuer entier,
   « Vostre chiere ante, cui Diex gart d'encombrier.
   « Par nous vous mande que li venez aidier,
   « Car d'aye a, ce sachiés, tel mestier
70 « Que son roiaume li couvenra vuidier
   « Par droite force et aler mendyer,
   « Se ne metez conseil en li vengier. »
   Charles l'entent, le sens cuide changier ;
   Dieu en jura, le pere droiturier,
75 Que là ira pour Danois chastyer ;
   Ains qu'il reviengne, l'aront comparé chier.
   Se Diex le sauve qui tout a à baillier,
   Le duc Gaufroi fera le chief trenchier,
   S'ains qu'il là viengne ne vient merci pryer.
80 Lors fist li rois, en cui n'ot k'ensaignier,
   Tous les barons mander sans detryer ;
   De ces nouveles se vorra conseillier,
   Car n'est pas sages, bien le puis tesmoignier,
   Qui sans conseil veut grant chose embracier.
85 Moult bien lor sot la besoigne acointier.
   Quant oy l'orent li baron chevalier,
   Il virent bien qu'il avoit desirrier
   De la besoigne enprendre sans targier.

Tout li loèrent, duc et conte et princier,
90 Car par raison ne le povoit laissier,
Car amis doit pour son ami veillier
Et l'avoir metre et le cors traveillier,
Ou il n'a pas en lui cuer droiturier.
Cis consaus fist le roi esléecier;
95 Trestout errant, sans point de delayer,
Vers Danemarche a fait s'ost adrecier.
Quant li dux Namles sot ce grant destourbier,
Bien poez croire, mult li dut anuier,
Car eüe ot sa seror à moillier
100 Icis Gaufrois dont ci m'oez raisnier;
N'en ot c'un fill, on l'apeloit Ogier,
Et une fille dont pour voir puis jugier
C'on ne devroit plus bele souhaidier ;
Non ot Flandrine, or plus parler n'en quier.

105   Icele dame dont vous oy avés,
La suer Namlou qui de Baiviere est nés,
Fu mere Ogier qui tant fu alosés;
Ne vesqui gaires, dont ce fu grans pités,
Car moult fu bele et plaine de bontés.
110 Li dux Gaufrois est jà remariés,
Femme ot reprise plaine de mauvaistés,
Car ainc ne fu par li nus biens loés,
Ne pourchaciez ne fais ne alevés ;
Trois fils en ot : Corras ot non l'ainsnés,
115 Li autres Hues, et li tiers Giboués.
Quant Namles vit que Charles fu irés,
Isnelement fu uns briés séelés,
En Danemarche fu à Gaufroi portés
De par Namlon qui estoit ses privés.
120 Li corrouz Charle ne li fu pas celés,
Ainçois li fu bien dis et recordés.
Quant il oy que si fu tormentés

Rois Charlemaines sor lui et abosmés,
Moult durement en fu espoentés ;
125 De par sa terre a ses barons mandés
Pour conseil querre, et il li fu donnés
Teus que encontre Charlon soit tost alés,
En sa merci se soit dou tout livrés.
Gaufrois l'entent, tantost s'est arréés ;
130 Encontre Charle s'en va tous aprestés,
O lui Ogier son fill, qui fu senés,
Douz et courtois et bien endoctrinés.
Contre Charlon ala, c'est verités ;
Ainc ne finèrent tant qu'il fu encontrés ;
135 Jà ert li rois l'aigue dou Rin passés.
Grant joie en ot Namles et li barnés,
Quant de Gaufroi sorent nouveles tés.

Quant Namles ot la nouvele escoutée
Que Gaufrois vient, grant joie en a menée ;
140 Contre lui va à maisnie privée.
Encontré l'a el fons d'une valée ;
Gaufrois le voit, s'a la teste levée ;
Forment fu liez et sa gent confortée
Quant Namlon virent à la chiere menbrée ;
145 Un petitet ont leur voie eschivée,
Droit à l'entrée d'une forest ramée
Sont arresté assez près d'une prée.
A Gaufroi a sa folie blasmée
Li bons dux Namles, ne li a pas celée.
150 « Frere », dist il, « ce fu fole pensée
« Que vous avez tel dame tormentée
« Com la roïne Constance la senée,
« L'antain la flour des rois de renoumée,
« Entrues qu'il ert seur la gent desfaée ;
155 « Li rois en a sa coroune jurée
« Que ceste chose sera chier comparée. »

Gaufrois l'entent, mie ne li agrée,
Car bien veoit qu'il n'averoit durée
Contre la gent k'ot Charles amenée.
160 « Namles », dist il, « je ne sai s'à ce bée
    « Charles que toute soit ma terre gastée ;
    « Ce n'iert pas fait sans ferir coup d'espée,
    « Il vaurroit miex c'on eüst avisée
    « Voie par quoi pais en fust estorée.
165 « Merci requier, ne sai s'ele iert trouvée,
    « Mais, par celui qui fist ciel et rousée,
    « Se je ne l'ai, chier ara achetée
    « Charles ma terre, ains qu'il l'ait conquestée ;
    « Ains en sera mainte lance froée,
170 « Mains escus frais, mainte broigne faussée,
    « Que parvenus soit dusques à l'entrée. »
    — « Frere », dist Namles, « laissiez ceste testée,
    « Car, se Dieu plaist et la Vierge hounorée,
    « Je cuit tant faire et dire ains l'avesprée
175 « Que la besoigne sera si achevée
    « K'en bon costé sera mise et tornée. »
Lors ont la chose tout à point devisée,
Coument sera à roy Charlon moustrée.
Lors s'en part Namles, plus n'i fist d'arrestée,
180 Au tré Charlon s'en vient sans demorée ;
L'uevre li a bien dite et recordée,
De par Gaufroi li a merci rouvée,
Et Charles l'a octroïe et graée.
Trestoute l'ost en a joie menée,
185 Car moult desire chascuns la retornée,
Pour ce que miex amassent la mellée
A gent qui pas ne fust crestiennée.

Moult fu preudom Charlemaines li rois ;
Pardevant lui fu amenez Gaufrois ;
190 Namles, qui ert sages en tous endrois,

Dist la parole com sages et courtois.
Au roy loèrent Alemant et François
Et Brabançon, Flamenc et Ardenois,
Et Henuier, Bourgueignon, Champenois,
195 Normant, Breton et Pouhier et Englois,
Et Biauvoisi, Artisien, Boulonnois,
Que Gaufroi prengne à merci à son chois.
Charles l'otrie, mais ce fu seur son pois,
Mais pour Namlon le fist à cele fois;
200 Dieu en jura, qui fu mis en la crois,
Que mar i furent destourbé li Hongrois;
Amendé iert, ce sachent li Danois.

Oy avez com la besoigne ala
Si com Gaufrois à Charlon s'acorda.
205 Charles meïsmes l'amende devisa
En tel maniere que je vous dirai jà :
C'est que Gaufrois en Hongrie en ira,
Devant s'antain à genous se metra,
De son mesfait merci li priera
210 Et son damage trestout li rendera;
Et après ce Charles li mandera
Sa volenté tele com lui plaira,
Comfait treü de lui avoir vorra,
Et de ces choses bons ostages aura.
215 Gaufrois se drece, que plus n'i arresta,
Car moult fu liez que par tant s'en passa.
Devant le roy errant s'agenoilla,
Toutes ces choses volentiers otroia,
Ogier son fill en ostage livra,
220 Mais au livrer un petit lermoia.
Dist l'uns à l'autre : « Com bel enfant ci a !
« Ou·taille ment, ou à grans biens venra,
« Diex le maintiengne, qui tout le mont forma. »
Toute l'amende que Charles coumanda

225 Fist en Hongrie Gaufrois, riens n'oublia.
    Après ces choses l'ost se parti de là,
    En son païs chascuns s'en retorna,
    Et Charlemaine droit par Ais s'en reva ;
    Une grant piece ilueques sejorna,
230 Au departir en France s'en rala ;
    L'enfant Ogier, cui tous li mons prisa,
    A Saint Omer en prison envoia.
    Li chastelains moult Ogier hounora,
    Fer ne chaienne ainc l'enfes n'i porta,
235 K'au chastelain dux Namles l'arréa
    Et loiaument li encouvenença
    C'Ogiers de lui ne se departira ;
    De tous damages, ce dist, l'en getera.
    En tel prison Ogiers là demora.

240   Seignour, oyez estoire de renon,
    D'amours et d'armes, d'ounour et de raison,
    Don li ver sont et gracieux et bon :
    Ce est d'Ogier, en cui il ot foison
    De grant prouece cueillie de saison,
245 Et d'autres teches fu tele sa parçon
    K'en lui n'en ot gaires se bonne non.
    Des crestiens li plus preus, ce dist on,
    Qui plus grevèrent le lignage Noiron,
    Ce fu Guillaumes, et il, ce tesmoigne on,
250 Li bers d'Orenge qui cuer ot de lion.
    Il vielèrent tout doi d'une chançon,
    Dont les vieles erent targe ou blazon,
    Et brant d'acier estoient li arçon.
    De tés vieles vielèrent maint son
255 Grief à oïr à la gent Pharaon ;
    Je croi qu'il soient orendroit compaignon
    En paradis lez Dieu à son giron ;
    Qui de tel maistre retenroit sa leçon,

Il porroit bien avoir le haut pardon
260 De metre s'ame à assolucion.
Ne vous ferai de ce plus lonc sermon. —
Vous avez bien oye l'ochoison,
Pourquoi Ogiers fu menez en prison
A Saint Omer au chastelain Huon;
265 Trois ans i fu, vraiement le set on.
Cil chastelains dont vous faz mencion
Ot une fille de gente afaitison,
Bele et courtoise, Mahaut l'apeloit on;
Moult compaignoit Ogier en leur maison,
270 Car moult ert biaus et de gente façon.
Force d'amours, par quoi bien mesprent on,
Joenece aussi et fole enprision,
Firent entre aus itele acordison
Que la pucele li fist de s'amour don.
275 Enceinte fu, que le celeroit on?
Un fill en ot, qui Baudouins ot non.
Li chastelains fu loiaus et preudon,
En pais le porte pour l'amour de Namlon,
Et bien savoit que pour tele ochoison
280 Ne vaut corrouz la monte d'un bouton.
Ici endroit d'Ogier vous laisseron,
Si vous dirons dou gentill roi Charlon;
A Paris fu, o lui maint haut baron.

A Paris fu Charles au cuer sené,
285 Ensamble o lui maint prince et maint chasé.
Talent li prent k'à Gaufroi ait mandé
Que de s'amende avoir a volenté,
Quar bien li samble trop en a demoré,
Et si baron li ont ainsi loé.
290 Assez tost furent li message apresté,
Charles lor a son vouloir devisé,
Lors s'en tornèrent, n'i sont plus arresté.

Après ont tant esploitié et erré
Que en la terre as Danois sont entré,
295   Mais de Gaufroi n'i ont mie trouvé.
Sa femme truevent, cui Diex doinst mal dahé!
Ele ert marrastre Ogier l'enprisouné;
De Gaufroi ot .iij. fils de joene aé.
Pour ses enfans, qu'ele ot en grant chierté,
300   S'est apensée, par sa grant mauvaisté,
Que s'on avoit Ogier à mort livré,
Que si enfant tenroient l'ireté
De Danemarche, la très grant ducheé.
Avisa soi de grant diverseté;
305   Or vous dirai qu'ele avoit arréé.
Des mès Charlon n'a nesun houneré,
Chascun fait rere sa barbe outre son gré,
Pour ce que Charles, qui tant a de fierté,
Ait si son cuer dou despit alumé
310   Qu'il n'ait d'Ogier manaie ne pité.
Quant li mès Charle furent à ce mené
Que il se virent ainsi desfiguré,
Bien poez croire que ce leur a grevé.

Kant la dame ot esploitié telement
315   Que des messages ot fait tout son talent,
Lors est venue devant aus en present;
A aus parole malicieusement.
« Seignour », dist ele, « pour Dieu ralez vous ent,
« Le demorer ne lo pas longuement;
320   « Dites Charlon, oiant toute sa gent,
« Gaufrois nel crient un espi de forment,
« Ne ne feroit pour lui, ce dist, noient;
« S'il ne li siet, s'en praigne vengement.
« Des couvenances que li ot en couvent
325   « Li dux Gaufrois où Danemarche apent,
« Très bien li dites que il moult s'en repent

« Et moult le tient à grant abaissement.
« S'il fust ici, sachiez le vraiement,
« Pendu fussiez et encroé au vent.
330 « Pour ce vous pri que moult hastievement
« Vous en ralez par le mien loement. »
Quant cil l'oïrent, n'i font arrestement,
Lor oirre aprestent, si s'en vont erranment. —
Ne demora pas après ce granment
335 Que Gaufrois vint, qui le cuer ot dolent
Pour sa moillier k'ot ouvré folement ;
Forment l'en blasme et chastie et reprent.
Bien set c'Ogiers le comparra griément ;
Dedenz son cuer en ot grant mariment,
340 Ne set que faire, ne puet estre autrement,
Voit que la chose va perilleusement ;
Car vers Charlon n'iroit mien escient,
Qui li donroit l'ounour de Bonivent ;
Ainsi remaint en duel et en torment.
345 Et li message chevauchent durement
Dusqu'à Paris, n'i font delaiement.
Là ont trouvé Charlon o le cors gent,
Le duc Namlon et maint autre ensement,
K'adont tenoit li rois son parlement.

350   Li messagier sont à pié descendu,
Devant Charlon s'en vienent irascu ;
Moult souplement firent le roy salu.
« Sire », font il, « mal nous est avenu,
« En Danemarche fumes pour vo treü,
355 « En vo servise nous est moult mescheü,
« Des gens Gaufroi fumes mal receü ;
« N'i estoit mie, dont gracions Jhesu,
« Sa femme i ert, car par li dit nous fu,
« Se il i fust, nous fussonmes pendu
360 « Ou escorchié ou ars dedenz un fu :

« N'en eüssiens jà, ce dist, abatu.

« En vo despit fumes si vil tenu

« Que sans nos barbes soumes ci revenu ;

« S'il vous en poise, bien avons entendu

365 « Qu'il n'en donroit la monte d'un festu. »

Quant Charles l'ot, le cuer ot esmeü,

Si que à paines a il mot respondu ;

Dieu en jura et sa sainte vertu

Que Danois ont sor grief gage acreü ;

370 Aus et Gaufroi sera moult chier vendu.

Moult fu irez Charles au fier corage,

Quant sans leur barbes revinrent si message.

Devant lui fist venir tout son barnage ;

Li rois meïsmes leur recorda l'outrage

375 K'a fait Gaufrois, sel tinrent à folage.

« Sire », font il, « fait vous a grant hontage ;

« Tout maintenant, sans nul point d'arrestage,

« Soient mandé et li fol et li sage,

« Li jouvencel et li home d'aage ;

380 « Desouz vous mainent la gent de maint langage

« Dont pluseur tienent de vous leur iretage,

« Mandez partout et par terre et par nage,

« Que ne remaignent pour vent ne pour orage,

« Ne pour essoigne fors prison ou malage ;

385 « A Loon viengnent en vostre maistre estage.

« Dont porrez vous faire Gaufroi damage ;

« Requerre irons et lui et son lignage ;

« Par cel seignour qui nous fist à s'ymage,

« Ne remanra en plain ne en boscage,

390 « Ne en montaigne, en val ne en rivage,

« N'à bourc n'à vile, n'en fort, tour n'en manage,

« Se ne s'en fuit coume beste sauvage.

« Mar envoia à vous tel treüage ;

« En lieu de barbes dont a pris le paiage,

395 « Laira la teste, n'i metra autre gage,
　　« N'en seront mais pris plege ne ostage. »
　　— « Baron », dist Charles, « vos consaus m'assoage,
　　« Hastéement vueil faire ce voiage. »

　　　Charles li rois, qui moult fist à prisier,
400 De par sa terre fist ses briez envoyer
　　Pour ses barons qui li doivent aidier,
　　Car Danemarche vorra toute essillier,
　　Tout vorra faire à terre trebuchier ;
　　Mar li ont fait orgueilleus destorbier,
405 Gaufroi le cuide faire comparer chier.
　　A Saint Omer a fait mander Ogier
　　Pour lui à pendre ou por vif escorchier.
　　Quant Mahaus ot d'Ogier ainsi plaidier,
　　Tel duel en ot, de ce n'estuet cuidier,
410 C'on ne peüst faire ne pourchacier
　　Chose qui plus li peüst près touchier,
　　Car quant le vit sor le cheval lyer,
　　Toute pasmée remest deseur l'erbier.
　　Pour lui morut de duel, mentir n'en quier,
415 Avant que fussent passé .ij. mois entier.
　　Ogier enmainent, ne vorrent delaier ;
　　Droit à Paris vinrent sans plus targier.
　　Li pluseur prirent Damedieu à pryer,
　　Que il le laist sain et sauf repairier
420 Et le destourt de mort et d'encombrier ;
　　Maint en couvint de pitié lermoier.
　　Quant ces nouveles sot Namles de Baivier,
　　Cui cele chose devoit moult anuier,
　　Au roi s'en vint, sel prent à araisnier :
425 « Sire », dist il, « par le cors saint Richier,
　　« Mal voulez faire, je nel vous quier noier,
　　« Quant vous Ogier voulez à mort jugier
　　« En ceste terre, trop ariez cuer lanier ;

« Mais se à droit en voulez esploitier,
430   « Ogier ferez sans plus tant respitier
« Que à Gaufroi nous puissons aprochier ;
« S'en forterece le poons assegier,
« A vos engins li faites convoyer,
« Vous ne porrez Gaufroi plus corroucier,
435   « Lui ne sa gent de riens si esmaier. »
Tout ce disoit Namles pour detryer,
Car son neveu avoit moult de cuer chier.
« Namles, dist Charles, « bien fait à otroier,
« Par vo conseil doit on bien besoignier,
440   « Vo conseils sont loial et droiturier,
« A mes besoins m'ont eü maint mestier.
« Encore eüst vo sereur à moillier
« Gaufrois, qui m'a servi de lait mestier
« Et de honteus, dont moult me doi irier,
445   « Si sai je bien k'ains vous lairiez trenchier
« Le chief que moi volsissiez conseillier
« Riens dont peüsse avoir lait reprouvier. »

« Namles », dist Charles, « savez que vous ferez ?
« Prenés Ogier et si le me gardés,
450   « Je le vous charche seur kanque vous tenés
« Et seur tout kant que mesfaire poés. »
— « Sire », dist Namles, « si soit com dit avés. »
Lors s'est dux Namles si liez dou roy sevrés
Que de liece fu si ses cuers comblés
455   Qu'ains n'ot tel joie dès l'eure qu'il fu nés.
Quant ce entent la cours et li barnés
K'Ogiers estoit de la mort respitiés,
Souvent en fu Damediex aorés. —
A Paris n'est Charles plus demorés.
460   Droit vers Loon s'en est li rois tornés,
Car là avoit ses barons ajournés.
Nes vous aroie jamais trestous noumés,

Tant en y a venus et assamblés,
Que uns que autres, que à pié que montés,
465 Qu'à .ij. cens mile les a on aesmés.
Mais ains que Charles soit gaires loins alés,
Ne que Gaufrois soit point par lui grevés,
Orra nouveles dont sera moult irés.
Es vous un mès qui monte les degrés,
470 Devant le roy fu errant amenés ;
Courtoisement fu de lui salués.
Chevaliers ert vaillans et alosés,
Raimons ot non, sages fu et senés,
De Roumenie estoit estrais et nés.
475 Charles le voit, sel reconnut assés.
« Raimon », dist Charles, « quels nouveles savés ? »
— « Sire », dist il, « jà moult tost les sarés. »
Lors li a dit com hom bien avisés :
« Drois empercres », fait il, « or m'entendés.
480 « A vous s'apoie toute crestientés ;
« Estache en estes, c'est fine verités,
« Mais perdue est se ore li falés.
« Li rois Corsubles est dedenz Roume entrés,
« En sa compaigne mains paiens desfaés ;
485 « Mahons ses diex est moult par lui jurés
« K'à Paris iert en cest an courounés,
« Mais se Dieu plaist, vous le deffenderés,
« Bien est besoins que vous vous en hastés,
« Car l'apostoles est de Roume getés
490 « Et li païs est tous desbaretés.
« Moult en y a de mors et de navrés
« Et d'essilliés et de mal atournés ;
« Puille et Kalabre chiet en grans povretés,
« La terre est arse et li païs gastés.
495 « Li apostoles, Sire, ainsi l'entendés,
« Et tout li autre, ainsi que vous oés,
« Par moi vous mandent que vous les secorés ;

« Pour Dieu, bons rois, preigne vous ent pités,
« Se tost nel faites, mais à tans n'i venrés. »
500 A ce mot est ses messages finés.

     Quant Charles ot oy le mès parler,
     De grant aïr prist coleur à muer,
     Les dens estrainst, le chief prist à croller,
     Entour lui prist sa gent à regarder.
505 Le duc Namlon en prist à apeler
     Et Salemon de Bretaigne le ber,
     Et Manesier le conte de Montcler,
     Oedon de Lengres, Gibert de Mont Wimer,
     Huon de Troies et Sanson et Guimer
510 Et Widelon, qui ainc ne sot fausser,
     Huon dou Mans qui moult fist à douter,
     De Normendie Richart c'on dut loer,
     Joffroi d'Anjou n'i volt pas oublier,
     Hoel de Nantes et Gaifier de Valcler,
515 Le duc Fagon et Gui de Saint Omer,
     Et maint grant prince qu'entour lui vit ester.
     « Seignour », dist il, « je nel vous quier celer,
     « Nostre voiage couvienra remuer;
     « Gaufroi cuidoie hounir et vergonder,
520 « Mais Sarrazin me font aillours penser.
     « El Dieu servise vueil premerains aler,
     « Car lui devons souvrainement amer
     « Et pour sa foi les cors aventurer;
     « Ceaus qui ce font, Diex les fait osteler
525 « En paradis et lez lui courouner.
     « Mais par saint Piere, cui on doit aourer,
     « Li dux Gaufrois se puet moult bien vanter,
     « Se Diex me laist arriere retorner,
     « Que je l'irai essillier et gaster
530 « Et li ferai tous les membres couper.
     « En son despit feïsse trayner

« Ogier son fill et pendre et encroer,
« Sachiez de voir, n'en peüst eschaper,
« Mais pour son oncle le lairai ore ester,
535 « Le duc Namlon, c'on doit bien hounorer. »
Trestout en pristrent le roy à mercier,
De joie maint en veïssiez plorer
Pour leur voiage qu'en bien voient muer.
« Sire », font il, « or penssez de l'errer,
540 « Car, par celui qui tout a à sauver,
« Moult nous est tart que vengnons au chapler
« Et que puissons Sarrazins encontrer,
« Ne vous prions de riens fors dou haster. »
— « Tel gent », dist Charles, « vueille Diex gouverner,
545 « Nes couvient pas longuement sermouner ;
« Liez doit rois estre qui tel gent doit guier,
« En cui on puet si fait conseil trouver. »

·Quant Charlemaines ses barons escouta,
Moult fu joians de ce qu'il li sambla
550 Que le mouvoir chascuns moult desira ;
Dedenz son cuer moult forment les prisa,
De leur bonté Damedieu gracia.
Li bons dux Namles d'une rien s'avisa :
Que son neveu Ogier o lui menra ;
555 Tant fist au roy que congié l'en donna.
Par tel couvent Charles li otroia
Qu'à son vouloir tous jours li rendera.
Li rois s'apreste, plus ne sejornera,
Ains le tiers jour se partirent de là.
560 En trois parties li rois sa gent sevra,
Diex les conduise qui tout le mont forma ;
De leur jornées ne vous parlerai jà.
Tant va li os et si bien esploita
Que à Viterbe toute se rassembla,
565 Entour la vile ensamble se loja

2

Et l'endemain Charlemaines manda
Tous ses barons, et chascuns y ala
Pour ses conrois que il devisera,
Et ses batailles com les ordenera,
570   Coument li une après l'autre en ira.
.v. grans batailles li bons rois estora,
Si com dux Namles le dist et devisa.
En l'avant garde le duc Fagon mis a,
L'autre bataille Joffrois d'Angiers guia,
575   Hoëls de Nantes la tierce eschiele ara,
Li dux Richars la quarte conduira,
En l'arrier-garde Charlemaines sera.

En tel manière com vous ai devisé
Sont li conrois Charlemaine avisé.
580   Sarrazin furent en Roume la cité;
Quant de Charlon sorent la verité
Coument s'estoient il et sa gent hasté,
Bien lor est vis qu'il n'a pas volenté
K'au roi Corsuble ait son regné quité
585   K'ainçois n'en soient maint ruiste coup douné;
Un en sont lié, autre en sont effraé.
Corsubles a roi Danemon mandé,
C'estoit ses fiex, moult l'ot en grant chierté,
K'en lui avoit prouece et seürté,
590   Mais le cuer ot si plain de fausseté
Que ne fesist à nului loiauté.
Roy Brunamon manda et Karadé,
Le roi Sadoine et le roi Clodué,
Le roy Androine et le roy Bruncosté; ·
595   Maint autre roi erent là assemblé,
Qui par moi n'ierent pas orendroit noumé.
Li rois Corsubles a premerains parlé.
« Seignour », fait il, « fait nous a grant bonté
« Mahons nos diex, quant nous a amené

600 « Charlon et ceaus qui sont de son regné ;
    « Li souverain de la crestienté
    « Sont en leur ost, ce m'a on bien conté,
    « Et ma on dite la pure vérité
    « Combien de gent il pueent estre esmé,
605 « Et selonc ce c'on m'en a recordé,
    « Bien trois tans soumes que li crestienné.
    « Dont povons nous bien estre asseüré
    « C'or aurai ce k'avons tant goulousé,
    « C'est que j'aurai mon chief d'or courouné
610 « Droit à Paris, car ainsi l'ai voué.
    « Ce porrons nous bien avoir achevé,
    « Se à Mahom plaist, dedenz cest esté.
    « Quant cil premier seront desbareté,
    « Par quoi il soient mort et enprisouné,
615 « Poi devront estre mais li autre douté.
    « Entour Viterbe sont François aüné ;
    « Vous savez bien que tout avons gasté
    « Celui pays, et dou lonc et dou lé
    « Ne trouveront, s'il ne l'ont aporté,
620 « Orge n'avaine, ne forrage ne blé,
    « Ne chose nule dont soient gouverné.
    « Par quoi je lo, mais que soit par vo gré,
    « Que nous de Roume ne soions remué
    « Si soient ci venu et arrouté.
625 « Tost nous venront, c'est la certaineté,
    « C'outrecuidié sont et de grant fierté,
    « Et se il ci pueent estre atrapé,
    « Nous arons d'aus toute no volenté,
    « Car se de ci estioumes torné
630 « Et que de nous fussent li champ pueplé,
    « Par quoi seüssent de no gent la purté,
    « Jà ne seroient tant hardi ne osé
    « Ne s'en fouissent, c'est fine vérité »

Coumunaument ont ce conseil loé,
635 Petit et grant, n'en sont point descordé.

Sarrazin mainent joie coumunaument
Pour crestiens qui erent telement
Venu sor aus, s'en gracient souvent
Mahom leur dieu de cuer moult liement.
640 Li bons rois Charles, où douce France apent,
Fu à Viterbe, mais n'ot pas grant talent
De là endroit demorer longuement,
Car moult desire en son cuer aigrement
Que Sarrazins voie prochainement,
645 Car moult li touche très angoisseusement
K'as crestiens ont fait si grief torment.
Dedenz Viterbe, ce sachiez vraiement,
Ne demoura que .ij. jours seulement,
Et au tiers jour, sans plus d'arrestement,
650 S'en departi li os hastéement.
Vous avez bien oy com faitement
Le jour devant ot devisé sa gent
Charles li rois, com de bon escient
De ses batailles trestout l'ordenement
655 Ot si bien fait qu'il n'i falloit noient.

El mois de may après une ajournée
Fu l'os Charlon de Viterbe sevrée.
Moult matinet ot la messe escoutée;
Devant la messe fu l'ensaigne aportée.
660 De saint Denis qui moult estoit amée
De crestiens, et de paiens doutée.
Deseur l'autel fu couchie et posée
Tant que la messe fu par loisir chantée.
Tantost après, sans longue demorée,
665 Ont l'oriflambe seur une anste levée,
Forte à un fer dont l'alemele ert lée

Et moult trenchant, car bien est acerée.
Là veïssiez mainte broingne endossée,
Maint hiaume brun, mainte targe dorée,
670 Et maint vassal qui à prouèce bée.
    « Sire », dist Namles, « à cui sera dounée
    « Vostre oriflambe k'avoumes arréée?
    « Encore n'est à nului devisée. »
    Aloris l'ot, qui moult l'ot desirée,
675 Devant le roy en vient sans demorée.
    « Sire », dist il, « car me soit delivrée
    « Vostre oriflambe, s'il ne vous désagrée.
    « Je sui Lombars et sui nés de Valprée,
    « De mil Lombars est ma route pueplée ;
680 « De Calabre ai la contesse espousée,
    « Mais Sarrazin ont la terre gastée.
    « Vengerai m'ent, se vient à la mellée ;
    « Par cel seignour qui fist ciel et rousée,
    « De paiens iert l'ensaigne ensanglentée,
685 « Ou j'en gerrai sanglens gueule baée. »
    Charles le vit de grant taille et formée,
    Biaus fu et lons, s'ot la poitrine lée.
    « Amis », dist Charles, « bonne avez la pensée,
    « Bien tailliez estes pour faire grant journée,
690 « L'ensaigne aurez, ne vous iert refusée. »
    Charles li doune par l'anste painturée,
    Et cil la prist qui joie en a menée ;
    Miex li venist qu'ele fust enbuée.
    Aloris a sa bataille ordenée,
695 Lors s'esmut l'ost par bonne destinée.
    Bien chevauchoient coume gent hounorée
    Et qui de guerre ert duite et avisée.
    A Sustre vinrent ce jour ains l'avesprée,
    Là s'est li os logie et arrestée,
700 Moult tost i ot mainte tente levée. —
    As Sarrazins est la nouvele alée

Que de Viterbe est l'os Charlon sevrée
Et est à Sustre venue et aünée ;
Forment en ont grant joie demenée.
705 « Mahom », font il, « com bonne destinée
« Quant ceste gent nous avez amenée! »

A Sustre furent no baron herbergié,
Entour la vile coumunaument logié.
Le pays ont paien si essillié
710 Que rien n'i truevent, s'il ne l'ont pourchacié
Ou s'avoec aus ne l'ont acharroyé.
François le voient, moult lor a anuié,
Maint en y a qui en ont lermoyé
Et juré Dieu et sa douce pitié
715 K'ains qu'il retornent sera si adrecié
Qu'il i morront, ou il sera vengié.
Au roy Charlon fu bien dit et noncié
Que il aroient sejour mesaaisié,
Se longuement avoient detryé.
720 Ce jour meïsme a li rois otryé
Et parmi l'ost fu de par lui huchié,
Que l'endemain, droit au jour esclairié,
Soient partout d'armes apareillié
Coumunaument à cheval et à pié.
725 De ce coumant furent crestien lié ;
A l'endemain, quant il fu ajourné,
François s'adoubent, n'i ont plus sejourné.
Charles li rois a Namlon apelé :
« Namles », dist il, « savez que j'ai visé?
730 « Je ne vueil pas que soient remué
« Tout no conroi, ainsi me vient à gré;
« A .ij. batailles, ainsi l'ai enpensé,
« Vorrai aler vers Roume la cité,
« Et l'autre gent soient ci demoré ;
735 « De ceaus a pié n'i ara .i. mené.

« Ce pays ont Sarrazin moult gasté,
« Pour ce vorrai savoir sor quel costé
« Soient no gent pour le meilleur guié. »
— « Sire », dist Namles, « à vostre volenté. »
740 Ainsi com l'ot rois Charles coumandé,
Fu de par lui errant par l'ost crié.
Ainsi fu fait com je vous ai conté.
Charles et Namles, où moult ot de bonté,
En .ij. batailles s'en vont bien ordené;
745 El premier chief sont Lombart estoré,
Aloris tint l'ensaigne au fust doré,
A l'anste roide et au fer aceré.
Charles chevauche, qui le cuer ot sené,
Il et sa gent richement arréé.
750 Là veïssiez maint destrier abriévé,
Maint elme brun, maint escu painturé.
Diex les conduise, li rois de majesté,
K'ainçois qu'il soient arriere retorné,
Y ara il maint penel reversé,
755 Maint home mort, maint pris et maint navré.
Bien vousist Charles, ains qu'il fust avespré,
Que tout li autre fussent avoec alé.

Ci vous lairons de Charlon au fier vis,
Si vous dirons de Turs et d'Arrabis
760 Et de Persans, d'Achopars, de Lutis,
De quoi en Roume sont si grant plenté mis
K'ainc tant ensamble n'en vit hom qui soit vis.
.vij. anz avoit passez tous acomplis
Que cis voiages fu par aus enheudis.
765 Tresdont avoient bien enpensé tous dis
Que Charlemaines seroit par aus conquis
Et que Corsubles porteroit à Paris
Coroune d'or ; ainsi l'orent empris.
Ce jour meïsme que je ci vous devis,

770   Que Charlemaines fu de Sustre partis,
        Ert Danemons issus tous aatis
        De la cité de Roume, ce m'est vis,
        En sa compaigne .xxx. mil fervestis.
        Voué avoit, ce tesmoigne l'escris,
775   Ne retorra s'aura François choisis,
        Ainçois seroient jusqu'à Sustre requis.
        Paien chevauchent seur les destriers de pris,
        Tant qu'il choisirent l'ensaigne saint Denis,
        K'en son poing tint li Lombars Aloris.
780   Quant vit paiens, touz en fu abaubis;
        N'i a Lombart tous n'en soit esbahis.
        D'ambes .ij. pars, pour voir le vous plevis,
        Sont aresté, qu'ainc congiez n'en fu pris.

        Quant paien virent nostre françoise gent
785   Et l'oriflambe k'ert desploiie au vent,
        Dist Danemons : « Chevauchons belement,
        « Crestiens voi devant nous en present;
        « Ce puet on bien veoir certainement,
        « Car ne sont pas de no contenement;
790   « Jà les arons moult tost mien escient,
        « Car François sont gent de grant hardement. »
        — « Namles », dist Charles, « dites vostre talent
        « De ceste chose tost et apertement,
        « Vous savez bien à quoi la chose tent :
795   « Bataille arons, ne puet estre autrement. »
        — « Sires », dist Namles, « par le cors saint Vincent,
        « Lor gent ont mise en conroi fierement;
        « Puisqu'il se tienent devant nous telement,
        « Je lo qu'à aus brochons isnelement. »
800   — « Namles », dist Charles, « et je bien m'i assent. »
        Après ce mot n'i ot arrestement,
        Monjoie escrient, si s'en vont liement.
        Charles meïsmes trestout premierement

Et li dux Namles et Jofrois ensemble,
805 Hues de Troies et Symons de Meulent
Et tout li autre poingnent coumunaument.
Et Sarrazin n'atendirent noient,
Ainz rebrochièrent moult aïréement.
A l'assambler i ot grant mariment,
810 D'escus, de lances si très grant froissement,
Que d'abatus en i ot maint sanglent,
As brans d'acier font grief acointement,
Là veïssiez orgueilleus chaplement.
Quant Aloris vit cel charpentement,
815 N'i vousist estre pour l'or de Bonivent.
Il en apèle Gillebert de Clarvent,
Ses cousins ert, bien le tint à parent.
« Biaus niés », dist il, « pour Dieu alons nous ent,
« Li demorers n'est pas à sauvement,
820 « N'i demorroie pour plain .i. val d'argent,
« A vie perdre n'a nul recouvrement. »
Et cil respont : « Vous parlez sagement. »
En fuie torne et sa route ensement,
L'ensaigne el poing s'en fuit honteusement.
825 Charles le voit, dusques au cuer s'en sent;
Dieu reclama le pere omnipotent:
« Ha, Diex », dist il, « n'ai pas veü souvent
« Fuïr m'ensaigne, or le voi laidement. »

Quant Charles voit s'ensaigne refuser,
830 Bien povez croire que moult li dut peser ;
Et nepourquant ce ne peüst grever,
Jà commençoient Sarrazin à branler.
Ces premerains couvenist meserrer,
Quant Brunamons, cui Diex puist mal douner,
835 I vint poingnant, volontiex d'assambler,
A .xx. m. Turs qui moult font à douter.
Charles les voit, Namlon les va moustrer.

« Sire », dist Namles, « faites vos cors souner

« Hastéement pour vo gent raüner,

840   « N'i a c'un tour, je n'i sai el viser,

« Dou bien ferir nous couvenra penser;

« Alori puist male mors soubiter

« Quant l'oriflambe emprist ainc à porter !

« Se ce ne fust, pour voir vous puis jurer,

845   « Encontre nous ne peüssent durer. »

— « Namles », dist Charles, « je nel vous quier celer,

« Se Diex me doune arriere retorner,

« Je le ferai dou cors deshounorer. »

Les cors sounèrent, pour leur gent assambler,

850   Cil qui de ce se devoient meller.

Ez vous poingnant maint Turc et maint Escler.

O Brunamon, cui Diex puist craventer,

Entour Charlon prendent à arouter.

Là veïssiez maint ruiste coup douner,

855   Escus et targes fraindre et escarteler,

Haubers desrompre et hiaumes descercler,

Cervele espandre et boiaus trayner,

Nés et visages et piez et mains couper.

Charles li rois prist Monjoie à crier,

860   En son poing tint le bon bran d'acier cler;

Cui il ataint, nel puet arme tenser.

Qui dont veïst Namlon esperouner

Parmi paiens et venir et aler,

Au brant d'acier crestiens conforter

865   Et Sarrazins ocire et afoler,

A très fin preu le peüst aesmer.

Moult le fait bien Engerrans de Montcler,

Hues de Troies et Guis de Saint Omer,

Et moult des autres, Jhesus les puist sauver !

870   Fiers fu l'estours, si ot bataille grant,

En Brunamon ot roy fier et poissant,

Moult le tenoient à preu et à vaillant
Et à seür trestout si connoissant,
Montez estoit seur un destrier ferrant,
875 Fort et isnel et aspre et tost courant,
Que Broiefort noumoient li auquant.
Parmi les rens va fierement poignant,
De nostre gent fist le jour maint dolant.
Enmi sa voie encontre un Alemant
880 Et li douna dou brant en trespassant
Que la cervele à la terre en espant.
Rois Danemons va les rens recerchant,
Au dos le sivent cele gent mescréant,
Qui aigrement vont les nos assaillant,
885 Si que forment les vont adamagant;
Mais crestien moustroient bien samblant
Que de morir n'avoient nul talant.
Li bons rois Charles va *Monjoie* huchant,
Namles *Baivière*, el poing le brant trenchant,
890 Dont le jour fist maint Sarrazin sanglant;
Hues de Troies va *Borgoigne* escriant,
Saint Omer Guis enmi le tas plus grant.
Là veïssiez parmi les rens gisant
Maint pié, maint poing, maint hiaume flamboiant,
895 Maint trous de lance et maint escu luisant,
Et veïssiez maint crestien engrant
De servir Dieu et d'ounour desirant.
Et c'estoit bien à leur fais aparant,
Car si aloient les cors abandonnant
900 Qu'il ne doutassent la mort ne tant ne quant,
Mais tant i ot de la gent Tervagant
Que, se n'en pense Jhesus par son coumant,
Crestien ont chevauchié trop avant.

Grans fu l'estours, moult fist à ressoignier,
905 Moult aigrement veïssiez Frans poignier.

Mais tant y a de la gent l'aversier
C'on peüst bien dou veoir fremyer.
Et Aloris s'en fuit tout le gravier,
Tout si Lombart le sivent par derrier.
910 Par defors Sustre, encoste un viez moustier,
Erent venu, ça fors esbanyer
Maint damoisel qui moult font à prisier,
Maint fill de conte, de duc et de princier,
Pour les nouveles de Charlon acointier ;
915 En leur compaigne ont le Danois Ogier.
Grant route furent, ce sachiez sanz cuidier,
Mien escient, plus de .iiij. millier.
Il regardèrent : par delez un rochier
Virent l'ensaigne saint Denis baloier,
920 Moult tost la virent arriere repairier.
Savoir povez k'en aus n'ot k'esmaier,
Pluseur en prirent entre aus à lermoier,
Car bien pensèrent k'en mortel destourbier
Erent li autre qu'il ont laissié arrier.
925 Lors prirent Dieu jointes mains à pryer
Qu'il vueille Charle, lui et sa gent, aidier.
Ogiers parole, où il n'ot k'ensaignier :
« Seignor », fait-il, « pour le cors saint Richier,
« Jœne gent soumes, s'ariemes bien mestier
930 « D'ounour à querre et nos cors avancier.
« Ce sont Lombart ; j'ai oï tesmoignier
« Que il ne valent en armes un denier.
« Chascuns saisisse le sien sans delayer,
« Li un par frain, li autre par estrier ;
935 « Gent desconfite ne s'ont povoir d'aidier,
« Ç'ay oy dire, ne k'enfant ou bergier,
« Bien les porrons abaubir de legier
« Et traire à terre et aus deschevauchier.
« Alori vueil l'ensaigne chalengier,
940 « Se je le puis ne tenir ne baillier,

« Je li cuit bien de ses mains esracier.

« Ne lor remaigne ne armes ne destrier,

« Mais tolons leur, sans point de l'atargier,

« Puis nous hastons de nous apareillier,

945 « Si secorrons Charlon le droiturier.

« Le duc Namlon, mon oncle le guerrier,

« L'ensaigne vueil porter ou chief premier.

« Se Diex nous doune, qui tout a à jugier,

« K'à tans viengnons as ruistes coups paier,

950 « Nous ferons si les rens aclaroier

« Bien s'en devront paiens esmerveillier. »

Dist l'uns à l'autre : « Ci a bon conseillier,

« Ne moustre pas que il ait cuer lanier ;

« Qui li faudra, Diex li doinst encombrier. »

955 N'i ot celui nel vousist otryer.

Ce fu en may que resplent la rousée.

K'Aloris vint le fons d'une valée ;

De là venoit à cele matinée

Où fait avoit une laide jornée,

960 Il et sa gent de Lombardie née.

Li plus hardis d'aus tous ot sa pensée

As esperons assez plus k'à s'espée.

La noble ensaigne à l'anste painturée

De saint Denis de France la loée

965 Tint Aloris, mais n'estoit pas portée

Selon les poins dont ele estoit usée.

El plus grant tas de la gent desfaée,

Là avoit ele souvent esté moustrée ;

De gent paienne estoit moult redoutée,

970 D'aus ot esté souvent ensanglentée.

S'ele parlast, ele eüst tost prouvée

Vraie raison que mal ert assenée

Et que n'estoit pas à son droit dounée.

Aloris ot moult la chiere esfraée ;

975 Armes ot verdes à une ourle endentée
    D'or, et estoit de gueules besentée.
    Malement ert sa route espoventée,
    Telement ert de fraour desviée
    Que n'erent pas la voie retornée
980 Où la gent Charle ert premerains passée.
    Au lez senestre ont la voie eschivée,
    Embatu sont en une grant cavée.
    Là s'est leur genz toute coie arrestée
    Tant que il aient alaine recouvrée;
985 De tous confors ert povre et esgarée.
    Li escuier n'orent pas oubliée
    La couvenance qu'il avoient greée,
    Si que devant la vous ai devisée.
    Adrecié s'erent à travers d'une prée,
990 Droit là il virent que l'ensaigne ert tornée;
    Enz el cavain ont cele gent trouvée
    Qui là s'estoit de paour entassée;
    De toutes pars fu lues avirounée.

    Quant Lombart virent que il sont atrapé
995 Enz el cavain où il erent entré,
    N'i a celui n'ait le chief encliné,
    Car grant honte orent qu'en tel point sont trouvé.
    L'enfes Ogiers a premerains parlé,
    Pour le desir et pour la volenté
1000 Que il avoit de savoir la purté
    En quel point erent li autre demoré.
      « Seignor », fait il, « dites, ne soit celé,
      « Où est rois Charles au corage aduré,
      « Et mes chiers oncles Namles au cuer sené,
1005 « Et li barnages où tant a de bonté ? »
    Dist Aloris : « Dirai ent verité,
      « Je et ma route en soumes eschapé,
      « Mais tout li autre, de ce ne soit douté,

« Sont mort et pris et tout desbareté. »

1010 De ce mot ont li plusor souspiré
     Et lermoié et tenrement ploré.
     « Voir », dist Ogiers, « mort estes et alé,
     « Se ne nous sont erranment delivré
     « Cheval et armes dont estes arréé,

1015 « K'estre en voulons maintenant adoubé,
     « Si secorrons Charlon le roi loé. »
     Et cil qui orent cuers plains de lascheté,
     De couardise et de grant mauvaisté,
     Ont respondu : « Aiez de nous pité,

1020 « Que ne soions ne mort ne afolé,
     « Et nous ferons doù tout à vostre gré. »
     Lors descendirent, n'i ont plus arresté ;
     Leur cheval furent saisi de maint costé,
     D'aus desarmer se sont forment hasté.

1025 Des autres furent leur haubert endossé,
     Au miex qu'il porent se sont tost apresté,

     Moult se hastèrent d'armer li escuier ;
     Les Lombars prirent si dur à manoier
     Que ne leur laissent riens qu'il puissent baillier,

1030 Dont pour armer eüssent nul mestier.
     Ogiers saisi Alori par l'estrier ;
     « Maistre », fait il, « je nel vous quier noier,
     « Cel oriflambe vous couvenra laissier ;
     « Se tost nel faites, vous le comparrez chier. »

1035 Quant Aloris oy ainsi raisnier
     Celui qu'il vit grant et joene et legier,
     Quant de celui s'a oy manecier,
     Grant paour a, si prist à fremyer.
     Tost descendi de son corant destrier,

1040 De s'armeüre se prist à despoillier.
     Ogiers s'arma, n'ot soing de detryer,
     L'espée pent au costé senestrier,

Ne la ceingnoient adont fors chevalier;
Puis est montés, n'ot soing de delaier,
1045   A son col pent la targe de quartier,
Puis prent l'ensaigne au fer trenchant d'acier,
Apertement la prist à empoignier.
L'uns part à l'autre, liement, sans dangier,
Ce d'armeüre dont le puét aaisier.
1050   Endementiers, ce sachiez sans cuidier,
Qu'il entendoient aus à apareillier,
Se departirent de là doi messagier
Qui à genz Charle erent alé noncier
Ce k'oy orent les Lombars tesmoignier,
1055   Qu'il ont eü très mortel encombrier.
Quant ce oïrent, n'ot en aus k'esmaier,
As armes keurent chamberlenc et huissier,
Et eschançon et keu et bouteillier
De la maisnie Charlon au cuer entier
1060   Et de la gent duc Namlon le Baivier;
Qui n'ot cheval, si monta sor soumier.
Vers l'oriflambe prennent à adrecier.
.V. mile furent, moult ont grant desirrier
Que paiens puissent temprement aprochier,
1065   Les chevaus brochent, n'ont talent de targier;
Or les doinst Diex à joie repairier!

Ogiers chevauche, il et si compaignon,
Jusqu'à l'estour n'i font arrestoison.
De toutes pars virent Turs à foison,
1070   Des nos avoient fait grant destruction;
Pris orent jà le bon duc Widelon,
Huon de Troies et son frere Sanson;
Pris et loié enmenoient Namlon,
A pié avoient jà mis le roi Charlon.
1075   L'enfes Ogiers destort le gonfanon,
A l'anste roide, au fer trenchant enson,

Danemarche a escrié à haut ton.
Ensamble brochent, à Dieu beneïçon,
En la grant presse se fierent à bandon.
1080 Ogiers feri Escorfaut de Valbron,
Mort le trebuche dou destrier arragon.
Après Ogier vinrent de tel randon
Que mort i getent maint Sarrazin felon.
Charles le voit, sel moustra à Guion
1085 De Saint Omer, qui moult fu gentiex hon.
« Or dou bien faire », fait il, « par saint Symon,
« Qu'Aloris est revenus com preudon,
« Bien se maintient à guise de baron,
« Li siens secours estoit bien de saison,
1090 « Je le ferai seignor de mon roion. »

Quant Charlemaines s'oriflambe choisi,
Le cuer en ot joiant et esbaudi.
« Ha, Diex ! » dist Charles qui onques ne menti,
« A tort avoie blastengié Alori,
1095 « Le gentill conte, et sa maisnie aussi ;
« Noblement sont arriere reverti
« Et ont grant gent avoec aus recueilli,
« Bien sont .v. tans k'à premerains n'en vi ;
« Diex les maintiegne par la soie merci,
1100 « Car paien sont par aus dur acueilli. »
Lors poinst Ogiers parmi le pré flori,
Voiant Charlon .i. paien abati
Au brant d'acier, un autre pourfendi ;
Cui il ataint, jel tieng à mal bailli.
1105 Quant Charles voit c'Ogiers s'ayde ainsi,
Leva sa main, de Dieu le beneï.
L'enfes Ogiers à senestre guenchi ;
Ainsi com Diex le volt et consenti,
Trouva Namlon que paien ont saisi,
1110 Et Widelon et son frère Tierri,

3

Huon de Troies, Sanson et Amauri.
Ogiers le voit, s'en ot le cuer mari,
Danemarche a escrié à haut cri :
« Poignons avant, pour Dieu je le vous pri,
1115 « Je voi mon oncle Namlon au cuer hardi,
« Que pris enmainent Persant et Arrabi,
« Huon de Troies et maint autre autressi. »
A ce mot poignent, de bien faire aati.
Là veïssiez maint haubert dessarti
1120 Et decouper maint fort escu bruni
Et maint fort hiaume par pieces departi.
Que vous diroie? Là se maintinrent si
Li escuier que Namlon ont guerpi
Li Sarrazin, et les autres aussi.
1125 Ogiers saisi .i. destrier arrabi,
Namlon le baille, qui tantost sus sailli ;
Tout sont rescous li prison, ce vous di.
Paien le voient, s'en furent esbahi.
Dist l'uns à l'autre : « Ce sont gent Antecri,
1130 « Que li dyable nous ont ramené ci,
« Et hui matin s'en estoient fuï ;
« Mahons nos diex nous a bien relenqui,
« Se longuement dure la chose ainsi. »

A la rescousse de Namlon le barbé
1135 Et de Huon de Troies l'alosé
Et de maint autre que je n'ai pas noumé,
Ot maint grant coup departi et douné.
Assez tost furent li prison remonté,
De toutes pars sont Franc resvigoré,
1140 Charles meïsmes ot destrier recouvré.
Sarrazin sont arrière reculé,
Mien escient, .i. arpent mesuré.
Celui jour n'a pas Ogiers sejorné,
En son poing tint le bran d'acier letré,

1145 De paiens l'ot taint et ensanglanté ;
Cui il ataint, tost l'a à mort livré.
Devant lui vint Namles au cuer sené ;
« Vassal », dist-il, « ne me soit pas celé,
« Qui estes vous, dites en verité,

1150 « Qui Danemarche avez tant escrié
« Et tant paien et ocis et navré,
« Et me baillastes le destrier enselé ? »
Et dist Ogiers : « Oncles, par le saint Dé,
« Ne m'avez vous encore ravisé ?

1155 « Je suis Ogiers, par Dieu de majesté,
« Dont Charles doit faire sa volenté,
« Qui pour mon pere m'a si cueilli en hé
« Que ne gart l'eure que il m'ait encroé ;
« C'est drois, car moult a vers lui meserré.»

1160 Namles l'entent, Dieu en a aoré,
Ainc n'ot tel joie en trestout son aé,
De fine joie li sont li œil lermé.
Vint à Charlon, dit li a et conté ;
Charles l'entent, Dieu en a moult loé.

1165 Lors brocha Charles le destrier abriévé,
Lés lui Namlon, le preu et l'aduré ;
Enmi les Turs ont Ogier retrouvé.
Charles le voit, si l'a araisonné :
« Ogiers », fait il, « bien m'avez visité,

1170 « Par vo prouece soumes tout recouvré,
« Ce vous doit bien estre guerredouné ;
« Si sera il, de ce ne soit douté.
« Mi mal talent vous soient pardouné,
« Vous et vo pere, par la vostre bonté. »

1175 Il passe avant, n'i a plus demoré,
Le brant d'acier li a dou poing osté,
Puis li a joint au senestre costé,
Car le fuerre orent paien tout descoupé.
Le bran li a Charles representé,

1180. Et cil le prent, qui bien l'ot esprouvé.
      Lors a li rois le bras amont levé,
      El haterel a Ogier assené.
      Ainsi le fait chevalier ordené
      Et li promet grant pan de s'érité.
1185 « Sire », dist l'enfes, « Diex vous en sache gré. »
      Dedens son hiaume l'a Ogiers encliné,
      Que paien orent en maint lieu enbarré,
      Frait et rompu, percié et descloé.
        « Diex », dist Ogiers, « com j'ai de richeté,
1190 « Quant j'ai mon pere à Charlon racordé. »
      Des esperons a le cheval hurté,
      En son poing tint le bran enaceré.
      Le premier Turc que il a encontré
      A si feru que mort l'a craventé.
1195 Namles en pleure de joie et de pité,
      Encoste Ogier a son cheval guié;
      Cui il ataint, moult a mal oiselé;
      Là veïssiez estour de grant fierté.
      L'enfes Ogiers a le brant rentesé,
1200 Roy Danemon en a tel coup douné
      Que sur la croupe dou cheval l'a versé.
      Dient paien : « Au dyable maufé
        « Soient tel coup rendu et coumandé;
        « Par cel cuivert soumes desbareté,
1205   « Trop malement nous ara hui grevé,
        « Li vif dyable le nous ont raporté. »

      Le jour c'Ogiers ot la noble colée
      Que li bons rois Charles li ot dounée,
      Fu la bataille et fiere et adurée.
1210 Entour Charlon fu sa gent raünée,
      Que Sarrazin orent moult formenée,
      Mais puis c'Ogiers vint à cele meslée
      Et la compaigne que il ot amenée,

Fu gent paienne malement reüsée,

1215 Et nostre gent forment resvigorée,

Maint en y ot qui lance ot recouvrée.

« Poignons », dist Charles, « pour la virge hounorée ;

« Lor gent se tienent aussi com esfraée,

« Desconfit sont, je voi bien lor pensée. »

1220 Ensamble poignent tout à une huée,

Es Turs se fierent de si grant randounée

Que maint en getent sanglent gueule baée.

Là veïssiez mainte targe froée

Et mainte broigne rompue et despanée,

1225 Des abatuz fu jonchie la prée.

La fu Monjoie hautement escriée,

Et Danemarche et Baiviere la lée,

Et sains Malos et Angiers et Valée

Et mainte ensaigne que je n'ai pas noumée.

1230 Ogiers se tint, c'est veritez prouvée,

Ou plus grant tas de la gent desfaée,

De maint Turc fu sa prouece doutée,

Car maint en a dou cors la vie ostée.

Paienne gent sont arrier reculée

1235 A celui poindre plus d'une arbalestée.

Dont voient bien n'est pas lor la jornée,

En fuie tornent, n'i font plus arrestée.

Charles le voit, s'a sa resne tirée ;

Erranment fait corner la retornée,

1240 Ne veult sa gent soit à folie alée. ⁂

Quant Charlemaines vit paiens desconfis,

Dieu en gracie, le roy de Paradis.

« Or tost », fait il, « mes grans cors soit bondis,

« Car ne vueil pas l'enchaus soit parfurnis,

1245 « Raisons vaut miex c'outrages, ce m'est vis. »

Ainsi fu fait com je ci vous devis ;

Arrier repaire l'ensaigne saint Denis.

Mais ains que Charles ait ses gens recueillis,
Y ot tant mors de Turs et d'Arrabis
1250 Et de Coumains, de Persans, de Lutis,
C'on peüst estre dou veoir esbahis.
Entour Charlon est chascuns revertis,
Les mors cerchièrent par chans et par larris,
Et les navrés ont à cheval remis.
2155 Chascuns i laisse les siens moult à envis,
Car au besoing voit on qui est amis.
Ez vous François poignant tous aatis :
De Sustre vienent sor les chevaus de pris,
En trois batailles; bien fu chascuns garnis.
1260 N'i a celui ne soit grains et maris,
Car bien cuidoient Charles fust malbaillis
Et tout li autre detrenchié et ocis,
Pour les nouveles k'ot conté Aloris.
Truevent les mors, ça .vi., ça .vij., ça .x.,
1265 Maint hiaume brun, maint escu blanc et bis,
Maint trous de lance, mainte targe à vernis,
Maint bran d'acier qui estoit mal brunis,
Car de sanc ert chascuns tains et noircis.
Dist l'uns à l'autre : « Ci ot grant poigneïs. »

1270   Quant Charlemaine a veüe sa gent
En .iiij. batailles venir serréement,
Le duc Fagon choisit premierement,
Hoël de Nantes et Ernaut de Clarvent
Et Foucheré et maint autre ensement.
1275 « Namles », dist Charles, « par le cors saint Clement,
« Bien doit liez estre à cui tel gent apent. »
— « Sire », dist Namles, « je sai certainement
« Que pour vous sont forment triste et dolent,
« Maint en y a, ce sachiez vraiement,
1280 « Qui la moitié de tout son tenement
« Vorroit avoir douné entierement,

« S'eüst esté à ce charpentement. »
— « Certes », dist Charles, « je croi seürement
« Qu'il est ainsi, et si n'est autrement;
1285 « De ce ne doivent pas avoir grief torment,
« Car se Dieu plaist, le roy omnipotent,
« Il porront estre en tel lieu courtement
« Où il porront, se Jhesus le consent,
« Bien recouvrer tout le delaiement
1290 « Qu'il ont eü à ce coumencement. »
Entour Charlon s'en vinrent erranment
Cil qui l'amoient de cuer très loiaument.
Quant sain le truevent, s'en gracient souvent
Dieu et sa mere et ses sains humblement.
1295 Pou en i voient cui tout leur garnement
Ne soient frait, decoupé et sanglent.
Dist l'uns à l'autre : « Par le cors saint Vincent,
« Bien pert qu'il ont eü fier chaplement.»
Charles leur conte d'Ogier, con faitement
1300 Ont tout eü par lui recouvrement.
« Chevaliers est par itel couvenent
« Que à moi a tout son racordement,
« Il et ses peres et trestout lor parent ;
« Je cuit tant faire de son mesprendement
1305 « Que la chose iert faite hounorablement. »
Ceste nouvele de toutes pars s'estent,
Joie en demainent plus de .m. et .vij. cent,
Le roy Charlon en prisent durement.
O lui repairent ensamble liement,
1310 Jusques à Sustre ne font arrestement.

A Sustre furent no François retourné,
Souvent ont Dieu gracié et loé
De ce qu'il orent en tel maniere erré.
D'Ogier ont moult par toute l'ost parlé,
1315 Coumunaument dient par verité

Tout cil qui orent à la bataille esté,
Que se ne fust sa force et sa bonté,
Et sa vigours et sa grant seürté,
Mauvaisement leur fust cel jour alé.

1320   Li bons dux Namles l'ot mené à son tré,
Conjoy l'ot de cuer plain d'amisté,
Car assez l'ot baisié et acolé
Ains que de riens l'eüst on desarmé.
N'est pas merveille se il l'ot en chierté,

1325   Selonc ce k'ot cele jornée ouvré.
Charles n'ot pas Alori oublié,
Car moult avoit le cuer sor lui iré.
Tout erranment a li rois coumandé
Que on le pende, plus ne soit agardé.

1330   Ogiers le sot, forment l'en a pesé ;
A Namlon vint, dit li a et couté,
Pryé li a doucement et rouvé
Qu'à Charlon face par quoi il ait pité,
K'Alori ait de la mort respité.

1335   « Certes », dist Namles, « la vostre volenté
« En sera faite et vous en sai bon gré ;
« A mon povoir li sera destorné
« C'on ne li face ne honte ne griété. »
Ogiers l'entent, moult l'en a mercié.

1340   De là partirent, quant furent arréé ;
Au tré Charlon vinrent, là l'ont trouvé.
A merveille orent le Danois regardé
Tout cil de cui il furent rencontré.

Pour la raison que m'oez deviser
1345   Vint li dux Namles au roi Charlon parler,
Son neveu fist encoste lui aler.
Quant en son tré les vit Charles entrer,
Contre aus se lieve, n'ot cure d'arrester.
Vers Ogier vint, ce ne volt oublier,

1350 Tantost l'ala baisier et acoler.

« Sire », dist Namles, « un don vous vient rouver

« Ogiers, mes niés, que ci veez ester,

« C'est que vueilliez son mesfait pardouner

« A Alori que voulez encroer.

1355 « S'il a fait chose dont le doiez blasmer,

« Cuers li failli, ne le pot amender,

« On ne puet mie autrui cuer enprunter. »

Charles s'en rist, lors prist à regarder

Ogier et dist qu'il ne doit refuser

1360 Chose que il li vueille demander,

Car bien a fait par quoi le doit amer.

Pour soie amour le laira ore ester,

Mais d'une chose se puet il bien vanter

Que s'il ne fust, « par le cors saint Omer,

1365 « Je le feïsse dou cors deshounorer. »

Ogiers en prist le roi à encliner

Et moult l'en vot très à point mercier.

D'estre destruis fist Alori quiter

Ogiers, ainsi que vous m'oez conter.

1370 On corna l'aigue, si alèrent laver.

Delez le roi sist Ogiers au souper,

Car moult se paine de lui bien hounorer. —

Ez vous Charlot, le fill Charlon le ber,

Qui devers Ais vient, kanqu'il puet errer,

1375 Après son pere, pour houneur conquester,

En sa compaigne maint joene bacheler

Qu'avœques lui avoit fait adouber.

Au duc Tierri s'ot fait armes douner,

Celui d'Ardane qui moult fist à loer.

1380 Cil ert ses maistres, car pour lui doctriner

Ne couvenist nul meillor aviser,

Car tés estoit, ç'ai oy recorder,

Que preudons doit estre au droit deviser ;

Cil qui se font de tel gent gouverner,

1385　En doivent bien par raison amender.
　　　Le roy alèrent sagement saluer ;
　　　Charles le voit, moult li pot agréer.
　　　D'aus vous lairai ici endroit ester,
　　　Dou roy Corsuble vous revorrai parler.

1390　　A Roume furent Sarrazin revenu,
　　　Grain et dolant et de cuer irascu,
　　　Car de leur gent ont merveille perdu.
　　　Li rois Corsubles en a nouvele eü
　　　Que sa gent sont à Charlon combatu.
1395　Et s'ont paien mort et pris et vaincu.
　　　Danemon mande de cuer d'ire esmeü,
　　　Et cil i vient, qu'il n'a arresteü.
　　　« Fiex », dist li peres, « com tu m'as deceü
　　　« Que sans moi as Charlon seure coru ! »
1400　Rois Danemons li a tout conneü
　　　De la bataille ainsi com ele fu,
　　　Com Charles fu à pié el pré herbu
　　　Et que Franc erent presque tout recreü,
　　　Quant une flote de leur gent raparu,
1405　Où il avoit gent de trop grant vertu.
　　　« Par ceaus avons esté si court tenu
　　　« Que lor gent furent par aus tout secoru.
　　　« Maint en y ot de prouece esleü ;
　　　« Entre les autres en avons .i. veü,
1410　« Ogiers a non, ainsi l'ai entendu ;
　　　« Cis nous a hui maint houme à mort feru
　　　« Et maint navré et à terre abatu,
　　　« Maint hiaume frait et maint haubert rompu
　　　« Et mainte targe percie et maint escu.
1415　« Se cil n'i fussent à ce point embatu,
　　　« François l'eüssent si paié lor treü
　　　« Que tout i fussent ou mort ou retenu ;
　　　« Le roy Charlon vous eüsson rendu.

« Ainsi vous est par Ogier mescheü. »
1420 Corsuble l'ot, le cuer ot esperdu,
      Ses diex maudist, Mahoumet et Cahu,
      Il ne les prise la monte d'un festu.

      Li rois Corsubles a la nouvele oye
      Coument sa gent est morte et malbaillie ;
1425 De maltalent la face li rougie,
      Mais n'en pot el avoir à cele fie.
      Ez vous .i. mès en la sale voutie,
      Devant Corsuble s'en vient teste drecie.
      Il le salue de la loy paiennie ;
1430 « Sire », dist il, « ne vous esmaiez mie,
      « Karahues vient, fiex le roy d'Orcanie,
      « O lui amaine noble chevalerie,
      « .xx. .m. paiens a en sa compaignie ;
      « Avoir vorra Gloriande s'amie,
1435 « Vo bele fille, la gente, l'eschevie.
      « O vous ira en France la garnie,
      « N'en tornera s'iert la terre saisie.
      « Ci sui venus, ne sai que plus vous die,
      « Pour prendre terre pour sa gente maisnie,
1440 « Car ne veut faire vers nului vilounie ;
      « Coumandez tost qu'ele me soit baillie,
      « Car no gent sont près à liue et demie. »
      Corsubles l'ot, Mahoumet en gracie,
      Car moult l'en fu s'ire rassouagie.
1445 Le mès baillièrent terre à sa coumandie,
      Où leur gent pot bien estre herbergie.
      Li rois apele toute sa barounie,
      De Karahuel hounorer moult lor prie,
      Car rois estoit de moult grant seignorie,
1450 Dou grant lignage dou regné de Persie ;
      De mainte guerre a bien fait sa partie.
      « Or pueent bien Franc aler à folie,

« Car n'a plus preu dusk'au mont d'Aumarie;

« De lui sera ma fille noçoye,

1455 « C'est Gloriande, je li ai octroye;

« .i. an avant que ceste ost fu banie,

« L'avoit il jà jurée et fiancie,

« Mais trop ert jœne, pour ce l'ai detriie.

« Or li dourrai, car je l'ai tant nourie

1460 « Que bien est poins que ele se marie,

« Mais ains serai, je et ma barounie,

« Entrez en France, k'ai lonc tans couvoitie. »

Brunamons l'ot, moult en ot grant envie,

Car la pucele avoit si enchierie

1465 Pour la biauté dont ele ert raemplie,

Qu'il l'amoit si d'amour très enragie

Que c'est merveille qu'il demoroit en vie,

Car tant ert bele, de biauté adrecie,

Que dou veoir estoit grant/melodie.

1470 Com flours de lis estoit blanche et polie

Et plus vermeille que n'est rose espanie,

Si mist au faire Nature sa maistrie

Que plus ne fu plus bele riens choisie;

Sage et courtoise fu et bien ensaignie,

1475 Selon sa loi estoit bien entechie.

A li en fu la parole noncié

Que Karahues vient devers Barbarie,

Près ert de Roume, la fort cité antie ;

Forment en loe les diex en cui se fie.

1480   Quant Karahues dut à Roume venir,

Grant joie en maine, ne vous en quier mentir,

Uns Sarrazins qui moult fist à cremir,

Non ot Sadoines, fiez le roy de Moumir;

Leurs terres doivent près ensamble marchir.

1485 Contre lui va, ne s'en pot astenir,

Forment se prirent l'uns l'autre à conjoïr.

D'Ogier li conte mot à mot par loisir,
Coument se sot en estour maintenir :
« A paines puet nus hom ses coups soufrir
1490 « Puis k'à plain coup puet à lui avenir ;
« N'est armeüre qui le puist garandir
« Ne le couviengne de male mort morir ;
« Jà nous a fait sa prouece fouir
« Et mains des nos l'ame dou cors partir. »
1495 Karahues l'ot, moult en ot grant aïr,
Par maltalent coumença à rougir.
Mahoumet jure que il a grant desir
K'en la bataille puist Ogier consivir,
Et bien se prent de ce à aatir
1500 Que la nuit toute ne vorra pas dormir,
K'ains l'endemain que jour doie esclairir,
Vorra François à leur trés envaïr.
Et dist Sadoines : « Je m'i vueil assentir ;
« Par Mahoumet cui je doi obéïr,
1505 « El premier front me porrez vous choisir,
« Se ne me faut Baiars de Montespir. »

Quant Karahues fu à Roume venus,
Dou roi Corsuble fu moult biau receüs,
Et de sa fille cui devoit estre drus,
1510 Car moult ert biaus et gens et parcreüs,
Courtois et sages et de bonnes vertus,
Selonc sa loy dont il estoit tenus ;
De pluseurs fu moult amez et créus.
A Gloriande fist Carahues salus :
1515 « Bele », fait il, « pour vous fui esmeüs,
« Car la riens estes el mont que j'aime plus ;
« D'aler en France sui moult bien pourveüs
« Où il a gens de prouece esleüs,
« Mais n'i iert nus d'armes si bien vestus,
1520 « Ne n'auront glaives ne dars si esmolus,

« Que à no loi ne soit chascuns rendus ;

« Mains en sera escorchiez ou pendus,

« Se il ne croient Mahoumet et Cahus.

« Or ne soit mie Corsubles irascus

1525 « Ne pour François durement esperdus ;

« Par toute France iert ains boutez li fus,

« S'en sera ains mains bons haubers rompus

« Et mains chastiaus versez et abatus,

« Que de s'emprise ne viengnent au desus.

1530 « Pour vostre amour iert moustrez mes escus

« A ceaus de France, nel me desfendroit nus,

« Ains que li jours soit demain aparus. »

De Gloriande fu à droit respondus.

Rois Carahues est liement veüs,

1535 Car sage estoit par nature et par us ;

Pour Karahuel furent maint paien lié,

De sa venue ont Mahon gracié.

Quant assez ot et parlé et raisnié

A Gloriande au gent cors afaitié,

1540 Courtoisement a pris à li congié.

Il et Sadoines n'i sont plus detryé,

A leur osteus sont andoi repairié.

Quant reposé furent et aaisié,

Lors se sont bien armé et haubregié.

1545 Un poi ainçois qu'il fust tout anuitié,

Issent de Roume très bien apareillié ;

X. mile furent, n'en y ot .i. à pié.

Là veïssiez maint escu embracié

Et mainte targe dont li ais sont cuirié ;

1550 D'aus furent moult crestien manecié.

Tant ont ensamble erré et chevauchié

K'à .ij. lievetes sont de Sustre aprochié.

Lez .i. boschet se sont moult bien rengié,

Mahoumet prient, à cui sont otryé,

1555 K'ains qu'il retornent, se soient essaié

A nostre gent, car moult l'ont couvoitié ;
Mais ains qu'il voient le jour bien esclairié,
Les aront il de plus près aproismié.
Cele nuit a Charlos eschargaitié,
1560   En sa compaigne maint chevalier proisié.

    Icele nuit Charlos eschargaita,
Le duc Thierri d'Ardane o soi mena,
Li dux Fagons aussi avoec ala
Et tant des autres que .x. mile en y a.
1565   Dedenz son cuer moult forment se blasma
K'encore n'a veü ceaus de delà ;
Talent li prent que Roume aprochera.
Le duc Tierri d'une part apela,
Dist li vers Roume aler li couvenra
1570   Si coiement que l'ost ne le sara ;
Jà pour nului, ce dist, ne le laira ;
Se paiens trueve, à aus se combatra.
Vousist ou non, maugré lui l'otria
Li dux Tierris, nepourquant li moustra
1575   Assez de poins que granment mesfera
Et il et cil qui ce li loera.
Au duc Fagon Charlos tant en pria
Qu'il li otrie et avoec lui ira,
Car en son cuer de ce bien s'avisa
1580   K'encore n'a eü à ceaus delà   .
Riens nule à faire, nient plus que Charlos a :
Ce fu la chose pour quoi plus le loa.
Li dux Fagons bien sa gent ordena,
Bien et à droit l'eschargaite laissa,
1585   Dist leur coument chascuns se maintenra ;
A .ii. mile homes se partirent de là.
- Diex les conduise, qui tout le mont forma,
K'ains qu'il reviengnent maint en i avera
Qui de l'emprise moult se repentira.

1590   Uns Sarrazins qui les chemins cercha,
      Oy la noise, .i. petit s'arresta ;
      Tant fu illuec que il bien escouta
      No gent venir; lors plus ne demora,
      Plus tost qu'il pot arrier s'en retorna.
1595   A Karahuel vint, moult tost le nonça,
      A tous les autres dou dire se hasta.
      « Seignor », dist il à aus, « or i parra
      « Coument chascuns en l'estour le fera,
      « Vez ci François, vous les averez jà;
1600   « Je les laissai sor cel tertre deçà. »
      Sarrazin l'oent, chascuns s'apareilla,
      Et Karahues son escu embraça,
      L'anste paumoie dont li fers moult trencha,
      Le gonfanon erranment desploia.
1605   Il et Sadoines, chascuns moult goulousa
      Que, se il puet, premiers assamblera,
      Car hardemens leur cuers le coumanda
      Et seürtez au faire s'otria.

      Un petitet ains qu'il fust ajourné,
1610   Luisoit la lune et getoit grant clarté,
      Si faisoit bel, ce sachiez par verté,
      K'en l'air n'avoit nesun point d'oscurté.
      François chevauchent et rengié et serré,
      Un petitet se furent arresté,
1615   Chevaux escoutent henir à grant plenté.
      Dient François : « Bien nous est encontré,
      « Ce k'aliens querre, ce croi avons trouvé. »
      Li auquant ont lor chevaus recenglé.
      Maint chevalier veïssiez apresté
1620   De la bataille et moult entalenté.
      Li dux Tierris a Charlot apelé ;
      « Sire », fait il, « j'ai fait vo volenté,
      « Or faites tant k'en bien en soit parlé,

« Que de Charlon ne nous soit reprouvé
1625 « Qu'il ait en nous nul point de lascheté. »
Et dist Charlos : « De ce ne soit douté ;
« Miex ameroie avoir le chief coupé
« K'en moi fust jà trouvéé mauvaisté. »
Ains qu'il eüssent lor conroi ordené
1630 Ne lor afaire se pou non devisé,
Vinrent paien poingnant parmi le pré.
Devant les autres, .i. arpent mesuré,
Vint Karahues le frain abandonné,
Lez lui Sadoine au senestre costé.
1635 'Le premier coup a chascuns goulousé,
L'uns le desire à l'autre avoir emblé.
François les voient, l'uns l'autre l'a moustré,
D'ambes .ii. pars poingnent desconréé.
Li fiex Charlon n'i a pas arresté,
1640 Devant sa route a premiers assamblé.
Il et Sadoines se sont si encontré
Que li cheval en sont vuit demoré.
Karahues a au duc Fagon jousté,
Lor lances brisent, outre s'en sont passé.
1645 Li dux Tierris, de son espiel plané,
A .i. paien telement assené
Que l'armeüre ne li valut .i. dé ;
Parmi le cors li mist l'espiel quarré,
Mort le trebuche lés l'ariere d'un blé.
1650 Dou tronçon a .i. autre rencontré
Si dur que il l'a à terre porté.
Là ot maint Franc et maint paien versé
Et maint espiel desor escu froé.
Après les lances ont as brans recouvré ;
1655 A la rescousse dou fill le roi sené
Et de Sadoine ot maint grant coup douné ;
A moult grant paine ont chascuns remonté,
Estour i ot de moult très grant fierté.

4

Mais tant par sont li paien desfaé
1660   Que François sont tout d'aus avirouné.
Là veïssiez maint haubert depané
Et mainte targe et maint escu troé
Et maint fort hiaume frait et escartelé,
Qui par espaules gisent tout descerclé,
1665   Maint bran d'acier taint et ensanglenté;
Moult le font bien li nouvel adoubé.
Charlos li enfes, el poing le bran letré,
Maint Sarrazin en a si assené
Que moult l'en ont et cremi et loé.
1670   Il et li sien se sont moult bien prouvé,
Mais, se n'en pense li rois de majesté,
A tart séront arriere retorné,
Car de paiens y a moult aüné.

Grans fu l'estours, moult fist à ressoignier,
1675   Bien se desfendent no baron chevalier,
Li dux Tierris et Charlos au vis fier
Et maint des autres, car bien en ont mestier.
Fagons regarde, si choisi Desyer,
Un vassal preu, nés fu de Mondidier,
1680   Parmi le cors fu ferus d'un espier
Si k'à l'arçon l'en couvint apoier ;
Li dux Fagons l'en prent à araisnier :
« Amis », fait il, « pour Dieu vous vueil pryer
« K'à ce besoing nous vousissiez aidier,
1685   « Que vousissiez vostre cheval coursier
« Un petitet des esperons brochier,
« Dusques au gait la nouvele noncier
« Que tost nous viengnent sans point de delaier;
« De ce à faire feriés moult à prisier. »
1690   — « Sire », fait il, « refuser ne vous quier,
« Mais, par celui qui tout a à jugier,
« Se plus peüsse Sarrazins damagier,

« N'en partesisse pour la teste à trenchier,
  « D'autrui de moi feïssiez messagier ;
1695 « Mais navrez sui, dont me doit anuier. »
Et dist Fagons : « Par le cors saint Richier,
  « N'en alez mie à guise de lanier. »
Lors broche cil le bon corant destrier,
Moult tost s'en va par delez .i. rochier,
1700 Droit vers le gait se prent à adrecier ;
Si haut qu'il pot leur coumence à huchier
Que il sekeurent Charlot, se point l'ont chier ;
La droite voie leur prent à ensaignier ;
Lors veïssiez ceaus dou gait desrengier.
1705 Cil s'en passe outre, ne se volt delaier,
Dusk'au tref Charle ne fina de coitier ;
Moult tost li conte le mortel destorbier.
Charles l'entent, le sens cuida changier ;
Mander le fait et Namlon et Ogier.
1710 As armes keurent Alemant et Baivier,
Et Brabençon, Flamenc et Hainuier,
Et plusor autre vassal preu et guerrier ;
Forment se hastent d'aus tost apareillier.
Quant monté furent, n'ont cure de targier,
1715 Dusk'à l'estour ne vorent detryer.
Là veïssiez mainte lance enpoignier
Et maint escu fierement embracier.
Mais Sarrazin erent jà mis arrier,
Car cil dou gait erent venu premier,
1720 Qui moult avoient fait leur cris abaissier,
Car moult en orent mors getez sor l'erbier ;
Là les prenoient forment à enchaucier.

Grans fu l'enchaus et fier sont li estour,
Et dist Sadoines à la gent paiennour :
1725 « François nous vienent et devant et entour,
  « Alons nous ent, je n'i voi autre tour,

     « K'au demorer ariens nous le poiour,

     « Mains .iiij. tans avons gent que li lour,

     « Ne poons riens gaaignier ou demour. »

1730   Lors s'en tornèrent par un val tenebrour,

     En desfendant sans trop grant esfreour;

     De près les sivent la nostre gent Francour.

     Karahues fust hom de très grant valour,

     Se il creïst en Dieu le creatour;

1735   En son poing tint le bon brant de coulour,

     Courte avoit non, plus trenche d'un rasour.

     Il et Sadoines, li sires de Valflour,

     D'aus bien desfendre ne quierent nul sejour,

     Ains se maintienent com gent de grant vigour.

1740   Ez vous Ogier, le noble poigneour,

     Très bien armé el destrier coureour,

     Lance ot de fresne et targe painte à flour.

     Et dist Sadoines : « Par les diex cui j'aour,

     « Vez ci Ogier qui nous fist l'autre jour

1745   « Maint Sarrazin morir à grant dolour;

     « Bien reconnois ce destrier milsoudour. »

     Dist Karahues : « Jà n'aie je hounour

     « Et me retoille Gloriande s'amour

     « Si que n'en aie mais ne bien ne douçour,

1750   « S'encontre Ogier maintenant ne retour. »

     Sadoines l'ot, si ot moult grant paour

     Que cele emprise ne tornast à folour.

     Karahues torne la teste dou cheval,

     Tout entour lui rendent sa gent estal;

1755   Espiel li baille Marados de Broussal,

     Uns Sarrazins estrais de Portingal,

     Tint de Luserne la tour et le casal,

     Puis fist Garin d'Auseüne maint mal.

     Karahues prent le fort espiel poignal,

1760   La targe embrace à pierres de cristal.

Ez vous Ogier tout le pendant d'un val,
Lance sor fautre à loi de bon vassal,
Jà ot tant fait entre la gent roial
Que tout le tienent à preu et à loial.
1765 Karahues broche le pendant d'un costal
Seur un cheval meilleur de Bucifal,
Fors Broiefort ainc hon ne vit ital,
C'ert li chevaus Brunamon l'amiral,
Puis le conquist Ogiers en champ mortal,
1770 Quant combatirent ensamble par ingal
Par dedenz Roume la cit imperial,
Dont Sarrazin firent maint duel coral.

Ogiers regarde parmi les prez flouris,
Voit Karahuel qui vient tous aatis,
1775 La lance ou poing, au fer trenchant massis;
Vers lui adrece com chevaliers de pris;
S'il i eüssent tousjours mis leur avis,
S'est l'uns de l'autre noblement envaïs
Des fers, des lances, tout droit enmi les pis.
1780 Des targes rompent ais et cuir et vernis,
Les coups detinrent li fort haubert treslis,
Lor .ij. espiez ont en maint tronçon mis.
Chascuns passe outre, com d'armes bien apris.
Au retour traient les brans d'acier fourbis,
1785 L'uns vient vers l'autre fiers et volenteïs.
Ogiers le fiert el hiaume k'ert brunis,
Tel coup li doune devant enmi le vis
Que Karahues en fu tous estourdis;
Ne fust li cercles qui el hiaume ert assis,
1790 Mien escient, Karahues fust ocis.
Vers Ogier torne, ne fu pas esbahis,
Entre aus deus fust jà moult grans li estris,
Mais Karahues doute à estre souzpris,
Car François vienent par plains et par larris.

1795   Ez vous Sadoine, qui par le frain l'a pris,
        K'entour lui voit trop de ses anemis ;
        Puis li a dit : « Ne soiez alentis,
         « Mais alons ent, ou nous feroumes pis,
         « Car de François voi mons et vaus pourpris,
1800   « Et vous avez des coups Ogier sentis. »
        Dist Karahues : « Chevaliers est faitis,
         « Preus et vassaus, fiers et amanevis ;
         « Pleüst Mahom, à cui je sui sougis,
         « Qu'il se fust ore à no loi convertis,
1805   « Et de ma terre fust à moitié partis. »
        Et dist Sadoines : « Laissiez ester ces dis,
         « K'en ce ne gist ore pas nos pourfis,
         « A autre chose couvient estre ententis ;
         « De toutes pars voi nos gens desconfis. »
1810   Lors se rafichent sur les destriers de pris,
        De hardement et de fierté espris.
        A aus rassamblent et Persant et Lutis
        Et li Çoumain et li Amoravis ;
        Derrier se tienent, de ce soiez tous fis,
1815   Des premerains fussent moult à envis,
        Car chascuns ert vassaus, preus et eslis.
        Moult sagement ont leur gens recueillis,
        Et en leur garde les ont si acueillis
        Com font pastour pour les leus lor brebis.
1820   Ainsi s'en vont com je ci vous devis.
        On avoit jà les cors Charlon bondis
        Pour remanoir faire l'enchauceïs.

       Grans fu la noise, li cris et la huée ;
       Paien s'en vont parmi une valée,
1825   Desconfi furent à cele matinée,
        Franc les enchaucent de moult grant randounée.
        Ez vous Charlon poignant parmi la prée,
        Qui moult desire sa gent ait rassamblée,

K'enchauçant gent s'est errant oubliée,
1830 Par quoi tost puet estre à folie alée,
Et il avoit souvent tel chose usée.
Ogier saisi par la targe dorée;
« Ogier », fait il, « vo resne soit tirée,
« Car j'ai jà fait corner la retornée,
1835 « Ne l'avez pas, ce m'est vis, escoutée,
« K'à l'enchaucier aviez plus vo pensée. »
Dist Ogiers : « Sire, si soit com vous agréc.»
Entour Charlon est sa gent arrestée,
'De toutes pars venue et aünée,
1840 Arrier retornent, plus n'i font demorée,
Moult en reportent de gent morte et navrée.
A Sustre vienent, l'oriflambe levée;
En leur ost rentrent, fait ont bonne jornée,
Dieu en gracient et sa mere hounorée.

1845 Quant Charles fu arriere repairiés,
De ce fu moult li rois joians et liés
Que ses barons ot de perill sachiés.
Se li secours dou gait fust trop targiés,
Estre en peüst avenu tés meschiés
1850 De quoi ce fust damages et pitiés.
A duc Fagon fu Charles corrouciés;
Tantost le mande qu'il fu deshaubregiés;
Charlos refu tost pouroec envoiés
Et il i vienent, n'en est uns detryés;
1855 En lor compaigne vient mains joenes et viés
A nés coupés, à visages froissiés.
Chascuns i vint, qui en fu aaisiés,
De ceaus par qui fu l'estours coumenciés;
Maint en i ot qui n'i portent les piés,
1860 Car navré furent de lances et d'espiés.
Li dux Fagons fu premiers araisniés.
« Dux », dist li rois, « li gais vous fu charchiés,

    « Trestoute l'ost en vostre garde aviés,
    « Le gait laissastes, dont forment sui iriés;
1865   « Nel faites mais, car mains en vaurryés;
    « Chascuns doit estre de ce bien conseilliés
    « Que de son gait ne soit point esloigniés
    « De ci à tant que jours soit esclairiés. »
    — « Sire, c'est voirs », dist Fagons li proisiés,
1870   « Li dux Tierris, vraiement le sachiés,
    « Nous dist tout ce que vous nous retraiés,
    « Mais de vo fill en fui si fort pryés
    « Que n'en poi estre nulement relaissiés. »
    — « Par si », dist Charles, « le pardon en aiés,
1875   « Que autre foiz avisé en soiés. »
    De tous en fu Charles moult mercyés,
    A son ostel est chascuns radreciés.

    A Sustre fu Charles et ses barnés;
    A Fagon fu tous li mesfais quités,
1880   Et à Charlot, de ce dont vous avés
    Oy de quoi li rois fu tormentés.
    Droit après ce que Charles fu sevrés
    De la bataille et arrier retornés,
    Fu Karahues dedens Roume rentrés,
1885   Il et Sadoines ensamble lés à lés,
    Et mains des autres, et bleciés et navrés.
    A roi Corsuble s'en est uns mès alés,
    Par cui li fu li afaires contés
    Coument Charlos dut estre demorés :
1890   « Se li secours ne se fust si hastés,
    « Renduz vous fust et .m. autres delés;
    « Pour voir vous di, pas ne m'en mescreés,
    « Que Karahues est vassaus esprouvés,
    « Fiers et hardis et fors et adurés;
1895   « Il et Sadoines, chascuns s'est si prouvés
    « Que li mains preus en doit estre hounorés,

« Car s'il ne fussent, c'est fine verités,
« De tous les autres n'en fust uns eschapés ;
« La grant prouece d'aus .ij. nous a sauvés.
1900 Quant Gloriande a ces moz escoutés,
De fine joie li ert li cuers levés ;
Li mès en fu de ses bras acolés,
Karahuel aime plus que devant assés.
Et dist Corsubles : « Ce fu grans foletés,
1905 « Quant sans moi sont à François assamblés. »
Dist Gloriande : « Sire, mal en parlés,
« Joene gent sont, vraiement le savés ;
« C'est à grant tort se vous les en blasmés,
« K'ounour doit querre li nouviaus adoubés,
1910 « Si que feïstes, sire, quant fustes tés :
« Vous conquesistes hounor, pour ce l'avés,
« Que n'eüssiez pas, se fussiez remés ;
« Se en tans n'est nons d'ounour conquestés,
« A paines mais puet estre recouvrés.
1915 « Pour ce vous pri, sire, se tant m'amés,
« S'il ont mesfait, que vous leur pardounés
« Et quant il vienent, bon samblant lor moustrés,
« Ne ne soiés pas envers aus irés. »
— « Voir », dist Corsubles, « vous le me requerés
1920 « Com cele où maint courtoisie et bontés
« Et gentillece et debounairetés ;
« Et jel ferai puisque vous le voulés. »
— « Sire », dist ele, « Mahons en soit loés,
« Qui vous en sache .v. c. mercis et grés. »

1925 Quant Gloriande, la pucele au cors gent,
Ot à son pere bien dit tout son talent,
Ne demora pas après ce granment
Que Karahues devant le tré descent,
Il et Sadoines et maint autre ensement ;
1930 Le roi Corsuble saluent erranment.

Ez Gloriande, qui par les mains les prent,
Entre aus .ij. s'est assise isnelement.
Dist Gloriande : « Moult ressemblés bien gent
« Qui d'estour viengnent auques nouvelement,
1935 « Car vo viaire samblent taint d'atrement ;
« Bien doit pucele veoir très liement
« Gent qui repairent ainsi de chaplement. »
Li rois Corsubles parla courtoisement :
« Seignor », fait il, « ne vous chaut de noient,
1940 « On m'a bien dit trestout vostre errement :
« Perdu avés à ce coumencement.
« Si va de guerre, ce sachiez vraiement,
« L'une fois lié et à l'autre dolent,
« Et si pert on et gaaigne on souvent.
1945 « Or n'en soiez pas en trop grant torment,
« Car, par Mahom à cui mes cuers s'atent,
« Ainçois .viij. jours ou plus prochainement,
« En cuit je prendre si cruel vengement
« Qu'il en morront maint millier et maint cent. »
1950 Karahues fu liez quant le roi entent,
Car son corroux ressoignoit durement.

Quant Carahues a Corsuble entendu,
De joie en ot le cuer tout esmeü.
Ez Danemon et Brunamon venu,
1955 Devant la tente le roi sont descendu ;
Dedenz entrèrent li joene et li chenu,
De leur damage erent moult irascu.
De Mahoumet firent le roi salu ;
« Sire », font il, « moult nous est mescheü,
1960 « Que jà nous ont François .ij. fois vaincu
« Et dedenz Roume à force rembatu ;
« Vous i avés maint Sarrazin perdu.
« Alons à aus, trop avons ateudu,
« Hastéement soient seure coru.

1965 « Se ces premiers avions recreü

« Et eüssiens Charlon le chief tolu,

« En France iriens, qui nostre ancestre fu;

« N'i a pas gent par cui soit desfendu

« Que ne metons toute la terre en fu,

1970 « Se ne vous rendent à vo vouloir treü. »

Et dist Corsubles : « Tost seront confondu,

« Les viles arses, li chastel abatu ;

« Ainc cil de France ne virent tant escu,

« Ne tante targe, ne tant brant esmolu,

1975 « Ne tant espiel, ne tant fort hiaume agu,

« Que g'i menrai, ne tant destrier crenu,

« Car de ce faire soumes bien pourveü,

« Mais encore ierent de nous ci atendu,

« Tant que de Sustre se soient esmeü. »

1980 A ce conseill se sont dou tout tenu.

Li rois Corsubles fist forment à douter,

Car tant a gent c'on nes porroit esmer.

Rois Brunamons li a pris à moustrer ;

« Sire », fait il, « je nel vous quier celer,

1985 « Il seroit bon c'on feïst arréer

« Un de vos princes qui bien seüst parler,

« Et de par vous à Charlon demander

« S'il se vorroit à no loi atorner,

« Par quoi sa gent ne laissast pas tuer,

1990 « Ne son roiaume essillier ne gaster.

« Se il vous vuet venir merci crier,

« Vous l'en lairés sain et sauf retorner,

« Mais qu'il vous vueille si grant treü douner

« Que en sa terre le vorrez coumander.

1995 « S'il est qui bien le sache recorder,

« On ne porroit leur gent plus esfraer. »

Et dist Corsubles : « Bien le vueil creanter.

« Mais je ne sai qui i porra aler ;

« A ce couvient mon conseil aviser. »

2000 En piez se prist Karahues à lever,
Devant Corsuble s'est alez presenter,
Que le matin, quant devra ajorner,
Ira Charlon ce message porter.
Et dist Corsubles : « Vassal, moult estes ber ;

2005 « Par tel couvent m'i vorrai acorder
« K'au roi Charlon ne sarez deviser
« Riens que ne vueille otroier et graer. »
Dist Karahues : « Bien me doit agréer
« Cis dons, k'à paines l'osasse demander. »

2010 Li rois en prist à son dent à hurter
Son doi, pour miex celui don confermer,
Et Karahues l'en prist à encliner.
Dient Persant, Sarrazin et Escler :
Trestout li mondes doit Karahues amer.

2015 En Brunamon n'en ot que aïrer,
Car ce message dont ci m'oez conter
Amast moult miex, pour son pris alever,
Que nul avoir c'on li seüst douner,
Mais ce ert chose qu'il ne puet recouvrer.

2020 Karahues ot de Corsuble l'otroi
Qu'il s'en ira droit à Charlon le roi.
Moult en souspire Gloriande en recoi,
Pour Karahuel ot le cuer en effroi,
Car loiaument l'amoit selonc sa foi.

2025 Sadoines prist Karahuel par le doi,
A Gloriande prennent congié andoi.
Dist Gloriande : « Karahues, je vous proi
« Que vous gardez de parler à desroi,
« Je le vous lo par la foi que vous doi,
« Car François sont gent de moult grant bufoi. »
Dist Karahues : « Bele, regardez moi,
« Li cuers dou ventre me rit quant je vous voi.

« Vous le me dites pour bien, ainsi le croi ;
« Pour vostre amour parleroi par conroi,
2035 « Je vous coumant as diex de nostre loi.»
Au partir pleure Gloriande .i. très poi ;
Tant qu'ele pot, li fist des iex convoi.
Karahues prend Danemon delés soi,
A son ostel s'en sont alé tout troi.

2040 Karahues vint à son ostel tout droit,
O lui Sadoines qui durement l'amoit,
Et Danemons ; chascuns li devisoit
Com à Charlon la parole diroit
Que rois Corsubles charchie li avoit.
2045 Li rois Sadoines moult le ressemounoit
Que de parler à point souvenans soit
Et à raison ; de ce moult li prioit.
Et Karahues ainsi lor respondoit
Que ce message, ainsi que il cuidoit,
2050 Soufisanment et à droit forniroit,
Si que Corsubles blasme avoir n'en devroit,
Et il meïsmes s'ounour i retenroit
Entierement, ou ainçois i morroit.
Une coustume à celui tans estoit
2055 Que grant message nus garçon ne faisoit ;
Puis que de guerre la besoigne mouvoit,
Et que la guerre de roial gent naissoit,
Roi, duc ou conte, itel gent s'en melloit,
Et de ses armes chascuns moult bien s'armoit ;
2060 Et la raison pour quoi on connoissoit
K'ert messagiers, c'estoit ce qu'il portoit
Devers le fer sa lance et paumoioit ;
Qui en tel point ert, vraiement savoit
Que de nului jà garde n'i aroit.
2065 Li armeüre adont senefioit
Que son message vrai et certain feroit,

Et se nus hom sa chose desdisoit,
Establi ert que combatre en devoit.
Qui tel message adonques enprenoit,
2070 A grant hounour chascuns li atornoit.

A l'endemain, quant il fu ajorné,
Rois Karahues n'i a plus demoré,
De riches armes a son cors arréé ;
Courtain a ceinte au senestre costé,
2075 Puis est montez el destrier sejorné,
Hiaume ot el chief très bel et bien doré,
Où mainte pierre avoit de grant chierté.
A son col pent .i. fort escu listé
Et en son poing .i. espiel painturé
2080 A hanste roide et à fer aceré ;
Le fer en a de devers lui torné.
Sadoines l'a à Mahom coumandé,
Et Karahues issi de la cité,
Dusques à Sustre n'i a resne tiré.
2085 Tout parmi l'ost s'en va au maistre tré ;
Nostre François l'ont forment regardé,
Quant il le virent si noblement monté
Et de ses armes si richement armé.
« Par Dieu », font il, « le roi de majesté,
2090 « Cis samble bien de grant nobilité. »
Rois Karahues n'i a plus arresté,
A pié descent dou destrier abriévé.
Lors a son hiaume deslacié et osté,
Par ses espaules l'a arriere geté.
2095 Devant Charlon l'en ont François mené,
Car moult desirent savoir la verité
Que rois Corsubles a à Charlon mandé.
Au tré Charlon estoient assamblé
Maint duc, maint conte, maint prince, maint chasé,
2100 Car il avoit là entraus devisé

K'à Roume iroient ains le tiers jour passé.

Karahues fu tout droit en son estant
Devant Charlon, le riche roi puissant;
En lui avoit Sarrazin moult sachant.
2105 Moult le regardent François et Alemant;
« Vez ci », font il, « chevalier avenant,
« De bonne taille, trop petit ne trop grant,
« C'est grans meschiés k'en cors si soufisant
« Coume cis a n'a cuer en Dieu creant;
2110 « A sa manière est bien aparissant
« K'en lui doit estre grant prouece manant,
« Moult li sont ore si adou bien seant. »
Karahues passe un petitet avant,
Le roi salue hautement en oiant :
2115 « Cil diex où sont li crestien creant,
« Saut Charlemaines et tout le remanant!
« Messagiers sui Corsuble le vaillant,
« Le meilleur roy que on sache vivant,
« De Surie est rois coroune portant,
2120 « Toute Nubie est à lui apendant,
« Desouz lui est trestoute Boucidant.
« Rois, à vous sui venus par son coumant,
« A vous m'envoie, escoutés à son mant. »
— « Amis », dist Charles, « dites vostre talent. »

2125 Dist Karahues à Charlon au vis fier :
« A vous m'a fait Corsubles envoier,
« Par moi vous mande, celer ne le vous quier,
« Que à vos genz faites lor mains loier,
« A lui se rendent sans traire et sans lancier,
2130 « Et vous qui aus avez à justisier,
« Par devant lui irez agenoillier,
« Et li irez de ce merci pryer
« Que ci osastes venir et herbergier.

      « De lui arez vostre terre à baillier

2135   « Par .i. treü assis de fin ormier,

      « Et vous convient telement esploitier

      « Que vostre loy vous couvient renoier,

      « A Mahoumet aorer et pryer.

      « Se ce ne faites, ce sachiez sans cuidier,

2140   « Ceaus qui ci sont fera tous detrenchier

      « Et vous meïsme trestout vif escorchier.

      « Après vorra en France chevauchier,

      « Rois en doit estre et droit i doit jugier,

      « Car si ancestre en furent iretier.

2145   « Se gent i trueve qui nel vueille otryer,

      « Ceaus fera tous destruire et essillier,

      « Viles abatre et chastiaus peçoier,

      « N'i remanra chapele ne moustier,

      « Que tout ne face à terre trebuchier.

2150   « Miex vous vaurroit k'alissiez souploier

      « Devant Corsuble et la chose apaisier,

      « Que vo roiaumes eüst tel destorbier.

      « Or respondés à ce que vous requier,

      « Ne faites pas vo damage engrangier,

2155   « De fole emprise se fait bon relaissier. »

      — « Amis », dist Charles, « si me puist Diex aidier,

      « De ce à faire n'ai pas grant desirrier,

      « Vous povez bien arriere repairier

      « A roi Corsuble et dire et acointier

2160   « K'ains qu'il conquiere en France .i. seul denier,

      « Li cuit moustrer maint nobile guerrier,

      « L'escu au col, armé sor le destrier,

      « Qui me vorroient à envis conseillier

      « K'à ceste pais me vousisse obligier.

2165   « Dites Corsubles, je ne li vueil noier,

      « Que par celui qui tout a à baillier,

      « S'il eüst fait sa gent as chans logier,

      « Qui dedenz Roume se sont alé mucier,

    « Ains que demain deüst solaus couchier,

2170   « Me peüst il de plus près manecier,

    « Et s'il ne fait sa gent Roume widier,

    « Je les irai courtement asegier. »

    Quant Karahues l'oy ainsi raisnier,

    Dedenz son cuer l'en prist moult à prisier;

2175   Cis rois, pense il, n'a pas le cuer lanier.

    Quant Karahues oy Charlon parler,

    Dedenz son cuer l'en prist moult à loer,

    De sa response prist coleur à muer,

    En haut parole, bien se fist escouter.

2180   « Charles », fait il, « je m'en vorrai raler,

    « Bien voi que vous ne voulez acliner

    « Envers Corsuble, ne ses diex aorer;

    « Autre besoigne vous revorrai moustrer.

    « J'ai une amie dont bien me puis vanter

2185   « Qu'il n'a si bele deçà ne delà mer,

    « Fille est Corsuble, qui moult fait à douter :

    « C'est Gloriande, son non ne quier celer ;

    « Pour soie amour me vorrai esprouver

    « Contre .i. des vos, sel povoie trouver,

2190   « Tout le meilleur que porryez viser

    « Ne qui miex d'armes seüst à droit ouvrer.

    « Le matinet, droit après l'ajorner,

    « Ferai m'amie en une isle amener

    « Par deçà Roume, on l'apele Valcler,

2195   « Par tel couvent que m'orrez deviser :

    « Que cil qui là venra à moi jouster

    « N'i ara garde que le doie encombrer

    « Nus fors que je, ce vous vueil creanter.

    « Et s'il me puet par ses armes mater,

2200   « M'amie en puet avoeques lui mener,

    « Ne trouvera qui li doie véer;

    « Et se jel puis par mon cors conquester,

« Sa loi dou tout li couvient adosser
« Et Mahoumet servir et hounorer ;
2205 « Et se il vuet nostre loy despiter,
« Je li ferai tantost le chief couper. »
Ogiers l'entent, si se prist à lever,
Karahuel vient tout droit devant ester :
« Paiens », dist il, « foi que doi saint Omer,
2210 « Ne porrez pas à François reprouver
« Que tel requeste vous vueillent refuser ;
« Foi que je doi le duc Namlon porter,
« Le mien chier oncle que je doi moult amer,
« Dedenz cele isle que vous oi deviser
2215 « Me porrez vous demain tempre encontrer,
« Se je i puis venir ne assener. »
Karahues l'ot, sel prist à regarder,
De joie en prist ses diex à reclamer ;
François en prirent li uns l'autre à bouter,
2220 Dient d'Ogier qu'en lui a vassal ber,

Quant Ogiers ot ainsi fait son couvent,
De la bataille que dit vous ai briément,
En piez se drece tost et apertement
Li fiex Charlon, Charlos o le cors gent :
2225 « Ogiers », fait il, « moult parlez folement,
« Qui devant moi vous metez en present
« De la bataille, j'en ai grant mariment,
« Querez une autre, cesti n'arez noient ;
« Je l'arai je, et par droit jugement.
2230 « Bien savez vous que la besoigne apent
« Au roi mon pere trestout certainement,
« Ne moustrez pas tout vostre hardement,
« Petit s'en faut, par le cors saint Vincent,
« Que je n'en preng moult grant amendement. »
2235 Ogiers l'entent, si en ot maltalent
Et tel vergoigne que jusqu'au cuer s'en sent,

Mais pour Charlon s'en suefre sagement.
Quant Karahues cele parole entent
Que c'est Ogiers qui tout premierement
2240 Ot respondu contre lui fierement,
Ne fust si liez pour or ne pour argent.
Dist à Charlot oiant toute la gent :
    « Vassal, plains estes d'outrageus escient
    « Qui à Ogier parlez si folement,
2245 « Mal fait li rois quant il le vous consent.
    « Par Mahoumet, cui je sers loiaument,
    « François se pueent vanter seürement,
    « S'Ogiers ne fust, ce sachiez vraiement,
    « Ne leur alast mie si faitement.
2250 « De la bataille à Ogier m'en atent,
    « Par quoi n'arez pas ore à moi content,
    « Mais se avez de bataille talent
    « Bataille arez, ce vous ai je en couvent ;
    « Demain matin, sachiez outréement,
2255 « Menrai en l'isle Sadoine de Clarvent ;
    « Icis est fiex le roi de Boucident,
    « Moult sera bien armez et richement ;
    « Se là venez, je vous pri durement
    « Que l'ociez, se il ne se desfent. »
2260 Quant Charlos l'ot, tantost vint liement
Vers Karahuel et par la main le prent ;
La bataille a creanté erranment,
Si que le virent plus de mil et sept cent.

    Quant Charlemaines la parole escouta
2265 Coument ses fiex la bataille empris a,
Sachiez que moult en son cuer l'en prisa,
Mais durement de ce li anuia
Que à Ogier si folement parla
Et pense bien k'amender li fera
2270 En tel maniere que à Ogier plaira.

Au duc Tierri malement en jura
Et pense bien que il en blasmera
Charlot si tost que de là partira.
Ainsi le fist, mie ne l'oublia.
2275　Dist Karahues au roi : « Entendez çà :
　　　« Ceste bataille demain matin sera,
　　　« Contre Sadoine vo fiex se combatra
　　　« Et je encontre Ogier que je voi là.
　　　« De traïson ne vous doutez vous jà,
2280　« Car sachiez bien que point n'en y aura
　　　« Dou roi Corsuble ne de ceaus de delà. »
　　　Leva le doit, à son dent le hurta,
　　　Ce senefie que loiaument tenra
　　　Les couvenances k'en couvenant leur a ;
2285　Pour à morir, ce dist, n'en faussera.

　　　Karahues a la bataille afiée,
　　　Sa loi en a souventes fois jurée
　　　Que loiaument iert la chose menée.
　　　En tel point fu la bataille arréée,
2290　Et Charles l'a otriie et graée ;
　　　Li un la loent, li autre l'ont blasmée.
　　　Au roi parole Fouchiers de Pierre Lée,
　　　Bien devoit estre sa parole escoutée,
　　　Car paié ot mainte grande journée
2295　Seur ceaus qui orent la loi Dieu adossée.
　　　« Sire », fait il, « forment me désagrée
　　　« Que .ij. enfans laissiez tele mellée
　　　« Dont moult porroit vostre ost estre adoulée.
　　　— « Fouchier », dist Charles, « si soit m'ame sauvée
2300　« C'Ogiers n'est pas enfes el poing l'espée ;
　　　« S'il plaist à Dieu qu'il ait longue durée,
　　　« Chevaliers iert de prouece adurée,
　　　« Sa prouece est veüe et esprouvée.
　　　« Et de mon fill, par la Virge hounorée,

2305 « Miex ameroie la teste eüst coupée
     « Que couardie fust jà en lui prouvée,
     « Car joenes hom qui à prouece bée,
     « Qui vuet en armes sa vie avoir usée,
     « Doit querre hounour tant que il l'ait trouvée ;
2310 « Souvent doit estre sa vie aventurée,
     « Car ne puet estre, ce est chose passée,
     « Hounours par armes sans perill conquestée. »
Fouchiers l'entent, la teste en a crollée;
En son cuer pense que de grant renoumée
2315 Doit estre rois en cui a tel pensée.

     Dist Karahues : « Sire rois, entendés,
     « Je m'en rirai, car trop sui arrestés
     « Et si voi bien que noient ne ferés
     « Dou mant Corsuble ne talent n'en avés. »
2320 — « Certes », dist Charles, « c'est fine verités. »
Quant Karahues à ces moz escoutés,
Dou roi a pris congié. Lors est tournés
Devers Ogier, de lui fu aparlés
Si que oyr le pot bien li barnés.
2325 « Ogier », fait il, « demain matin venés,
     « Vous et Charlos, si k'en couvent l'avés,
     « Moi et Sadoine en l'isle trouverés
     « Certainement seur les chevaux montés;
     « Une oriflambe desploïe verrés,
2330 « Par cele ensaigne à nous assenerés. »
Et dist Ogiers : « De ce ne vous doutés,
     « Car assez tempre, se je puis, nous arés ;
     « Mais gardés bien que vous pas n'oubliés
     « Que Gloriande avoec vous n'amenés,
2335 « La vostre amie que vous tant nous loés ;
     « S'ele est si bele que vous nous devisés,
     « Bien doit vos cuers de joie estre comblés. »
Dist Karahues : « Oïl, et plus assés,

    « Et bien soiez de ce asseürés
2340 « Qu'ele i venra et que vous l'en menrés
    « Se vous par armes conquerre nous porés. »
    Lors prent congié Karahues com senés.
    Ou cheval monte ; quant fu issus des trés,
    A grant merveille fu de tous regardés,
2345 Car richement et bel ert arréés.
    « Ha Diex ! », font il, « vrais rois de majestés,
    « Com par ert ore cis paiens avisés
    « Et très courtois et bien endoctrinés,
    « Car fust il ore bauptisiés et levés !

2350 Karahues broche le bon destrier crenu ;
    Dusques à Roume n'i a resne tenu.
    Contre lui furent maint Sarrazin venu
    Qui defors Roume l'avoient atendu ;
    De Mahoumet li firent maint salu.
2355 Et dist Sadoines : « Com vous est avenu ?
    « Coument vous ont crestiens receü ?
    « Lairont il metre les lor pays en fu
    « Ou il seront à Corsuble rendu
    « Et li donront à son vouloir treü,
2360 « Et si croiront Mahoumet et Cahu ? »
    Dist Karahues : « Ne l'ai mie entendu,
    « Autre besoigne d'aus charchie me fu.
    « Au roi Charlon parlai, au chief chenu,
    « Bien samble rois fiers et plains de vertu ;
2365 « De lui meïsme, sachiez, ai bien seü
    « Qu'il ne nous prisent la monte d'un festu.
    « Pieça nous fussent, ce dist, seure coru,
    « Se nostre gent fussent de Roume issu,
    « Par quoi no tré fussent as chans tendu.
2370 « Dou mant Corsuble lor a pétit chalu,
    « A la response Charlon a bien paru. »
    Paien l'entendent, taisant furent et mu,

Forment en furent li plusour esperdu.

Dist Karahues: « Sadoine, ne sès mie
2375 « Com nous est bien cheü à ceste fie :
« Bataille ai prise pour l'amour de m'amie,
« C'est Gloriande, la blonde, l'eschevie,
« Encoutre Ogier qui Danemarche crie,
« Dont si se plaignent nostre gent paiennie ;
2380 « Et pour vous rai bataille fiancie
« Au fill le roi de France la garnie.
« Le matinet, après l'aube esclairie,
« Tout droit en l'isle de Valcler à navie
« Passerons outre enmi la praerie,
2385 « Qu'il y a place grant et large et ounie ;
« Et Gloriande iert en no compaignie.
« En tel maniere ai pris ceste aatie :
« S'il nous conquierent par leur chevalerie,
« Que Gloriande menront vers leur partie,
2390 « Ne trouveront qui jà leur contredie ;
« Et s'au desus venons de l'envaïe,
« No loi croiront ou il perdront la vie. »
Sadoines l'ot, Mahoumet en gracie
Et Karahuel durement en mercie,
2395 Ne fust si liez pour tout l'or de Surie.
Dedenz Roume entrent la cité seignorie,
Au tré Corsuble ont leur voie adrecie.
Quant Gloriande a la nouvelé oïe
Que Karahues revient, moult en fu lie.

2400 Rois Karahues descent au maistre tré,
Il et Sadoines en sont dedenz entré,
Encontre aus sont maint Sarrazin levé.
Karahues a Corsuble salué,
Après li a son message conté
2405 De chief en chief, ne l'en a riens celé.

Dist li que Charles li mande par verté
K'ainçois qu'il ait son pays aquité,
Li aura il maint preu vassal moustré
L'escu au col et le hiaume fermé,
2410   L'espée au poing et le bran au costé ;
       « Ains y ara maint panel reversé,
       « Maint home mort, maint pris et maint navré,
       « Que dedenz France aiez le pié bouté.
       « Et jure Charles sor la crestienté
2415   « Que de combatre à vous a volenté
       « Tele que jà vous eüst encontré,
       « Se ne fussons dedenz Roume enserré ;
       « De ce sont moult lor gent desconforté
       « Que à plains chans ne soumes ostelé,
2420   « Où il n'eüst ne fraite ne fossé
       « Qui de combatre les eüst encombré,
       « Car moult desire à vous estre ajousté.
       « Et a rois Charles deseur son dieu juré
       « K'assis seroumes dedens ceste cité,
2425   « S'au plain ne soumes bien courtement trouvé ;
       « Moult me samblèrent aigre et entalenté
       « K'à nostre gent soient tost assamblé. »
       A ce mot a son message finé.
       Corsubles l'ot, le chief en a crollé,
2430   Par maltalent en a Mahom voué
       Que mar li a Charles tel mant mandé,
       Que courtement sera chier comparé.
       Karahues a au roi bien recordé
       K'il et Sadoines iront en l'isle armé
2435   Le matinet, quant sera ajourné,
       Contre Charlot et Ogier le menbré ;
       Trestout l'afaire li a bien devisé
       Com Gloriande iert avoec aus el pré
       Et com leur a seur sa loi afié
2440   Que, se il sont recreü et maté,

Il et Sadoines, ne par armes outré,
S'amie en pueent mener à sauveté
En l'ost françoise, jà ne leur iert veé,
Ne jà par home n'i seront destourbé;
2445 Et s'il avient qu'il soient conquesté,
Il ont aussi promis en loiauté,
Devant Charlon et devant son barné,
« K'à nostre loi doivent estre atorné,
« Ou chascuns doit avoir le chief coupé. »
2450 Et dist Corsubles : « Ce me vient bien à gré.
« Or soient si vostre bran esprouvé
« Que cel Ogier que on m'a tant loé
« Puissiez conquerre, s'aurez bien oiselé,
« Car c'est uns hom, tout ait il joene aé,
2455 « Qui nostre gent a malement grevé,
« Et ce est bien et seü et prouvé,
« Moult en seroient crestien adoulé. »
Dist Karahues : « Sire, ne soit douté,
« Se Mahoumés ne nous a pris en hé,
2460 « Tant en feroumes k'en bien en iert parlé. »
A ce mot sont dou tré le roi sevré.
Rois Karahues n'a noient oublié ;
Il ne Sadoines, qu'il ne soient alé
A Gloriande, qui moult ot de biauté.
2465 Pour Karahuel a Mahom aoré ;
Si grant joie ot, quant le vit retorné,
Qu'ele l'en a de la joie acolé.
Là endroit ont Karahuel desarmé.

Quant Karahues fu arrier repairiés
2470 Et à Corsuble ses messages nonciés,
Mains Sarrazins en fu moult courrouciés
De ce que Charles les a si desdaigniés.
Mahoumet jurent que cis mans iert vengiés,
« Mar s'est rois Charles si de nous acointiés,

2475 « Mort sont François, n'en eschapera piés,
       « Mahons confonde cui en prendra pitiés ! »
       Ainsi est Charles de paiens maneciés.
       Li uns devise que il sera noiés,
       L'autres penduz et li tiers escorchiés,
2480 Li quars boulis et li quins detrenchiés.
       Ainsi estoit de tous lez dejugiés
       De Sarrazins, de joenes et de viés.
       D'aus vous iert ore li contes ci laissiés;
       De Charlemaine vous dirai, ce sachiez.
2485 A Sustre fu li gentiex rois proisiés;
       Cel jour meïsme s'ert li rois conseilliés
       Coument paiens puist avoir damagiés,
       Car moult desire k'à aus soit aprochiés.

        A Sustre furent François et Bourgueignon,
2490 Et Champenois et Flamenc et Frison,
       Et Alemant, Loherenc, Brabençon,
       Et Artisien, Hainuier, Habingnon
       Et Torengel, Angevin et Breton;
       Gent y avoit de mainte region.
2495 Pour Charlot sont li plusor en friçon,
       Car trop ert joenes pour tele emprision;
       D'Ogier ne sont pas en grant cuisençon,
       Car bien connoissent sa force et son renon
       Et son povoir, dont a si grant foison
2500 Que plus à paines en puet avoir nus hon.
       Li dux Tieris mist Charlot à raison
       A une part entre lui et Namlon :
       « Sire », font il, « or soiez si preudon
       « K'en toutes cours de vous parler puist on
2505 « En tel maniere que pour bon vous tiengne on
       « Et c'on puist dire que fiex estes Charlon. »
       Et dist Charlot : « Par le cors saint Symon,
       « J'en ferai tant, se Dieu plaist et son non,

« C'on n'en porra dire se tout bien non. »

2510 — « Sires », dist Namles, « Diex vous otroit ce don. »

Quant li dux Namles et Tierris li sachans
Orent Charlot ensaignié lor talans,
Droit à son tré fu Namles retornans,
Car d'arréer Ogier fu desirans.
2515 A lui parole coume courtois et frans.
« Biaus niés », dist il, « or soiez souvenans
« Que joenes hom, ou point qu'il ert venans,
« Puis que d'ounour conquerre est goulousans,
« Ne doit douter ne paines ne ahans;
2520 « En tous poins d'armes doit estre aventurans.
« Bataille avez prise à ces mescreans,
« Vous et Charlos, mais or soiez gaitans,
« Se vous povez, que li soiez aidans
« Se vous veez qu'il en soit besoignans.
2525 « Se dou ferir sentez vos braz pesans
: Et ens ou hiaume estes auques suans
« Et de combatre traveillez et souflans,
« Ne soiez mie pour ce desconfortans
« Ne en vo cuer de riens desconfisans ;
2530 « S'en tel point estes que ci sui recordans,
« Penser devez k'en pieur point .ij. tans
« Soit cil vers cui vous estes combatans. »
Dist Ogiers : « Oncles, n'en soiez jà doutans,
« Bien en serai, se Dieu plaist, ramembrans. »
2535 — « Biaus niez », dist Namles, « demain serez portans
« Mes droites armes, car teus est mes coumans. »
Et dist Ogiers : « De ce sui moult joians,
« Moult en doi estre envers vous mercians
« Quant si preudons m'est ses armes carchans,
2540 « Ne les lairai tant com serai vivans,
« Car je ne sai armes si acesmans,
« K'armes qui sont d'or qui est reluisans,

    « A .i. lyon de sable qu'est rampans.

    « Encore y a chose moult avenans :

2545 « L'ourle endentée de gueules flamboians,

    « L'endentée ourle ne m'iert pas demorans,

    « A l'ourle entiere les arai à tous tans.

    « Or les me doinst Diex porter lui servans ! »

    A l'endemain, droit au jour aparant,

2550 Furent levé ambedoi li enfant.

    La messe oïrent, n'alèrent delaiant;

    Après la messe s'adoubèrent errant.

    Chascuns d'aus ot armes à son talent

    Et bon destrier isnel et remouvant,

2555 Fort et legier et aspre et tost corant.

    Li enfant montent, plus n'i vont atendant;

    Chascuns ot hiaume très bel et bien seant.

    Leur escus prennent à fin or reluisant

    Et leur espiez dont li fer sont trenchant,

2560 A chascun a ensaigne flamboiant ;

    Quant monté furent, moult erent avenant.

    Ogiers s'en va es estriers afichant,

    Dedenz son hiaume va la teste dreçant,

    Fierement va son espiel enpoignant

2565 Et son escu vers son pis estraignant.

    Un petitet va son cheval brochant,

    Forment le trueve souz lui fort et poissant,

    Dieu en gracie le pere raiemant.

    Dient François, Baivier et Alemant :

2570 « En Ogier a chevalier très plaisant,

    « De bonnes teches, courtois et entendant,

    « Et en Charlot ra enfant bien venant;

    « Diex les ramaint andeus par son coumant ! »

    A tant s'en partent, plus n'i vont arrestant.

2575 Charles les va de sa main benissant,

    Pour aus va Namles moult de cuer souspirant.

  · Nus hom ne va après aus .ij. sivant,
Car tout ainsi fu mis en couvenant,
Ne d'autre part Sarrazin ne Persant
2580 Ne resivroient Karahuel tant ne quant.
Ains k'ambedoi soient mais repairant,
En seront moult François de cuer dolant.

    Ogiers chevauche qui moult fist à loer,
Il et Charlos, li fiex Charlon le ber.
2585 D'aus vous lairai un petitet ester,
De Karahuel vous revorrai parler.
Au matinet, droit après l'ajorner,
Il et Sadoines s'erent fait adouber
Si richement, pour voir le puis jurer,
2590 Que cil qui bien le vorroit deviser
Aroit besoing de lui bien aviser.
Jà s'erent fait outre en l'isle passer,
Avoec aus fu Gloriande au vis cler.
Un paveillon y orent fait lever
2595 Où la pucele se porra deporter
Et pour le chaut onbroier et jouer
Et la bataille veoir et esgarder.
Sus orent fait une ensaigne poser,
Que de leur armes firent esquarteler,
2600 C'Ogiers i puist et Charlos assener ;
De trayson ne se puet nus garder.
Uns Sarrazins, cui Diex puist mal douner,
Rois Danemons, ainsi se fist noumer,
Fiex ert Corsuble qui moult fist à douter,
2605 · O lui ot fait .xxx. paiens armer.
En .i. requoi s'alèrent esconser,
Bien près d'un gué par où porroit aler
Tout droit en l'isle pour Ogier encombrer
Et pour Charlot hounir et vergonder,
2610 Se li autre ont le pieur au chapler ;

Ainsi le fist Danemons ordener.
Pour Karahuel le fist moult bien celer,
Et pour Sadoine n'en vorrent mot souner.
Se il seüssent k'ainsi deüst ouvrer
2615 Rois Danemons ne tel chose arréer,
Nel consentissent pour les membres couper.

Un diemenche, sachiez certainement,
Fu Karahues en l'isle voirement,
Il et Sadoines, armés moult gentement.
2620 Avoec aus fu la pucele au cors gent,
C'est Gloriande k'ert de joene jouvent;
Toute la place de sa biauté resplent,
Moult par estoient chier si acesmement.
Ez vous Ogier qui lez .i. val descent,
2625 Il et Charlos vienent moult liement;
L'ensaigne voient trestout premierement
K'ert sor le tré; lors sorent erranment
K'à la bataille ne faurront il noient;
Les leur ensaignes desploièrent au vent.
2630 Rois Karahues, qui moult ot hardement,
Les vit venir. Lors dist isnelement
Au roi Sadoines : « Montons hastéement ;
« Vez ci Ogier et Charlot ensement,
« Qui au tré Charle m'orent ier en couvent
2635 « Ce que bien m'ont tenu et loiaument. »
Es chevaus montent tost et apertement,
Leur hiaumes lacent, chascuns sa targe prent
Par les enarmes et à son col le pent,
Et Gloriande chascun sa lance tent
2640 Où ot ensaigne qui reluist et resplent,
Puis les coumande au Mahom sauvement.
Seur les estriers chascuns d'aus .ij. s'estent,
Droit vers le gué s'en vont moult fierement,
C'Ogier vouloient moustrer comfaitement

2645 Outre pourront passer seürement,
     Il et Charlos, par leur ensaiguement,
     Car il y orent ce jour passé souvent.
     Ne demorèrent pas iluec longuement,
     Quant seur la rive vit chascuns son content.
2650 Ne vous ferai de ce lonc parlement,
     Outre passèrent par leur assenement.
     Quels armes ot Karahues, vraiement
     Vous arai je devisé moult briément :
     L'escu vermeil portoit freté d'argent;
2655 Li rois Sadoines, à cui Persie apent,
     Portoit l'escu d'or à .i. noir serpent;
     C'erent leur armes, sachiez outréement.

     Entre Charlot et le Danois Ogier
     Orent le gué passé par le gravier;
2660 Quant furent outre, ne vorrent atargier,
     Chascuns s'apreste de cuer seür et fier
     Que il puist faire d'armes le droit mestier
     Leur anstes droites prennent à enpoignier,
     Et leur escuz moult fort à enbracier,
2665 Chascuns s'afiche noblement ou destrier.
     Karahues prist vers aus à chevauchier,
     Par le fer tint en sa main son espier ;
     Courtoisement leur a pris à huchier ;
     « Ogier », fait il, « je vous vieng anonchier,
2670 « Que trestout ce k'en couvent vous oiier,
     « Ai amené, ce sachiez sans cuidier;
     « Vez ci Sadoine, fill le roi Manesier,
     « Contre Charlot fill Charlon le guerrier,
     « Et en ce tré, par delez ce vergier,
2675 « Est Gloriande, qui tant fait à prisier,
     « Fille Corsuble, le bon roi droiturier,
     « La cui biauté ne puet nus esprisier;
     « Que vous diroie? Sachiez k'au droit jugier,

« Ne devroit nus plus bele souhaidier ;
2680   « Nature aroit trop à estudyer,
     « S'ele ert à faire de li recoumencier.
     « Delez le tré ai je fait atachier
     « Un palefroi ambleour bel et chier,
     « A frain d'orfroi et à sele à ormier
2685   « Sor quoi ferez la pucele puier,
     « Se nous povez conquerre au brant d'acier ;
     « Avoeques vous s'en ira sanz dangier,
     « Car je li ai aïnsi fait otroier ;
     « Jà n'i arez de nului destorbier. »
2690   — « Venu la soumes », dist Ogiers, « chalengier,
     « Mais trop nous faites longuement detryer. »
     Dist Karahues : « Laissiez le manecier,
     « Car, par Mahon qui tout a à baillier,
     « Ains que li jours traie vers l'anuitier,
2695   « La cuidons nous si vers vous desraisnier
     « Que vous n'arez talent de dosnoier,
     « Ou j'en gerrai mors sanglens sor l'erbier. »
     Et dist Ogiers : « Diex nous puet bien aidier ;
     « Ralez vous ent, laissiez vostre plaidier,
2700   « Si nous laissiez la besoigne avancier,
     « Car li tans passe ; dont avons desirrier,
     « C'est que puissons vostre amie aprochier,
     « Car il n'est nus ne deüst couvoitier
     « De tel pucele veoir et acointier ;
2705   « Diex me doinst grace que la puisse baisier ! »
     Karahues l'ot, vis cuida enragier,
     De maltalent prist coleur à changier,
     Arrier retorne son auferrant coursier.
     Dist à Sadoine : « Pensons de l'esploitier,
2710   « Corons leur seure sans point de delaier. »

      En l'isle furent tout .iiij. li baron,
     Et dist Ogiers Charlot : « Soiés preudon,

« Aiez souvent en vo cuer mencion
« Que vous fiex estes le très bon roi Charlon,
2715 « Le meillor roi c'onques veïst nus hon. »
Et dist Charlos : « Pour le cors saint Symon,
« Brochons premiers, se ce vous samble bon. »
Et dist Ogiers : « A Dieu beneïçon! »
D'ambes .ij. pars brochent li compaignon.
2720 Karahues vint poignant seur l'arragon,
Ogier ataint seur l'escu à lion,
Et Ogiers lui, par tel devision
Que de sa lance fist chascuns maint tronçon.
Outre s'en passent si joint coume faucon ;
2725 As brans d'acier fu leur entencion.
Sadoines broche vers Charlot à bandon,
Et il vers lui, baissié le gonfanon ;
Des fors espiez as fers trenchans enson
Se sont feru de si très grant randon
2730 Que frait en furent ambedoi li blazon ;
Les coups detinrent li haubert fremillon.
Parmi la crupe de son destrier gascon
Vuida chascuns des .ij. vassaus l'arçon ;
Andoi cheïrent droit d'encoste .i. buisson.
2735 Sus ressaillirent sans longue arrestison,
Leur cheval orent de tel afaitison,
De tel maniere et de tel norreçon,
K'ainc ne se murent, ains prist chascuns le son.
Tost remontèrent, car bien en fu saison.

2740 Quant Charlos ot son cheval recouvré
.Et que Sadoines et il sont remonté,
Chascuns a trait le bon bran aceré ;
Hardiement se sont entre encontré,
Maint ruiste coup à l'un l'autre douné.
2745 Karahues tint ou poing le bran letré,
Courtain la bele qui gete grant clarté ;

6

Ogiers et il n'orent pas sejorné,
Ains ont l'uns l'autre telement assené
Que leur escu en sont esquartelé
2750   Et leur fort hiaüme en maint lieu enbarré.
Ogiers regarde, voit Charlot encombré,
Sadoines l'ot par le hiaume combré,
Malement l'ot devant lui encliné.
Ogiers le voit, le cuer en ot iré,
2755   Cele part a le destrier retorné,
Un pou le broche, puis a le bras levé,
Le bran entoise plains d'ire et de fierté,
Par tel aïr a Sadoine frapé
Que seur la crupe dou cheval l'a versé,
2760   Si que son hiaume li a tout descerclé,
Si a Sadoine malement estouné
Qu'il ne li menbre ne d'yver ne d'esté :
A celui coup a Charlot delivré.
Karahues vint Ogier droit au costé ;
2765   Courtain entoise, le bon bran afilé,
Sor la costiere a son coup avisé ;
Ogier feri sor le hiaume doré
Un si grant coup et si desmesuré
C'une grant piece en abati ou pré ;
2770   Fors fu l'aubers quant ne l'a descloé.
   « Dieu », dist Ogiers, « peres de majesté,
   « Icele espée forgièrent li maufé. »
Dist Karahues : « Je vous ai retrouvé,
   « A cestui coup vous ai je bien tasté.
2775   « Mar y arez Sadoine si hurté.
   « Par Mahoumet, que tieng à avoué,
   « Ains que m'amie qui tant a de biauté
   « Aiez baisie n'ele vous acolé,
   « L'averez vous, se je puis, comparé. »
2780   Et dist Ogiers : « Moult en avez parlé ;
   « Pour ce qu'un pou m'avez dou hiaume osté,

« Me cuidiez vous pour ce avoir outré?

« Je vous creant, la moie loiauté,

« Tost, se je puis, vous iert guerredouné. »

2785   Ogiers trestorne par merveilleus aïr,
Ou poing l'espée qui moult fist à cremir;
On ne porroit faucon si enaigrir
Pour heron prendre, ne vous en quier mentir,
Ne fust plus aigres de Karahuel ferir;
2790   Le bran entoise, plains d'ire et de desir.
A celui coup ne cuide pas faillir,
Amont seur hiaume le sot moult bien choisir;
Tel coup li doune le feu en fait saillir,
Mais à senestre prist li coups à guenchir,
2795   Le nasal fist dou hiaume departir,
Deseur la targe prist li coups à venir,
Le haubert fist desrompre et desartir;
Ne le fist pas l'espée en char sentir,
Car ne le pot à plain coup consivir;
2800   Kanqu'il atainst fist à terre cheïr.
Cis coups fist moult Karahuel estordir
Et esmaier et forment abaubir;
Ensi cis n'a pas talent de mentir
Qui tel conseil met en couvent tenir.

2805   Karahues vit sa broigne dessartie,
Son hiaume frait et sa targe empirie.
Moult li anuie pour l'amour de s'amie
Que li Danois telement le maistrie;
Dedenz son cuer jure bien et afie
2810   K'ains qu'il soit vespres ne heure de complie,
Iert de son sanc la verdure jonchie,
Ou la bataille iert autrement partie.
Li fiex Charlon tint l'espée fourbie,
Deseur Sadoine l'ot souvent essaïe,

2815 Si que sa targe en fu moult depecie.
Sadoine fiert sor hiaume de Surie,
Fors fu li cercles qui ne ront ne ne plie,
En deux moitiez est l'espée brisie.
Voit le Sadoines, Mahoumet en gracie,
2820 C'or cuide tost avoir pardesraisnie
De la bataille vers Charlot sa partie.
Lors li keurt seure, moult durement l'aigrie,
Tel coup li doune dou bran delez l'oye
Que par un pou n'a la sele guerpie.
2825 Ogiers le voit, de mal talent rougie,
« Ayde Diex », fait il, « sainte Marie,
« Que cis paiens très durement manie
« Le fill Charlon à la chiere hardie! »
Droit cele part a sa resne guenchie,
2830 Car desirriers le semout et renvie
De faire au fill le roi Charlon aye.
L'espée hauce, que bien ot empoignie,
Sadoine fiert de si grant envaye
Que de ce coup ot bien mestier de mie :
2835 Son bran rehauce, ne s'i oublia mie,
Grant coup li doune, mais l'espée est glacie,
Dou coup avint ainsi à cele fie
K'au bon cheval a la teste trenchie.
Sadoines chiet seur l'herbe qui verdie ;
2840 Au parcheoir a sa cuisse froissie,
Si k'en cel an ne fu si regarie
Qu'estre peüst par lui arme baillie.
Si rudement chiet seur la praerie
Que s'espée est fors de son poing glacie,
2845 Que la chaienne à quoi ert atachie
Estoit pieça derroute et desjointie ;
Bien près d'un pié est en terre fichie.
Charlos s'abaisse, qui moult tost l'a saisie ;
Ne fust si liez pour tout l'or de Pavie

2850   Com de l'espée quant il l'ot gaaignie.

        Quant Karahues vit Sadoine cheü,
        Le cuer en ot dolent et irascu,
        Bien fist semblant que il l'en a chalu.
        Tervagan jure, Mahoumet et Cahu,
2855   K'ains qu'il i muire sera il chier vendu.
        Vers Ogier broche le bon destrier crenu,
        Tel coup li doune deseur son hiaume agu
        C'une grant piece en ra jus abatu ;
        Si radement a li coups descendu
2860   C'un grant quartier li trencha de l'escu.
        Li bons haubers a le coup detenu ;
        Se ce ne fust, Ogier fust mescheü,
        Mien escient tout l'eüst pourfendu,
        Car com espris de chevalereus fu
2865   L'ot Karahuel à celui coup feru.
        Ogiers rehauce le bon bran esmolu,
        Le destrier broche, n'i a plus atendu,
        Karahuel a ou hiaume conseü,
        Si fierement et de si grant vertu
2870   Que cil ne sot que avenu li fu.
        Jus dou cheval l'abat tout estendu.
        Dist Gloriande : « Mahoumet, que fais tu ?
        « Lasse dolente, que m'est il avenu,
        « Quant Karahuel le courtois ai perdu
2875   « Dont fait avoie mon ami et mon dru !
        « Et pour Sadoine ai le cuer esmeü,
        « K'andoi estoient chevalier esleü.
        « Or m'en menront cil François mescreü
        « En l'ost Charlon ; lasse ! or ai trop vescu
2880   « Quant si me sont meschief seure coru.»
        Plorant s'assiet deseur le pré herbu,
        Car le cuer ot moult triste et esperdu.
        Quant Danemons cel afaire a veü,

Dist à ses gens : « Trop soumes arrestu,

2885 « Nous avons bien leur meschiez perceü,
    « Secorons les, ou il sont recreü ;
    « Par Mahoumet, cui j'ai mon cuer rendu,
    « Nous ferons jà Ogier cruel salu,
    « Car par lui sont no gent mort et vaincu,

2890 « Mais j'en cuit prendre chierement le treü. »

Quant Gloriande qui tant ot de biautés,
Vit Karahuel qui à terre est versés,
Et vit Sadoine k'ert bleciez et navrés,
Ses cuers en fu tristes et adolés,

2895 De li fu moult chascuns d'aus regretés.
Delez Sadoine fu Charlos li menbrés,
Pour lui ocire fu sor lui arrestés.
Et Karahues ert en piez relevés,
En son poing tint le bran qui ert letrés ;

2900 Ce que li ert de son escu remès
A embracié com vassaus adurés ;
Vers Ogier est fierement retornés,
Miex vorroit estre par pieces decoupés
Que vilains tours fust jà en lui trouvés.

2905 Jà fust Sadoines et Karahues tués,
Quant Danemons vint poingnant par les prés,
Li fiex Corsuble, rois ert de Balesgués,
En sa compaigne .xxx. paiens armés.
Ogiers les voit venir tous abriévés ;

2910 « Ha, Diex », dist il, « peres de majestés,
    « Com Karahues s'est vers nous mal prouvés,
    « Que si nous a trays et enganés,
    « Laidement s'est envers nous parjurés,
    « Mais, par celui qui en croiz fu penés,

2915 « Ains que g'i muire, sera bien esprouvés
    « Mes brans d'acier sor leur hiaume gemés. »
Et dist Ogiers Charlot, les bras levés :

« Pour amour Dieu, dou bien ferir pensés ;

« Ains que muiriez, chierement vous vendés ;

2920 « Se Sarrazin nous ont chier achetés,

« A tout le mains en iert plus redoutés

« Chàrles et Namles et li autres barnés ;

« Miex vaut hom mors et preudons apelés,

« Que ne fait vis qui est deshounorés. »

2925 Et dist Charlos : « C'est fine vérités. »

Ogiers s'afiche seur les estriers dorés,

De lui desfendre s'est chascuns aprestés.

Karahues fait tant qu'il est remontés

Seur son cheval ; forment fu tormentés

2930 De ce qu'il voit, et dolans et irés.

Delez Ogier fu ses chevaus guiés ;

« Ogier », fait il, « pas ne me mescreés

« Que cis faus tours fust par moi pourparlés,

« Miex ameroie à estre desmenbrés

2935 « Que par moi fust faite tel faussetés,

« Car par Mahon, à cui je sui voués,

« Coume droit frere lez vous me trouverés. »

Et dist Ogiers : « Assez dit en avés,

« Mais je ne sai coument vous le ferés. »

2940 Dist Karahues : « Loiaument ce verrés. »

De Danemon fu Ogiers escriés ;

« Vassal », dist il, « or estes vous alés ;

« A ceste foiz, sachiez que vous faurrés

« A Gloriande, que pas ne l'enmenrés,

2945 « Ma bele suer, qui tant a de biautés. »

Rois Karahues fu forment irascus ;

« Mahom », fait il, « com or sui confondus,

« Or serai mais pour traïtour tenus. »

Ez vous paiens parmi les prez herbus ;

2950 Encontre aus s'est Ogiers arresteüs ;

S'il eüst lance, vers aus fust esmeüs.

Il et Charlos tinrent les brans tous nus,
Des paiens ont mains grans coups receüs,
Et si en ont à aus mains grans rendus.
2955 Bien se desfendent, ne le mescroie nus,
Mais li desfendres n'i vaut pas .ij. festus,
Car li chevaus Ogier est mors cheüs
K'à l'assambler fu si d'espiez ferus
Que de .x. pars en est li sans 'corus.
2960 Forment en fu Karahues esperdus,
Par le frain prist Charlot, sel traist ensus,
Delivré l'a, s'est de la presse issus.
 « Alez vous ent », fait il, « n'arrestez plus;
 « Fiex Charlon estes; s'estyez retenus,
2965 « En son despit seriez moult tost pendus. »
Charlos l'entent, tous fu taisans et mus.
 « Ha, Diex! » pense il, « vrais peres rois Jhesus,
 « Puis que mors est Ogiers, je sui perdus;
 « Engingnié soumes par ces faus mescreüs.
2970 « Las! pour quoi fu tant Karahues creüs
 « Dou roi mon pere? Trop en est deceüs. »
Moult dolans s'est enz ou gué embatus,
Outre l'enporte li bons destriers crenus.
De Karahuel fu si bien desfendus
2975 C'ònques n'i fu de paiens pourseüs;
Ainsi s'en va si dolans que nus plus.
Et Karahues est arrier racorus,
A Ogier est pour lui aidier venus
Vers Sarrazins qui li coroient sus,
2980 Car par lui iert, se il puet, secorus.
Et Ogiers s'ert com vassaus maintenus,
Jà estoit tous decoupez ses escus
Et ses haubers en maint lieu desrompus;
Mais, se n'en pense li vrais rois de lasus,
2985 A tart sera de François reveüs.

  Quant Karahues vit Ogier tout à pié,

L'espée ou poing et l'escu embracié,
Que paien orent fendu et depecié,
Et son cheval delez lui detrenchié,
2990 Sachiez k'au cuer en ot ire et pitié,
Et moult l'en a dedenz son cuer prisié.
Des esperons a le cheval brochié,
De tout le miex qu'il puet li a aidié ;
Sarrazins a moult forment laidengié,
2995 Mais Ogier n'ont pour ce mie laissié ;
.x. Sarrazins se sont sor lui plongié,
Qui l'ont par force à terre agenoillié.
Iluec l'ont pris, retenu et lyé,
Au roi Corsuble l'ont à Roume envoié.
3000 Sadoine enportent, moult navré et blecié,
Seur une targe l'ont paien encharchié.
Sa suer enmaine, de cuer joiant et lié,
Rois Danemons qui ce ot pourchacié :
C'ert Gloriande au gent cors afaitié. —
3005 Charlos s'en va, le cuer ot moult irié,
Et outre bort de duel mesaaisié.
« Las que diront », fait il, « François prisié,
« Quant sans Ogier me verront repairié,
« Cui ocis ont li cuivert renoié ;
3010 « Or ait Diex s'ame par sa douce amistié ! »
Dou cuer souspire, des iex a lermoié ;
Dusques à Sustre n'i a point atargié.
Dient François : « Nous soumes engingnié,
« Ogiers est mors, mal avons esploitié,
3015 « Vez ci Charlot sanz lui ; mal à paié
« Nous devons bien tenir de ce marchié. »
Là ot cel jour maint cuer très corroucié,
Maint poing detors et maint cheveil sachié,
Pour Ogier ont moult grant duel coumencié.

3020 Li fiex Charlon, Charlos o le cors gent,

En l'ost de France rentra à cuer dolent,
Pour ce c'Ogier ne ramenoit noient.
Au tré son pere descent isnelement,
Dedenz entra et maint autre ensement,

3025 François regardent que tout si garnement
Sont decoupé assez menuement,
Ses hiaumes bruns par ses espaules pent,
Car descerclés estoit moult malement ;
Le visage ot noir et pers et sanglent.

3030 Dient François : « Par le cors saint Vincent,
« Bien pert qu'il vient d'assez dur chaplement ;
« Cis ne repaire mie honteusement ;
« S'avoeques lui fust Ogier en present !
Devant Charlon vint Charlos erranment,

3035 Là a conté trestout son errement,
De la bataille fin et coumencement,
Et bien leur conte trestout si faitement
Com Karahues le mist à sauvement.
Le gué li fist passer hastéement ;

3040 Se ce ne fust, il fust mors autrement ;
Ains que de là feïst departement,
Vit il Ogier à pié enmi lor gent,
Ocis li orent son cheval li pullent,
N'en peüst pas eschaper .i. de cent.

3045 Quant li dux Namles ceste parole entent,
Tel duel en a pres que ses cuers ne fent ;
Ogier regrete li dux moult souplement,
En graciant Dieu de cuer bounement.
« Ha, Diex », dist Charles, « vrais rois omnipotent,

3050 « Ogier ont mort, je le sai vraiement ;
« Si face Diex à m'ame sauvement,
« C'onques ne vi si preu de son jouvent,
« Ne si poissant ne de tel hardement,
« Et s'ert si plains de bon ensaignement

3055 « Que n'i seüsse viser amendement. »

Lors se leva Charles par maltalent,
Des iex li chiéent les lermes durement.
Cele nouvele tout parmi l'ost s'estent,
Pour Ogier pleurent François piteusement,
3060 Moult le regretent partout coumunaument.

Quant Charlos ot tout l'afaire conté
Devant son père et devant le barné,
Forment en furent li plusor adolé ;
En l'ost en ont maint grant souspir geté,
3065 Le fill Charlon enmainent à son tré,
Là l'ont François en plorant desarmé.
Dux Namles a Ogier moult regreté.
« Ha, Diex ! » dist il, « rois plains d'umilité,
« Vit ainc mais nus home de tel aé
3070 « Si bel, si preu, si plain de seürté,
« Si très courtois ne si très apensé ?
« En lui n'avoit nule riens fors bonté.
« Quant me ramenbre que paien l'ont tué,
« Petit s'en faut que le cuer n'ai crevé. »
3075 Li dux Tierris a Namlon conforté,
Coume preudons et plains de loiauté ;
Aussi fist Charles de cuer plain de pité :
« Namles », dist Charles, « c'est la Dieu volenté ;
« Puisqu'il li plaist, or soit tout à son gré.
3080 « Maint vassal m'ont Sarrazin desmenbré
« Et en bataille et mort et afolé,
« Et moi meïsme en pluseurs lieus navré,
« Mais par Jhesu, le roi de majesté,
« Ainc pour riens nule n'oi le cuer si iré
3085 « Com j'ai pour lui, si me doinst Diex santé !
« N'est pas merveille se l'avoie enamé ;
« Quant le seüsse lez moi à mon costé,
« L'escu au col et le hiaume fremé,
« Et en son poing le bon bran aceré,

3090 « Je ne querisse nule autre fermeté.
      Ci vous lairons de Charlon le menbré
      Et dou duc Namle, où ainc n'ot fausseté,
      Et des François qui moult sont tormenté ;
      Dou roi Corsuble vous resera parlé
3095 Et des paiens, cui Diex doinst mal dehé,
      Qui dedenz Roume en ont Ogier mené.
      Li un devisent qu'il ait le chief coupé,
      Li autre dient c'on l'eüst trayné
      Et ou despit Charlemaine encroé,
3100 Mais Gloriande au gent cors esmeré,
      A vers son pere tant fait et devisé
      C'Ogier li a baillié et delivré.
      Ele l'enmaine, plus n'i a arresté,
      Droit à sa tente, là l'ont enprisouné ;
3105 Ele a moult bien en son cuer enpensé
      Qu'il n'i ara jà mal pour home né.
      Desarmé l'ont et moult bien atorné
      Et de bele aigue son viaire lavé.
      Moult forment l'a la pucele hounoré
3110 Pour ce que d'armes le sot si esprouvé.
      Forment desire qui l'eüst atorné
      A ce k'eüst Mahoumet aoré
      Et renoié eüst crestienté,
      Mais nel feroit pour plain val d'or comblé.

3115   Droit en cel point, ce sachiés sanz douter,
      Que Gloriande en fist Ogier mener
      Dedenz sa tente pour lui emprisouner,
      Vint Karahues à Corsuble parler,
      Tout en tel point qu'il venoit de chapler,
3120 Qu'il ne s'estoit fais de riens desarmer.
      Devant lui vint, prent soi à tormenter :
          « Sire », fait il, « faites moi escouter ;
          « A Charlemaine me feïstes porter

« Vostre message et dire et recorder ;

3125 « Je le fis si qu'il n'i ot k'amender.

« Quant je vi, sire, qu'il ne vorrent torner

« Vers nostre loi ne Mahon aorer,

« Bataille empris, pour vous plus hounorer,

« Contre Charlot et contre Ogier le ber.

3130 « Là me couvint deseur ma loi jurer

« Que sain et sauf porroient retorner,

« Se il povoient moi et Sadoine outrer,

« Et Gloriande en porroient mener.

« Bien le vous dïs, n'oi talent dou celer.

3135 « Quant je reving dou message conter,

« Tout en tel point que m'oez deviser,

« Vous le vousistes otroier et graer ;

« Mais Danemons en a volu ouvrer

« Si faussement c'on l'en porroit reter

3140 « De trayson, dont moult fait à blasmer,

« Et tant de cuer vous en devroit peser

« Pour votre fill nel devriez mais clamer,

« Car traïtour ne doit nus hom amer,

« Ains le doit on punir et eschiver.

3145 « Se de ce fait vous voulez relaver,

« Faites me dont tost Ogier delivrer ;

« En l'ost Charlon l'en vorrai faire aler,

« Et je meïsmes, pour ma foi aquiter,

« Irai avoec, car nus ne doit fausser. »

3150 Et dist Corsubles : « Tout ce laissiez ester,

« Ogier cuit faire et pendre et trayner,

« Ou li ferai tous les menbres couper,

« Ou despit Charle le ferai vergonder. »

Karahues l'ot, le sens cuide derver,

3155 De maltalent cuide vis forsener ;

Ou cheval monte, n'ot en lui k'ayrer,

De Roume issi si tost qu'il pot errer,

N'i apela ne conpaignon ne per ;

Dusques à Sustre ne volt resne tirer,
3160 Au tré Charlon sot moult bien rassener.
Lors descendi, ne s'i volt arrester,
Ains prist errant en la tente à entrer ;
Franc li font voie, si le laissent passer.
Parmi la pointe prist son brant d'acier cler,
3165 Charlon le va à genous presenter.

Karahues fu devant Charlon le roi,
Moult sagement parole et par conroi,
Haut, car ne volt pas parler en requoi.
Dist Karahues : « Charles, entendez moi,
3170 « Ne dites mie k'aie menti ma foi,
« A vous me renc, si com faire le doi,
« Et vous dirai bien la raison pour quoi.
« Ogier ont pris la gent de nostre loi,
« Mené l'en ont à tort et à belloi ;
3175 « Rois Danemons, dont moult forment m'effroi,
« L'ocirroit tost, c'est ce que je miex croi,
« Car moult est plains d'orgueil et de boufoi.
« Par Mahoumet à cui je me souploi,
« Se m'ame puist aler par devers soi,
3180 « Que li dyable n'en facent lor dosnoi,
« K'ainc en ma vie la trayson ne soi.
« Biaus sire rois, et pour ce que je voi
« K'en perill est Ogiers d'avoir anoi,
« Me renc je à vous, si qu'en couvenant l'oi
3185 « Quant je hurtai à mon dent de mon doi
« En vostre tente, quel virent plus de troi.
« Faites me metre en vo prison tout quoi
« Et se on fait Ogier mal ne desroi,
« Faites m'autel, par amours vous en proi ;
3190 « Se sui traïtres, vis m'est que je foloi.
« Pour moi oster de si mal seant ploi,
« Me renc je pris, bons rois, par devers toi. »

Quant Charlemaines Karahuel escouta,
Qui pour Ogier ainsi se presenta,
3195 Dedenz son cuer moult forment l'en prisa.
Li gentiex rois contre lui se dreça,
De ses genous lever le coumanda,
Li rois meïsmes à lever li aida.
Moult doucement li rois li demanda
3200 De ce qui moult près dou cuer li toucha :
« Amis », dist Charles, « entendez à moi çà,
« Est Ogier mors ? Nel me celez vous jà. »
— « Sire, nenil, mais en sa prison l'a
« Li rois Corsubles, ne sai qu'il en fera. »
3205 Charles l'entent, de joie en lermia,
Li cuers li dist k'encor Ogier rara.
François regardent les armes que porta
Rois Karahues qui à Charlon parla.
Dist l'uns à l'autre : « Moult fierement chapla
3210 « Cil qui ces armes telement decoupa :
« Ce fu Ogiers. Que Diex qui tout forma
« Le nous ramaint sain et sauf par deçà ! »
Droit à ce point Namles leenz entra ;
Quant les nouveles d'Ogier oyes a
3215 Et pour quoi ert Karahues venus là,
Dieu et sa mere et ses sains en loa.
Entre ses bras Karahuel acola,
Pou s'en failli que il ne le baisa,
Mais pour sa loi abaissier le laissa.
3220 Charles li rois d'une rien s'avisa,
Que Karahuel à Namlon baillera,
Car il set bien que de lui pensera.
Par la main destre à Namlon le bailla,
A son ostel dux Namles l'enmena,
3225 Droit seur son lit iluec le desarma ;
Bien li afie k'autre prison n'ara,
Que en sa tente encoste lui gerra,

Delez son lit li siens lis fais sera;
Et Karahues forment l'en mercia.

3230   Li bons dux Namles, par verté le vous di,
Hounora moult Karahuel et chieri;
De ses nouveles furent Franc esjoï.
D'aus vous lairai ore à parler ici,
Si vous dirai com Turc et Arrabi
3235   Pour Karahuel sont en Roume abaubi.
Un pou de chose vous ai mis en oubli
Que vous dirai, jà ne targerai, ci.
Quant Karahues de Roume s'en issi,
Un Sarrazin son afaire gehi,
3240   K'à Sustre aloit en la Charlon merci,
Pour ce k'Ogier orent paien tray.
Au Sarrazin pria, quant s'en parti,
K'au roi Corsuble s'en alast sans detri
Et li contast la chose tout ainsi;
3245   Et cil le fist, onques ne l'en menti,
Dont Sarrazin furent moult esbahi.
Li rois Sadoines en ot le cuer mari,
Et Gloriande au gent cors seignori;
Ogiers le sot, forment li abeli.
3250   Ainc cele nuit Corsubles ne dormi,
Pour Karahuel ot le cuer assoupli,
Forment recrient que on ne l'ait laidi
Et pour Ogier vergondé et houni;
Rendu vorroit avoir Ogier par fi
3255   Que il reüst Karahuel son ami.

A l'endemain, après l'aube esclairie,
Sont assamblé cele gent paiennie,
Turc et Coumain et cil de Barbarie,
Au tré Corsuble qui fu roi de Surie.
3260   La parole a Brunamons coumencie,

Que moult avoit felenesse cueillie.
Cil estoit rois dou regné d'Aumarie,
Sor Karahues avoit moult grant envie
Et le haoit de très grant felounie,
3265   Car il amoit Gloriande s'amie;
Grans fu et fors et de fiere estoutie
Et esprouvez de grant chevalerie.
En piez se drece devant la barounie,
En haut parole, bien fu sa vois oye :
3270   « Sire », fait il, « ne vous mentirai mie,
« Karahues a fait outrage et folie
« Et fausseté et très grant tricherie
« Et estreloy et grant forsenerie,
« Ainc rois paiens ne fist tel dyablie;
3275   « Qui est alez vers la Charlon partie,
« Je di qu'il a nostre loi relenquie
« Et l'ost paienne envers Charlon traye.
« Bien li doit estre sa terre forjugie,
« Tout a perdu, sachiez, à ceste fie,
3280   « Cors et avoir, hounour et seignorie.
« Vez ci mon gage, s'il est qui le desdie,
« Contre tous homes en preng ceste aatie. »
Des pluseurs fu sa parole sivie.

Quant Brunamons ot ainsi esploitié
3285   Ne nus son dit ne li a chalengié,
Ainçois s'i sont li plusor obligié,
Forment en ot le cuer joiant et lié,
Car bien cuidoit avoir tout gaaignié.
Uns paiens l'a Gloriande noncié,
3290   Forment en ot le cuer mesaaisié
Et très dolent et très despaaisié.
Ele meïsmes l'a Ogier acointié;
Ogiers l'entent, duel en ot et pitié,
Voit la pucele qui avoit lermyé

7

3295 Si que son douz viaire en ot moillié ;
Bien voit que ce li a forment touchié
C'on a ainsi seur Karahuel raisnié.
« Bele », fait il, « n'aiez le cuer irié,
« Car se j'avoie mon cors apareillié
3300 « Et bon cheval et espée et espié
« Et forte targe et hiaume bien vergié,
« Par moi seroient tout li point desraisnié
« Par quoi on a Karahuel forjugié ;
« Je vous pri, bele, en très grant amistié,
3305 « K'autrui de moi ne soit ce otroié. »
A jointes mains l'en a Ogiers pryé.
Quant la pucele au gent cors afaitié
Entent Ogier, moult l'en a mercyé,
Et moult l'en a dedens son cuer prisié ;
3310 De joie en a le cuer tout rapaié.

Dist Gloriande : « Ogier, puis que voulés
« Ceste bataille avoir, et vous l'arés.
« Devant le roy mon pere o moi venrés
« Tout maintenant, plus n'i atenderés,
3315 « Ains que de là soit partis li barnés ;
« O moi menrai .c. Sarrazins armés,
« Par cui serez bien conduis et gardés. »
Dist Ogiers : « Bele, pour Dieu, dont vous hastés. »
Ainsi fu fait com vous oy avés ;
3320 Au tré Corsuble en fu Ogiers menés.
Des paiens fu à merveille esgardés ;
Dist l'uns à l'autre : « A bonne heure fu nés
« Cis hom, se il ne fust crestiennés,
« Qui si est joenes et tant est renoumés,
3325 « De nostre gent et des pluseurs doutés. »
De Gloriande fu Ogiers adestrés,
Devant le roy s'est tout droit arrestés.
Dist Gloriande : « Sire pere, entendés,
« Karahues doit estre à moi mariés,

3330 « Par vous meïsme m'en fu li dons dounés ;
     « Ne doi soufrir qu'il soit deshounorés
     « Ne de sa terre forjugiez ne ostés ;
     « Se ne l'amoie plus que .i. autre assés,
     « Ce ne seroit pas droite loiautés,
3335 « Puis que mes sire doit estre et mes privés.
     « Brunamons a dites ses volentés,
     « De lui vous est ses gages presentés
     « Que Karahues est contre vous tornés
     « Et devers Charles pour vous trayr alés ;
3340 « Je l'en desdi, si que bien le veés.
     « Vez ci Ogier qui est mes avoués,
     « Pour Karahuel s'est ici presentés.
     « Vers Brunamon le gage recevés,
     « Et quant vous plaist, ensamble les metés,
3345 « Et Karahuel, biaus sire, à droit tenés,
     « Car pou en a en vostre court de tés. »
     A ce mot est Ogiers avant passés,
     Au roi parole com hom bien apensés.
     « Sire », fait il, « tout ce est verités
3350 « Dont Gloriande a les moz recordés ;
     « Karahues s'est com hom loiaus prouvés,
     « En toutes cours en doit estre hounorés ;
     « Ce prouverai je, si que vous le verrés,
     « Vers Brunamon, et se je sui matés,
3355 « Bien est raison k'à fourches me pendés. »
     Et dist Corsubles : « La bataille averés,
     « Puis k'ainsi est que vous le requerés
     « Et que ce est au roi Brunamon grés ;
     « Pardevant moi merkedi revenés,
3360 « De toutes armes garnis et aprestés. »
     A ce mot s'est chascuns de là sevrés.
     Dient paien : « Ogiers est uns maufés,
     « Pour nous destruire fu fais et estorés,
     « As vis dyables s'ot ses cors coumandés,

3365 « Mal fait Corsubles quant n'est à mort livrés. »

Rois Brunamons fist moult à ressoignier,
Grans fu et lez, s'ot le viaire fier,
En l'ost paienne n'ot plus grant chevalier,
Moult le tenoient à fort et à legier ;
3370 Il ne trouvast nul si très grant destrier
Ne saillist sus sans pié metre en estrier.
Mahoumet prist forment à gracyer
De ce qu'il a la bataille à Ogier ;
Ne fust si liés pour .m. livres d'ormier,
3375 Car tous les autres en cuide bien vengier ;
A son ostel s'en prist à repairier.
Et Gloriande n'i volt plus atargier,
Droit à sa tente est revenue arrier ;
Ogier fait moult et penser et soignier,
3380 Ne le tient mie à loy de prisounier,
A son voloir le fait bien aaisier,
Pour sa prouece l'a forment de cuer chier.
« Ogier », fait ele, « sel vouliez otroier
« K'au roi Charlon vousissiez envoier,
3385 « Je vous feroie prester bon messagier
« Qui de par vous iroit Charlon proyer
« Que Karahuel ne feïst destourbier. »
Dist Ogiers : « Bele, refuser ne le quier,
« Ains le ferai sans nul point de dangier. »
3390 Et Gloriande l'en prist à mercyer ;
Lors n'i volt plus la bele detryer,
Le més a fait tantost apareillier.
Teles ensaignes li volt Ogiers baillier
Au duc Namlon, son oncle, le Baivier,
3395 Qui moult le firent estraindre et embracier
En l'ost Charlon et de cuer festyer.

Quant li messages a Ogier entendu,

D'arréer soi n'a gaires atendu ;
Son afaire a si à point pourveü
3400 Que l'endemain, quant li jours aparu,
Monta si tost que apareilliez fu.
Quant fu montez, lors a pris son escu,
Par le fer prist son roit espiel molu,
Le cheval broche qui randoune menu,
3405 Dusk'à l'ost Charle n'i a resne tenu.
La gent françoise ont tantost conneü
Que messagiers estoit, quant l'ont veü.
Devant le tré Charlon le roi cremu
Descent li més de son destrier crenu,
3410 Enz est entrez, s'a Charlon perceü ;
Entour lui erent si baron et si dru.
Li Sarrazins li a fait gent salu,
Le salu a très à point receü
Charles, qui moult ot le cuer irascu
3415 Pour ce c'Ogier cuidoit avoir perdu.

Li més parole au roi moult sagement :
« Sire », fait il, « je vous dirai briément
« Ce pour quoi sui devant vous en present.
« Liquels est Namles à cui Baiviere apent ?
3420 « A vous m'envoie et à lui ensement
« Ogiers ses niez. » Et quant Namles l'entent,
Le messagier errant par la main prent,
Lors l'acola et estrainst durement.
« Amis », fait il, « dites hastéement :
3425 « Est Ogiers vis, pour Dieu omnipotent ? »
— « Oïl voir, sire, sachiez le vraiement ;
« A vous m'envoie et vous prie forment
« Que Karahues n'ait nul encombrement
« Par quoi ses cors soit livrez à torment. »
3430 Lors a conté moult apenséement
Li messagiers, com de bon escient,

De la bataille, tout ainsi faitement
Com vous avez oy premierement,
Et l'ochoison et pourquoi et coument ;
3435   « Et la bataille », fait il, « certainement
        « Sera demain, ainsi est en couvent. »
Ices nouveles vinrent moult à talent
Charle et Namlon et toute l'autre gent,
Et dient bien trestout coumunaument
3440   K'en Ogier a prouece et hardement,
Où loiautez a fait aloiement.
De ce k'ert vis gracient moult souvent
Dieu et sa mere et ses sains doucement.

Quant li més ot son message finé,
3445   Namlon a pris, d'une part l'a mené.
        « Faites me, sire », fait il, « tant d'amisté,
        « Se il vous plaist et il vous vient à gré,
        « K'à Karahuel eüsse .i. pou parlé ;
        « Assez briément li averai moustré
3450   « De ceste chose la pure verité,
        « Com Brunamons a envers lui erré
        « Et coument a son gage presenté
        « Ogiers pour lui, si com vous ai conté ;
        « Lors m'en rirai, car moult ai demoré,
3455   « Quant il m'ara dite sa volenté. »
        —« Amis », dist Namles, « ne vous iert refusé,
        « Avoeques moi en venrez à mon tré,
        « Car là endroit le tieng enprisouné. »
Cis l'en mercie et l'en a encliné.
3460   « Namles », dist Charles, « k'a li més devisé ? »
Lors li a Namles tout ainsi recordé
Que cil li ot et pryé et rouvé.
        « G'irai avoec », dist Charles, « en non Dé ! »
Après ce mot sont d'ilueques torné ;
3465   Au tré Namlon vinrent, là ont trouvé

Roi Karahuel où moult ot de bonté.

Au tré Namlon vint Charles au vis fier,
Avoeques lui maint duc et maint princier
Et maint baron, que noumer ne vous quier.
3470 Karahuel truevent qui moult fist à prisier ;
As eschés jue encontre .i. chevalier
Qui avoit non Oedes de Mondidier.
Et Karahues en cui n'ot k'ensaignier,
Contre Charlon s'en vint sans detryer;
3475 Salué l'a, traire se volt arrier,
Mais Charles l'a fait vers lui aprochier,
Par le mantel l'ala vers lui sachier.
Moult le faisoit amer et tenir chier
La loiautez k'ot faite vers Ogier.
3480 Quant Karahues choisi le messagier
Qu'il vit ester lez Namlon le Baivier
Bien le connut, s'ot moult grant desirrier
De savoir ce qu'il est venus noncier.
Dist li messages : « Ainc ne vi prisounier
3485 « Qui sa prison deüst mains ressoignier. »

Vers Karahuel s'en vint li més errant,
Il le salue, de la loy mescreant,
De par la fille Corsuble le poissant :
C'est Gloriande au gent cors avenant.
3490 Lors li conta, devant tous en oiant,
La trayson que sus li va métant
Rois Brunamons, li sires d'Abilant,
Et com Ogiers en a douné son gant ;
De tout li a conté le couvenant.
3495 Karahues l'ot, si mua son talent,
Les dens estrainst, la teste va crollant;
On povoit bien veoir à son samblant
K'en lui avoit corrouc et ire grant.

Quant Karahues a la nouvele oye,
3500 C'on li amet qu'il a fait tricherie
Et doit avoir l'ost paienne traye,
Mahon guerpi et sa loy renoïe,
De maltalent la face li rougie.
En son cuer pense qu'il i laira la vie,
3505 Ou s'ounour iert sauvée et garantie.
Au roi parole, courtoisement li prie
Que il li doinst congié à cele fie,
K'aler s'en puist devers l'ost paiennie.
« Je revenrai, sire, n'en doutez mie,
3510 « Se mors ne sui, pour voir le vous afie ;
« Rois Brunamons m'amet grant vilounie,
« Mais je sai bien que ce muet par envie,
« Pour ce qu'il aime Gloriande m'amie ;
« Ainc puis cel jour que je l'oi fiancie,
3515 « Ne pot amer ne moi ne ma lignie.
« Rois est poissans et de grant seignorie,
« Preus et vaillans, plains de chevalerie,
« Gent a o lui de moult grant estoutie
« Qui tost feroient à Ogier felounie,
3520 « Se la bataille ert vers lui mal partie ;
« Mais g'i cuit estre à tele conpaignie
« K'envers Ogier n'en iert faite aatie.
« Or me soit donques de par vous otroiie,
« Sire, la voie ; vis m'est que trop detrie
3525 « K'alez i soie. » Et Charles li otrie,
Et Karahues sagement l'en mercie.

Dist Charlemaines : « Karahuel, entendés,
« De cele voie dont vous me requerés
« Vous pri je moult que vous tost la hastés ;
3530 « Vers nous vous estes si loiaument prouvés
« K'en devés estre et creüs et amés
« Et en tous lieus tousjours mais hounorés.

« Un don vous doing et vueil que le prendés ;
« Tant qu'il vous plaist, alez et revenés,
3535 « Que ne m'ent soit jà congiez demandés. »
— « Certes », dist Namles, « sire, grant droit avés,
« Car jà par lui n'iert faite faussetés. »
Lors est dux Namles vers Karahuel alés.
« Ha, douz amis », fait il, « se tant m'amés,
3540 « Gardés c'Ogiers ne soit à mort livrés ;
« Se de cel champ puet estre delivrés
« Que vis remaigne, pour Dieu si arréés
« Que il reviengne, se vous onques povés,
« Et vous pour lui là endroit remanés ;
3545 « Et se Corsubles ne puet estre acordés
« A ce marchié et que ne soit ses grés,
« A tout le mains qu'il soit remprisounés ;
« Koi qu'il aviengne, la vie li sauvés. »
Dist Karahues : « Sire, jà n'en doutés,
3550 « Car moi ou lui, se je puis, tost raurés. »
— « J'espoir », dist Namles, « k'à droit en ouvrerés. »
De ce n'iert ore plus lons plais demenés,
Tantost li fu ses chevaus amenés,
Apertement et tost s'est arréés,
3555 Lors prent congié Karahues l'alosés.
Si fist li més, lors est chascuns montés.
De l'ost Charlon s'est Karahues sevrés,
Forment le prise de France li barnés.
« Moult est », font il, « cis Sarrazins senés
3560 « Et très courtois et très bien avisés ;
« Grans meschiés est qu'il n'est crestiennés. »

Quant de l'ost Charle fu Karahues partis,
Il et li més, qui n'ert pas aprentis,
Souvent parlèrent de Charlon au fier vis,
3565 Moult le prisoient et en fais et en dis.
De cuer fu moult Karahues engramis

Pour Brunamon, qui li avoit sus mis
Que de lui ert Mahoumés relenquis,
Et doit avoir les Sarrazins trays.
3570 De plus en plus li touche au cuer tous dis;
N'a pas talent que Ogiers li hardis
Face pour lui ce que il a empris,
Ains le fera, bien s'en est aatis,
Ses cors meïsmes, ce lairoit à envis.
3575 Tant esploita Karahues li gentis
Qu'il vint à Roume la cité seignoris.
Des siens fu moult liement recueillis,
De sa venue fu mains cuers esjoïs
Et mains en fu courrouciez et marris;
3580 Grant joie firent la gent de son païs.

Rois Karahues qui moult fist à prisier,
Ne volt torner ne avant ne arrier
S'eüst veü le bon Danois Ogier,
Ne il n'a pas besoing de detryer
3585 D'arréer ce qui moult li doit touchier,
Car jà estoit assez près d'anuitier.
Vers Gloriande se prent à adrecier,
Jusk'à son tré ne se volt atargier.
Gloriande ert venue esbanoier
3590 Fors de ses tentes, pour son cors soulacier,
Pour l'air dou vespre qu'ele avoit forment chier;
Avoec li erent dames et chevalier
Et damoiseles, serjant et escuier.
Quant ele voit Karahuel repairier
3595 Et delez lui choisi le messagier,
Li cuers de joie l'en prist à souhaucier,
Car Karahuel amoit de cuer entier.

Quant Karahues vit la bele au cors gent
Devant ses tentes et avoec li sa gent,

3600 Isnelement de son cheval descent;
      Vers Gloriande s'en ala erranment,
      Il la salue moult très courtoisement,
      Et ele l'a receü liement.
      Au premier mot li demanda coument
3605 Est repairiez, et il tout ensement
      L'en a conté fin et coumencement
      Qu'il en estoit, n'i oublia noient.
      Cele qui plaine ert de bon escient,
      Le roi Charlon en prise durement,
3610 Lui et Namlon, et dist que gentilment
      Ont esploitié vers lui et loiaument.
      Illuec ne tinrent pas moult lonc parlement,
      Car Karahues avoit moult grant talent
      Que à Ogier parlast hastéement,
3615 Car hardemens durement li deffent
      K'à Brunamon n'ait nus autres content,
      Fors que ses cors, car ses cuers s'i assent;
      Se de s'ounour faisoit deffendement
      Autres que il, il veoit clerement
3620 C'ou l'en porroit reprendre laidement.
      Moult près d'iluec est Ogiers gentement
      En une tente, gardez soigneusement,
      Et Karahues i vint isnelement,
      Et Gloriande qui moult courtoisement
3625 L'ot conpaignié en sa tente souvent.
      Par l'ost paienne la nouvele s'estent
      De Karahuel. Quant Brunamons l'entent,
      Ne fu pas liez de son repairement,
      Car miex amast que il fust autrement.
3630 Li rois Corsubles n'en ot pas cuer dolent,
      Ains en gracie Mahoumet bounement.

      Là où Ogiers estoit si com vous di,
      Vint Gloriande et Karahues o li.

Contre aus se lieve Ogiers quant les choisi ;
3635 Karahues l'a moult de cuer conjoï,
Et Ogiers lui, ne plus ne mains que si
Que raisons fu et qu'il i aferi.
Là où gisoit Ogiers au cuer hardi,
Faisoit moult bel, moult noble et moult joli ;
3640 Et n'i failloient ne drap d'or ne tapi,
Car Gloriande l'ot coumandé ainsi.
Tout troi se sont au seoir assenti,
Karahues a tout recordé iki
Com Charles l'ot et Namles recueilli,
3645 Et tout li autre hounoré et servi.
Moult en fu liez Ogiers quant il l'oy.
Dist Karahues : « Ogier, moult vous merci
 « K'empris avez pour moi bataille ainsi
 « Vers Brunamon, cui tieng pour anemi,
3650 « Car il l'a bien envers moi desservi
 « Quant dist que j'ai roy Corsuble tray.
 « Mes cors meïsmes, ainsi le vous afi,
 « Lui prouvera qu'il a de ce menti ;
 « La bataille iert moie puisque sui ci,
3655 « Laissiez la moi, par amours vous en pri ;
 « Car bien savez, s'avoie consenti
 « Que deffendist m'ounour en lieu de mi
 « Autres que je, à tousjours pour houni
 « Me tenroit on et à mauvais failli. »

3660 Quant Ogiers ot que Karahues dit a,
Que il meïsmes la bataille fera
Vers Brunamon et qu'il le mercia
De ce k'en court pour lui se presenta,
Dedenz son cuer durement l'en prisa.
3665 Bien a raison, si com il li sambla,
De la bataille avoir puisqu'il est là.
Ne set que faire, à envis li laira

Et à envis chose li véera
Qu'il li requiere, puisque s'ounour i va.
3670 Lors se pourpense que aucun tour querra
Par quoi, s'il puet, la bataille avera
En tel maniere que l'ounours i sera
De Karahuel, ou ester le laira.
Quant Gloriandé la parole escouta
3675 Que Karahues à Ogier demoustra,
De la bataille qu'il dist k'avoir vorra
A Brunamon, moult forment couvoita
A oyr ce k'Ogiers respondera,
Car tel cuidoit Ogier que bien pensa
3680 Que sa response si courtoise sera
Que il l'ouneur d'aus .ij. i sauvera.

Et dist Ogiers : « Karahuel, entendés :
« De la bataille k'à avoir requerés
« Me samble bien que avoir la devés,
3685 « Mais je vous pri que m'ounour i sauvés
« En tel maniere que vous dire m'orrés.
« Puisque de moi fu li gages livrés
« De premerains, ainsi com vous savés,
« Se je n'estoie demain en court moustrés
3690 « Et de combatre garnis et aprestés,
« Estre en porroie, ce m'est avis, blasmés ;
« Pour ce vous pri, se vous de riens m'amés,
« Que demain soie avoeques vous armés ;
« Devant Corsuble à la court me menrés,
3695 « Lors ne porrai de blasme estre retés,
« Quant en tel point serai representés ;
« Ceste bataille adonques requerés
« Vers Brunamon, se avoir la povés,
« Car ne savés se iert sa volentés
3700 « K'à vous combate si que le proposés,
« K'espoir sera demain ses consens tés

« Qu'il ne vorra pas que soie quités

« K'encontre lui ne soie en champ entrés.

« Et s'ainsi est, soiez asseürés

3705 « K'à mon povoir serai vos avoués. »

Dist Karahues : « Certes bien en parlés

« Com hom loíaus, hardis et esprouvés ;

« Jà vos consaus n'en sera refusés. »

Dist Gloriande : « Certes droit en avés,

3710 « En toutes cours doit bien estre alevés

« Cis par cui est si fais consaus dounés. »

Ainsi l'otroient et chascuns s'est levés ;

De là se partent, et Ogiers est remés.

De Gloriande estoit moult hounorés,

3715 Au partir fu de ses bras acolés.

Quant l'ot conduite Karahues en ses trés,

Moult petitet s'est iluec arrestés ;

A Ogier est erranment retornés,

Par son coumant fu ses lis aportés

3720 Iluec, et est la nuit là demorés.

De Charlemaine i ot parlé assés,

Et de Namlon, com de lui fu gardés,

S'est Karahues à Ogier moult loés.

A l'endemain, quant jours fu ajornés,

3725 S'est chascuns d'aus, quant poins fu, aprestés ;

Armé se sont, lors est chascuns montés,

N'i ot nuls d'aus qui ne fust arréés

Bien et à droit et très bel acesmés.

Vers la court vont, si com dire m'oés ;

3730 Li bons Danois s'est à Dieu coumandés,

Et à Mahon Karahues l'alosés.

Karahues sist armés sor le destrier,

Lez lui Ogier qui moult fist à prisier.

Qui les veïst ensamble chevauchier

3735 Et fermement es estriers afichier,

Bien peüst dire qu'il erent noble et fier
Et qu'il sambloiont bien estre chevalier
Et que chascuns faisoit à ressoignier.
· Et Gloriande, la bele au cuer entier,
3740 Ert jà venue à son pere noncier
Ce que vouloit Karahues desraisnier
Vers Brunamon s'ounour et chalengier,
Et pour savoir sel vorroit otroier.
Uns més l'ala Brunamon acointier,
3745 Qui Gloriande en ot oy raisnier ;
Droit vers le tré se prent à adrecier
Où Brunamons s'ot fait apareillier.
Tout li conta, ne l'en volt riens noyer,
Ce k'à la court en oy tesmoignier.
3750 Brunamons l'ot, prist s'en à corrouçier,
De maltalent prist coleur à changier.
« Par Mahoumet », fait il, « que je ai chier,
« Je ne lairoie pour l'or de Monpellier
« Que je n'eüsse la bataille à Ogier ;
3755 « N'est hom pour cui le deüsse laissier. »

Quant fu armés Brunamons li hardis,
Amenés fu ses destriers arrabis,
C'ert Broiefort; n'avoit en nul païs
A celui tans cheval de plus grant pris ;
3760 Grans ert de cors, de char durs et massis,
Et poursivans et de rains et de pis,
Aspres, poissans, fors et amanevis ;
Kanqu'il couvient cheval qui est faitis,
Avoit en lui, briément le vous devis.
3765 L'arçon devant a rois Brunamons pris,
Saut en la sele, que estriers n'i fu quis.
Dient paien : « Bien doit estre esbahis
« Qui estour a vers si fait home empris. »
Brunamons jure Mahon, cui est sougis,

3770 Que s'il eschape de la bataille vis
   Et que de lui puist estre Ogiers conquis,
   Que tout errant qu'il l'avera ocis,
   Iert Karahues erranment rassaillis
   Et de par lui de bataille aatis,
3775 Et li sera autre fois sus remis
   Qu'il est mauvais traïtres foimentis;
   « Renoyez a ses Diex et relenquis,
   « Et est par lui rois Corsubles trays; »
   En haut le dist, si que bien fu oys.
3780 Lors fu de lui ses fors escus saisis,
   Qui estoit d'or à .iij. lyonciaus bis;
   Anste avoit roide, dont li fers fu brunis,
   Et hiaume riche, bien paint à fleurs de lis.
   Devers la court fu ses chemins choisis,
3785 D'amours et d'armes alumés et espris.
   Le Capitoire claime on, ce m'est avis,
   La place où ert icil chans establis;
   Longue ert et large, enclose de palis;
   Lonc tans s'estoient là combatu tousdis
3790 Cil qui s'estoient de combatre entremis.
   Là ert venus Corsubles au fier vis,
   Et avoec lui rois Danemons ses fis,
   Et Gloriande, ce laissast à envis;
   En son chief ot .i. chapel à rubis,
3795 De sa biauté fu li lieus esclarcis;
   Souvent prioit Mahon qu'il fust aidis
   A Karahuel, qu'estre doit ses maris,
   Et à Ogier, qui est preus et gentis;
   Pour Brunamon prie qu'il soit hounis,
3800 Car à tort a vers Karahuel mespris.
   Là ot plenté d'Achopars, de Lutis
   Et de Coumains, de Turs, d'Amoravis;
   De toutes pars erent li lieu pourpris
   Pour regarder sor cui torra li pris.

3805 Dedenz le parc que vous ai devisé
    Vint Karahues et Ogiers arréé,
    Si com devant vous ai dit et conté.
    Ou parc entrèrent coume bien avisé
    De leur devoir, n'i ont riens oublié.
3810 O Karahuel erent venu plenté
    De Sarrazins qui erent adoubé
    Très richement et noblement monté,
    Que de sa gent, que de son parenté,
    Car Karahues lor avoit coumandé,
3815 Pour ce que nus n'ait le cuer si osé
    Que à Ogier face nule griété ;
    Et il li orent sor Mahoumet juré
    Ne li faurroient pour estre desmenbré,
    Quoi qu'il aviengne, de ce ne soit douté ;
3820 Droit à l'entrée dou parc sont arresté.
    Quant Karahues au corage sené
    Et Ogiers furent dedenz le parc entré,
    De toutes pars furent moult regardé ;
    De ce k'ensamble erent andoi armé
3825 Se merveillèrent paien de maint costé ;
    Cil qui ne sorent pour quoi, l'ont demandé ;
    Et quant de ce sorent la vérité,
    Li plusour l'ont à grant bien atorné
    Roi Karahuel et moult l'en ont loé.
3830 N'orent iluec se poi non demoré,
    Quant Brunamons au destrier abriévé
    Entra ou champ com hom de grant fierté.
    Devant Corsuble furent tout troi mené.
    Rois Karahues a premerains parlé,
3835 Quant il se furent en tel point presenté
    Que il estoit à celui tans usé.
    « Corsuble, sire », fait il, « mal a ouvré
    « Rois Brunamons qui m'amet fausseté ·
    « Et dist que j'ai Mahoumet adossé

            8

3840 « Et vous tray et fait desloiauté
     « Et sui tornés vers la crestienté ;
     « Je di qu'il ment, et li sera prouvé
     « Par moi meïsme, vez me ci apresté.
     « Quitez Ogier dou gage k'a douné ;
3845 « Tant en a fait et si en a erré
     « Que tout li bon l'en doivent savoir gré. »
     Brunamons l'ot, près n'a le sens dervé.

     En Brunamon n'en ot que ayrer
     Quant Karahuel oy ainsi parler ;
3850 Moult fierement se prist à sourlever
     Seur ses estriers et le chief à croller.
     « Corsuble, sire », fait il, « j'oi demander
     « Roi Karahuel, que je voi ci ester,
     « Bataille à moi, dont pour voir puis jurer
3855 « Sor Mahoumet cui devons aorer,
     « Que je n'ai pas talent dou refuser ;
     « Non pas ainsi que li oi deviser,
     « Mais en tel forme que vous vorrai moustrer :
     « C'est k'à Ogier vorrai premiers chapler,
3860 « Et se le puis par mes armes outrer,
     « Errant me faites Karahuel ramener,
     « Si combatrons moi et lui per à per,
     « Car pour riens nule c'on me seüst douner
     « Ne me vorroie soufrir ne deporter
3865 « C'Ogier vousisse la bataille quiter.
     « Mar me vint onques son gage presenter
     « Pour Karahuel de vilain blasme oster ;
     « Je li cuit faire chierement comparer.
     « Ains que se doie li solaus esconser,
3870 « Cuit chascun d'aus bataille assez livrer.
     « Faites la place vuidier et delivrer,
     « Car trop nous faites longuement arrester ;
     « N'en ferai el pour riens c'on puist viser. »

Karahues l'ot, si prist à souspirer,
3875 Moult est dolans qu'il ne puet tour trouver
Que Brunamon puist à ce amener
Que il le puist de cel propos geter
Que pour riens vueille la bataille muer.
Tant s'en pena, ce sachiez sans douter,
3880 Qu'il n'est nus hom qui l'en deüst blasmer,
Mais il couvient souvent laissier ester .
Maint home ce qu'il ne puet amender.
Vers Brunamon coumence à regarder,
Lors li a dit, ne s'en pot consirrer :
3885 « Rois Brunamons », dist il, « de trop vanter
« Ne vi je onques nului en pris monter;
« Jà Mahoumés ne se vueille acorder
« Que vos cuidiers puissiez tous achever. »

Quant Karahues vit pour voir qu'il faurroit
3890 A la bataille que il avoir cuidoit,
Dedenz son cuer assez plus s'en doloit
Que par dehors samblant ne demoustroit,
Car si franc cuer et si gentill avoit
Que tous outrages et beubans despisoit
3895 Et toute hounour à faire couvoitoit.
Quant Ogiers voit que la bataille aroit,
Dedenz son cuer Dieu forment gracioit
Que Karahues en tel point s'en partoit
K'entierement s'ounour i retenoit.
3900 Rois Brunamons, qui forment goulousoit
Que la bataille tost coumencie soit,
Devers son renc le passet se traioit,
Sor les estriers noblement s'afichoit
Et fierement sa lance paumoioit,
3905 D'eures en autres son escu enbraçoit.
Karahues prist Ogier, qu'il moult amoit,
Par le frain l'a mené à son renc droit.

Lors li a dit tout ce qu'il li sambloit
Que raisons fu et qu'il y aferoit.
3910   Que vaurroit ce que on plus en diroit?
D'Ogier a pris congié tel qu'il devoit,
Dou parc issi, car raisons l'aportoit.
Lors refremèrent les barres moult estroit,
Cil qui là erent à cui il en tenoit.
3915   Lors fu crié que si hardis ne soit
Qui jà se mueve pour chose que il oit
Ne que il voie, et qui el en feroit,
Atains de cors et de vie seroit.

Quant fors dou parc furent tout cil issu
3920   Qui n'erent pas de demorer tenu,
Rois Brunamons et Ogiers atendu
Ont trestout quoi, qu'il ne se sont meü
Jusques à tant que coumandé lor fu
Qu'il facent ce pour quoi sont là venu.
3925   Et quant il orent ce coumant entendu,
Lors a chascuns enbracié son escu
Et brandi l'anste et le cheval feru
Des esperons, et li destrier crenu
Sont asprement de lor lieus esmeü.
3930   Si s'entrevinrent li vassal esleü
Que si grans coups de toute lor vertu
S'entredounèrent que li espiel agu
Sont dusqu'as poins froissié et desrompu.
L'un plus de l'autre la monte d'un festu
3935   N'ont à ce coup gaaignié ne perdu;
Outre s'en passent, chascuns trait le bran nu.
Rois Brunamons a grant despit eü
Que Ogier n'a à ce coup abatu
Puisqu'il l'avoit à plain coup conseü.
3940   Moult li est vis qu'il l'en soit mescheü,
S'en a maudit Mahoumet et Cahu,

Si haut que cil d'entour l'ont bien seü.

Rois Brunamons fu moult de grant fierté,
Vers Ogier a le visage torné,
3945 Des esperons a le cheval hurté,
Vers lui s'en vint, le bon bran entesé.
Et li Danois, où moult ot de bonté,
Revint vers lui, le frain abandouné.
Des brans se sont grans coups entredouné,
3950 Mais Ogiers l'a premerains assené.
Tel li douna sor son hiaume gemé
Que flours et pierres en a jus craventé;
Deseur l'escu a li coups devalé
Si qu'il en a .i. grant quartier osté.
3955 Et Brunamons, dou bran d'acier letré,
Le referi sor l'iaume painturé
Si ruiste coup que il en a coupé
Presk'à moitié le fort cercle doré.
Le bran entoise Ogiers, moult l'a hasté,
3960 Brunamon a telement refrapé
Près qu'il ne l'a à la terre versé.
L'iaume li a si parfont enbarré
Que il le chief en ot tout estouné.
Cis coups a moult Brunamon desvié
3965 Et son cuidier durement arriéré.
Ne vous ai pas encore devisé
Com Ogiers ot Broiefort goulousé.
Tresdont que il le vit ou champ entré
Et il le vit telement façouné,
3970 Couvoitoit il qu'il l'eüst conquesté.
Ne feroit coup qu'il n'eüst redouté
Qu'il ne l'eüst ou blecié ou navré,
Car en son cuer avoit bien enpensé
Que s'il plaisoit au roi de majesté
3975 Que il eüst le Sarrazin maté,

Il saisiroit le destrier abriévé.
De ce n'iert ore plus longuement parlé.
Rois Brunamons a le cheval viré
Droit vers Ogier et li a escrié :
3980　« Vassal », fait il, « ne m'avez pas outré,
　« Vous l'arez ains chierement comparé. »
　Dist Ogiers : « C'est en la Dieu volenté. »

Brunamons vint fierement vers Ogier
Com cil qui ert en ireus desirrier
3985　Qu'il le peüst ocirre ou meshaignier,
Et li Danois, à loi de chevalier,
Revint vers lui, ou poing le bran d'acier.
Rois Brunamons .i. coup pesant et fier
Li a douné sor le hiaume à ormier,
3990　Si que le hiaume en couvint empirier,
Une grant piece en abat sor l'erbier.
Et li Danois le referi arrier
Un si grant coup desor le hiaume chier
Que le fort cercle li a fait depecier ;
3995　Ne fust la coife dou fort hauberc doublier,
Il eüst fait dou cors desconpaignier
L'ame à cel coup, ce sachiez sanz cuidier ;
Dou pesant coup le couvint enbronchier.
Lors point Ogiers pour lui plus aprochier,
4000　Brunamon va les bras au col lacier,
Un petitet fist le cheval lancier,
A Brunamon fist l'eschine ployer.
Que vous feroie la parole alongier ?
Frains ne poitraus, ne arçon ne estrier,
4005　Ne li valurent la monte d'un denier
Ne le couviengne à terre trebuchier.
En Brunamon n'en ot que corroucier ;
Quant il se vit de son corant destrier
Si rudement à terre desrochier,

4010 Bien vit que n'ot besoing de detryer;
      En piez ressaut, plus n'i volt atargier,
      K'en lui ot home fort, poissant et legier.

      Rois Brunamons fu en piez relevés,
      N'ert pas merveille se il fu tormentés
4015 Quant telement fu à terre portés.
      Ogier regarde, qui vint tous abriévés
      De lui mal faire, et lors s'est avisés
      Qu'il fera tant, se il puet, que tués
      Iert li chevaus Ogier ou afolés,
4020 Car s'il ne sait par quoi soit desmontés,
      Clerement voit qu'il est mors et outrés.
      De son escu s'est li Turs delivrés,
      Enmi la place fu à terre getés;
      A .ij. mains tint le bran qui ert letrés,
4025 Qui plus trenchoit que rasoirs afilés;
      Vers Ogier vint de grant ire embrasés,
      Fiert le cheval sor quoi il ert montés,
      Droit sor la jambe est li coups assenés,
      Cele devant et au senestre lés.
4030 Li coups fu si de grant vertu dounés
      Que li mustiaus dou cheval fu coupés
      Près dou genouill, tout serrant rés à rés;
      Dou coup fu si li chevaus desviés
      Que à la terre est tout errant versés.
4035 Quant Ogiers vit qu'il fu à ce menés,
      Si asprement s'est des arçons ostés
      Que dou cheval ne fu point encombrés.
      Dist Brunamons : « Maistre, par çà saudrés;
      « De tés coups a en mon aumaire assés,
4040 « Je nes ai pas encor tous aloués,
      « Assez briément, se je puis, le sarés,
      « Se je ne sui de Mahon oubliés. »
      Et dist Ogiers ; « Vassaus, ne vous vantés,

« Car par parole pas ne me conquerrés. »
4045   A ce mot fu chascuns brans rentesés,
       L'uns vint vers l'autre de ferir aprestés,
       Grans coups se dounent sor les hiaumes gemés
       Si qu'il les ont rompus et descerclés ;
       Li brans Ogier est en pieces volés,
4050   Ne l'en remest pas .ij. piez mesurés.
       Ogiers le voit, forment en fu irés ;
       Ne sambla pas pour ce espoentés,
       Hardiement est vers le Turc alés,
       De grant aigrece fu ses cuers alumés.
4055   Ce que li ert dou bran d'acier remés
       A entesé com vassaus adurés.
       Le paien fiert ou hiaume k'ert dorés,
       Ou lieu où plus ert li hiaumes quassés ;
       Si radement est li coups devalés
4060   Que ne valu hiaumes, haubers safrés
       Au Sarrazin vaillant .ij. oes pelés ;
       Dusques es dens li est li brans coulés
       Et la cervele li chiet de tous costés.
       Lors cheï mort, et Ogiers li menbrés
4065   En a moult Dieu et tous ses sains loés.
       De lui fu moult Brunamons regretés.
       « Certes », fait il, « ce fu duels et pités
       « Que tex vassaus ne fu crestiennés ;
       « S'en l'ost paienne en a auques de tés,
4070   « Bien en porroit Charles estre grevés. »

       Quant Ogiers et esploité telement
       K'oy avés, lors torna erranment
       Vers Broiefort qu'il couvoitoit forment ;
       Il le saisi par la resne à argent,
4075   En l'estrier met le pié isnelement,
       Sus est montés tost et apertement,
       Liez fu de cuer quant es arçons se sent.

Ce cheval ot puis Ogiers longuement,
Si com l'estoire le tesmoigne et aprent,
4080 Mais n'en ferai ore lonc parlement.
Li pluseur furent pour Brunamon dolent,
Cil qui l'amèrent en orent grief torment.
Dist l'uns à l'autre : « Pour Mahoumet, k'atent
« Li rois Corsubles que il Ogier ne pent?
4085 « Ne l'aime pas cil qui ce li desfent. »
Ainsi parloient pluseur coumunaument.
Mais Gloriande, la pucele au cors gent,
Et Karahues, et il et si parent
Et si ami dont il y ot granment,
4090 En gracioient Mahoumet moult souvent
Que la besoigne ert tornée ensement.
Raison y ot, car ouvré malement
Ot Brunamons vers aus et faussement.
Sor Broiefort sist Ogiers noblement
4095 Enmi la place tous quois ; iluec atent
De par Corsuble aucun coumandement,
Car ne vorroit mesprendre de noient.

En tel maniere que m'oez recorder,
Fu la bataille, sans mençonge conter,
4100 De Brunamon et d'Ogier le preu ber.
Rois Karahues, qui moult fist à loer,
Fist tout errant les barres desfermer ;
Dedenz le parc entra sans arrester,
Delez Ogier le Danois vint ester,
4105 Coument li ert li prist à demander.
Dist Ogiers : « Si qu'en doi Dieu mercier;
« N'aroie mal, s'en povoie raler
« Vers l'ost françoise ; sel poviez arréer,
« Moult vous devroie à tous jours mais amer. »
4110 Dist Karahues : « Je me doi bien pener
« De faire chose qui vous doie gréer,

« Quant, pour m'ounour et ma vie sauver,
« Avés volu le cors aventurer.
« Par Mahoumet, cui je doi aorer,
4115 « En l'ost Charlon serés ains l'avesprer,
« Ou g'i serai pour ma foi aquiter.
« Et se Corsubles ne se veut acorder
« A ce que il vous vueille delivrer
« Pour moi ravoir, ne vous estuet douter
4120 « Que ne vous face seürement garder
« A ceaus dou regne que j'ai à gouverner. »

Li rois Corsubles ot moult le cuer dolant
Quant Brunamon vit ou champ mort gisant,
Et Danemons ses fiex en ot duel grant
4125 Quant mort le voit à la terre sanglant ;
De cuer en va moult forment souspirant.
De maintes pars le vont moult regretant
Pour la prouece dont en lui avoit tant ;
Mahoumet jurent, en cui il sont creant,
4130 Que, se Corsubles, à cui sont apendant,
Et Danemons ses fiex au cors sachant
Eschaper laissent Ogier, cel mal tirant,
Qu'il leur porra bien revenir devant,
Qu'il en seront trop à tart repentant ;
4135 Ainsi aloient en pluseurs lieus disant.
Devant Corsuble vint Karahues errant,
A lui parole hautement en oiant :
« Sire », fait il, « dites vostre samblant ;
« Pour moi desfendre douna Ogiers son gant ;
4140 « En a il bien fait tout son couvenant ? »
— « Voirs », dist Corsubles, « il est aparissant,
« Cui qu'il soit lait ne cui qu'il soit plaisant » ;
Mais moult li dist ce mot en sousploiant
Li rois Corsubles et la chiere en baissant,
4145 Car moult li va près de son cuer touchant

Qu'il a perdu Sarrazin si vaillant
Com Brunamons estoit, et si poissant.

Dist Karahues : «·Corsubles, entendés,
« Rois poissans estes et creüs et amés,
4150 « Des rois paiens tous li plus redoutés
« Et li plus riches et li plus renoumés,
« Et quant tex estes que vous dire m'oés,
« Bien doit Mahons de vous estre loés,
« Et pour s'amour devez bien estre tés
4155 « K'en loiauté soiez tousjours trouvés.
« Ainc n'oy dire que fussiez acordés
« A nule rien, dès l'eure que fui nés,
« Dont peüssiez de blasme estre prouvés,
« Fors que d'Ogier que vous ici veés ;
4160 « Mais envers lui moult malement ouvrés
« Et envers moi, quant vous le retenés
« Encontre ce que couvenant m'avés,
« Car bien vous dis, quant je fui retornés,
« De cel message où pour vous fui alés,
4165 « Coument j'estoie dou roi Charlon sevrés.
« Bien fu par vous tous mes rapors gréés,
« Et puisque vous vos couvenans faussés,
« A tous loiaus et à tous avisés
« Doit estre avis que vous i mesprenés.
4170 « Par mal conseil est mains preudons grevés,
« Espoir de ce estes vous avuglés,
« Si sont maint autre, n'estes pas seus guilés.
« Je vous pri, sire, s'onques fui vos privés
« Ne s'onques fis chose qui fust vos grés,
4175 « Et se loial conseil croire voulés,
« Que par vo gré soit Ogiers delivrés ;
« Sel remenrai roi Charlon à ses trés.
« Je revenrai, se ne me faut santés,
« Demain, ainçois que li jours soit passés. »

4180   Corsubles l'ot, un pou s'est arrestés
De lui respondre, et quant fu porpensés,
  « Rois Karahues », fait il, « avant venés,
  « Bien a raison en ce que me moustrés ;
  « S'à tans eüsse fait ce que recordés,
4185   « Encor ne fust pas Brunamons tués ;
  « Par mal conseil ai esté enganés.
  « Prendez Ogier, et si l'en remenés
  « En l'ost Charlon ; k'à cent mile maufés
  « Soit li siens cors rendus et coumandés !
4190   « Je ne croi pas que ce soit hom mortés,
  « C'est uns dyables d'enfer deschaiennés,
  « En guise d'oume s'est mis et enformés ;
  « De devant moi hastéement l'ostés. »
Karahues l'ot, vers lui s'est enclinés,
4195   Moult l'en mercie. Lors s'est li rois levés
Et tout li autre, l'uns joians, l'autre irés ;
Bien sambloit estre Corsubles tormentés.
Et Karahues est vers Ogier ralés,
Au frain le prent, lors est d'iluec tornés ;
4200   Dou parc issirent ensamble lés à lés.
Assez matin fu icis chans outrés
K'encore n'ert pas miedis passés.

    Dou parc issi Karahues liement ;
Devant l'entrée dou parc erent sa gent,
4205   Qui contre lui vinrent joieusement ;
Très bien estoient armé et richement ;
Entour Ogier s'en assamblent granment
Pour lui garder et faire son talent.
Karahues tint par la resne à argent
4210   Le bon Danois, moult l'esgardoit souvent,
Car il l'amoit de cuer entierement.
  « Ogier », fait il, « très hounorablement
  « Avez ouvré vers moi et loiaument ;

« Vers Corsuble ai esploitié telement
4215 « K'ains que solaus ait pris esconsement,
   « Cuit de vous faire le roi Charlon present.
   Quant Ogiers l'ot, de joie au cuer s'en sent,
   Moult en mercie Karahuel bonement,
   Coume courtois et plains d'apensement.
4220 A ses trés vint Karahues erranment,
   Lors descendi et Ogiers ensement,
   Et Gloriande i vint isnelement,
   Car n'ot talent d'arrester longuement.
   Ogier salue moult très courtoisement,
4225 Et li Danois, con de bon escient,
   A Gloriande à point son salu rent.
   « Par Mahoumet », dist la bele au cors gent,
   « Forment vous doivent servir soigneusement
   « Tout cil qui aiment Karahuel de nient,
4230 « Et obeïr et ami et parent,
   « Car vous avez retenu noblement
   « Toute s'ounour et tout son tenement
   « Com vassaus preus et plains de hardement. »
   Et dist Ogiers : « Bele, se Diex m'ament,
4235 « Diex pour le droit l'a fait certainement. »

   Rois Karahues fu venus à son tré
   Et Gloriande, où tant ot de biauté,
   Conjoy ont Ogier et hounoré ;
   Ce que li ert dou hiaume demoré
4240 Li a la bele deslacié et osté ; .
   Et lors si l'a doucement regardé,
   Vit son viaire noir et ensanglenté ;
   Se il l'eüst .c. mile foiz juré,
   Si li a ele estrè son gré lavé ;
4245 De ses très douces mains blanches ressué,
   Qui plus sont blanches que nule flours de pré,
   L'a de touailles doucement et soué.

« Diex », dist Ogiers, « peres de majesté,
« Ce chambrelenc vueilliez croistre en bonté. »
4250   Un pou le firent mengier, mais par son gré
N'i eüst il de viande gousté.
Celui mengier a Ogiers moult hasté,
Car desirrier avoit et volenté
De reveoir Charlon et son barné.
4255   Quant ot mengié, lors l'a araisouné
Rois Karahues et li a presenté
La plus grant part de sa grant roiauté,
Mais qu'il eüst Mahoumet aouré
Et renoyé eüst crestienté.
4260   « Voir », dist Ogiers, « ne l'ai pas enpensé,
« Miex ameroie avoir le chief coupé,
« Mais moult me dites grant debonaireté,
« Je vous merci moult de ceste amisté;
« Se je povoïe, sachiez de verité,
4265   « Il vous seroit encor guerredouné. »
De ce mot l'a Karahues mercié,
Bien voit que il n'aroit jamais finé
De la requeste dont il l'a oposé.

Quant Karahues a entendu Ogier,
4270   Clerement voit k'ains se lairoit trenchier
Le chief, que il vousist Dieu renoyer.
Lors ne l'en volt de riens plus aprochier,
Car la parole n'i aroit nul mestier.
« Ogiers », fait il, « sor Brunamon le fier,
4275   « Cui avez fait l'ame dou cors vuidier,
« Avez conquis tout le meilleur destrier,
« Le plus poissant et tout le plus legier
« Et le plus aspre, ch'os je bien tesmoignier,
« K'à fin souhait deveroit souhaidier
4280   « Nus hom qui d'armes se vousist avancier;
« Sambler me doit que de celui mestier

« Vous sarez si au grant besoing aidier
« Que tel cheval devez bien avoir chier.
« Avoec vous .ij. vorrai acompaignier
4285 « Un tel jouel qui fait à ressoignier :
« Courte, m'espée, qui est de tel acier
« K'ainc n'en vi nule c'on deüst miex prisier ;
« Par Mahoumet, qui tout a à baillier,
« Ne la porroie nul lieu miex employer
4290 « Que en vous ; nel dis pas pour losengier.
« En mon servise a couvenu brisier
« La vostre espée pour m'ounour desraisnier,
« Prenez la moie, ce vous vueil je pryer. »
Lors l'a desçainte, tantost li va baillier.
4295 « Voir », dist Ogiers, « refuser ne le quier,
« De cestui don vous doi moult mercier,
« K'ainc, par Jhesu, le pere droiturier,
« De nul servise ne vi douner loyer
« Que je preïsse pour cestui eschangier. »
4300 L'espée prent par la renge à ormier,
De fine joie la prist à embracier
Moult durement, et la prist à baisier ;
Après l'a çainte à son flanc senestrier.
Qui li eüst dounée Monpellier,
4305 Ne peüst on son cuer plus aaisier.

Quant li Danois fu saisis de l'espée,
Courte la bele, la très fine acerée,
Joie ne fu pas en lui oubliée,
Dedenz son cuer estoit parfont plantée,
4310 Car l'espée ot dès adont goulousée
Que entre aus .iiij. furent à la meslée
Par dedenz l'isle souz Roume en la valée,
Si que devant la vous ai devisée.
L'espée a çainte par la renge dorée,
4315 Dont puis reçurent mainte pesant colée

Cil qui la foi avoient adossée.
De ce n'iert ore plus raisons racontée.
Rois Karahues a sa gent apelée,
Dist leur qu'il s'arment sans point de demorée
4320 Et moult leur proie la chose soit hastée,
Car on li ot conté en recelée
Que Danemons a grant gent assamblée,
Devant ses tentes, ne set à quoi il bée ;
C'est une chose qui moult li desagrée,
4325 Car plains estoit de trayson prouvée
Rois Danemons des puis de Valfondée.
Lors fu sa gent assez tost arréée,
Dis mile furent, chascuns la teste armée. .

Rois Karahues n'i volt plus demorer ;
4330 Quant ot sa gent fait à droit ordener,
« Ogier », fait il, « il vous couvient monter,
« Prenez congié, laissiez nous ent aler. »
Ogiers l'entent, moult li pot agréer.
A Gloriande, la pucele au vis cler,
4335 A pris çongié Ogiers, sans oublier
Riens où raisons se deüst acorder.
« Ogiers », fait ele, « cil Diex vous puist sauver
« Qui tout puet faire et tout puet gouverner ! »
Lors monte Ogiers, n'ot cure d'arrester,
4340 Sor Broiefort qui moult fist à loer ;
De là se partent si que m'oez conter.
Dient paien, Sarrazin et Escler :
« S'on puet en France plenté de tels trouver
« Com est Ogiers, nous povons bien jurer
4345 « Sor Mahoumet, sanz nous à parjurer,
« Que trop à tart venrons au retorner. »

Rois Karahues, où moult ot de bonté,
De courtoisie, d'ounour, de loiauté,

Issi de Roume l'amirable cité,
4350 Lez lui Ogier au senestre costé ;
Droit devers Sustre se sont acheminé.
De Danemon vous resera parlé,
Qui le cuer ot très plain de fausseté,
De traïson et de desloiauté.
4355 Il et sa gent s'erent jà si hasté
K'enbuschié s'erent souz Roume lez .i. pré,
En .i. boschet menuement ramé ;
Desirrier orent espris de volenté
De faire Ogier, s'il peüssent, griété,
4360 Car Danemons ot le cuer alumé
De grant haïne sor lui et embrasé.
Il et sa gent avoient avisé
Que si trestost qu'il l'aront atrapé,
Que de lui prendre n'i ara mot souné,
4365 Ains l'ocirroient ; ç'avoient enpensé.
Pour Brunamon l'orent cueilli en hé
Si aigrement et de tel cruauté
Que, s'il l'eüssent par pieces decoupé,
Ne le cuidassent il pas avoir tué
4370 Ne n'en eüssent à paines pas lor gré.
En cel agait que vous ai devisé
N'estoient mie plus de .m. adoubé.
Ez vous .i. Turc poignant tout abriévé,
Qui Danemon et sa gent a conté
4375 Que Karahues et Ogiers sont sevré
De Roume et ont de gent si grant plenté
Que à .x. mile pueent bien estre esmé.
Danemons l'ot, près n'a le sens dervé ;
A sa gent dist : « Nous soumes engané,
4380 « Rois Karahues nous a assis le dé ;
« Par Mahoumet cui j'ai mon cuer douné.
« Se je seüsse k'eüst enproposé
« C'Ogier eüst à tel gent remené,

9

« Des miens reüsse tant de Roume geté

4385 « Que, s'il l'eüst sor Mahoumet juré,

« N'eüst il mais à Charlon relivré

« Ogier; s'en ai le cuer triste et iré

« Quant nous eschape, car moult nous a grevé

« Et grevera, de ce ne soit douté,

4390 « Se longues dure en vie et en santé.

Forment estoient Sarrazin adolé

Et abaubi et triste et tormenté.

Se petit non n'orent là demoré,

Quant venir virent Karahuel l'alosé,

4395 Lui et sa gent, noblement arréé ;

En .ij. batailles venoient ordené.

Passer les laissent, et quant furent passé,

Arrier retornent pensiu et abosmé ;

A dolens cuers sont en Roume rentré.

4400   Par dedenz Roume entrèrent moult dolent

Rois Danemons et sa gent ensement,

Et Karahues chevauche liement,

Ne fust si liez pour or ne pour argent

Qu'il est de ce, car à son escient

4405 Li ert avis que il tenra couvent

Le roi Charlon, où douce France apent.

Ne vous ferai de ce lonc parlement :

Bel et à droit et ordenéement

Alèrent tant qu'il virent vraiement

4410 K'estre povoient par droit à sauvement.

Lors coumanda Karahues à sa gent

Que tout retornent fors .iiij. seulement,

Et cil le firent tout ainsi faitement,

Car n'en y ot nul qui eüst talent

4415 D'aler encontre le sien coumandement.

.iiij. en retint, et li autre erranment

S'en retornèrent sans nul delaiement.

Au retorner prièrent durement
Roi Karahuel, qu'il amoient forment,
4420 De revenir au plus hastéement
Que il porra, et il certainement
Leur afia que moult prochainement
Repairera, se Mahom le consent.
De leur seigneur se partent telement
4425 Dusques à Roume ne font arrestement.

Quant Karahues fu de ses gens sevrés
Et chascuns d'aus fu arrier retornés,
Fors que li .iiij. qui o lui sont remés,
Après ce n'est gaires là arrestés,
4430 Droit devers Sustre s'en est acheminés.
Il et Ogiers chevauchent lez à lés ;
Tant esploitièrent que il virent les trés
Où Charles ert et ses nobles barnés.
Dist Karahues : « Ogier, veoir povés
4435 « Le lieu où estes de maint cuer desirés,
« Bien en doit estre de vous vos diex loés
« Quant vous si joenes estes et tant valés
« Que de chascuns estes jà si amés. »
Dist Ogiers : « Sire, si bon cuer me portés
4440 « Que ce vous fait sambler que soie tés ;
« S'en moi ert ce que vous i esperés,
« A .vc. doubles en seroie amendés. »
Dist Karahues : « Si soie je sauvés
« Que il me samble que ce soit verités,
4445 « Que plus i a que je ne di assés.
« Mahoumés vueille par ses saintes bontés
« Que courtement soiez si pourpensés
« K'à lui servir vous soiez adounés ;
« Grans meschiés est qu'estes crestiennés. »
4450 — « Voir », dist Ogiers, « soiez asseürés
« Que de ce est tele ma volentés

« Que n'en puet estre mais mes cuers remués.
Dist Karahues : « J'oi bien que vous pensés,
« Miex vorriez estre par pieces decoupés
4455 « Que li vos Diex fust de vous adossés. »
— « Voir »,dist Ogiers, « ce est certainetés.»
Ainsi parlant est l'uns lez l'autre alés,
Tant k'en l'ost entrent des François naturés.
Messagier samblent, car les fers acerés
4460 De leur espiez ont devers aus tornés.
Parmi l'ost vont ainsi que vous oés ;
Onques n'i fu de nului ravisés
Ogiers, pour ce que il estoit armés
Coume paiens et autrement montés
4465 Que il ne fu au mouvoir, et enflés
Ert ses viaires par lieus et camoussés.
N'ert pas merveille se de taint fu mués,
Car bien povoit estre descoulorés
Selonc les coups qu'il ot pris et dounés,
4470 Puis que dou Toivre passa les rades gués
Quant combatirent dedenz l'isle enz es prés,
Il et Charlos ainsi com vous savés.
Au tré Charlon est tout droit assénés
Rois Karahues et Ogiers li senés.
4475 Andoi descendent des destriers abriévés ;
Dedenz la tente est chascuns d'aus entrés;
Li autre .iiij. dont vous oy avés,
Que Karahues ot o lui amenés,
Chascuns d'aus est par defors demorés.
4480 Ses haus barons avoit Charles mandés ;
Namles i fu et Joffrois li menbrés,
Li dux Fagons et Guis li alosés,
Tierris d'Ardane, qui preudons ert clamés,
Hues de Troies, qui de Borgoigne ert nés,
4485 Nes vous aroie à piece tous noumés.
De tout fu moult Karahues apensés,

De lui fu Charles très à point salués,
Car moult estoit courtois et avisés.
Ogier a pris et dist : « Sire, tenés,
4490 « Ogier vous rent, bien m'en sui aquités. »
Charles tantost est contre lui levés,
A Ogier a les bras au col getés,
De lui fu moult baisiez et acolés,
Tant fu de joie espris et alumés
4495 K'ainc n'ot tel joie puis qu'il fu corounés.

Moult ot grant joie Charles, li rois cremus,
Quant vit Ogier qui estoit revenus ;
Namles de joie par fu si esmeüs
K'à paines s'est sor ses piez retenus,
4500 Ne pot parler de joie, ains se tint mus,
Et quant parla, si dist : « Ha, rois Jhesus,
« Loez soiez, vrais peres de lasus ! »
Que vous diroie ? Acolés et tenus
Fu li Danois et liement veüs.
4505 Par l'ost en lieve si grant noise et tex hus
Que s'on eüst partout boutés les fus,
Chascuns i est de tous lés acorus.
De plus grant joie n'oy ainc parler nus ;
Se Damediex fust entr'aus descendus,
4510 Ne sai coument faire en peüssent plus ;
Bien ert li arbres en l'ost Charlon creüs
Qui de joie ert et fleuris et fueillus.

François demainent grant joie et grant baudour,
Dieu gracioient, le pere creatour,
4515 Quant Ogier ront, le noble poigneour,
En cui n'avoit fors bonté et douçour.
Moult l'esgardoient et devant et entour,
Très grant merveille avoient li plusour
Que si estoient decoupé si atour.

4520 « Vez ci joene home », font il, « de grant valour,
    « Bien pert k'adès n'a pas eü sejour
    « Puis que de ci se parti l'autre jour ;
    « Droit a rois Charles s'en lui a mis s'amour,
    « Bien pert qu'il ait esté en tel estour
4525 « Où ait eü à faire à fereour
    « C'on doit tenir à preu combateour. »
    Moult regardoient le destrier misoudour,
    Qui ot esté Brunamon l'aumaçour,
    Devant la tente Charlon l'empereour
4530 Où le tenoient cele gent paiennour
    Qui Karahuel tenoient à seignour :
    C'ert Broiefors, ainc nus ne vit meillour.
    Dist l'uns à l'autre : « Par le vrai sauveour,
    « On doit bien faire à tel vassal hounour
4535 « Où de prouece a si vrai mireour. »

    El roi Charlon n'en ot k'esléecier
    Ne en Namlon, son loial conseillier.
    Que vous diroie ne avant ne arrier?
    Je vous vorrai la besoigne acourcier.
4540 En l'ost Charlon, cui Diex gart d'emcombrier,
    N'avoit baron, duc, conte ne princier,
    Petit ne grant, serjant ne chevalier,
    Qui Dieu ne praigne de cuer à gracyer
    De ce que il resaisi sont d'Ogier.
4545 Vers leur osteus prirent à repairier,
    Baut et joiant et en grant desirrier
    De Sarrazins temprement aprochier.
    Charles li rois, en cui n'ot k'ensaignier,
    Sot moult à point Karahuel mercyer
4550 De ce que si l'a trouvé droiturier.
    Li bons dux Namles, qui moult fist à prisier,
    Devant la tente fist pourœc envoyer
    Les .iiij. Turs et les fist convoyer

. A son ostel et très bien aaisier.

4555 Quant Karahues ot à Charlon parlé
  A son plaisir assés et à son gré,
  Et mercyé l'ot de la loiauté
  Dont en lui ot trouvée tel plenté
  Que bien est drois que il l'en sache gré,
4560 Lors l'a li rois à une part mené
  Par la main destre à une part dou tré.
  A ce conseil a Namlon apelé,
  Le duc Tierri d'Ardane le barbé,
  Et Widelon au corage aduré,
4565 Le duc Fagon qui tint Tours la cité,
  Huon de Troies et Sanson l'alosé,
  Joffroi d'Anjou au corage sené.
  Tout cil estoient là endroit demoré,
  Et moult des autres s'en estoient ralé,
4570 Car jà estoit aussi com avespré ;
  Ogiers remest avoec l'autre barné.
  Rois Charles a Karahuel demandé
  De la bataille coument ele ot esté,
  Et cil li a tout ainsi recordé
4575 Qu'il en estoit, ne l'en a riens celé.
  « Sire », fait il, « si aie je santé,
  « Je ne cuit pas k'en la crestienté
  « N'en paiennie ne en autre regné
  « Eüst nul roy plus grant ne plus menbré,
4580 « Ne plus poissant ne de plus grant fierté,
  « K'ert Brunamons que Ogiers a outré. »
  Li baron l'oent, l'uns l'autre en a bouté,
  Dieu en gracient, le roi de majesté,
  Dedenz leur cuers et moult l'en ont loé.
4585 Devers Ogier a Charles regardé
  D'amoreus iex, emplis de volenté
  De lui amer de très grant amisté.

Lor se levèrent quant cil lor ot conté
Ce que moult orent de lié cuer escouté.
4590 Lors a dux Namles Karahuel acosté,
Mener l'en veut, k'asséz ot arresté;
Congié a pris, n'i a plus demoré.
Au partir l'a rois Charles acolé,
Si ont li autre et l'ont moult mercié
4595 De ce que ci a vers Ogier erré;
Courtoisement l'ont à Dieu coumandé.
Namles en a lui et Ogier mené
Dedenz sa tente; là se sont desarmé,
Où avoit jà les .iiij. Turs osté
4600 Leur armeüres et mis à sauveté.
De tout ce faire erent entalenté,
Dont plus eüssent Karahuel hounoré.
Quant il se furent .i. petit reposé,
Souper alèrent, car il fu arréé,
4605 Assis se sont quant il orent lavé.

Dedens la tente Namlon le vassal ber
Sist Karahues et si Turc au souper,
Lés lui Ogier qui moult fist à loer.
Ne couvint pas pryer ne coumander
4610 Au duc Namlon que d'aus feïst penser,
Car tant en fist, ce sachiez sans douter,
C'on n'i peüst par raison amender.
Se tous les poins vouloie deviser
Coument les sot dux Namles hounorer
4615 Et leur paroles vouloie recorder,
Trop en feroie la parole durer,
Pour ce m'en vueil outre briément passer:
Quant tans en fu, couchier les fist aler
Namles, en cui n'avoit que doctriner,
4620 Car dit avoit Karahues que lever
Se vorroit ains qu'il deüst ajorner;

Pour ce alèrent plus tempre reposer.
Namles leur fist leur armes raporter
Tout droit à l'eure que raisons dut porter.
4625 Lors se levèrent quant poins fu d'arréer,
Apresté furent, n'i ot que dou monter,
Droit à cele heure que l'aube dut crever.
De ce n'estuet pas longuement parler,
A point fu fait sans riens nule oublier.

4630   A l'endemain, quant li aube creva,
Rois Karahues sor son cheval monta,
Il et li sien se partirent de là,
A grant plenté de gent les convoia
Ogiers et Namles, tant que raisons porta.
4635 Au departir Karahues coumanda
Namlon à Dieu et moult le mercia
De l'amistié k'au besoing li moustra
Et que il si de cuer hounoré l'a.
   « Certes », dist Namles, « ne sai qu'il avenra
4640 « De ceste guerre ne k'à Dieu en plaira,
« Mais sachiez bien que, se il avient jà
« K'aidier vous puisse, merie vous sera
« Vo courtoisie, pour paine ne faurra. »
Rois Karahues Namlon en enclina
4645 Courtoisement, et lors si se tourna
Devers Ogier; li uns l'autre acola,
Au departir chascuns d'aus lermia.
Moult doucement li Danois li pria
Que Gloriande, où tant de biens trouva,
4650 Li salut moult, si tost qu'il la verra.
Karahues dist pas ne l'oubliera,
Mais volentiers et de cuer le fera.
En tel maniere l'uns de l'autre sevra.
En l'ost Charlon Namles s'en repaira,
4655 Et Karahues telement esploita

Que dedenz Roume assez matin rentra.
A Gloriande tout premerains parla,
Et si trestost que vers li aprocha,
De par Ogier errant le salua.

4660 Cis salus moult Gloriande agréa,
Car en son cuer Ogier forment prisa :
« Cil diex », fait ele, « qui tout le mont forma,
« Li doinst la joie qui tousjours duerra ! »
Rois Karahues après li devisa

4665 L'ounour que faite li ont cil de delà ;
Souvrainement de Namlon se loa,
Car pour Ogier moult de cuer l'ounora.

Par dedenz Roume la cité seignoris
Fu Karahues, qui fu rois poëstis ;

4670 A Gloriande, à cui estoit amis,
S'ert moult loez de Charlon au fier vis
Et de Namlon et d'Ogier le marchis.
Après ce s'est de là endroit partis,
A son hostel est tout droit revertis,

4675 Où de sa gent fu de cuer conjoïs.
Un pou de chose vous ai en oubli mis
Que bien est droit que je le vous devis,
Car ceste estoire est vraie et de grant pris,
Par quoi lairoie arrier moult à envis

4680 Riens qui m'en fust moustré à saint Denis.
Le jour meïsme que en champ fu ocis
Rois Brunamons, qui fu fiers et hardis,
Fu il à Roume assez près enfouis
Dou lieu où ot d'Ogier esté conquis ;

4685 Encore i est, ce tesmoigne l'escris.
De ce n'iert ore plus lons raconteïs.
A la court vint Karahues li gentis,
De sa venue fu mains cuers esjoïs,
Par la main destre fu rois Corsubles pris,

4690 Encoste lui l'a maintenant assis.
Tantost li dist rois Danemons ses fis :
« Rois Karahues, mal nous avez baillis
« K'ainsi nous est Ogiers eschapez vis ;
« Par Mahoumet à cui je sui sougis,
4695 « Mal nous a fait, faire nous porra pis,
« Ains que de France soit mes peres saisis,
« Ne que coroune ait portée à Paris.
« Se je en fusse creüs, je vous plevis,
« Jamais paiens ne fust par lui malmis. »
4700 Dist Karahues : « Faus hom soit li hounis!
« Et si est il, car par droit est banis
« D'ounour en terre et de saint paradis. »
De ce mot fu Danemons abaubis
Et quois taisans, si qu'il fust amuis,
4705 Car bien savoit qu'il estoit pour lui dis.

Danemons a Karahuel entendu,
Mais n'a talent que li ait respondu
De la matere dont à lui a meü ;
En autre lieu a son fueillet leü.
4710 De la parole se tint taisant et mu
Devant son pere, car n'avoit riens seü
Li rois Corsubles dou darrain gait k'eü
Avoit ses fis, il et si mescreü,
Car ne l'eüst pas espoir consentu.
4715 Quant il parla, si dist : « Trop a vescu
« Li rois mes peres, où tant a de vertu
« Et de povoir que maint ont couneü,
« Qui Charlon n'a pieça seure coru,
« Quant o lui a tant paien esleü
4720 « Et de prouece parfait et parcreü,
« Et qui ont d'armes ou cuer si ardant fu
« K'ainc de combatre si aigre gent ne fu ;
« Ne tient k'à ce sans plus qu'il die hu,

    « Tantost seroient tout mort et confondu.
4725   « Tenir nous pueent François pour recreü
    « Quant nous ne soumes pieça de Roume issu,
    « Un pou de gent se sont ci embatu,
    « Courons leur seure, trop avons atendu,
    « Pieça fust fait, s'on m'en eüst creü. »
4730   — « Fiex », dist Corsubles, « je vous ai bien oü,
    « Des nos avons damage receü,
    « Mais, foi que doi Mahoumet et Cahu,
    « Crestien ont sor grief gage acreü,
    « K'ains le tiers jour en rendront tel treü
4735   « Que à ma gent se seront combatu,
    « S'il ne s'en fuient là dont sont avenu. »
    Dist Karahues : « J'ai bien en aus veü
    « K'ains en seront percié maint fort escu
    « Et maint hauberc desmaillié et rompu
4740   « Et maint vassal mort à terre abatu,
    « Que par manace puissent estre vaincu.
    « Tost mandé soient vo baron et vo dru,
    « S'aiés conseil que de ci esmeü
    « Soions demain, droit au jour aparu,
4745   « Pour aler là où sont arresteü. »
    Cel conseil a en grant bien retenu
    Li rois Corsubles, qui le chief ot chenu,
    Il et ses fiex s'i sont dou tout tenu.

    Li rois Corsubles a mandé ses barons,
4750   Les Achopars, les Turs, les Esclavons,
    Les Aufricans manda et Arragons,
    Gent y avoit de maintes regions ;
    Se tous vouloie ceaus noumer par leur nons
    Qui iluec erent à ce conseil semons,
4755   Trop en porroit estre li contes lons ;
    Assemblé furent dedenz les paveillons
    Le roi Corsuble, qui ot floris grenons.

Tout premerains parla rois Danemons,
Quant de parler fu et poins et raisons :
4760 « Seignor », dist il à aus, « que devenrons?
« Il m'est avis que laschement ouvrons
« Que dedenz Roume si enclos nous tenons
« Et crestiens si près de nous savons :
« Bien pueent dire que tant les redoutons
4765 « Que departir de ci ne nous osons.
« Se le loez, demain chevaucherons,
« Au point dou jour sor les chevaus serons;
« Pour ce que ci trop demoré avons,
« Est bien raisons que tant plus nous hastons. »
4770 Et cil respondent : « Cis consaus est moult bons,
« Ainsi soit fait, nous nous i acordons ;
« N'est riens en terre que nous tant couvoitons
« Que nous à aus briément nous combatons,
« N'est drois que nous de riens les ressoignons ;
4775 « Car de nos gens est si grans la foisons,
« Plus en i a que mestier n'en aions ;
« Au roi Corsuble coumunaument prions,
« Que ce conseil mie ne refusons. »
Dist Danemons : « Il et je l'otrions,
4780 « En tel maniere que de cuer le voulons,
« Si k'autrement k'ainsi ne le ferons,
« Se Mahom plaist que tant vivre puissons. »
A tant se lieve sans plus d'arrestoisons.

Grant joie firent li cuivert de put lin,
4785 Quant acordé furent que au matin
Aprocheroient Charlon le fill Pepin.
Moult ot en Roume cele nuit grant hustin,
Au deslogier, de la gent Apolin.
A l'ajorner, quant la nuis ot pris fin,
4790 Erent monté paien et Sarrazin.
Là veïssiez maint gonfanon pourprin

Qui ert fremez sor anste de sapin
Dont li fer erent trenchant et acerin,
Et maint destrier coureour fort et fin.
4795 Tant y avoit dou lignage Cayn
Que, se n'en pense cil qui d'aigue fist vin,
Venu leur sont estre trop près voisin
La gent Françoise et cil d'outre le Rin.
Maint en y ot à orgueil si aclin
4800 Qu'il ne prisoient Charlon .i. roumoisin,
Ne tous les autres la keue d'un mastin.
D'aus erent plain mont et val et chemin,
On povoit bien poursuivre tel trayn.

Quant Sarrazin furent venu as chans,
4805 Tous li pays estoit resplendissans
De gonfanons et de hiaumes luisans
Et de banieres, de penons fretelans.
A cel matin ert si très biaus li tans,
Si gracieus, si douz et si plaisans
4810 Qu'il n'est nus cuers n'en fust rejoïssans.
Paien avoient .viij. batailles très grans,
Si estofées de cuivers mescreans,
C'on les devoit bien estre redoutans,
N'en y ot nule dont rois ne fust guians.
4815 La premiere ot Danemons li poissans
Et la seconde Karahues li vaillans,
La tierce Androine et la quarte Grohans.
Cil ot escu noir à .iij. lions blans,
Androines ot armes moult acesmans
4820 Qui erent verdes semées de besans,
Li besant erent d'or qui ert flamboians.
La quinte eschiele ot uns rois aufricans
Qui avoit non Cardos de Bradigans,
Cil portoit armes moult très bien counoissans :
4825 D'or à .i. noir grifon qui ert volans.

La sisime ot uns riches rois persans,
Qui moult fu preus, non avoit Abilans;
Armes ot bleues à .ij. blans olifans.
La septime ot ses freres rois Braimans,
4830 L'escu portoit vermeil à .iij. blans gans.

Devisé ai les eschieles à droit
Et noumé ceaus qui chascune guioit.
Li rois Corsubles l'uitisme conduisoit
C'ert la plus grande, car raisons l'ensaignoit;
4835 Armes bendées d'or et de noir portoit,
Et Danemons ses fiex teles avoit,
Mais que une ourle qui les descounoissoit,
Y ot de gueules qui bien i avenoit.
Qui autre fois vous redeviseroit
4840 De Karahuel quels ses escus estoit,
Espoir k'aucun riote sambleroit.
Li rois Corsubles sor le cheval seoit,
Sor les estriers fierement s'afichoit ;
On puet bien dire, à ce que il aloit
4845 Si liement et qu'il se maintenoit
Très noblement et fier samblant faisoit,
Que rois poissans et de valour sambloit.
Et par raison bien sambler le devoit,
Car sagement sa gent amonestoit
4850 Coument chascuns ce jour se maintenroit,
Et de ce faire à point les semounoit
Que au droit d'armes et d'ounour aferoit,
Car à son tans rois paiens ne vivoit
Plus preus de lui, si com chascuns disoit.
4855 De ce que il le roi Charlon savoit
Si près de lui et que il l'aprochoit,
Li cuers de joie ou ventre l'en hauçoit.

Ains que de Roume fussent tout parissu

Li Sarrazin qui i orent geü,
4860   Sachiez que nonne ou plus passée fu
Quant il parfurent as plains chans estendu.
Il n'est nus hom, s'il ne l'eüst veü,
Qui mais eüst ne cuidié ne creü
K'en tout le monde fussent tant mescreü
4865   Que en celui voiage en ot venu.
Pour l'avant garde avoient esleü
Le roi Androine, le seigneur de Valgu;
Plains de proece ert et de grant vertu;
Ce fu uns rois qui moult eüst valu,
4870   Se il creüe eüst la foi Jhesu.
Pour terre prendre erent matin meü
Il et sa route, si com j'ai entendu;
Mais cel jour n'orent pas trop avant coru,
A .iiij. milles de Roume arresteü
4875   Sont sus une aigue lés .i. haut bois ramu.
Pour logier erent là endroit descendu,
Maint paveillon, maint tré i ot tendu.
Par dedenz Roume estoient remanu
Avoec Sadoine si ami et si dru,
4880   Qui de ce faire erent à lui tenu.
De son meschief li a forment chalu :
« Mahom », fait il, « que m'est il avenu
« Que sans moi s'ierent Sarrazin combatu
« As crestiens! Las ; or ai trop vescu,
4885   « Laidement m'a mescheance abatu;
« Se Mahoumés face m'ame salu,
« Tout mon roiaume vorroie avoir perdu
« Et ne m'eüst meschiés si sus coru,
« Et puis qu'il plaist Mahoumet et Cahu,
4890   « Je les graci quant il m'est mescheü. »

Li rois Sadoines ot le cuer moult dolant
De ce qu'il voit qu'il est aparissant

Que sanz lui ierent li autre combatant.
A Gloriande la pucele avenant
4895 Vint uns paiens, qui li conta errant
Le duel k'aloit Sadoines demenant,
Et quant ele ot oy ce couvenant,
Au roi Sadoine s'en vint tout maintenant;
Moult doucement l'ala reconfortant
4900 Coume pucele courtoise et bien sachant.
Cil l'en ala doucement merciant,
Mais d'aus ici vous laisserai à tant,
Si vous dirons de Charlon le poissant
Et des François ; que Diex par son coumant
4905 Leur doinst victoire contre gent mescreant !

Oy avez coument la chosa ala,
Com Karahues le Danois ramena
En l'ost Charlon et con s'en retorna.
Tost après ce que des François sevra,
4910 Li apostoles et li clergiez vint là,
Et Charlemaines moult de cuer l'ounora
Et obeï, car raisons l'enseigna.
Li apostoles celui jour sermouna
Les crestiens et à aus se clama
4915 Dou roi Corsuble et de ceaus k'o lui a.
A tous ensamble coumunaument pria
Qu'il leur en poist, quant li tans en venra.
Maint en y ot qui de cuer souspira
De la requeste et des iex lermoia;
4920 Enpensé ont que amendé sera
Hastéement, ou chascuns i morra.
Li apostoles bel lor amonesta
Trestous les poins que raisons aporta.
« Seignour », fait il à aus, « or i parra
4925 « Coument chascuns en l'estour le fera,
« Mes cors meïsmes en la bataille ira

10

« Pour veoir ceaus cui Diex tant amera
« Que il sa honte à vengier s'ouferra.
« Je preng sor m'ame que cil qui finera
4930 « Ici endroit, que Diex l'apelera
« Avoec les siens, quant il nous jugera,
« Et à sa destre près de lui l'asserra. »
Après ce mot le pardon leur douna.
A sa herberge chascuns s'en repaira,
4935 Et l'endemain, si tost qu'il ajorna,
Coumunaument li os se desloja;
L'aler vers Roume chascuns moult couvoita.
L'ost crestienne ce jour tant esploita
Que .iiij. milles entre les .ij. os n'a.
4940 En l'ost Corsuble la nouvele s'en va
Que si près d'aus Charlemaines est jà ;
Mains Sarrazins Mahoumet en loa.

En .i. biau plain lés une praerie
S'est l'ost Charlon sor une aigue logie;
4945 Maint tré tendu, mainte tente drecie
Y ot de ceaus cui Diex soit en aye.
Quant des paiens ont la nouvele oïe
Que fors de Roume la cité seignorie
Erent issu, chascuns Dieu en gracie,
4950 Car d'aus eüst esté Roume assaillie
Moult courtement, ce ne demorast mie,
S'issu n'en fussent, tele ert lor aatie.
Es gens Charlon à la chiere hardie
Ot celui jour maint home à chiere lie
4955 Et maint samblant eschieu de couardie,
De ce k'au plain sèvent gent paiennie
Et que si s'est leur os d'aus aprochie.
Charles li rois, que il plus n'i detrie,
A fait savoir toute sa baronnie
4960 Que l'endemain, droit à l'aube esclairie,

Soient monté après messe fenie,
Car à la gent qui est de Dieu haye
Veut la bataille tempre avoir coumencie;
Cele nouvele fu partout conjoïe.
4965   La nuit y ot mainte chose apointie
Pour plus matin avoir apareillie ;
Seur hanste y ot mainte ensaigne atachie
Et mainte broigne fors de bouge sachie
Et mainte resne de corde renforcie.
4970 ⸱ Or les ayt Jhesus li fiex Marie,
Car chascuns a desirrier et envie
D'abandouner et le cors et la vie,
Par quoi la loi Mahon fust abaissie
Et la foi Dieu levée et essaucie.

4975   A l'endemain, quant il fu ajorné,
Ot en l'ost Charle maint chevalier armé
Très richement et très bien acesmé.
Quant le servise Dieu orent escouté,
Tantost monterent, n'i ot plus sejorné.
4980   Là veïssiez maint destrier abriévé
Et maint vassal noblement arréé,
Qui bien sambloient aigre et entalenté
Que de combatre eüssent volenté;
Ne destendirent ce jour tente ne tré.
4985   De là se murent quant furent apresté;
Ainsi estoient leur conroi estoré
Que ça arriere l'ai autrefois conté.
En .v. batailles s'en vont si ordené
Com gent en cui manoit sens et bonté
4990   Et hardemens, avis et seürté.
Ne vous ai pas encore devisé
Quels armes ot Charles au cuer sené,
Ne plusour autre, mais or me vient en gré
Que vous en die d'aucuns la verité

4995   Si qu'il me fu à saint Denis moustré,
       Car là enquis de tout ce la purté
       De ceste estoire et la certaineté,
       Dont savoir poi la droite autorité.

       El roi Charlon ot chevalier adroit,
5000   Loiaus et sages et biaus et preus estoit,
       Ne sèvent pas, ce croi, tout orendroit
       De queles armes li bons rois s'adouboit,
       Pour ce me plaist que devisé vous soit.
       Armes parties d'or et d'azur portoit,
5005   Dedenz l'azur flours de lis d'or avoit
       Et de mi aigle noire sor l'or seoit,
       Qui moult très bel et bien y avenoit;
       Cheval ot tel que à lui aferoit.
       Bien ert avis au samblant qu'il faisoit
5010   K'as coups douner pas ne s'oublieroit;
       Bel et à droit sa gent amonestoit
       De faire ce k'au jour apartenoit.
       Li dux Tierris encoste lui aloit;
       Desus s'espaule li rois sa main tenoit,
5015   Car tel noblece dedenz son cuer manoit
       Que il les bons en tous lieus hounoroit;
       De tous pays à lui les atraioit
       Et le servise d'aus si merir savoit
       Que nus de lui plaindre ne se devoit.
5020   Cil Damediex qui haut siet et loing voit,
       As crestiens .i. si fait roi ravoit
       Si vraiement que mestiers en seroit!

       Quels armes ot Charlos, li fiex Charlon,
       Deviserai, car ce me samble bon.
5025   Teles, dont j'ai fait la devision,
       Qu'ot li rois Charles o le flori grenon
       Portoit Charlos ses fiex; là ot raison,

Mais il y ot, pour descomparoison,
Ourle de gueules endenté environ.
5030 Les flours et l'aigle erent lors en saison ;
Qui les portoit? Uns rois de tel renon
K'en maint pays encore tesmoigne on
Que plus loial de lui ne plus preudon
Ne çainst espée ne chauça esperon.
5035 L'aigle et les flours, que le celeroit on ?
Sont aujourd'ui à grant confusion,
Si sont les armes de maint riche baron.
Selonc le tans dont vous fais mencion
A paines chace or nus se prendre non,
5040 Mais ne chaçoient adont nul autre don
Fors que de Dieu avoir le haut pardon,
Pour metre l'ame à asolucion,
Mais cis usages a or poi de foison,
Dont c'est pitiez que si pou en use on.

5045 De Normandie portoit li dux Richars
L'escu de gueules ; si ot d'or .ij. liépars ;
Destrier ot bel et bon qui ert liars.
Ainc n'ama home qui fust fouls ne musars,
Ne outrageus ne vilains ne eschars,
5050 N'ainc de sa bouche n'issi vilains eschars ;
Par droit devoit de trestous vilains ars
Estre contée à fin nient sa pars,
Nient plus n'en ot que se tout fussent ars.
A son costé pendoit Escalidars,
5055 C'estoit s'espée ; plus l'amoit de .m. mars,
Ainc ne parut pour coups en li escars,
Ne sambloit pas as coups douner poupars.
Par son fait fu conquise Poupaillars,
Quant combatirent li François as Lombars ;
5060 Desconréé et derrout et espars
Furent paien par lui en maintes pars

En galentine d'espées et de dars
Et de maçues, d'espiez et de faussars;
D'escus, de hiaumes et de targes et d'ars
5065　Fu par lui fait maintes fois grans essars
De Sarrazins, de Turs et d'Achopars.

　　Li dux Fagons fu chevaliers vaillans,
Dux fu de Tours, la cité bien seans,
Qui siet seur Loire, qui est rade et bruians.
5070　Armes ot bleues, si ot d'or .iij. croissans.
Tés armes ot li quens Hues dou Mans,
Mais que labiaus de gueules bien seans
Y ot, car l'uns ert l'autre apartenans
Et ert l'uns l'autre forment de cuer amans.
5075　Tés armes orent puis lor hoir moult lonc tans,
Mais ne sai pas desquels furent laissans.
Kels armes ot Auketins li Normans
Deviserai, n'en vueil estre oublians,
Car bien valu c'on soit ramentevans
5080　Des armes qu'ot et des fais qu'il fist grans
En pluseurs lieus desus les mescreans.
Armes portoit cointes et acesmans,
Verdes, si ot .ij. liépars d'or passans.
Chevaliers ert parfais et soufisans,
5085　De grant valour à l'ostel et as chans,
Amans hounour et honte redoutans.
Cousins estoit Richart, k'ert dux poissans,
A cui estoit Normendie apendans,
Car par ses armes k'ai esté devisans,
5090　Le puet savoir chascuns bien entendans,
Pour tant qu'il soit en armes counissans.

　　Hoiaus de Nantes fist forment à prisier,
Bien fu armés et sist sor bon destrier,
Aspre, poissant, fort, isnel et legier.

5095   Armes ot blanches à .i. vermeil quartier ;
Tés armes ot, ç'ai oy tesmoignier,
Gauwains, c'on tint à parfait chevalier.
Icil Hoiaus dont ci m'oez raisnier,
Fist en maint lieu au brant fourbi d'acier
5100   Maint Sarrazin à terre trebuchier ;
Moult li plaisoit aus à adamagier.
Charles li ot fait l'ensaigne baillier
De saint Denis, que Aloris l'autrier
En raporta à guise de lanier.
5105   Qui li veïst en sa main paumoier
Et fierement es estriers afichier,
Et son samblant aigre et seür et fier,
Bien peüst dire qu'il eüst desirrier
De Sarrazins temprement aprochier.

5110   Moult fu li dux Tierris de grant renon,
D'Ardane tint la plus grant region,
Premiers ferma le chastel de Bullon ;
Preus fu et sages et loiaus et preudon.
Afichiez sist sor le destrier Gascon,
5115   Armes ot beles et de riche façon,
Blanches estoient, si ot d'or .i. lion.
Li premiers dux de Braban, ce dist on,
Qui Godefrois à la Barbe ot à non,
Porta tés armes, de droite estracion,
5120   De par celui dont vous fais mencion.
Icis dux gist, vraiement le set on,
A Haflenguien, là le trouveroit on,
En l'abeïe ; gent de religion
A moult eü en icele maison
5125   D'ancien tans, ainsi le tesmoigne on.
Or vous dirai dou bon vassal Guion
De Saint-Omer, qui moult fu gentis hon,
Car estrais ert dou lignage Charlon.

Bien fu armés, s'ot destrier arragon ;
5130　Quels armes ot, bien deviser doit on,
Car preus et sages fu et plains de raison.
Armes ot d'or à .i. vert cheveron
A un trechoir de gueules environ.
Moult le doutoient li Sarrazin felon,
5135　Car maint en ot mis à destruction ;
Ce jour meïsme dont ci vous parle on,
En fist il maint gesir sor le sablon.

　　Hues de Troies fu chevaliers senés,
De grant prouece estoit moult renoumés,
5140　Seur un cheval bauçant estoit montés,
Qu'il amoit moult pour ce qu'il estoit tés
K'en maint lieu ot esté com bons trouvés.
Très noblement et bel ert acesmés
D'armes vermeilles à aigliaus d'or semés.
5145　Oedes de Lengres, qui moult fu alosés,
Encoste lui ert noblement armés,
Compaignon orent esté en mains regnés,
Forment estoit li uns de l'autre amés.
De Sarrâzins fu forment redoutés
5150　Oedes, pour ce que en mains lieus penés
Les ot souvent et malement grevés.
D'or et d'azur ert ses escuz bendés
De .xij. pièces, c'est fine verités ;
En pluseurs lieus fu ses escus moustrés
5155　A ceaus de cui Diex estoit adossés,
Par lui en fu mains mors et mains navrés.
De Pierre-Lée Fouchiers li adurés,
Qui si s'estoit prouvez en mains costés
Que bien devoit preudons estre clamés,
5160　Portoit l'escu qui ert esquartelés
D'or et de gueules et ert d'azur ourlés.
Ne vous aroie à pièce tous noumés

Ceaus que rois Charles ot iluec assamblés,
Ne les escus de chascun devisés;
5165 Pour ce m'en sui auques briément passés.
Charles chevauche et ses riches barnés
En tel maniere que vous oy avés;
Or les conduie li rois de majestés!

Charles chevauche à la chiere menbrée,
5170 De maint vassal ert sa route pueplée,
Qui ne donroient leur part de la jornée
Qui leur estoit celui jour ajournée,
Pour charchié d'or une grant charretée;
Bien chevauchoient com gent asseürée
5175 Et duite d'armés et de guerre avisée.
La gent Corsuble, à céle matinée,
Fu assez tost garnie et aprestée,
Car l'eure avoient moult de cuer goulousée
Que l'ost Charlon eüssent encontrée.
5180 Droit cele part ont leur voie aroutée.
.Viij. grans batailles de la gent desfaée
Y ot, de quoi chascune ert arréée
Bel et à droit et à point ordenée.
N'i ot montaigne, costière ne valée
5185 Qui ne fust toute de Sarrazins rasée.
Andeus les os orent une pensée :
Chascune cuide bien l'autre avoir trouvée
Là où la nuit devant ert ostelée.
Ainsi chevauchent com gent entalentée
5190 Que temprement viengnent à la mellée.

Les os chevauchent d'ambes pars fierement,
Si ordenées qu'il ne falloit noient.
Là veïssiez maint riche garnement
Et mainte ensaigne k'ert desploiie au vent,
5195 Et maint cler hiaume où li fins ors resplent.

Couart deüssent recouvrer hardement
En regarder le bel contenement
Des gens Charlon où douce France apent,
Tant chevauchoient très apenséement.
5200 Ne vous ferai de ce lonc parlement.
Tant esploitièrent que tout apertement
Virent venir Sarrazins druement.
D'ambes .ij. pars se virent clerement,
K'entre aus n'avoit c'un grant plain seulement
5205 Où il n'avoit fossé n'encombrement
Qui leur peüst faire destourbement.
Charles le voit, si le moustre à sa gent;
Son escu prist, tost à son col le pent,
L'iaume li lacent sa gent isnelement
5210 Et son espiel saisist moult asprement.
D'ambes .ij. pars s'aprestent erranment
De la bataille sans lonc delaiement,
Bel et à droit et sans desroiement
S'entr'aprochoient, espris d'aigre talent
5215 De faire chose qui tourt à hardement.

Moult fu rois Charles de très grant poësté,
Hardis et preus et de très grant fierté,
Douz et courtois fu et plains d'onesté,
Par nature erent dedenz son cuer enté
5220 Fois et largece, pitiez et charité;
Enracinées erent d'umilité,
S'erent flouries de fine loiauté.
Moult ot en lui de debonaireté,
N'ainc n'ama home où il sot fausseté,
5225 Des povres gens avoit tousjours pité,
Souvent leur fist mainte grant amisté.
Bien l'ot Nature de bones mours douté,
Tout vice s'erent ensus de lui osté,
N'en y ot nul nes qu'il fussent sarté.

5230 Tant li ot Diex très loial sens presté
     K'en bon usage mist sa soutieveté.
     En maint besoing ot com preudons esté,
     Où par lui furent mort et desbareté
     Cil qui la foi tenoient en viuté.
5235 Sor paiens fist mainte grant aperté,
     Par lui en furent maint mort et maint maté,
     Maint essillié et maint desireté,
     Dont encor est miex la crestienté,
     Car en mains lieus en tienent l'ireté
5240 Li hoir de ceaus par cui fu conquesté.
     Que vous diroie? Tant ot en lui bonté
     Que la moitié n'en aroie hui conté.
     Qui le veïst sor son cheval monté,
     Le hiaume ou chief et l'espée au costé,
5245 Ou poing l'espiel, au col l'escu listé,
     Où mainte pierre avoit de grant chierté,
     Bien peüst dire par droite seürté
     K'estre sambloit rois de nobilité;
     Dou veoir porent estre reconforté
5250 Cil cui paours avoit desconforté.
     Biaus fu li jours si com el tans d'esté,
     Et li airs frois et sans point d'oscurté;
     La nuit devant ot pleü et venté;
     Tans de combatre ont tout à volenté,
5255 Car sans pourriere pueent estre ajousté.
     D'escus, de hiaumes resplendist la clarté,
     D'espiez, de lances i ot si grant plenté
     K'ainc ne veïstes vergié si dru planté.
     Quant Charles voit que Turc sont arouté
5260 Et pour combatre devant lui arresté,
     Namlon apele, où ainc n'ot lascheté :
     « Namles », fait il, « petit nous ont douté
     « Paien quant sont de Roume la cité
     « Issu ainsi; fait ont grant foleté

5265   « Quant si sont trait fors de leur fermeté. »
       —« Sire », dist Namles, « s'ont fait grant niceté,
       « Tans est que soient nostre conroi hasté
       « Et li cheval des esperons hurté;
       « Si radement soient arrier bouté
5270   « Qu'il ne nous tiengnent mie pour enprunté;
       « Il auront France, de ce se sont vanté,
       « Mais ains k'en Roume soient mais receté,
       « Le porront il chier avoir acheté.
       « Se Diex nous sauve, li rois de majesté,
5275   « Maint en seront ains la nuit tormenté. »
       A ce mot poignent aigre et entalenté,
       D'ambes .ij. pars de ferir apresté.
       A l'assambler, au dire verité,
       En y ot maint à la terre porté,
5280   Qui onques puis ne furent en santé.

       Grans fu la noise au coumencier l'estour.
       Li premerains de la geste Francour
       Qui assambla à la gent paiennour,
       Ce fu Ogiers, qui plains fu de vigour,
5285   Desirans d'armes et de conquerre hounour.
       Devant les autres vint sor le misoudour
       K'en champ conquist à Roume l'autre jour,
       Quant il ocist Brunamon l'aumaçour :
       C'ert Broiefors, ainc nus ne vit meillour.
5290   Enmi les Turs vint de si grant radour,
       La lance ou poing à loi de poigneour,
       Que li plusour en orent grant freour.
       « Ha, Diex »,dist Charles, « par vo sainte douçour,
       « Sauvez Ogier, k'en lui ai mis m'amour. »
5295   Lors brocha Charles, à loi d'empereour,
       Qui bien sambloit maistres de tel labour,
       Namles o lui, qui plains fu de valour.
       Assamblé sont duc et prince et contour.

Quant ajousté furent li nostre as lour,
5300 Maint bon destrier veïssiez sanz seignour
A resnes routes courre par la verdour.
Après les lances n'i quisent lonc sejour,
Moult tost sachièrent les bons brans de coulour,
Bien s'entr'assaillent com aigre et plain d'irour,
5305 Moult fu hardis qui iluec n'ot paour.
Ogiers se tint delez .i. carrefour,
Ou poing l'espée qui trenche com rasour,
Courte avoit non, ne fu mieudre à nul jour,
Toute ert soillie de sanc et de suour.
5310 Cui il ataint, mors est sans nul retour,
Païen l'assaillent et devant et entour,
De loing li lancent lor espiés li plusour,
Car plus le doutent ne fait heron l'ostour.
A Mahoumet en font souvent clamour :
5315 « Confondez, sire », font il, « ce traïtour,
« Qui nostre gent fait morir à dolour. »

Biaus fu li jours, clere la matinée;
En tous sens fu la bataille ajoustée,
Il n'i ot route qui ne fu assamblée,
5320 Moult par y ot perilleuse mellée.
Ez vous poignant de moult grant randounée
Rois Danemons qui cuer ot et pensée
Coument no gent puist avoir plus grevée;
Encor n'estoit pas sa lance froée.
5325 Fiert .i. François sor la targe roée,
Sires estoit de Biaufort en valée;
La targe est fraite, la broigne est descloée,
Parmi le cors li est l'anste passée,
Mort le trebuche de la sele dorée.
5330 Charles le voit, forment li desagrée;
Vers Danemon a sa resne tirée,
Le destrier broche, Monjoie a escriée,

La glaive abaisse, tele li a dounée
Que estendu l'abat enmi la prée;
5335   Ce que sa broigne n'est route ne faussée,
Li a la vie à celui coup sauvée.
L'anste Charlon est en tronçons volée,
Lors a li rois mis la main à l'espée,
Moult noblement l'a dou fuerre getée.
5340   A Danemon fust mal la chose alée,
Mais trop y ot de la gent desfaée;
A lui rescorre oïssiez grant huée.

A la rescousse dou fort roi Danemon
Vinrent poignant maint Sarrazin felon;
5345   Remonté l'ont, vousist Charles ou non,
Isnelement ou destrier arragon,
Celui meïsme dont cheï ou sablon.
Se veïssiez le bon vassal Namlon
Entre paiens brochier de grant randon
5350   Et maintenir à guise de lyon,
Bien peüssiez dire qu'il fust preudon
Et peüssiez tesmoignier par raison,
Seürement, sanz nule mesprison,
C'on devoit bien loer le roi Charlon
5355   Que il amast lez lui tel conpaignon.
De paiens ot là grant ocision
Et de chevaus sans seignour grant foison.
El plus grant tas de la gent Pharaon,
Qui héent Dieu et qui aiment Mahon,
5360   Se tint Ogiers, car bien en ert saison.
De paiens ot fait grant destruction,
Aussi le fuient entour et environ,
Com pour le leu font aignel et mouton.

Grans fu l'estours là où on le vit mendre,
5365   Moult fierement veïssiez gens desfendre

Et assaillir et coups douner et rendre ;
Kanqu'il povoient l'un sor l'autre descendre,
Ne s'espargnoient ne k'espreviers kalendre ;
Si aigrement les veïssiez contendre
5370　C'on nes peüst d'aigrece plus esprendre ;
D'ambes pars erent large de corps despendre,
Maint en y ot qui ains se laissast pendre,
Ou ains vousist estre tous ars en cendre,
C'on le peüst en nul costé souzprendre
5375　Par quoi envers hounour vousist mesprendre
De chose nule qui feïst à reprendre.
Se veïssiez sor le cheval estendre
Roi Karahuel et coups douner et prendre,
Hiaumes couper, targes et escus fendre
5380　Et entour lui faire place et pourprendre,
Bien deïssiez qu'il n'ert pas à aprendre
De chierement sa vie à nos gens vendre,
Et que Corsubles avoit en lui tel gendre
Qui bien sambloit k'à hounour vousist tendre.
5385　N'ert pas mestiers que l'espée fust tendre
Dont tant grant coup faisoit aval descendre ;
Je vous puis bien faire pour voir entendre
Que crestiens savoit si entreprendre
Que hardis ert cil qui l'osoit atendre
5390　Ne qui l'osoit à assaillir emprendre.

De cel estour fu griés la coumençaille,
Ainc ne vit nus si fiere desfiaille ;
Moult tost y ot parmi la sablounaille
Semé maint pié, maint poing et mainte entraille,
5395　C'ert à veoir moult hideuse semaille.
Là n'ot mestiers sohais n'adevinaille,
Sor les fais d'armes ert mise la fermaille
Par quoi couvient que l'un des os mesaille ;
D'ambes .ij. pars chascuns moult se travaille

5400 De faire chose k'à sa partie vaille.
Ez vous Charlon poignant par la bataille,
Ne sambloit pas estre rois de frapaille :
Sor .i. destrier sist plus blanc que touaille,
Fort et seür et de très fine taille,
5405 Norris avoit esté en Cornouaille,
Ne li grevoit travaus une maaille,
A sa maniere samble qu'il ne l'en chaille.
N'atent pas tant li rois que on l'assaille,
Ainçois assaut adès, coument qu'il aille ;
5410 En son poing tint l'espée qui bien taille,
Destre et senestre en fiert souvent et maille,
Si k'entour lui la presse desparpaille.
As paiens fist mainte grief enviaille,
Plus le doutoient ne fait l'esprevier kaille ;
5415 Mains par ses coups ou sablon se touaille,
Que n'a talent que il keure ne saille,
Miex a raison que d'angoisse baaille.
Fiert .i. paien qui ot non Sardoaille,
Ne li valu li hiaumes une escaille
5420 Qui dou poisson chiet jus quant on l'escaille,
Ne li haubers vaillissant une paille ;
Tout le derront et descloe et desmaille.
Li coups descent droit parmi la ventaille,
Tout le pourfent près dusk'en la coraille ;
5425 N'est pas raisons que à non de preu faille
Cil qui tés coups à ses anemis baille.

Cele bataille fu aspre et dure et fiere ;
La veïssiez gent de mainte maniere,
De maint pays, que d'avant que d'arriere,
5430 Qui bien moustroient leur vie eüssent chiere.
Pou y ot gent, en plain ne en ourdiere,
Cui on n'assaille ou autrui ne requiere ;
Onques ne vit nus hom gent mains laniere

Ne qui si fust d'armes duite et maniere.
5435 Ez vous Charlot poignant par la bruiere,
Le fill Charlon à la hardie chiere,
Ou poing l'espée qui moult ert bonne et chiere;
Si fiert .i. Turc que sa broigne doubliere
Ne li valut pas une fucille d'iere,
5440 Hiaumes n'escus .i. rainsel de feuchiere;
Mort le trebuche enmi la sablouniere.
El plus grant tas de la gent aversiere
Se tint dux Namles, haut escrioit Baiviere,
El poing l'espée, bien sambloit guerroiere;
5445 De cele gent fist le jour mainte biere,
Qui héent Dieu et l'apostre saint Piere.

Grans fu l'estours, l'estoire le tesmoigne,
Ogiers moustroit bien qu'il n'avoit pas soigne
A ce que il son maltalent pardoigne
5450 Ceaus qui la foi Dieu tienent à antroigne
Et qui dient que c'est fable et mençoigne.
Petit avient k'adès à aus ne poigne
Et que mains coups ne leur departe et doigne;
Moult fierement Courte s'espée enpoigne,
5455 Qui miex fer trenche que force drap ne toigne;
Cui bien en fiert, n'estuet que mires l'oigne,
Car n'i vaurroit ses sens une eschaloigne;
N'i a garant où s'eschive ne loigne,
Car n'ataint targe, jà tant fortement joigne,
5460 Hiaume n'escu, ne fort clavain ne broigne,
Qu'il ne decoupe et descloe et desjoigne.
N'est pas merveille se on ses coups ressoigne,
Ne se on lui eschive ne esloigne.
Li Couloignois escrioient Couloigne,
5465 Baivier Baiviere et Sassoignois Sassoigne,
Flamenc Arras et Boulenois Bouloigne,
François Monjoie et Bourguignon Bourgoigne.

11

Hues de Troies enmi les Turs s'encoigne,
Fiert .i. paien estrait de Cateloigne,
5470 Jus des espaules la teste li rooigne.
Aparant ert en icele besoigne
K'ains que paien aient passée Soigne
Ne aprochié le Rin devers Tremoigne,
Porront il bien avoir si grant essoigne
5475 Que il aront paour d'avoir vergoigne.

Fiers fu l'estours et la bataille grant,
D'ambes .ij. pars erent aigre et engrant
Coument alassent l'un l'autre amenuisant.
Li rois Corsubles vint par l'estour poignant,
5480 En sa conpaigne maint Turc et maint Persant.
Roi Danemon, son fill, qu'il amoit tant
Que plus ne puet amer peres enfant,
Vit remonté, s'en ot le cuer joiant,
C'on l'en ot jà dit tout le couvenant.
5485 Enmi no gent vint fierement brochant,
D'un dart qu'il ot aloit moult damagant
Nos crestiens et chevaus ociant.
Li Angevins Joffrois au cuer sachant
Ot moult le cuer grief et triste, dolant
5490 De ce que si va leur gent fourmenant
Li rois Corsubles. De vengier a talent
Joffrois, s'il puet; lors brocha l'auferrant,
Le bran entoise à loi d'oume poissant,
Le roi Corsuble fiert sor l'iaume luisant;
5495 Fors fu li cercles, ne l'empira noient,
Au lez vers destre ala li coups glaçant,
Li brans ataint le dar en eschivant,
En .ij. moitiez le coupa maintenant.
Voit le Corsubles, le bran sacha errant,
5500 Moult fierement et de hardi samblant;
Joffroi refiert sor l'iaume esplendissant.

Parfont ala li coups ou hiaume entrant;
Li bons haubers li fist de mort garant.
Paien aloient Joffroi moult assaillant,
5505   Destre et senestre et derriere et devant;
A lui rescorre vinrent là acorant
Cil qui estoient de lui terre tenant
Et si ami et si apartenant.
D'ambes .ij. pars vinrent esperounant
5510   Turc, Achopart, François et Alemant;
Là departirent maint coup dur et pesant
Li crestien et la gent mescreant.
Se veïssiez Richart le bon Normant,
Coument aloit son corps abandounant
5515   Et com aloit Sarrazins requerant
Et crestiens à meschief rescouant,
Bien deïssiez : « Ci a home vaillant »;
D'Escalidar s'espée, la trenchant,
Fist celui jour maint Sarrazin sanglant.

5520   Durs fu l'estours et fiers li fereïs;
Moult le faisoit bien de Saint Omer Guis,
De toutes pars i ot tel chapleïs
Que nul plus grant ne vit hom qui soit vis.
Hoiaus de Nantes, com chevaliers hardis,
5525   S'ert embatus ou plus grant fouleïs,
En son poing tint l'ensaigne saint Denis ;
Au dos le sivent plusour qui à envis
Feroient chose dont il fussent repris
De riens nesune dont eüssent mespris.
5530   Là fu Monjoie escriée à haus cris,
Dont mains paiens fu forment esbahis.
Quant Charlemaines, li bons rois poëstis,
Vit s'oriflambe enmi les Arrabis,
De lui en fu graciez Jhesucris.
5535   « Ha, Diex », fait il, « or n'est pas Aloris

« De l'oriflambe saint Denise saisis! »
Lors a brochié le bon destrier de pris,
Qui en maint bon cheval ot esté pris
Et pour le mieudre et le plus bel eslis,
5540 Car blans estoit plus que n'est flours de lis.
Le bran entoise, qui lors ert mal fourbis,
Fiert .i. paien ou hiaume k'ert brunis
Si radement devant, enmi le vis,
Que dou cheval l'a jus à terre mis;
5545 Je ne sai pas se dou coup fu ocis,
Mais à la terre remest tous estourdis.
De lui rescorre fu mains paiens hastis,
Car rois estoit et sires des Lutis.
De l'apostole fu rois Charles choisis,
5550 Lors fu de lui bonement beneïs,
Car l'apostoles de lieus en lieus tousdis
Aloit com cil qui ert de foi garnis.
As crestiens disoit k'en paradis
Ert li lieus d'aus noblement establis.
5555 « Or i parra », fait il, « qui iert amis
« Celui qui fu mis des felons juys
« En crois pour nous garder des anemis ;
« Bien doit chascuns de vous estre esbaudis,
« Car aujourd'hui serés, ce m'est avis,
5560 « Li vainqueour de ceaus dont est hays ;
« Chascuns de vous doit bien estre esjoïs
« Quant il vous a à ce à faire eslis
« En ceaus qui sont remés en vos pays,
« Dont pluseur gisent ore espoir sor leur lis
5565 « Par la defaute de leur las cuers faintis ;
« Par mauvais cuer est mains grans cors hounis
« Et par bon cuer hounorez mains petis. »
Ainsi disoit l'apostoles gentis.
Tex apostoles devoit estre obeïs
5570 De tous les bons et amez et servis,

Qui en tel lieu sermounoit ses sougis.

Li apostoles, où moult ot de bonté,
Par la bataille, si com j'ai devisé,
Aloit com cil en cui ot seürté
5575 Et droite foi et fine loiauté.
Avoeques lui ot de gent grant plenté
Qui bien estoient fervestu et armé ;
De lui garder avoient volenté,
Car autrement eüst petit duré.
5580 Grans fu la noise environ et en lé,
Ce jour y ot maint mortel coup douné.
Moult le fist bien Namles, par verité,
Joffrois d'Anjou au courage aduré,
De Normendie Richars au cuer sené,
5585 Et Auquetins où ainc n'ot lascheté ;
Oedes aussi de Lengres la cité,
Hues de Troies qui ot cuer apensé,
Et plusour autre que je n'ai pas noumé.
Li dux Tierris, ou poing le bran letré,
5590 Fist celui jour mainte grant aperté ;
De lui ert bien as coups ferir moustré
K'as Sarrazins n'avoit point d'amisté.
Li dux Fagons n'avoit pas oublié
Les grans fais d'armes dont il avoit usé
5595 En pluseurs lieus là il avoit esté,
Car bien estoient là endroit recordé
Et vassaument et à droit remoustré.

Fiers fu li chaples en maint lieu par la plaigne,
Lancié i ot maint dar, trait mainte engaigne ;
5600 Ains ne vit nus si très aigre bargaigne,
Car chascuns het couardise et desdaigne,
Par quoi li fus d'ouneur en lui n'estaigne
Ne que prouece en son cuer ne refraigne.

Bien le faisoient no baron d'Alemaigne

5605   Et cil de France, d'Anjou et de Bretaigne,
Bourgoing, Normant et la gent de Champaigne,
Flamenc, Pouhier, n'i a tel qui se faigne,
Et pluseur autre, Diex les gart et maintaigne,
Par quoi sa foi mouteplit et engraigne.

5610   N'i a .i. seul, tant haut espée chaigne,
De nostre gent, ne privé ne estraigne,
Ne en cui tant grande prouece maigne,
Qui n'ait mestier que il à faire enpraigne
Chose par quoi sa vie li remaigne.

5615   Bien a besoing chascuns qu'il li souvaigne
Que laschetez et paours nel souzpraigne,
Car de paiens ert si grans la compaigne
Que plaine en ert mainte grande champaigne,
Mainte costiere, mains vaus, mainte montaigne,

5620   Qui talent ont de faire à nos engaigne
Et qui bien cuident trouvée avoir cokaigne.
Namles le voit, à merveilles se saigne
Dont puet venir tant de la gent grifaigne.
Bien fu montez sor .i. destrier d'Espaigne,

5625   Poi ot meillour de là jusqu'en Behaigne,
Enmi les Turs escrioit haut s'ensaigne,
N'ert pas besoins c'on li moustre n'ensaigne
Voie par quoi les poins d'armes apraigne,
Car si en sot la droite propre ouvraigne

5630   Que ne fiert home, mais k'à plain coup l'ataigne,
Dou bran qui trenche fer com coignie laigne,
Qu'il ne l'ocie ou qu'il ne le mehaigne,
En taint vermeil coument que ses brans taigne,
Qu'el sanc de ceaus souventes fois se baigne

5635   Dont n'i a nul qui nostre loi adaigne ;
Petit est heure que en aus ne s'empaigne
Et que forment ne les griet et destraigne.
Fiert un paien qui ot non Malekaigne,

De par sa mere ert estrais de Sartaigne,
5640 Ne li valut hiaumes une chastaigne,
Ne li haubers la toile d'une araigne ;
Mort le trebuche, ne li chaut qui le plaigne.

Grans fu la noise et li cris et li hus,
Là n'ot mestier couars ne esperdus,
5645 Car ainc plus fiers estours ne fu veüs
Ne n'iert jamais, de ce ne parolt nus.
Rois Karahues ne se tint mie mus,
A la forclose ert as nos gens meüs,
Car pour ce faire ot esté esleüs.
5650 Au lés senestre les estoit sus corus,
A mains des nos fu le jour chier vendus
Li hardemens qu'en son cuer ert creüs.
Or vous dirai à quel gent ert venus :
En la bataille Huon s'ert embatus,
5655 Celui dou Mans, qui à Charlon ert drus.
Tant par avoit o lui des mescreüs
Que bien devoit par droit estre cremus.
Dou bran qu'il tint, qui bien ert esmolus,
Fu seur nos gens le jour mains coups ferus,
5660 Si que par terre en jut mains estendus.
Là fu mains coups et pris et receüs
Des uns as autres et dounés et rendus,
Et mains vassaus à la terre abatus.
Hues dou Mans s'i est si maintenus
5665 Que bien en doit estre pour preu tenus.

Oedes de Lengres à la chiére hardie
Vint par l'estour poignant; ne sambloit mie
Que sejourné eüst à cele fie,
En maint lieu ert sa targe depecie
5670 Et enbarrez ses hiaumes de Pavie,
Et ert s'espée de sanc tainte et soillie.

Hues de Troies ert en sa compaignie,
Compaignon orent esté toute leur vie,
Puis que reçut orent chevalerie;
5675 Tant com loiaus amans aime s'amie,
Amoit l'uns l'autre d'amour de foi garnie.
Par la prouece d'aus .ij. fu departie
De cors mainte ame de la gent paiennie;
Moult les doutoient la gent de Dieu haye
5680 En maint pays et en mainte partie.
Hues de Troies tint l'espée enpoignie,
Qui n'estoit pas à ce point bien fourbie;
Ou plus grant tas ont leur vie adrecie,
Chascuns s'ensaigne moult hautement escrie,
5685 De Sarrazins font grant maceclerie,
Si k'après aus ert la place jonchie
D'escus, de hiaumes et de gent mehaignie.
Charles le voit, Damedieu en mercie
Et d'aus garder forment de cuer li prie.

5690 Douz fu li tans et biaus et clers li jours
Et li airs frois, n'ert pas grans la chalours;
En mains lieus ert grant la resplendissours
D'escus, de targes, de hiaumes pains à flours
Et de banieres et de riches atours,
5695 Si que de loins en paroit la luours.
Moult y avoit nacaires et tabours
Et grans buisines et cors et trompeours;
Qui n'en oïst la noise, il fust moult sours.
En mains lieus ert perilleus li estours;
5700 Puis k'en la crois fist Diex as siens secours,
Ne fu veü, ne iluec ne aillours,
En tant de gent, tant de preus poigneours
Que là en ot, que des nos que des lours.
Amenez ot des terres paiennours
5705 Li rois Corsubles de partout les meillours,

Esleüs ot les plus preus fereours
K'eslire i pot, et laissié les piours ;
Tant y avoit de preus combateours
K'à grant merveille pot venir as plusours.
5710 Bien le faisoit li dux Fagons de Tours,
Il et la gent dont ert conduiseours.
Là n'estoit pas en saison lons sejours,
Ne couardise, laschetez ne freours,
Mais hardemens, seürtez et vigours
5715 Y estoit bien en saison et en cours.
Li dux Tierris, en cui manoit hounours
Et gentillece et parfaite valours,
Qui tint d'Ardane viles, chastiaus et bours,
S'i maintenoit com cil en cui paours
5720 N'ert pas logie, bien paroit à ses tours ;
De s'espée ert changie la coulours,
Au matin fu clere com mireours,
Mais soillie ert de sanc et de suours ;
D'armes porter ert sa droite labours,
5725 Car poissans ert et fors coume une tours.
De coups povoit soufrir plus que nus ours
Et des siens coups ert à veoir hidours,
C'ert drois k'à paines ferist nus hom greignours ;
Diex le maintiengne par ses saintes douçours,
5730 K'enmi les Turs paroit bien sa radours :
Maint en feri qui puis ne fu ressours
Ne puis n'ala ne le trot ne le cours.
On devoit bien prisier en toutes cours
De rois, de contes, de dux, d'empereours,
5735 Celui qui si tenoit Sarrazins cours.
Uns des meillours fu de nos ancissours,
De son avoir fu larges douneours
Souventes fois as grans et as menours ;
Volentiers ot avoec lui jougleours,
5740 Bons vieleurs amoit et chanteours,

Souvrainement amoit les trouveours
Et puis après les biaus recordeours.
Onques n'ama felons ne tricheours
Ne gens que il seüst losengeours ;
5745 Droituriers fu et bons justiceours,
A son povoir destruioit traïtours
Et essilloit larrons et robeours,
Et tous les lieus où savoit leur retours,
Jà tant ne fussent estrais de grans seignours.
5750 De tout son cuer ert mise li amours
En Dieu servir qui est nos creatours.
On puet bien dire, sans estre menteours,
Que cil qui ert plains de si bonnes mours
Devoit bien estre de roi conseilleours ;
5755 S'aucun roi croient de tel gent le rebours,
C'est grans pitiez et meschiés et dolours
K'en cuer roïal maint si laide folours.

Cele bataille fist moult à ressoignier,
K'en tant de lieus veïssiez chaploier,
5760 Nés et visages et poins et piez trenchier,
C'on s'en deüst forment esmerveillier ;
Et tant cheval veïssiez estraier,
L'un traynant son seignor par l'estrier,
L'autre fuïr avant, le tiers arrier,
5765 Et gens navrées gesir deseur l'erbier,
Qui ne se pueent lever ne redrecier.
Bien peüssiez par raison tesmoignier,
Se veïssiez le mortel encombrier,
Que c'ert bien chose pour couars esmaier.
5770 Par la bataille ez vous poignant Ogier,
Ou poing l'espée qui moult fist à prisier,
Que li douna rois Karahues l'autrier ;
Maint Sarrazin fu le jour vendu chier
Ce que l'espée ert de si fin acier ;

5775 Là où il torne, fait les rens fremyer.
Androine encontre, .i. roi poissant et fier,
Richement ert armez sor tel destrier
C'on ne deüst nul meillour souhaidier ;
Moult se penoit des nos adamagier,
5780 Maint en ot fait le jour deschevauchier
Et maint navré, et fait grant destourbier.
Ogiers le fiert sor le hiaume à ormier,
N'i valut cercles le rain d'un olivier,
Ne li haubers la monte d'un denier ;
5785 En la cervele li fist le bran baignier,
Mort le trebuche au travers d'un sentier.
Cis coups fist moult Sarrazins esmaier
Et les plusours restraindre et traire arrier.
En Danemon n'en ot que courroucier
5790 Quant roi Androine vit jus mort trebuchier.

Quant Danemons vit Androine cheü,
Deseur la terre gesir mort estendu,
Bien fist samblant que il l'en a chalu.
Forment le plaignent li cuivert mescreü ;
5795 « Ahi, Androine », font il, « com mescheü
« Nous est de ce que vous avons perdu,
« En maint lieu a vo prouece paru. »
Li rois Corsubles en ot moult irascu
Le cuer, s'en jure Mahoumet et Cahu
5800 Qu'il i morra ou chier sera vendu ;
Le destrier broche, s'a embracié l'escu.
Et Danemons n'a gaires atendu ;
Le bran entoise trenchant et esmolu,
Fiert .i. François deseur son hiaume agu,
5805 Qui avoit non Joffroi de Montagu ;
Ne li valut armeüre .i. festu,
Mort le trebuche enmi le pré herbu.
Et Ogiers a roi Corsuble feru

Si très grant coup que il l'a abatu
5810 Parmi la crupe dou bon destrier crenu,
Mais de ce coup mors ne navrez ne fu.
A celui poindre sont paien apleü,
Entour Ogier se sont arresteü,
Moult aigrement li sont seure coru,
5815 Mais d'Ogier furent telement receü
K'à maint en a paié mortel treü.
Charles et Namles sont ilueques venu
Et maint vassal de prouece esleü;
Lors renforcièrent et li cri et li hu,
5820 Monjoie escrie Charles au chief chenu,
Namles Baiviere, à force et à vertu.
Sarrazin furent pour Corsuble esperdu,
A lui rescourre ont forment entendu.

A la rescousse de Corsuble le roi
5825 Ot grant hustin, grant noise et grant esfroi;
Se tant de gent ne fussent là o soi,
Chier comparé eüst la mort Joffroi;
Remonté l'ont la gent de fausse loi.
Quant remontez fu, si com je le croi,
5830 Moult en fu liez, car bien y ot pourquoi.
N'ert pas mestiers adont de tenir quoi
Là où estoient coup mis si en emploi;
Vous trouvissiez là de place moult poi
Que ne gesissent mort çà .iiij., çà troi.
5835 Rois Danemons fu de moult grant bufoi,
De nostre gent fist le jour maint desroi.
Fiert .i. François, nez fu de Val Eloi,
Sanses ot non, norri l'avoit o soi
Charles, et cil l'avoit servi de foi;
5840 Mort le trebuche enmi le sablounoi.
« Ha, Diex », dist Charles, « vrais rois, par vostre otroi
« Secorez hui la gent que garder doi,

« Qui ci vous sont venu servir o moi ;

« Ne vous desplaise se jel vous ramentoi,

5845 « Car moult m'anoie que ocirre les voi ;

« Pour ce de cuer, douz Sire, vous en proi. »

« Biaus fu li jours et li solaus luisans

Et moult estoit à point temprez li tans,

Uns vens froides ventoit qui n'ert pas grans.

5850 Remontés fu Corsubles li poissans,

De nostre gent grever ert goulousans,

Et de ce faire n'estoit pas oublians.

Sus leur couroit, aigres et desirans

De faire chose dont leur fust damagans.

5855 Rois Karahues n'estoit pas sejornans ;

Grant bataille ot eüe à ceaus dou Mans,

Et li bons Hues com chevaliers vaillans

S'ert desfenduz contre les mescreans,

Mais tant i ot de Turs et de Persans

5860 Que bien peüst estre à ce point perdans,

Mais secorus fu de gens soufisans,

Dou duc Richart et des barons Normans,

Par quoi couvint de champ estre tornans

Ceaus dont estoit rois Karahues guians ;

5865 Li plus hardis d'aus tous estoit fuians.

Desconfit furent, mais Karahues tous tans

Venoit derriere com hardis combatans ;

Com est li ourse ses faonciaus gardans

Contre les leus, et aigre et desfendans,

5870 Estoit sa gent vers les nos rescouans.

Là et ailleurs le fu si bien faisans,

En tous les lieus où d'armes fu ouvrans,

C'on le doit bien estre ramentevans,

K'avoec ce ert dous et courtois et frans.

5875 Dusqu'à Corsuble fu li enchaus durans ;

Là s'arrestèrent paien contre les Frans,

Maint en tornèrent contre les enchauçans ;
Là recoumence li estours si pesans
Que mains en fu getez mors et sanglans.
5880 A ce retour fu mors li rois Braimans,
Cil estoit sires et rois des Aufricans ;
Sentir li fist coument trenchoit ses brans
Li bons dux Namles, qui Baiviere ert tenans.
Forment en fu rois Corsubles dolans,
5885 Et mains paiens en fu esbahissans ;
De maint en furent Mahons et Tervagans
Souvent maudit, et clamé recreans
En fu chascuns, et faus diex mescreans.

Ceste bataille fu par un samedi ;
5890 Grans fu et fiere, trop plus que ne vous di.
Ez vous poignant Grohan de Valouni,
Un roi persant et de gent si garni
C'on peüst estre dou veoir esbahi ;
Avoec lui erent Achopart et Luti,
5895 Moult le tenoient à preu et à hardi.
De no gent fist le jour maint malbailli,
Car souvent orent esté dur assailli
De lui ce jour, et entour et enmi.
Pour roi Braiman ot le cuer moult mari,
5900 Qui mors gisoit enmi le pré flori,
Car d'un lignage estoient et ami ;
Lui à vengier n'ot pas mis en oubli.
Droit vers Ogier a le cheval guenchi,
Dou bran le fiert sor le hiaume burni
5905 Si que le cercle l'en coupa et rompi
Et le nasel dou hiaume departi ;
Descloez fu dou coup li hiaumes si
C'une grans piece à la terre en cheï.
Et li Danois n'ot pas cuer alenti :
5910 Le Sarrazin si grant coup referi

K'en la cervele le bran li embati,
Mort le trebuche dou destrier arrabi.
Paien le voient, s'en sont espaouri ;
Mahoumet prient li plusour à haut cri
5915 Que il les gart qu'il ne soient houni ;
Moult grant paour ont d'estre desconfi.

Quant Sarrazin virent Grohau morir,
Forment s'en prirent plusour à esbahir.
Li rois Corsubles savoit moult tost choisir
5920 Chief et meschief et à droit maintenir
Se sot de guerre, ne vous en quier mentir ;
Quant vit ses gens et restraindre et fremir
Bien vit qu'il ert besoins dou resbaudir.
Lors lor escrie : « Baron, or dou ferir !
5925 « On ne doit querre ci sejour ne loisir,
« On ne se doit pour riens nule abaubir ;
« Courons leur seure, jà les verrez fuïr. »
Après ce mot poignent par grant aïr
De toutes pars, aigre et plain de desir
5930 Que il peüssent les crestiens laidir.
Parmi les nos prist forment à burir
Li rois Corsubles pour sa gent renheudir.
Se veïssiez roi Danemon tenir
L'espée ou poing et les nos envaïr,
5935 Bien deïssiez qu'il fesist à cremir.
Là veïssiez maint haubcrc desartir
Et maint fort hiaume par pieces departir.

A celui poindre ot merveilleus hustin ;
Moult le fist bien Charlos, li niés Pepin,
5940 Li fiex Charlon, le roi o le cuer fin.
Si se maintienent vers la gent Apolin
La gent Franchoise et cil d'outre le Rin,
Que maint en firent cëlui jour prendre fin ;

Maint en remesent, ce sachiez, en traïn,
5945 Parmi les chans, que à dens que souvin,
Qui puis ne burent ne cervoise ne vin.
Par la bataille ez poignant Auketin,
Cui dux Richars tenoit pour son cousin ;
En son poing tint le bon bran acerin,
5950 Grevé en ot le jour maint Sarrazin.
Devant Corsuble feri .i. Barbarin
Si très grant coup sor l'iaume outremarin
Qu'il n'i valut vaillant .i. roumoisin,
Ne li haubers la plume d'un poucin ;
5955 Mort le trebuche au travers d'un chemin.

Grans fu la noise contreval la praele.
Ez vous Ogier poignant une vaucele,
Ou poing le bran à la fine alemele ;
Cui bien en fiert, n'a talent qu'il revele.
5960 Un Turc choisi, nés fu de Compostele,
Sires estoit dou regné de Tudele,
Huon de Troies tenoit desous s'essele,
Enbronchié l'ot sor l'arçon de la sele,
Jà li eüst mestraite la merele,
5965 Mais li Danois, cui hardemens chaele,
Le fiert sor l'iaume qui luist et estincele ;
Ne li valu vaillant une cenele,
Ne li haubers la monte d'une astele ;
Tout le pourfent dusques en la cervele,
5970 Mort le trebuche delez une saucele.
Namles le voit, Nostre Dame en apele,
De fine joie tous li cuers li sautele.
    « Ha, mere Dieu », fait il, « virge pucele,
    « Sauvez celui, très chiere dame bele,
5975 « Qui si desraisne vo douz fil sa querele ! »

Quant ainsi ot Ogiers rescous Huon,

Celui de Troies, le vaillant Bourguegnon,
Qui chevaliers estoit preus et preudon,
Tantost après, sans point d'arrestoison,
5980 Ou plus grant tas de la gent Pharaon
S'est embatus Ogiers com vassaus hon.
Paien le fuient entour et environ,
Plus le redoutent ne fait ane faucon
Ne que ne fait grue l'alerion.
5985 Ez vous Corsuble poignant et Danemon,
En leur conpaigne maint Sarrazin felon.
Corsubles garde, si a veü Charlon
Qui de gent n'ot pas o lui grant foison ;
Cele part torne le destrier arragon,
5990 Il et ses fiex li vienent de randon,
De lui mal faire sont en grant cuisençon.
Charles les voit, qui ot cuer de lyon,
Tantost brocha le bon destrier gascon,
Contre aus s'en vint com rois de grant renon ;
5995 Dou bran d'acier par tel devision
Feri Corsuble desus son hiaume enson
Que il le fist enbronchier sor l'arçon,
Pou s'en failli ne cheï ou sablon.

Rois Danemons a le bran haut levé,
6000 Le roi Charlon en a tel coup douné
Desus son hiaume qu'il li a enbarré
Moult très parfont et forment descerclé ;
Li rois Corsubles le ra si assené
Deseur l'escu que il en a osté .
6005 Au lez senestre plus d'un piet mesuré.
Et li rois Charles n'a mie demoré,
Ains se desfent o le bran aceré
Com rois poissans et plains de grant fierté.
Entour lui sont paien avirouné,
6010 Maint coup li ont et lancié et geté ;

12

En tant de lieus ont son cheval navré
Que desouz lui cheï mors ens el pré.
Quant li rois voit que il l'ont atourné
A ce qu'il ont son bon cheval tué,
6015 Apertement a son cors delivré
Hors dou cheval à loi d'oume avisé;
L'escu embrace, le bran a entesé,
Bien se desfent à loi d'oume apensé
Et en cui a de hardement plenté.
6020 Coume senglers qui a estal livré
Enmi les chiens quant il l'ont arresté,
Se desfendoit Charles au cuer sené.
Namles le voit, le cheval a hurté
Des esperons et Baiviere escrié,
6025 En son poing tint le bran bien afilé;
Tant a feru et tant esperouné
Que lez Charlon a son cheval mené;
Après lui poignent François de maint costé,
De leur seigneur rescorre entalenté,
6030 Mais tant estoient li paien desfaé
Que moult en erent crestien encombré.
Sarrazin ont Namlon si fort hasté
Que son cheval li ont esbouelé;
Souz lui cheï, plus n'a avant alé.
6035 Namles le voit, saint Jorge a reclamé,
Com hóm poissans et de grant aperté
Vint vers Charlon, ou poing le bran letré;
N'ert pas mestiers, sachiez de verité,
K'aus à desfendre eüssent oublié.

6040 A pié fu Charles, li bons rois poëstis,
Bien se maintint com hom preus et hardis;
Lés lui fu Namles, qui vousist à envis
Que de là fust sans son seignour partis.
Un espiel ot Charles à terre pris,

6045 Dont l'anste ert roide et li fers ert brunis,
Bien s'en aidoit Charles li rois gentis.
Là peüssiez veoir grant fouleïs
Et grant assaut de Persans, de Lutis;
Si se desfendent, de ce soiez tous fis,

6050 C'on peüst estre dou veoir esbahis;
Je croi que Diex, nos peres Jhesu-Cris,
Estoit moult liez k'en tel point erent mis
Et que de ce ert ses cuers esjoïs
Que il veoit envers ses anemis

6055 Si asprement desfendre ses amis,
Et le moustroit ses sains en Paradis,
Car vous devez bien savoir que tousdis
A joie Diex quant il voit ses sougis
A ses coumans de cuer faire obeïs.

6060 Charles escrie Monjoie saint Denis,
Namles Baiviere coume vassaus eslis;
Li bons Danois en entendi les cris
De là où ert ou plus grant fereïs;
Cele part est tout erranment guenchis.

6065 Charle et Namlon voit qui sont entrepris,
Le bran entoise com chevaliers de pris,
Fiert Danemon ou hiaume k'ert brunis,
Ne li valut hiaumes n'aubers treslis
Contre le coup vaillant .ij. paresis.

6070 Mort le trebuche ou champ, qui ert pourpris
D'escus, de targes, de navrés et d'ocis.
Le cheval prent com hom amanevis,
Namlon le baille, et cil come soutis
Et qui estoit à tous bien ententis,

6075 L'amena lues Charlemaine au fier vis,
Et li rois est par l'estrier sus saillis;
Lors le brocha enmi les Arrabis.
De l'espiel k'ot, dont li fers fu faitis,
Fiert .i. paien tel coup enmi le pis

6080 Que à la terre cheï tous estourdis.
Paien le voient, mains en fu abaubis,
Mahom reclaiment que il leur soit aidis.
Quant voit Corsubles que Danemons ses fis
Gist sor la terre et que il ert fenis,
6085 De cuer en fu malement desconfis.

Quant Charles ot le paien abatu,
Tantost saisi le bon destrier crenu,
A Namlon l'a par la resne tendu,
Et cil le prist cui bien mestiers en fu;
6090 De sus monter n'a gaires atendu,
Ains i monta com hom de grant vertu;
Lors le brocha et enbraça l'escu,
As anemis grever a entendu.
Dou brant d'acier a .i. Turc si feru
6095 Qu'il l'abati enmi le pré herbu.
De toutes pars sont François acoru,
A la rescousse Charlon le roi chenu,
Mais bien peüssent trop tart estre venu,
Se li Danois ne l'eust secoru.
6100 Là sont paien de maint costé creü,
Là endroit ot et grant noise et grant hu,
Maint coup i ot douné et maint rendu,
Maint Sarrazin navré et maint cheü.
Forment estoient li pluseur esperdu
6105 Que Danemon lor seignor ont veü
Deseur la terre gesir mort estendu;
Moult en estoient dolant et irascu,
Et moult avoient de cel espoir perdu
K'au matin orent, quant furent esmeü
6110 De là où orent la nuit devant geü;
Grant paour orent li cuivert mescreü
Que ne couviengne qu'il soient recreü
A celui jour et ocis et vaincu.

Pour Danemon sont paien esmari
6115 De maintes pars et forment abaubi,
Et moult en erent lor assaut afebli
Et des plusours moult li coup alenti ;
Mais une chose par verité vous di,
Qui qui eüst cuer souple n'esbahi,
6120 Adès estoient nostre gent assailli
De Karahuel à loi d'oume hardi ;
Se tout li autre se fussent aidié si
Qu'il s'i aida, pour voir le vous plevi,
François peüssent bien estre malbailli,
6125 S'à Dieu pleüst qu'il l'eüst consenti.
Onques Ogiers celui jour ne guenchi
Vers Karahuel, ne il vers lui aussi,
Car moult estoient li uns vers l'autre ami.
Par la bataille ez vous poignant Tierri,
6130 En son poing destre le bran d'acier fourbi,
Dont maint grant coup ot le jour departi
Deseur la gent qui sont Dieu anemi.
Le roi Charlon a devant lui choisi,
Cele part torne le destrier Arrabi.
6135 « Sire », fait il à lui, « je vous afi
« Que Sarrazin sont presque desconfi,
« Car moult samble qu'il soient amenri
« En pluseurs lieus et forment aclari. »
— « La mere Dieu », dist Charles, « en graci
6140 « K'ains en ma vie, si ait m'ame merci,
« En .i. seul jour tant preus paiens ne vi
« K'en cest estour en ai hui veü ci ;
« Très asprement ont esté acueilli
« No gent des leur et souvent envay. »
6145 — « Brochons à aus », dist li dux. — « Je l'otri. »
A ce mot poignent ensamble sans detri ;
Criant s'ensaigne vint chascuns à haut cri
Enz ou plus dru des paiens tout enmi.

Avoec Corsuble s'estoient recueilli
6150 Tuit Achopart, Persant, Amoravi,
Dont maint y ot qui erent si norri
Que miex vousissent estre mort et houni
Que il sans lui fussent dou champ parti.

El roi Corsuble ot chevalier vaillant
6155 Et fin, hardi, seür et entendant
En tous poins d'armes et clerement veant.
Roy Danemon, où de prouece ot tant
Que le tenoient à preu si counoissant,
Voit seur la terre gesir mort et sanglant;
6160 Dedenz son cuer l'aloit moult regretant,
Mais n'en faisoit ne chiere ne samblant,
Ainçois aloit sa gent resbaudissant
Et fierement et adès semounant,
Par quoi il fussent dou ferir plus engrant.
6165 « Seignour », fait il, « ne soions delaiant,
« Bien voist chascuns sa vie desfendant
« Vers ceaus qui ci les nous vont chalenjant;
« Ramenbre vous qu'estre souliez priant
« A Mahoumet que tant fussiez vivant
6170 « Que trouvissiez Charlon le roy poissant,
« Et qu'o lui fussent Angevin et Normant,
« Englois, Pouhier, Flamenc et Alemant,
« Et Henuier et la gent de Brabant,
« Et Bourguegnon et Breton bretounant,
6175 « Et trestout cil k'à lui sont apendant.
« Trouvé avons ce k'aliez souhaidant,
« Vez les vous ci, ne les querez avant;
« Huimais seront veü li bienfaisant,
« Car au besoing sont adès cil parant
6180 « Qui hounour aiment et honte vont doutant.
A ce mot broche Corsubles l'auferrant,
Enmi no gent vint durement poignant;

Fiert .i. François deseur l'iaume luisant,
Tel coup li doune dou bran d'acier trenchant
6185 Que la cervele à la terre en espant.
Après lui vienent paien esperounant,
Là departirent maint coup fier et pesant
Li crestien et la gent mescreant.

A celui poindre, ne vous en quier mentir,
6190 Firent paien maint crestien morir ;
Se là fussiez et eüssiez loisir
Que peüssiez la bataille veïr,
Bien peüssiez en pluseurs lieus oïr
Maint bran d'acier sor hiaume retentir;
6195 Savoir povez, cui là couvint cheïr,
K'avoir devoit de relever desir.
Se veïssiez le bon Danois burir
Parmi paiens et à droit maintenir
Et ruistes coups douner et departir
6200 Et Sarrazins faire entour lui fuïr,
Bien deïssiez qu'il feïst à cremir ;
Là où tournoit faisoit les rens fremir.
Charles le voit, prist s'en à esjoïr,
Leva sa main, ne s'en pot astenir,
6205 Atout le bran le prist à beneïr :
« Diex », fait il, « Sire, vueilliez par vo plaisir,
« Celui de mort hui ce jour garantir,
« Cui Sarrazins voi ainsi envaïr. »
Ez vous Corsuble parmi l'estour venir,
6210 Criant s'ensaigne pour les siens resbaudir.
Charles le voit, vers lui prist à guenchir,
Les esperons fist au cheval sentir ;
Corsubles tourne vers lui par grant ayr,
Car desirrier avoit de lui laidir ;
6215 Tés coups se vont l'uns l'autre entreferir
Que le feu font de leur hiaumes saillir.

Fiers fu l'estours en maint lieu par la prée,
Li doi roi sont ensamble à la mellée,
Li uns à l'autre douna mainte colée.
6220 Li bons rois Charles tint Joieuse entesée,
Le destrier broche, Monjoie a escriée ;
Le roi Corsuble en a tele dounée
Que dou fort hiaume a la cercle coupée;
De tel vertu fu l'espée avalée
6225 Que la fort broigne est route et descloée.
En la cervele li est l'espée entrée,
Mort le trebuche de la sele dorée.
Là est sa gent entour lui assamblée,
De lui rescourre aigre et entalentée,
6230 Mais tost perçurent que sa vie ert alée.
Pour sa mort font li plusour grant criée,
De maint fu moult sa vie regretée.
« Ha, rois », font il, « de très grant renoumée,
« En cui valours et prouece ert plantée,
6235 « Qui vous a mort, la bataille a outrée. »
Gent Sarrazine est iluec aünée,
Maint en y ot qui cuer ot et pensée
K'ains en iert moult sa vie aventurée
Que crestien n'aient chier achetée
6240 La grant amour que leur avoit moustrée
Li rois Corsublés souvent en sa contrée.
Entour lui est la bataille arrestée,
Là ot le jour maint coup feru d'espée,
Maint hiaume frait, mainte broigne faussée
6245 Et mainte targe par pieces decoupée,
Si ot mainte ame fors de cors dessevrée
Et maint vassal gisant gueule baée.
Tant i gisoient de gent morte et navrée
K'en maint lieu ert la place descombrée
6250 De ceaus en vie et des mors encombrée.
Bien s'i aidoient coume gent hounorée

La gent Charlon à la chiere menbrée;
La gent paienne ont arrier reboutée,
A celui poindre, plus d'une arbalestée.
6255 Dont voient bien n'est pas leur la jornée;
Desconfit erent, ce est chose passée,
Maint en y ot qui la chiere a tornée
Et pour fuïr la resne abandounée
Au lez dont erent meü la matinée.

6260   Sarrazin furent dolent de ce qu'il voient
Que il par force arriere mis estoient
Et que la place et le lieu guerpissoient
Où leur seigneur Corsuble mort laissoient.
Maint en y ot qui lui si fort amoient
6265 Que de sa mort si très grant duel avoient
Que il leur vies pour s'amour despitoient
Si k'à morir assez pou acontoient.
Ce paroit bien au samblant qu'il moustroient
Car telement les cors abandounoient
6270 Que il sambloit que la mort couvoitoient;
Coume hardi sengler estal livroient,
Sor leur seigneur ocirre se laissoient,
Mais li pluseur, sachiez, se desfendoient
Si qu'à nos gens leur vies chier vendoient;
6275 En combatant leur seigneur regretoient
Et dou vengier l'un l'autre amonestoient.
En tel maniere maint s'en i maintenoient,
Et pluseur autre à morir ressoignoient
Si k'au fuïr li cuer d'aus s'acordoient,
6280 Cil qui ou champ lues demorer n'osoient.
Quant no gent virent k'au fuïr se prenoient
Li Sarrazin et que les dos tornoient,
Dieu et sa mere et ses sains en looient;
D'aus enchaucier durement se penoient
6285 Et de l'ocirre, quant faire le povoient.

Sarrazin furent en duel et en paour,
Quant perdu orent des rois paiens la flour;
On ne savoit roi si bon ne meillour
A celui tans entre gent paiennour;
6290 Forment en furent abaubi li plusour.
Bien en devoient avoir duel et irour,
K'ainc à leur tans n'orent eü seignour
Où tant eüst de bien ne de douçour,
Ne de largece ne de très grant valour,
6295 Com en Corsuble avoit, ne tant d'ounour:
Il l'apeloient le preu roi douneour.
Puis que il sorent que mors fu sans retour,
Desconfit furent de toutes pars li lour.
Rois Karahues, où tant ot de vigour,
6300 Ot pour Corsuble au cuer si grant tristour
Et si grant duel k'avoir ne pot greignour;
De lui vengier ne queroit nul sejour.
Parmi no gent ot fait ce jour maint tour
Dont mainte dame fist puis ce di maint plour,
6305 Car maint en fist gesir sor la verdour
Qui puis n'entrèrent en la terre Francour.
Afichiez sist deseur le milsoudour,
François l'assaillent et devant et entour;
Dou bran d'acier trenchant coume rasour,
6310 Qui soilliez ert de sanc et de suour,
Se desfendoit à loy de poigneour.

Grans fu l'enchaus sor la paienne gent,
N'i atendoit li cousins le parent,
Maint en y ot livré à grant torment.
6315 En cel enchaus, sachiez outréement,
Se maintenoit Karahues fierement
Et com seürs et plains de hardement;
Maint biau retour fist à no gent souvent
A point fourni et apenséement.

6320 Se tout li autre s'aidassent telement
     Que il faisoit en cel enchaucement,
     Bien en peüssent ainçois l'avesprement
     Li crestien estre de cuer dolent,
     Se il de Dieu n'eüssent sauvement.
6325 Cele bataille ot duré longuement,
     Car moult matin prist son coumencement,
     Et jà estoit près de l'anuitement.
     L'enchaus vous vueil deviser si briément
     Que je porrai, et dou plus courtement.
6330 Dusques à Roume, sachiez certainement,
     Dura l'enchaus adès ouniement;
     Maint en remesent en trayn vraiement,
     Que mort que pris, que navré que sanglent.
     Se vous vouloie de tout dire coument
6335 Chascuns le fist, ce seroit pour noient,
     Fait n'en aroie jamais achevement;
     Pour ce m'en passe au plus legierement
     Que je m'en puis passer raisnablement.

     Cele bataille ot longuement duré,
6340 Tex fu l'enchaus que je vous ai conté.
     Par dedenz Roume, l'amirable cité,
     Sont Sarrazin et crestien entré,
     Tout pelle melle erent entremellé.
     Rois Karahues, où moult ot d'ounesté,
6345 Fu defors Roume encoste un viez fossé,
     En son poing tint le bon bran aceré
     Dont maint grant coup ot celui jour douné
     A nostre gent, dont maint mort et navré
     En i gisoient souvin et adenté.
6350 Avoec lui ot de sa gent grant plenté,
     Qui de morir ont plus grant volenté
     Que il sans lui fussent de là tourné.
     Sor aus s'estoient maint des nos aüné,

Qui d'aus mal faire erent entalenté;

6355 Li dux Richars i fu, au cuer sené,
Et Auketins au corage aduré.
Là ot maint hiaume derrout et descerclé
Et maint escu frait et escartelé.
Rois Karahues, ce sachiez par verté,

6360 S'i maintenoit com hom plains de fierté
Et en cui ot prouece et seürté.
En son poing tint le bran d'acier letré;
Fiert Auketin sor le hiaume doré,
Si qu'il en a le fort cercle quassé.

6365 Li fors haubers a le coup arresté,
Se ce ne fust, mort l'eüst craventé,
Qu'il le feri de si grant aigreté,
De tel vertu et de tel poësté
Que dou cheval l'a à terre versé.

6370 Et Auketins, où moult ot de bonté,
De hardement en seürté prouvé,
Resaut en piez com hom plains d'aperté;
Karahuel a fierement regardé,
L'escu embrace, le bran a entesé,

6375 Roi Karahuel fiert de tel aspreté
K'ou bras senestre l'a durement navré;
Ne li estoit tant d'escu demoré
Qui le peüst dou coup avoir tensé,
Car tout li orent crestien decoupé.

6380 Auketin ont paien avirouné,
Maint coup li ont et lancié et geté,
Et il com preus le cors abandouné
A enmi aus, à loi d'oume apensé
Et en cui ot hardement esprouvé.

6385 Lui à rescorre n'avoit pas oublié
Li dux Richars, bien l'en a ramenbré;
Aussi n'avoient la gent de son regné,
Maint en y ot qui moult s'erent pené

Par quoi l'eüssent arriere remonté,
6390 Mais tant estoient li cuivert desfaé
Qui là endroit s'estoient rassamblé,
Que moult en erent crestien encombré.
Li dux Richars, où moult ot loiauté,
A le cheval arriere recouvré
6395 Dont Karahues ot à terre porté
Le bon Normant Auketin l'alosé ;
Maugré paiens l'a à lui ramené,
Et cil i monte cui forment vint en gré.

A la rescousse d'Auketin le Normant
6400 Ot departi maint coup fier et pesant ;
Là veïssiez à la terre gisant
Maint home mort, maint navré, maint sanglant,
Et maint cheval parmi les chans fuiant
Et maint qui vont leur boiaus traynant.
6405 Droit à ce point ez vous Tierri poignant,
Celui d'Ardane au corage sachant ;
Devant Charlon venoit, qui enchauçant
Aloit paiens et arriere et avant ;
Après lui vienent li Ardenois fuiant,
6410 Où il avoit maint chevalier vaillant.
En cel estour, droit enz ou tas plus grant,
S'est embatus à loi d'oume poissant ;
A l'autre lez vinrent esperounant
Li Habengnon et la gent de Brabant ;
6415 S'ensaigne aloit hautement escriant.
Forment s'aloient Sarrazin esmaiant
Quant sor aus virent tant crestien venant ;
Là ot ocis maint Turc et maint Persant.
Sarrazin voient qu'il vont aclaroiant
6420 Et crestien vont tout adès croissant ;
Lors voient bien qu'il n'i aront garant,
En fuies tornent, n'i vont plus arrestant.

Et Karahues, ou poing le bran trenchant,
Est demoré, pour voir le vous creant,
6425 Coume lyons sa vie desfendant.
De sa gent erent o lui remez auquant,
Qui bien moustroient à leur desfort samblant
Que il n'avoient de lui laissier talant.

Rois Karahues fist forment à prisier,
6430 En son poing tint le bran fourbi d'acier;
Qui le veïst sa vie chalengier
Et entour lui ferir et chaploier,
A très fin preu le peüst tesmoignier.
Forment se painent de lui adamagier
6435 Cil qui n'avoient talent de l'espargnier.
En tant de lieus navrèrent son destrier
Que il le firent telement forsainnier
Que desouz lui cheï mors sor l'erbier,
Et il, à loi de preu vassal guerrier,
6440 Fors de la sele se prist tost à lancier.
Dedens son cuer avoit grant desirrier
Que il sa vie vende à nos gens si chier
K'après sa mort n'en ait lait reprouvier.
Qui li veïst l'espée manyer
6445 Seürement et ses coups employer,
Ne deïst pas qu'il eüst cuer lanier.
Mais ne li vaut sa desfense .i. denier;
Tant fu hurtez et avant et arrier
Qu'il le couvint par force agenoillier.
6450 Pluseur se prirent deseur lui à plungier,
Si court le tinrent, ce sachiez sans cuidier,
Qu'il ne s'avoit povoir de redrecier.
Sa gent le voient, moult lor pot anuier
Quant leur seigneur, que tant avoient chier,
6455 Virent qu'il fu en si fait destourbier,
Et d'aus meïsmes ont tant à besoignier

Qu'il ne se sèvent de nul costé gaitier.
Savoir povez k'en aus n'ot k'esmaier,
Mais n'ont talent qu'il le vueillent laissier,
6460   Ains se lairoient ocirre et detrenchier.
Droit à ce point ez vous poignant Ogier,
Qui revenoit de paiens enchaucier,
Où maint en ot fait les arçons widier.
Voit Karahuel qu'il venoit de cerchier;
6465   Quant l'a trouvé, Dieu prist à gracyer,
Car bien li cuide à ce besoing aidier.

Rois Karahues fu forment entrepris
Quant à genous fu ou grant fouleïs,
Et nepourquant à son povoir tousdis
6470   Se desfendoit envers ses anemis
Li gentis rois coume preus et hardis.
Ogiers le voit, ne fu pas alentis,
De lui rescorre estoit moult volentis;
Le destrier broche, droit delez lui s'est mis,
6475   Des coups des autres fu par lui escremis.
Lors li a dit Ogiers coume gentis :
« Rendez vous pris », fait il, « biaus dous amis,
« De vostre part est li chans desconfis,
« N'i arez mal, par foi le vous plevis;
6480   « Je sui Ogiers, qui verroit à envis
« Rien dont fussiez en nul blasme repris. »
Karahues l'ot, vers lui torna son vis;
« Ogier », fait il, « Diex à cui sui sougis
« Ne vueille jà que j'en eschape vis;
6485   « Puis que Corsubles mes sires est ocis,
« Miex vueil morir qu'estre si vils hounis
« Que je sans lui fusse de champ partis. »
Quant Ogiers l'ot, de ce fu esjoïs
K'en tel lieu a de lui tés mos oïs.
6490   Que vous diroie? De tous lez fu saisis,

A force l'ont et retenu et pris,
Mais tant vous di, de ce soiez tous fis,
Que par Ogier fu de mort garantis.
Monter le fist sor .i. cheval conquis,
6495 Dont là ot maint, noir, sor et blanc et gris,
Parmi les chans fuians, çà .v., çà dis,

Liez fu Ogiers, quant en sa conpaignie
Ot Karahuel, qui rois ert d'Orcanie ;
De ce qu'il voit qu'est demoré en vie,
6500 Dieu et sa mere et ses sains en gracie.
No crestien ont moult prise et saisie
De gent paienne à icele envaïe
Que Karahues ot fait à cele fie,
Et s'en remest mort en la praerie,
6505 Tant que la place en ert toute jonchie ;
De ce n'iert ore plus parole noncie.
De toutes pars estoit gent paiennie,
Ou morte ou prise ou fors dou champ fuïe
Où la bataille ot esté coumencie.
6510 Rois Karahues fist moult chiere asouplie,
De Gloriande li souvenoit, s'amie ;
Grant paour a que de duel ne marvie,
Ou que ne l'aient crestien malbaillie.
Ogier regarde, moult doucement li prie
6515 K'à Gloriande face pour Dieu aye,
Et li souviengne de la grant courtoisie
Et des grans biens dont ele est si garnie.
« Voir », dist Ogiers, « ele a bien desservie
« M'amour, par quoi soie à sa coumandie ;
6520 « A mon povoir iert par moi garantie ; »
Et Karahues bounement l'en mercie.
En Roume entrèrent, la cité seignorie,
Droit vers les trés ont leur voie adrecie,
Où Gloriande ot Karahues baisie.

6525   Quant vinrent là, ne la trouvèrent mie,
       Ne tré tendu, ne aucube drecie ;
       N'i ot eü tente si atachie,
       Ne qui tant fust fortement estachie,
       Qui jà ne fust par terre trebuchie.
6530   Or vous dirai où la bele ert vertie.
       Quant dou meschief ot la nouvele oye
       Que desconfit sont cil de leur partie
       Et mort et pris, de là s'ert departie ;
       Devers Sadoine, qui la cuisse ot brisie,
6535   S'en ert alée dolente et corroucie,
       O ses puceles, dont mainte y ot irie.
       Seur une porte de la cité antie
       S'ot fait porter Sadoine de Surie
       Droit à joignant de sa herbergerie ;
6540   Là ot sa gent avoec lui recueillie,
       Qui bien estoit armée et fervestie.
       La porte avoient barrée et verroillie
       Et de grans planches hourdée et enforcie.
       La porte ert jà de nos gens assaillie,
6545   Moult aigrement l'avoient acueillie.

       Rois Karahues fu dolant et irés
       Quant vit par terre les tentes et les trés
       Où laissa cele qui tant a de biautés ;
       De son samblant à veoir fu pités.
6550   Lors le regrete, com jà oïr porrés :
       « Ha, Gloriande », fait il, « cuers avisés
       « Où ne manoit nule riens fors bontés,
       « Moult par est ore grans duels et grans pités
       « Quant à tel gent est vos cors delivrés,
6555   « Par quoi il est à hontage livrés.
       « Ha ! pourquoi fu ainc si nobles cors nés,
       « Qui si devoit par droit estre hounorés,
       « Et aujourd'hui est si deshounorés.

      « Las ! pour quoi sui dou champ vis eschapés !
6560   « Par Mahoumet, à cui me sui dounés,
      « Ce poise moi quant vis sui demorés. »
      De cuer fu si Karahues adolés
      Que seur l'arçon devant s'est adentés,
      Pou s'en failli qu'il ne cheï pasmés,
6565   Mais d'Ogier fu soustenus et gardés
      Et doucement contremont relevés
      Et très à point et à droit confortés.
      « Sire », fait il, « ne vous desconfortés,
      « Ce vous pri je, se vous de riens m'amés,
6570   « Car Gloriande rarons, jà n'en doutés ;
      « De li requerre vous pri que vous hastés,
      « Car je irai quel part que vous vorrés,
      « Et ferai ce que me coumanderés. »
      Dist Karahues : « V. c. mercis et grés !
6575   « Car loiaument et à droit en parlés. »

      Quant Karahues le Danois escouta
      Qui en tel point si le reconforta,
      Et que vers lui cuer et cors obliga
      A faire ce qu'il li coumandera,
6580   Moult durement en son cuer l'en prisa.
      Tantost s'avise que vers Sadoine ira,
      Qu'il pense bien que il meschief ara,
      Se il ne l'a eü ou il ne l'a ;
      Moult li anuie que tant targié en a,
6585   Mais au meschief Gloriande pensa
      Plus k'à nul autre et trop plus li toucha,
      K'amours le veut et droit s'i acorda,
      Et il fu tex k'ains ne s'en descorda,
      Et nepourquant son compaignon ama
6590   Coume loiaus, mainte fois le prouva.
      Droit cele part Karahues s'adreça
      Où il Sadoine son conpaignon laissa

Lé jour que il de Roume dessevra.
Quant venu furent Ogiers et il droit là,
6595 L'assaut trouvèrent qui adès enforça,
Et Karahues erranment s'avisa
Que on Sadoine de son lieu remua
Et que on droit à garant le porta
Sor cele porte, ensement le cuida,
6600 Quant sa gent sorent com de l'estour ala
Et que sor aus li meschiés en tourna.
Rois Karahues contremont regarda,
Escus et targes as crestiaus ravisa
Des gens Sadoine, dont moult li agrea,
6605 Car bien espoire c'Ogiers leur aidera.
Une pucele vit qui son chief bouta
Fors des fenestres ; tout tantost espera
Que Gloriande i ert. Lors ensaigna
Au bon Danois la pucele et moustra :
6610 « Ogier », fait il, « dire ai oy pieça
« Que vrais amis au besoing ne faurra ;
« Sor cele tour est la bele en cui n'a
« Fors que tous biens, ne jà el n'i manra ;
« Se ne remaint l'assaus, morte sera,
6615 « S'à force est prise la porte, on l'ocirra
« Avoec les autres dont nus n'eschapera. »
— « Voir », dist Ogiers, « se je puis, non fera,
« Jà, se Dieu plaist, tex meschiez n'avenra.»
Le destrier broche, que plus n'i arresta,
6620 Enz el plus dru de l'assaut se lança,
Courtoisement les assaillans pria
De traire arriere ; et chascuns l'otria,
Car son coumant nus refuser n'osa.
Tant fist à aus et dist et coumanda
6625 Que li assaus de toutes pars cessa.

En tel maniere que m'oez deviser,

Fist li Danois icel assaut finer.
Entour lui prirent François à aüner,
L'assaut guerpirent et laissièrent ester,
6630 Car à envis li vousissent véer
Riens qu'il vousist faire ne coumander,
Car moult l'amoient et devoient amer ;
Oy l'avez maintes fois recorder,
Que ce c'on aime doit on par droit douter.
6635 Et neporquant li vorrent demander,
Se il li plaist qu'il leur vueille moustrer,
Raison pourquoi fait d'assaillir cesser.
« Voir », dist Ogiers, « je nel vous quier celer :
« Pour Karahuel, c'on doit bien hounorer ;
6640 « Sor cele porte que ci véez ester
« Est Gloriande s'amie o le vis cler ;
« Bien desservi ont vers moi que garder
« Les doi d'anuis et de maus eschiver,
« Se je le puis faire ne arréer.
6645 « Pour ce vous vueil et pryer et rouver
« Que ci endroit vueilliez tant demorer
« Que je reviengne de là où vueil aler,
« Pour aus de mort garandir et tenser,
« Se nus venoit qui les vousist grever ;
6650 « A roi Charlon vorrai aler conter
« Pourquoi vous ai fait ici arrester. »
Crestien prirent moult Ogier à loer
Quant de tel chose li oïrent parler.
« Sire », font il, « n'en estuet jà penser,
6655 « Tout ce ferons que vous vorrez graer. »
Moult les en prist Ogiers à mercier.

Moult fu Ogiers en très grant volenté
K'à Karahuel peüst faire amisté,
Ne moustroit pas qu'il eüst oublié
6660 Ce que li ot Karahues fait bonté

Quant rois Corsubles le tint enprisouné.
Tout si penser s'estoient atorné
Que Gloriande et lui eüst tensé
Que il n'eüssent par crestiens griété.

6665 Il regardoit de ce en bon costé,
Car bien savez que pieça est usé
Que quant gent d'ost sont par leur force entré
Soit en chastel, en vile ou en cité,
Kanqu'il encontrent est tout mort et tué;

6670 Pou i voit on nului qui ait pité.
Roi Karahuel a d'une part mené;
« Sire », fait il, « savez que j'ai visé?
« Il seroit bon que eüssiez parlé
« A ceaux qui sont sor cele fermeté

6675 « Et k'avoec aus fussiez à sauveté,
« Tant que j'eüsse le roi Charlon trouvé,
« Car tout errant me verrez retourné
« Que li arai dit ce k'ai enpensé. »
Dist Karahues : « Je l'otroi bien et gré. »

6680 Deseur la porte de viés antiquité
Ert Gloriande, si com j'ai devisé;
Par les crestiaus a fors son chief bouté,
Vit Karahuel et Ogier l'alosé
Qui ensamble erent à une part alé;

6685 Pour Broiefort a Ogier ravisé,
Les Sarrazins d'entour li l'a moustré.
Rois Karahues a amont regardé,
Vit la pucele au gent cors esmeré,
Bien la counut, lors li a escrié

6690 C'ouvert li soient li huis et desfermé.
Quant paien l'oent, tantost sont devalé,
De la porte ont le grant huis desbarré,
Recueilli ont Karahuel le sené
Et ce de gent qui li sont demoré;

6695 N'erent que .xx. quant furent tout conté,

De tous les siens n'en ert plus eschapé
Que tout ne fussent ou mort ou afolé,
Ou par paour de la place tourné.
Au partir l'a Ogiers asseüré
6700 Que bien seront par ceáus defors gardé,
Et revenra tost, jà n'en soit douté,
Et Karahues l'en a moult mercié.
Lors ont paien le maistre huis reserré,
Devant Sadoine ont Karahuel mené,
6705 Trouvé i ont cele qui afiné
Avoit le cuer de fine loiauté :
C'ert Gloriande, où moult ot de biauté.
Forment estoient si douch œil esploré,
Car de son pere li ot on recordé
6710 Et de son frère qu'il sont à mort livré,
Dont ele avoit souventes fois pasmé.
Quant Karahuel vit ainsi atourné,
Si derrompu et si deswaraudé,
Et vit son hiaume telement descerclé
6715 Sor ses espaules gesir tout decoupé,
Et son hauberc rompu et desparé,
Plus que devant l'a en son cuer loé;
Mais de duel ot le cuer si acoré
Que povoir n'a qu'ele ait :i. mot souné.
6720 Karahuel ont Sarrazin desarmé,
Le bras li ont reloié et bendé,
Où Auketins li Normans l'ot navré.

Deseur la porte dou tans ancianour
Que on à Roume claime Porte Majour,
6725 Fu Karahues, qui cuer ot plain d'ounour;
Vit Gloriande à la fresche colour,
Bien vit que ele avoit duel et tristour
Si grant k'à paines povoit avoir greignour.
A Karahuel touchoit moult sa doulour,

6730 Car il l'amoit de très loial amour.
     Il la conforte com hom de grant valour ;
       « Bele », fait il, « laissié soient vo plour ;
       « Puis que il plaist à nostre Sauveour
       « Que meschief aient eü gent paiennour,
6735   « Gracions l'ent, je n'i voi autre tour ;
       « Ne ne soiez jà de ce en errour
       « Qu'il vous couviengne avoir nule paour
       « Que vostre cors soit mis à deshounour,
       « Car li Danois vous set en ceste tour,
6740   « De vous aidier ne querra nul sejour.
       « De lui me lo au souvrain creatour,
       « Car, s'il ne fust, je fusse sans retour
       « Demorez mors, ce sachiez, en l'estour.
       « Bien enploiames l'ounour et la douçour
6745   « Que li moustrames, je et vous, l'autre jour ;
       « Tant a valu hui à la gent Francour
       « Que bien en doivent tesmoignier li plusour
       « Que en lui a vassal combateour
       « Et très seür et hardi poigneour. »

6750   En tel maniere que vous ai devisée
     A Gloriande Karahues confortée,
     Com cil en cui courtoisie ert plantée.
     Li rois Sadoines tint la chière enclinée,
     Moult li touchoit au cuer cele jornée,
6755 Où il avoient tel perte recouvrée
     Que toute ert près lor gent morte et tuée.
     N'avoit paien sor la porte quarrée
     Qui moult n'eüst à son cuer grief pensée.
     Rois Karahues a Sadoine contée
6760 Cele besoigne, et toute recordée,
     De la bataille, coument ele ert alée
     Et coument fu coumencie et finée.
       « Par Ogier est no gent desbaretée »,

Fait Karahues, « ce est chose passée ;
6765   « Gent crestienne doit bien estre hounorée,
        « Car tant sont preu de prouece afinée
        « Que par gent nule qui puist estre trouvée
        « N'iert jà sor aus lor terre conquestée. »
        Dient paien : « Ce sont gent acerée,
6770   « Trop avons chier lor prouece achetée. »
        Ainsi parloient cele gent desfaée.
        De ce n'iert ore plus raisons racontée ;
        D'Ogier dirai, qui n'ot pas oubliée
        Cele besoigne k'avoit enpourposée.

6775   Quant li Danois de Karahuel parti
        En tel maniere com vous avez oy,
        Si tost qu'il pot, droit à Charlon verti,
        Il et sa gent, que n'i mirent detri ;
        Namlon son oncle trouva au cuer hardi.
6780   Moult ot rois Charles le cuer très esjoy,
        Et il et Namles, quant Ogier ont choisi,
        Car ne l'avoient veü depuis ce di
        Que les dos orent torné leur anemi,
        Car li Danois avoit enchaucié si
6785   Les Sarrazins, et entour et enmi,
        Que maint en furent par lui mort et houni.
        Bien sambloit hom c'on eüst assailli,
        Car li atour dont son cors ot garni,
        Erent de coups tout semé et flouri.
6790   Dient François : « Par le cors saint Remi,
        « Cis a bien hui vers Charlon desservi
        « K'à tousjours mais le tiengne pour ami. »
        Li bons Danois devers Charlon guenchi :
        « Sire », fait il, « pour Karahuel vous pri
6795   « Et pour s'amie Gloriande autressi. »
        Lors li conta Ogiers la chose ainsi
        Qu'il en estoit, que de riens n'en menti,

Coument s'estoient ensamble recueilli
Sor une porte et Sadoines aussi.
6800 Moult en fu liez Charles quant l'entendi.
« Ogier », fait il, « loiaument vous afi
« Que, se je puis, bien seront garanti,
« Car tant a fait Karahues envers mi
« Que bien li doit estre à ce coup meri. »
6805 Dist Ogiers : « Sire, forment vous en merci,
« Mais, s'il vous plaist, douz sire, envoyez i
« Hastéement pour aus prendre à merci,
« N'i a pas loing, ains est moult près de ci.»
— « Ogier », dist Charles, « certes, et je l'otri. »

6810 Li bons rois Charles ne volt plus arrester
De la requeste Ogier à achever;
Dedenz son cuer l'en prist moult à loer
Quant au besoing sot reguerredouner
Ce que le fist rois Karahues garder
6815 Dedenz ses tentes à Roume et hounorer
Quant le volt faire rois Corsubles tuer.
De ce ne vueil plus parole conter.
Charles ot fait ses maistres cors souner
Pour sa gent faire entour lui rassambler,
6820 Car là endroit se vorra osteler
Et l'endemain toute jour demorer,
Et le lundi vorra en Roume entrer
Et l'apostole en Roume remener
Et en son siege rasseoir et poser.
6825 Li solaus ert jà près de l'esconser ;
« Namles », dist Charles, « il vous couvient aler,
« Vous et Ogier, et vous pri de haster,
« Pour Gloriande et Karahuel sauver
« Et trestous ceaus, je n'en quier nul oster,
6830 « Qu'il i vorront avoec aus ajouster. »
— « Sire », dist Namles, « je nel quier refuser,

« Qu'il valent tant c'on se doit bien pener
« De faire chose qui lor doie agréer. »
De là s'esmut Namles, qui moult fu ber,
6835 A tant de gent com lui plot à mener.
Que vous feroie plus la chose durer?
A Karahuel vint dux Namles parler.
Deseur la porte le prist à apeler,
Et Karahues prist son chief à bouter
6840 Fors des fenestres; lors vit Ogier ester
Delez son oncle Namlon, c'on dut amer
Coume celui en cui n'ot point d'amer.
Moult très à point li sot Namles moustrer
Que n'estuet pas qu'il se doie douter;
6845 De par Charlon le vient asseürer
Et trestous ceaus k'o lui vorra tenser;
Jà ne porra en l'ost prison trouver
Que ne li face rois Charles delivrer,
Ne li faurra sanz plus que coumander,
6850 Ainsi iert fait qu'il vorra deviser,
N'iert nus qui jà le doie contrester.
Et Karahues l'en prist à mercier.

Quant Namles ot parlé si faitement
A Karahuel que dit vous ai briément,
6855 Lors regarda dux Namles quelement
Porroit la chose faire plus sauvement.
Demorer fist iluec de gent granment,
Qui à envis, ce sachiez vraiement,
Veassent riens de son coumandement.
6860 De cele part garder soigneusement
Leur pria Namles de cuer entierement,
Par quoi n'eüssent cil dedenz nul torment
Par ceaus defors, ne nul encombrement;
Et cil li orent tout ainsi en couvent.
6865 Quant Namles ot esploitié telement,

A Ogier dist : « Biaus niez, alons nous ent.»
Dist Ogiers : « Oncles, ne vous anuit noient,
« Ne m'en iroie, ce sachiez nulement ;
« Ci remanrai, sachiez certainement,
6870 « Car je sai bien que plus legierement
« Demorront ci, et de meilleur talent ,
« Cil qui ci sont, s'avoec sui en present. »
Namles voit bien ne seroit autrement
K'en tel maniere pour nesun priement,
6875 N'il ne li veut faire desfendement
De courtoisie faire si loiaument
Qu'il le faisoit, ains le loe forment.
Lors li a dit que il à ce s'assent
Que là remaigne, et quant Ogiers l'entent,
6880 Son oncle en a mercié durement.
Namles d'iluec se parti erranment,
Dusk'à Charlon n'i fist delaiement ;
Lors a conté d'Ogier com faitement
Est demoré et pour quoi et coument.
6885 « Ha, Diex », dist Charles, « vrais rois omnipotent,
« Com par a ore fin et vrai escient !
« Qui vit ainc mais home de son jouvent
« En cui si fussent tout bon adrecement ? »
Que vous diroie ? Trestout coumunaument
6890 Ogier loèrent de son demorement.
De ce n'orrez or plus lonc parlement.
La nuit ot là maint divers logement,
Dedenz Roume ot et defors mainte gent
Qui n'orent pas tout lor aaisement ;
6895 Se vous vouloie dire tout l'errement
Com chascuns ot la nuit chevissement,
Bien i porroie metre trop longuement ;
Maint lié y ot, et si ot maint dolent.
Moult gaaignièrent François or et argent,
6900 Joiaus, richoise, dont y ot grandement,

Car de tout erent venu si noblement
Li Sarrazin et si très richement
Que n'en saroie faire nul nombrement.

    Icele nuit dont vous faz mencion
6905 Fu enz ou tans de la douce saison
Dou tans d'esté que chantent oiseillon
Et que sont vert bos et pré et buisson.
Tant fu la nuit de douce temprison
Que à souhait pou i amendast on.
6910 Moult furent lié la gent le roi Charlon
De ce que Dieu leur ot douné le don
Que paiens ont mis à destruction ;
Dieu en loèrent et son saintisme non.
En Roume avoit plenté de garnison
6915 Que mis i orent li Sarrazin felon,
N'en estuet faire longue devision ;
Assez en ot Charles et si baron
Et tout li autre, qu'il en y ot foison.
Par la cité ot grant ocision
6920 De Sarrazins entour et environ,
Si qu'il fuioient de maison en maison,
S'en y ot maint retenu en prison.

    En tel maniere que vous oï avés
Fu li os Charles cele nuit arréés ;
6925 De gent y ot en pluseurs lieus assés,
De quoi la nuit n'en fu uns desarmés.
A l'endemain, quant jours fu ajornés,
Se leva Charles et ses nobles barnés.
Moult ot de gent jà alés vers les trés
6930 Où rois Corsubles ot esté ostelés
La nuit devant dont le jour fu joustés
A nostre gent, ainsi com vous savés
Coument ; l'estours vous en est devisés ;

De ce n'iert ore plus lons plais demenés.

6935 Tant gaaignièrent François de tous costés
Que li plus povres en fu tous rassasés;
Et dou gaaing qui là fu conquestés
Ne retint Charles vaillant .ij. œs pelés :
Tout fu à ceaus bailliez et delivrés

6940 Qui en avoient les meschiez endurés
Et les cors d'aus souvent aventurés
Contre la gent dont Diex ert adossés.
Pour ce que Charles, li bons rois, estoit tés
Que vous ici deviser le m'oés,

6945 Fu il des siens et cheris et amés
Et de paiens cremus et redoutés.
Bien devoit estre si fais rois hounorés,
En cui manoit sens, largece et bontés,
Hounours, prouece et fois et loiautés.

6950 On puet bien dire, car ce est verités,
Que mieudres rois de lui ne fu puis nés
Que France fu premerains roiautés
Ne que premiers i fu rois corounés.
Cil doit bien estre par droit drois rois clamés

6955 Qui de tous biens estoit plains et comblés.
Celui jour fu li rois matin levés,
La messe oy, et lors fu apelés
De lui dux Namles, qui estoit ses privés.
« Namles », fait il, « savés que vous ferés?

6960 « Faites c'Ogiers, vos bons niés, soit mandé;
« De lui veoir me sui trop consirrés,
« Je lo que vous meïsmes i alés ;
« Roi Karahuel avoec lui amenés;
« Qui porroit faire qu'il se fust atournés

6965 « A la loy Dieu et fust crestiennés,
« Miex en vaurroit toute crestientés. »
— « Sire », dist Namles, « fais en iert vostre grés. »
Tantost monta, qu'il n'i est arrestés;

Li dux Tierris est avoec lui montés,
6970 Qui tint d'Ardane les droites iretés.

      Entre Tierri et Namlon le sachant
      Vinrent ensamble à Ogier le vaillant ;
      Quant il les vit, contre aus vint maintenant,
      Encontre lui descendirent errant.
6975 « Voir », dist Tierris, « Namle, ci voi venant
      « Le plus preu joene k'ainc vi eu mon vivant ;
      « Pourquant ne sont mie si coup d'enfant,
      « Moult miex ressamblent estre coup de jaiant,
      « Qui tout confont kanqu'il va ataignant ;
6980 « Ce pueent bien tesmoignier li auquant
      « De ceaus qui furent ier en l'estour pesant. »
      Namles l'entent, si en va sousriant,
      Moult li estoient cil mot au cuer plaisant.
      Ez vous Ogier qui li vint au devant,
6985 Le duc Tierri salua tout avant
      Et puis son oncle Namlon, le duc poissant.
      Tierris l'ala entre ses bras prenant,
      Dusqu'à la porte l'enmaine en acolant,
      Là où estoient Sarrazin et Persant,
6990 Dont li plusour estoient moult dolant
      Des grans meschiés qui lor sont aparant.
      Ensamble alèrent vers la porte parlant,
      Ne moustroit pas Ogiers à son samblant
      K'en lui eüst ne orgueil ne bobant,
6995 Ne que de riens s'alast outrecuidant
      De la prouece k'ot fait en l'estour grant ;
      Ensus dou duc Tierri s'aloit traiant,
      Et cil l'aloit tout adès resachant ;
      De ce que si s'aloit humeliant
7000 Ogiers vers lui, l'aloit forment prisant
      Dedens son cuer et moult souvent loant ;
      Dusqu'à la porte ne se vont arrestant.

Quant Namles a son neveu regardé,
De courtoisie si duit et avisé,
7005 Forment li plot. Lors li a demandé
Coument le tans cele nuit ot passé.
Dist Ogiers : « Sire, s'avons eü plenté
« De ce c'on a trouvé en la cité,
« Oncles », fait il, « paien ont malmené
7010 « Mon bon destrier, Broiefort l'aduré;
« En pluseurs lieus l'ont durement navré,
« S'en ai le cuer un petit adolé,
« Car ne cuit pas k'en la crestienté,
« N'en paiennie ne en autre regné,
7015 « Eüst on mais tel cheval recouvré;
« Je croi qu'il set que cil a enpensé
« Qui sor lui siet, tant va à volenté. »
Tierris et Namles ont Ogier escouté;
De son cheval que si a regreté,
7020 A li uns l'autre tout en riant bouté,
Mais de ce n'iert or plus avant parlé;
Si le garirent cil cui on l'ot livré
Que puis en furent maint Sarrazin grevé.
Ceaus de la porte a Namles apelé,
7025 Pluseur paien s'erent jà assamblé
As fenestrages de blanc marbre listé.
Namles meïsmes lor a dit et moustré
Que Karahuel dient tost que mandé
L'a li rois Charles que il viengne à son tré;
7030 Et cil le firent, n'en sont point arresté,
Karahuel l'ont tout ainsi recordé,
Et il com cil qui cuer ot apensé
Ist de la porte, que plus n'a demoré.
Ne sambloit pas qu'il eüst sejorné
7035 En la bataille où il avoit esté :
Le viaire ot pale et pers et enflé
Et l'ot par lieus trenchié et decoupé;

  A son samblant paroit que tormenté

  Avoit le cuer et plain de grant griété.

7040 Tierris et Namles sont contre lui alé

  Et li Danois, l'uns l'autre ont salué;

  Karahuel a Namles araisouné

  Et li a dit que tout asseüré

  Sont cil qui sont sor la porte ostelé,

7045 Ne couvient pas que de ce soit douté;

  Rois Karahues l'en a moult mercié.

  Que vous diroie? Tost furent apresté

  Cheval; lors montent, de là s'en sont torné.

  Roi Karahuel ont à Charlon mené,

7050 Com gentis rois l'a Charles hounoré,

  Entre ses bras a Ogier acolé.

  Moult ot rois Charles fin cuer et droiturier:

  Grant gré savoit le bon Danois Ogier

  De ce que si li veoit conpaignier

7055 Roi Karahuel et si de cuer soignier

  Qu'il li peüst à son besoing aidier;

  C'estoit bien chose dont le devoit prisier.

  Se veïssiez Karahuel traire arrier

  Dou roi Charlon et à droit sousployer

7060 Et sagement vers lui humelyer,

  Bien peüssiez par raison tesmoignier

  Que il n'avoit en lui que ensaignier.

  Charles a dit à Namlon le Baivier

  Que il coumant que on face vuidier,

7065 Que n'i remaigne fors que li chevalier.

  Ainsi fu fait errant sans atargier.

  Li apostoles, c'on noumoit Desiier,

  Vint à ce point, car Charles au vis fier

  L'avoit mandé, et il sans detryer

7070 I ert venus, qu'il nel devoit laissier.

  Charles meïsmes a parlé tout premier

A Karahuel, le nobile guerrier ;
De la besoigne dont le volt araisnier,
Li sot moult bel trestous les poins traitier
7075 Qui aferoient à tel chose acointier.
Bien li a dit, s'il se vuet baptisier
Et croire en Dieu qui tout a à baillier,
Que n'estuet pas qu'il se doie esmaier,
Car de grant terre le fera iretier ;
7080 N'ara en France duc, conte ne princier,
Qui ne le serve, se il en a mestier,
Et s'en ara s'ame le haut loyer
De paradis c'on ne puet esprisier ;
S'il se vouloit à ce faire obligier,
7085 Ne le porroit de riens plus aaisier.
Dist Karahues : « Sire, mentir n'en quier,
« Je ne vail pas envers ce .i. denier
« Dont vous m'offrez le marc d'or tout entier ;
« De vous respondre ai moult grant desirrier,
7090 « Car je vous vueil la besoigne acourcier.
« Si vueille m'ame Mahons à lui sachier
« Quant devera dou cors desconpaignier,
« K'ains me lairoie tous les menbres trenchier,
« Ou pendre à fourches, ou ardoir ou noyer,
7095 « Que je sa loi deüsse renoyer. »
Quant Charles l'ot, le chief prist à baissier,
Forment li prist de ce à anuier,
Car Karahuel amoit de cuer entier.

Quant Charlemaines Karahuel escouta
7100 Qu'il dist que pas sa loi ne guerpira
Ne autre dieu que Mahon ne croira,
Moult durement à son cuer li greva.
Li apostoles meïsmes en parla
A Karahuel et li amonesta
7105 Trestous les poins que raisons aporta ;

14

Dou grant povoir de Dieu li sermouna
Et li dux Namles et maint qui erent là.
Li bons Danois mains jointes l'en pria,
Chascuns des princes son coup i emploia
7110 Et li promet chascuns qu'il l'amera
Et serviront ainsi com il vorra,
Cors et avoir chascuns pour lui metra.
Rois Karahues les barons regarda
Et vit l'amour que chascuns li moustra;
7115 Dedenz son cuer moult forment les loa,
Bel et à droit moult les en mercia,
Mais de riens nule ses cuers ne se mua,.
Ains leur a dit Sarrazins remanra
Tout son vivant et Sarrazins morra,
7120 N'en parolt nus, car jà el n'en fera.
François l'entendent, moult lor en anuia,
Coumunaument à chascun en pesa.
Charles voit bien que il el n'en ara,
Mais jà pour ce li rois ne laissera
7125 Sa couvenance, ains li acomplira.
« Rois Karahues », fait il, « entendez çà :
« Puis k'ainsi est que ne se muera
« Vos cuers de ce que enproposé a,
« Ce poise moi, mais meri vous sera
7130 « La grant bonté c'Ogier feïstes jà,
« Quant Danemons ocirre le cuida;
« Un don vous doing, c'est c'on vous rendera
« Tous les prisons, que jà uns n'en faurra,
« Par tous les lieus où on les trouvera.
7135 « Vez ci Ogier, qui avoec vous ira,
« A grant plenté de gent vous conduira
« Par toute l'ost et deçà et delà;
« Des prisons iert fait ce qu'il vous plaira.»
Karahues pas ce don ne refusa,
7140 En merciant le roy en enclina;

Lors prist congié, que plus n'i arresta.
Icelui jour moult petit sejorna,
Avoec Ogier parmi l'ost chevaucha,
A son vouloir chascuns li delivra
7145 Tous les prisons, nus ne li devea.
.   Trestous ensamble au lieu les rassambla
Où Gloriande et Sadoine laissa.
Le champ mortel Karahues tant cercha
Que roi Corsuble et Danemon trouva;
7150 Tant fist que on o lui les raporta,
Mais ce raport Gloriande cela.
Li bons Danois si bien le conpaigna
Que il plain pié de lui ne s'esloigna,
Mais tout partout avoeques lui ala.

7155   En tel maniere que m'oez deviser
Fist li rois Charles Karahuel delivrer
Tous les prisons k'en son ost pot trouver;
Trestous les fist là endroit raüner
Où Karahuel le plot à coumander.
7160 Quant son vouloir ot fait d'aus rassambler,
Lors prist Ogier forment à mercier
De ce que si le voit abandouner
Entierement et si de cuer pener
De faire chose qui li puist pourfiter.
7165 « Ogier », fait il, « je me doi bien loer
« De vous, en cui cuer ne maint point d'amer,
« Car de la mort avez fait respiter
« Moi et maint autre k'entour moi voi ester,
« Et Gloriande, m'amie o le vis cler,
7170 « Avez gardé de li deshounorer,
« Dont ne peüst par raison eschaper
« Se ne fussiez, dont moult vous doi amer;
« Mais s'or poviez vers Charlon arréer
« Que il de grace me vousist tant douner

7175   « K'en mon pays m'en peüsse raler
         « O les prisons qu'il m'a volu quiter,
         « Bien ariez fait ma besoigne achever. »
         —« Voir », dist Ogier, « je ne doi refuser
         « Riens que je sache qui vous doie agréer ;
7180   « Ceste besoigne irai Charlon moustrer,
         « Je croi que bien s'i vorra acorder.
         « Or vous alez .i. petit reposer
         « Seur cele porte, et sachiez sans douter
         « Que je à vous cuit moult tost retorner. »
7185   Que vous feroie la besoigne durer ?
         La chose ala Ogiers Charlon moustrer
         Bel et à point, sans riens nule oublier
         C'on i deüst par raison ajouster,
         Et Charles dist que bien le vuet graer.

7190   Quant li Danois la parole entendi
         Que dite ot Charles au courage hardi,
         Lors remonta, que plus n'i atendi ;
         Droit vers la porte son chemin acueilli
         Où Sarrazin s'estoient recueilli
7195   Et rassamblé, si com avez oy.
         Rois Karahues a le Danois choisi,
         Jus de la porte s'en vint sans lonc detri,
         Et li Danois erranment descendi.
         Lors li a dit de samblant esjoï :
7200   « Charles », fait il, « me renvoie à vous ci,
         « Et de par lui par verité vous di
         « K'à vo vouloir soiez de ci parti
         « Et à vo gré ; il le vous mande ainsi. »
         Quant paien l'oent, forment leur abeli.
7205   Dist Karahues : « Si ait m'ame merci
         « K'ainc plus courtois dou roi Charlon ne vi,
         « De loiauté a le cuer raempli ;
         « Mais en ma vie n'arai hauberc vesti,

« Ne hiaume en chief, n'au costé brant fourbi
7210 « Pour lui grever, à Mahoumet l'afi ;
     « Quant ce me fait que n'ai pas desservi ;
     « A tout le mains li ert de tant meri. »

     Quant Ogiers ot que Karahues vouoit
     A Mahoumet, son Dieu que il creoit,
7215 Que mais le roy Charlon ne greveroit
     N'encontre lui jamais ne s'armeroit,
     Avis li ert que de bien li venoit,
     Et pensoit bien que il le rediroit
     Au roi Charlon si tost qu'il le verroit.
7220 Lors se pensa que il se partiroit
     De là endroit, car raisons l'aportoit,
     Et les paiens arréer laisseroit,
     Car d'aus garder mais nus besoins n'estoit,
     Car toute l'ost coumunaument savoit
7225 Que li rois Charles tous ceaus asseüroit
     Que Karahues en sa conpaigne avoit.
     A Karahuel dist que il s'en iroit
     Devers Charlon et il li manderoit
     Sa volenté par cui que il vorroit,
7230 Car son povoir entierement feroit
     De tout ce faire que ses pourfis seroit.
     Et Karahues li dist que bien paroit
     Que veritez estoit ce qu'il disoit.
     Au departir forment le mercioit
7235 De ce que il pour lui tant se penoit
     Et si de cuer sa besoigne enprenoit.
     « Voir », dist Ogiers, « en ce faire ai bien droit. »

     En tel maniere que vous oy avés
     S'est li Danois dé Karahuel sevrés ;
7240 Au tré Charlon s'en est tout droit alés.
     Namles i ert, ses oncles li senés ;

Tierris d'Ardane, qui preudons ert clamés
Pour la raison de ce qu'il estoit tés
K'en lui manoit prouece et loiautés,
7245 Hues dou Mans et Joffrois l'alosés
I ert aussi et mains autres delés.
En cele tente s'en est Ogiers entrés,
Encontre lui se leva li barnés,
Dou roi Charlon fu par la main coubrés.
7250 « Ogier », fait il, « delez moi vous seés;
« Tous soiez joenes, si estes vous jà tés
« Que vous devez par droit estre hounorés.
— « Voir », dist Tierris, « de tous doit estre amés. »
Quant li Danois a ces mos escoutés,
7255 Honteus en fu et de coleur mués,
Les iex en tint vers la terre enclinés.
Charles vit bien qu'il estoit desivés
De ce que si ert devant lui loés.
Lors fu dou roi d'autre chose aparlés :
7260 « Ogier », fait il, « dites, que me dirés
« De Karahuel? Coument est fais ses grés?
« A il trestous ses prisons rassamblés? »
— « Oïl voir, sire, et est par lui voués
« Uns veus de quoi pou garde vous dounés:
7265 « C'est que jamais n'iert contre vous armés,
« Ne ne serez par lui de rien grevés. »
— « Ogier », fait il, « si soie je sauvés
« Que selonc ce k'envers moi s'est prouvés,
« Doi je bien croire que ce soit verités;
7270 « Ainc Sarrazin ne vi, puis que fui nés,
« Que miex vousisse qui fu crestiennés
« Que lui feïsse, pas ne m'en mescrées,
« Car preus et sages, loiaus et avisés
« Est et courtois et bien endoctrinés. »
7275 Ainsi disoit rois Charles li menbrés.
De lui fu moult li Danois regardés,

Ne povoit estre dou veoir saoulés.
Quant conjoy ot le Danois assés
Et chascuns ot dites ses volentés
7280 Com leur afaires seroit parachevés,
Lors se leva et chascuns s'est levés.
A ce s'estoit rois Charles acordés
Que l'endemain soit bien matin mandé
Li apostoles, s'iert en Roume menés
7285 Et en son siege et assis et posés.
De ce n'iert ore plus lons plais demenés.
Après souper, ains que jours fu finés
Ne que solaus fust tous paresconsés,
Est chascuns princes vers son lieu retornés.
7290 Maint en y ot qui si estoit lassés
Que besoins fust qu'il se fust reposés.
Tierris et Namles sont o le roi remés,
Et li Danois, qui moult ert ses privés;
Moult fu la nuis clere et douce et soués,
7295 Et li airs purs et doucement temprés.
A l'endemain, quant jours fu ajornés,
Se leva Charles, li bons rois naturés;
De main lever estoit acoustumés
Et d'oyr messe si tost k'ert aprestés.

7300 A l'endemain, quant jours fu esclairiés,
Fu levez Charles, li rois à droit prisiés;
La messe oy quant fu apareilliés.
Après la messe fu pourœc envoiés
Li apostoles et trestous li clergiés,
7305 Et il i vinrent, n'en est uns detryés
Qui dou venir peüst estre aaisiés;
Chascuns estoit en langes et nus piés.
De l'apostole fu moult Diex graciés,
Quant il par lui est telement aidiés
7310 Que el haut siege dont il ert dechaciés,

Qui de par Dieu fu saint Piere otroyés,
Iert celui jour remis et rasegiés.
De larmes ert ses viaires moilliés,
Si que c'estoit à veoir grant pitiés.

7315   De trestous ert pour preudons tesmoigniés
Cis apostoles, vraiement le sachiés.
Vers lui vint Charles com hom bien ensaigniés,
Moult s'est vers lui à point humelyés ;
« Sire », fait il, « très bien venus soyés ! »

7320   Dist l'apostoles : « Charles, bon jour aiés,
« Matin avés esté hui esveilliés. »
— « Sire », dist Charles, « car moult seroie liés
« Se je veoie qu'el siege seïssiés
« De sainte eglise dont vous estes li chiés. »

7325   Dist l'apostoles : « Bien pert que le vueilliés
« A ce que si en estes traveilliés. »

Le lundi droit après le jour passé
Dou samedi que l'estours ot esté
Et la bataille, si com j'ai devisé,

7330   Rentra en Roume, l'amirable cité,
Li apostoles cui en orent geté
Li Sarrazin, si com vous ai conté ;
Ce jour y ot de parfont souzpiré
En pluseurs lieus et de joie ploré.

7335   L'apostole a rois Charles adestré ;
Nus piez en langes estoit, par verité,
Li bons rois Charles, en cui n'ot fors bonté.
En tel point s'erent tout li prince arrouté,
Droit après lui .ij. et .ij. ordené,

7340   Et li baron qui sont de son regné.
Si haut chantoient vesque, moine et abé
Et li clergiez dont y avoit plenté,
Qu'il n'ert nus cuers, tant eüst de durté,
Qui ne l'eüst volentiers escouté

7345 Et n'en deüst avoir joie et pité.
Droit par la porte saint Pierre sont entré
Par dedenz Roume, en tel point arréé
Que je vous ai ci endroit recordé.
Droit au moustier saint Pierre sont alé,
7350 Devant l'eglise se sont tout arresté,
Agenoillié se sont et acouté,
Une grant piece ont iluec aoré.
Si tost que il se furent relevé,
El moustier entrent, plus ne sont demoré.
7355 Le lieu trouvèrent soillié et degasté,
Car cil i orent longuement conversé
Qui au garder orent pou aconté;
Au miex qu'il porent ont le lieu racesmé
Et netement et à droit ratourné.
7360 Li bons rois Charles au corage aduré
A par la main l'apostole mené
Vers la chaiere saint Pierre l'ouneré;
En celui siege l'a assis et posé,
Et puis li a par très grant amisté
7365 Le pié baisié en non d'umilité,
Et l'apostoles a vers lui encliné.

Quant Charlemaines, li bons rois poëstis,
Ot l'apostole en son siege remis,
Dedenz son cuer en fu moult esjoïs.
7370 Quant l'apostoles ot une piece sis
En celui siege que je ci vous devis,
Lors s'est dou siege, quant poins en fu, partis,
Erranment s'est des armes Dieu vestis.
Lors fu li lieus par lui rebeneïs,
7375 Et quant il fu à son point restablis,
Tantost après, n'i fu mis lons detris,
Chanta la messe l'apostoles gentis.
De lié cuer fu li rois de paradis

Là en ce jour hounorez et servis.
7380 Quant li services fu parfais et pardis,
Lors vint avant li rois de saint Denis
Vers l'apostole, congé li a requis
Moult humblement com sages et rassis.
Et l'apostoles le regarda el vis :
7385 « Charles », fait il, « Diex qui en crois fu mis
« Pour geter fors d'enfer ses bons amis,
« Vous soit renderes au grant jour dou juys
« De ce que si vous estes entremis
« De grever ceaus qu'il tient pour anemis. »
7390 Lors s'en parti l'enpereres hardis
Et si baron, quant congié orent pris.

Li bons rois Charles d'ilueques s'en tourna ;
Li apostoles point ne le convoia,
Car li bons rois faire ne li laissa,
7395 Mais au partir doucement le baisa,
Et puis Charlot, car raisons l'ensaigna,
Et puis après à Dieu les coumanda.
Entre ses bras duc Namlon acola,
Tierri d'Ardane aussi pas n'oublia,
7400 Ne le Normant Richart, car moult l'ama.
A pluseurs autres barons qui erent là
Fist l'apostoles ce que raisons porta ;
Le bon Danois estrainst et embraça
Entre ses bras, et puis li afia
7405 Que jamais jour de riens ne li faurra
Que il puist faire tant com il vivera ;
Bel et à point Ogiers l'en mercia.
Toute la route au departir saigna
Li apostoles et moult de cuer pria
7410 A Damedieu, qui tout le mont forma,
Que il les gart, si que povoir en a.
Tost après ce en son lieu retourna ;

Moult s'en failli que il ne le trouva
En autel point k'au partir le laissa.
7415 Chascuns des clers vers le sien lieu rala,
Au miex qu'il pot chascuns se raréa ;
N'i ot .i. seul, nel mescréez vous jà,
Qui Dieu ne loe de ce que tant en ra.

Quant Charlemaines fu issus dou moustier
7420 Et si baron, qui moult l'avoient chier,
Apareillié orent li escuyer
Chevaus et ceaus dont il orent mestier ;
Qui deschaus fu, tost se fist rechaucier,
Et lors montèrent, n'i vorrent detryer.
7425 Al capitoire, ce sachiez sans cuidier,
S'en ala Charles, li bons rois au vis fier,
Car là endroit se vorra herbergier
Et sejorner et sa gent aaisier.
Que vous feroie la besoigne aloignier ?
7430 Coumunaument duc et conte et princier,
Et un et autre, serjant et chevalier,
S'en vinrent tout dedenz Roume logier.
Li apostoles qui moult fist à prisier
Fist parmi Roume de sa gent envoier
7435 Pour les eglises faire renetyer,
Tant li touchoient au cuer li destorbier
Que fait i orent cele gent l'aversier,
Que plus à paines ne li povoit touchier.
De ce ne vueil plus parole traitier,
7440 Je vous vorrai la besoigne acourcier.
Forment avoient paien grant desirrier
Que en leur terres peüssent repairier.
Jà orent fait les nés apareillier
Où se feront droit à Cornet nagier ;
7445 Lor harnas orent presque tout fait chargier.
Rois Karahues ot fait mander Ogier,

Que il se veut d'ilueques deslogier ;
Et il i vint, ne s'en fist pas pryer,
O lui son oncle, Namlon le bon Baivier.
7450   Li dux Tierris d'Ardane au cuer entier
Et pluseur autre que noumer ne vous quier,
Pour aus desfendre et garder d'encombrier
Venoient là, et pour aus convoyer.
Moult les en sot très à point mercyer
7455   Rois Karahues, en cui n'ot k'ensaignier.
. Que vous diroie ne avant ne arrier ?
De la porte issent, n'ont cure d'atargier.

De la porte issent paien coumunaument.
Le roi Sadoine aportoient sa gent
7460   Sor une couche si debounairement
Que il povoient et au plus doucement.
Rois Karahues venoit premièrement
Et Gloriande la pucele au cors gent.
Vers li s'en vint Ogiers tout erranment
7465   Et li dux Namles et Tierris ensement ;
Il la saluent, et ele sagement
A chascun d'aus à point son salu rent.
Il paroit bien à son contenement
Qu'ele à son cuer avoit duel et torment,
7470   Mais coume sage et de bon escient
Portoit ce fes très couvenablement.
Moult doucement Ogier par la main prent ;
« Ogier », fait ele, « moult avez loiaument
« Vers nous ouvré et moult très grandement,
7475   « Mais trop avons acheté chierement
« Vo grant prouece et vo grant hardement,
« Et nepourquant, se Mahoumés m'ament,
« Ne vous hé pas, ce sachiez vraiement ;
« Ne nous alast mie si faitement
7480   « Que il nous va, mais moult très malement,

« Se ne fussiez, jel sai certainement. » .
Dist Ogiers : « Bele, se j'aie amendement,
« Mer passeroie pour vostre sauvement,
« Se je valoir vous povoie nient,
7485 « K'en vous trouvai amour si largement
« Que je m'en lo à Dieu omnipotent ;
« Vostres vueil estre si très entirement
« A faire tout vostre coumandement
« A mon povoir, sachiez outréement. »
7490 Quant Gloriande ceste parole entent,
En souzpirant respont moult humblement :
« Sire », fait ele, « cent mercis vous en rent. »
Quant sor le Toivre vinrent isnelement,
Es nés entrèrent sans lonc delaiement ;
7495 Au congié prendre n'ot pas lonc parlement.

Quant Karahues ot sa gent recueillie
A son plaisir et à sa coumandie,
Vers Namlon vint, moult doucement li prie,
Se il li plaist, que il à Charlon die
7500 Que moult le loe de la grant courtoisie
Que fait li a et ore et autre fie,
Et li salut la noble barounie
Qui tant par est courtoise et bien norrie,
Qui li portèrent si boune conpaignie
7505 Quant mis se fu vers la Charlon partie.
« Par ce seignour à cui je me souplie,
« C'est Mahoumés, où je dou tout m'afie,
« Ainc ne vi gent en trestoute ma vie
« Qui de tous biens fust si comble et garnie,
7510 « Ne si courtoise ne si bien ensaignie,
« Com crestien sont, n'en mentirai mie,
« Et ont seignour en cui cuer s'est logie
« Haute prouece de sens parafaitie ;
« Ch'ont maintes fois seü gent paiennie.

7515   « Ma loi eüsse pour s'amour renoiie,
       « Se ne doutasse que m'ame en fust partie.»
       Quant Namles ot ceste parole oye,
       Sa volenté à faire li otrie,
       Et Karahues bonement l'en mercie.
7520   Lors prent congié à la chevalerie
       Qui iluec ert sor le port arengie ;
       A Ogier prent congié, plus ne detrie,
       Au departir chascuns d'aus .ij. larmie.
       En la nef entre où entrée ert s'amie,
7525   C'ert Gloriande, la blonde, l'eschevie,
       Qui moult estoit dolente et assouplie.
       Errant après ont leur voile drecie,
       Chascune nés s'est lues apareillie.
       Que vous seroit la besoigne aloignie?
7530   En tel maniere fu leur chose esploitie
       Que au tiers jour arriva leur navie
       Droit à Cornet, une vile proisie :
       Ce est uns pors de grant ancesérie ;
       Chascune nés fu iluec descharchie.

7535   Droit à Cornet, .i. port près de la mer,
       Furent Persant, Sarrazin et Escler ;
       .XL. milles, ç'ai oy recorder,
       Y a de Roume, sachiez, au droit conter.
       Iluec ne vorrent longuement demorer,
7540   Erranment firent granz naves arréer ;
       Quant orent fait leur choses ens porter,
       Après se mirent dedens sans arrester.
       Un samedi, droit après l'ajourner,
       Levèrent voile, tans orent bel et cler
7545   Et vent si bon qu'il n'i ot k'amender.
       Karahues ot fait dire et coumander
       Les marouniers qu'il vouloit arriver
       Droit en la terre roi Corsuble le ber,

Droit à .i. port, Triple l'oy noumer ;
7550 Lui et son fill fera là enterrer.
En cuirs de cerf les ot fait enserrer
Et les ot fait très bien embassemer.
Que vous feroie la besoigne durer ?
De leur jornées ne vous quier deviser.
7555 A celui port dont vous m'oez parler,
Là arrivèrent, ce sachiez sans douter.
Dusques adont fist Karahues celer
A Gloriande, qui moult fist à amer,
Que il son pere eüst fait raporter,
7560 Mais lors à primes li prist il à moustrer
Que fait l'avoit pour son pere hounorer
Et pour sa pais qu'il li vouloit garder.
Lors prist forment Gloriande à plorer
Et de parfont souvent à souzpirer ;
7565 Si duel li prirent tout à renouveler,
Mais de son duel vous lairai ore ester.
Se veïssiez Corsuble regreter
Parmi la vile et cheveus detirer
Gent paiennie et leur dras descirer,
7570 Bien deïssiez, ses oïssiez crier,
K'ainc ne veïstes si grant duel demener.

Arrivé furent Sarrazin et Persant
Enz el roiaume de Surie la grant,
A Triple droit furent terre prenant :
7575 Ce est uns pors que pluseur marcheant
Qui là endroit ont esté repairant,
Sont en maint lieu moult durement prisant.
Cil de la terre erent de cuer dolant
Pour leur seignour que il amoient tant
7580 Coume gent doivent amer seignour vaillant.
Parmi la terre la nouvele s'espant,
Pour leur seignour i ot maint cuer pesant,

Forment l'aloient li plusour regretant.
« Ha, las », font il, « où serons retournant?
7585 « Morte est largece et hounours saus bobant. »
Mahom juroient en cui il sont creant,
Que tout li roi qui terre erent tenant
En paiennie, n'erent aferissant
D'ouneur à lui la montance d'un gant.
7590 Pour lui estoient moult de cuer dolousant,
Mais de leur duel vous laisserai atant.
Rois Karahues, qui le cuer ot sachant,
A fait mander, et'arriere et avant,
De ceaus qui erent Corsuble apartenant
7595 Et qui à lui furent obeïssant.
Que vous iroie plus la chose aloignant?
Quant venu furent, enterrer font errant
Les cors, ainsi com il ert aferant.
Encore sont andoi li cors gisant
7600 A Triple droit, ce tesmoiguent auquant.

Quant paien orent roi Corsuble enterré
Et Danemon, si com vous ai conté,
Rois Karahues, qui ot cuer apensé,
Et Gloriande, qui tant ot de biauté,
7605 Ont là endroit une piece arresté.
Quant il i orent à leur plaisir esté,
A la cité de Sur s'en sont alé.
Là endroit furent tout li baron mandé
De par la terre, et en lonc et en lé;
7610 Et quant il furent là endroit assamblé,
A Gloriande au gent cors esmeré
Firent trestout houmage et féeuté,
Car de Corsuble n'avoit hoir demoré
Que li sans plus; pour ce tint l'ireté.
7615 Quant fait li orent trestout cil dou regné
Si com il durent, si com j'ai devisé,

Et que là orent grant piece sejourné,
Lors li ont moult tout li baron loé
Qu'ele praigne Karahuel l'alosé,
7620 Car ainsi l'ot ses peres creanté
A son vivant, de ce ne soit douté.
Dist Gloriande : « Si aie je santé,
« Ceste requeste doi je bien prendre en gré,
« K'en Karahuel a roi si esprouvé
7625 « De grant prouece, de sens, de seürté
« Que, se j'avoie .c. tans de richeté
« Que je n'en aie, s'ai je bien assené
« Et cuer et cors, quant à lui l'ai douné. »
Que vous diroie ? Tout se sont acordé
7630 Au mariage, nus ne l'a devéé ;
Quant poins en fu, l'un l'autre ont espousé.
Ne vous sera par moi d'aus plus parlé,
Car plus avant n'en sai certaineté,
Ne quel fin prisent ne me fu ainc moustré
7635 A Saint Denis, de moine ne d'abé,
Ne n'i vorroie avoir riens ajousté
Fors que la droite certaine autorité.
Aucune gent dient par verité
Que puiscedi ot il crestienté
7640 Et creï Dieu, le roi de majesté,
Et ele aussi, ç'ont pluseur recordé.
Et Diex le vueille par sa douce amisté,
Et s'il ainc fist gent paienne bonté,
Plaire li vueille que il d'aus ait pité,
7645 Car se valoir i povoit loiauté,
Estre devroient devant Dieu corouné.
D'aus plus ne di fors tant k'ainsi graé
L'ait cil qui ot pour nous son cors pené.
Dou roi Charlon dirai et dou barné,
7650 Qui à joie erent à Roume la cité.

Oy avés com Karahues li frans
Parti de Roume, la cité bien seans,
Il et s'amie, la pucele avenans.
Quant entré furent es nés et es chalans,
7655 Si com l'estoire l'a esté recordans,
Tost après ce que d'iluec fu sevrans,
Fu li dux Namles à Charlon retornans,
Li dux Tierris et Ogiers li sachans,
Fagons de Tours et Richars li Normans,
7660 Joffrois d'Anjou, il et Hues dou Mans,
Et plusor autre dont n'iere or pas noumans,
Ne vous saroie pas estre devisans
Com chascuns ert pour Karahuel dolans,
Pour ce que estre ne volt obeïssans
7665 A la loi Dieu ne à ses sains coumans.
Maint en y ot qui à Dieu fu prians,
A jointes mains et à iex lermoians,
Que Karahues ne muire mescreans.
Charles meïsmes en fist mains souzpirs grans,
7670 Et le fu puis maintes fois regretans.

A Roume fu Charles li alosés
Et li barnages qui de lui ert amés,
Et il ert d'eaus tenus en tés chiertés
K'ains à nul jour nus qui fust rois clamés
7675 Ne fu de gent tant prisiés ne doutés.
En cele terre se tint, c'est verités,
Tant k'à leur droit ot les lieus restorés
Où devoit estre Diex servis et loés,
Car moult les orent paien mal arréés.
7680 Quant tout fu fait si k'as plusours fu grés,
Lors s'est rois Charles de ce pays sevrés.
De l'apostole fu convoiez assés,
De cardonnaus, de vesques et d'abés,
Car bien devoit par droit estre hounorés

7685 Li gentis rois, k'adès entalentés
Ert k'essaucie fust la crestientés;
De ce ne fu onques ses cuers lassés.
Mains granz souzpirs fu après lui getés,
A Damedieu fu souvent coumandés
7690 De tout le pueple environ et en lés.
     « Ha, Diex », font il, « peres de majestés,
     « Ce bon roi, Sire, longuement nous sauvés,
     « Si vraiement que-povoir en avés,
     « Car de tous biens porte en son cuer les clés. »

7695   Li apostoles tant le roi convoia
Que raisons fu et que drois aporta.
Quant poins en fu, arriere retourna,
Le roi Charlon au departir baisa,
En larmiant à Damedieu pria
7700 Que il li renge les biens que fais li a
Et gart tous ceaus qu'il aime et amera.
Leva sa main, et lors si les saigna,
Trestous ensamble à Dieu les coumanda.
Li bons rois Charles humblement l'enclina,
7705 En tel maniere l'uns de l'autre sevra.
 Li apostoles vers Roume s'en rala
Et l'ost Charlon vers France s'adreça.
Souvent gracient celui qui tout forma
K'achievé ont ce pour quoi vinrent là.

7710   Les os Charlon repairent liement
Vers douce France, le regné noble et gent.
En ce roiaume avoit adont tel gent
Qui pas n'amoient tant or fin ne argent,
Ne nul avoir, k'à guerroier souvent
7715 Ceaus qui n'amoient le roi omnipotent,
Mais cis usages va or moult malement,
Car ce à faire laissent legierement

Grant et petit partout coumunaument,
Dont c'est pitiez, ce sachiez vraiement,
7720 K'es plusours n'a meillour entendement.
Encor soit ce usé trop longuement,
Quant Dieu plaira, il ira autrement;
Plaire li vueille que ce soit courtement.
Moult moustre Diex grant amour clerement
7725 Ceaus cui il doune volenté et talent
De son servise enprendre apertement,
Sel deüst faire chascuns hastéement,
Car on n'i puet venir trop temprement.
De ce ne vueil parler plus longuement :
7730 Qui bien fera, sachiez certainement,
Il en aura le guerredounement;
Dou mal aussi aura son paiement.
Je vous feroie trop lonc detriement
Se de l'ost Charle disoie quelement.
7735 Chascuns revint vers son repairement.
Par leur jornées alèrent telement
Que à Paris prirent herbergement.
Reçeü furent et veü grandement,
Car esploitié avoient noblement.

7740 Repairié furent li nobile baron
De là où orent conquis le haut pardon
De quoi Diex a fait à trestous ceaus don
Qui prendre l'osent par tele entencion
Que de l'autrui n'aient fors par raison,
7745 Et qui en a pris par fausse ochoison,
S'il ne le rent, que le celeroit on ?
Je ne pris pas son voiage .i. bouton;
Miex li vaurroit remanoir en maison
Que lui lasser sans avoir guerredon.
7750 A .ij. mos vueil dire .i. certain sermon :
Cil qui n'amende en point et en saison,

En son vivant, la soie mesprison,
Tenir s'en puet trop à tart pour bricon.
Oy avez dou gentil roi Charlon,
7755 Qui preus et sages et loiaus et preudon
Fu en mains lieus, ainsi le tesmoigne on;
Pour ce en fist Diex son droit champion
Pour abaissier la fausse loi Mahon
Et pour haucier sa loi et son renon,
7760 Qu'il ne vouloit de l'autrui s'à droit non.
Si conseillier n'estoient pas garçon
Ne gent de nule vilaine estracion :
A conseillier avoit le duc Namlon,
Le duc Tierri et le bon duc Fagon,
7765 Joffroi d'Anjou et son neveu Huon,
Qui dou Mans tint tout le regne environ,
Le duc Richart et le vassal Guion
De Saint Omer, qui moult fu vaillans hon,
Huon de Troies et de Lengres Oedon.
7770 Par tele gent dont vous fas mencion
Doit rois entendre et savoir sa leçon,
Se il veut estre de valour et de non ;
Nient par vilain losengeour felon,
Car de vilain vilain conseil a on,
7775 Dont c'est meschiés que on croit lor raison
Plus que par droit croire nel deüst on.

A Paris fu Charles au cuer sené
O son barnage où moult ot de bonté ;
Repairié furent à joie et à santé
7780 Dou bon voiage où il orent esté,
Dont à tousjours doit estre en bien parlé,
Car telement s'i estoient prouvé
K'encor en est miex la crestienté
Et iert tousjours, de ce ne soit douté.
7785 Li bons rois Charles ot le cuer si douté

De courtoisie et de sens apensé
K'adès avoit en lui ensaielé
Le fait des bons, ne l'eüst oublié
En .c. m. ans, se tant eüst duré.
7790 Ce parut bien quant furent retourné
De ce voiage, si com j'ai devisé,
Car tant douna dou sien à grant plenté,
Terres et fiés, or, argent mounéé,
Chevaus, joiaus, environ et en lé,
7795 Que tout en orent, et estrange et privé,
Cil où droiture et raisons l'ot porté.
De ce vueil dire briément la verité :
Tant en fist Charles, li rois plains d'onesté,
Que drois en sot à largece bon gré.
7800 Pluseur s'en sont en leur païs ralé,
Riche d'avoir, d'ouneur plain et comblé,
Que s'en leur terre eüssent sejourné,
Espoir que mais n'eüssent recouvré
Le non que maint i orent conquesté,
7805 Dont à tousjours durent estre hounoré.
Pour ce sont cil sage et bien avisé
Qui leur afaire ont à ce atourné
Que de perece sachent estre eschievé,
Car en perece n'a riens fors mauvaisté,
7810 Ce pert à maint qui en sont arriéré.

Quant Charlemaines, li bons rois poëstis,
Ot departi as grans et as petis
Ses dons ainsi que je ci vous devis,
Vers son pays est chascuns revertis.
7815 Charles remest puis grant piece à Paris,
Tant que il ot ses coumans establis
Par quoi drois fust maintenus, car touz dis
Estoit à ce de cuer faire ententis.
O lui remest dus Namles li gentis,

7820 Et avoec lui li Ardenois Tierris,
Li dux Richars et Ogiers li marchis,
Hues de Troies et de Saint Omer Guis.
De tele gent estoit Charles servis
Et gouvernés, et il et ses pays ;
7825 N'est pas merveille se il monta en pris,
Quant de tel gent ert ses ostieus garnis.
Ogier moustra bien qu'il ert ses amis,
Car ses avoirs li fu à bandon mis,
Et li douna grant terre en Biauvoisis.
7830 De ce n'iert ore plus lons racontés dis.
Quant Charles ot ses dons paracomplis,
De toutes pars parfais et parfournis,
Si que n'en dut par droit estre repris
De chose nule dont i eüst mespris,
7835 D'aler vers Ais li est lors talens pris ;
Ainsi le fist, n'en fu lons termes quis.
Le premier jour ala à Saint Denis,
Et .ij. jornées fist de là à Senlis ;
N'aloit le jour que .v. lieues ou .vj.,
7840 Ainsi ala jusques en Cambresis.
Mains par la terre fu de cuer esjoïs
De sa venue et liez et esbaudis ;
Droit à Cambrai sejourna .xv. dis.

A Cambrai fu Charles li rois à droit,
7845 Or vous dirai pourquoi là sejornoit :
C'estoit pour ce que il savoir vouloit
Coument la terre iluec se gouvernoit.
A son povoir les tors fais adreçoit,
Par tout son regne li rois ainsi l'usoit,
7850 Droit à chascun à faire desiroit ;
Le torturier, là où il l'ataignoit,
Selonc son fait si li guerredounoit
Que à mesfaire chascuns en ressoignoit ;

Là où li rois à sejour s'arrestoit,
7855   De toutes pars chascuns i acouroit.
Là sot Ogiers premiers que morte estoit
Mahaus, qui tant d'amour fait li avoit
En sa prison que faire li povoit.
Charles vit bien au samblant qu'il faisoit
7860   Que à son cuer aucun meschief sentoit;
Lors li dist Charles que il savoir vorroit
Pour quel raison tel samblant demoustroit.
Ogiers li dist riens ne l'en celeroit;
Toute la chose li dist si qu'ele aloit,
7865   Et de l'enfant aussi li devisoit
K'ot de Mahaut, et moult de bien disoit
Dou chastelain, que raisons l'aportoit;
Et li dist bien que, se Mahaus vivoit
Et fust tout sien quanques li rois tenoit,
7870   Que il à fenme voulentiers la prenroit,
Car en couvent li ot, s'il eschapoit,
Que il vers li ainsi esploiteroit.
Charles l'oy, lors dist qu'il l'en prisoit
Plus que devant assés et plus l'amoit,
7875   Car loiauté ce faire li rouvoit.
Le chastelain moult très bon gré savoit
De ce c'Ogiers de lui tant se looit;
Lors dist que il errant li manderoit
Et de ces choses moult le mercieroit,
7880   Et pour s'amour li guerrèdouneroit
Toutes les fois que besoins l'en seroit.
De ces paroles Ogiers moult mercioit
Le roi Charlon, car ce moult li plaisoit
K'en tel maniere dou chastelain parloit.

7885   A Saint Omer fist Charles envoyer
Au chastelain, et il sans point targier
Vint à son mant, car nel devoit laissier.

Charles li fist joie de cuer entier;
De la bonté k'avoit fait à Ogier
7890 Le prist forment li rois à mercyer,
Et aussi fist dus Namles de Baivier.
Se veïssiez vers lui humelyer
Le bon Danois et à point souployer,
Bien deïssiez qu'il feïst à prisier.
7895 Le chastelain en prist à araisnier
Charles et dist : « Hue, je vous requier
« Que vous Ogier aiez de fin cuer chier,
« Car en lui a, bien le puis tesmoignier,
« Houme loial et sage et droiturier;
7900 « Et sachiez bien qu'il me dist dès l'autrier
« Que s'il avoit mon regne à justicier
« Ou plus assez, qu'il prendroit à moillier
« La vostre fille pour s'ouneur essaucier;
« Mais ele est morte, Diex vueille l'ame aidier !
7905 Dist Ogiers : « Sire, si me gart d'encombrier
« Li rois de gloire à mon greigneur mestier,
« Qu'il est ainsi que vous oi retraitier. »
Li chastelains en prist à lermoyer
Quant il oy Ogier si afichier
7910 Ce que disoit Charles o le vis fier.
Dist li rois : « Hue, ne vous chaut d'esmayer,
« Car je ferai vo neveu chevalier,
« Se en aage vient k'armes puist baillier,
« Et le ferai de grant terre iretier,
7915 « Se Diex me sauve, de ce n'estuet cuidier.»
Li chastelains s'ala agenoillier
Devant Charlon et l'en prist à baisier
Le pié, com cil en cui n'ot k'ensaignier.
Charles meïsmes l'en prist à redrecier,
7920 K'ainc plus courtois de lui roi ne princier
Ne vit nus hom, ne nul mains bobancier.

Li bons rois Charles moult de cuer hounera
Le chastelain, car raison l'aporta,
Car vaillans ert et preus de grant pieça,
7925 Et fins loiaus fu tant com il dura;
Et li rois Charles tousjours tel gent ama.
Li bons dus Namles moult forment hounora
Le chastelain des biens k'en lui trouva
Ogiers ses niés, k'en sa prison garda
7930 Quant li rois Charles à garder li livra,
Et li dist bien qu'il le desservira
Se lieus en vient, pas ne l'oubliera :
Cors et avoir, ce dist, pour lui metra
Entierement, que jà ne l'en faurra
7935 Toute sa vie, tant com il vivera,
En tous les poins que valoir li porra.
Li dux Tierris tout autel dit li a
Et pluseur autre baron qui erent là;
Pour ce c'Ogiers de lui tant se loa,
7940 Lui à servir chascuns li presenta.
Li chastelains les barons regarda,
D'aus mercyer à point pas n'oublia.
Quant poins en fu, au roi congié rouva.
Grans dons et riches li nobles rois douna
7945 Lui et tous ceaus k'avoec lui amena;
Au departir dux Namles le baisa.
Dusk'à Arras Ogiers le convoia,
De là endroit arriere retourna,
Au departir chascuns d'aus lermoia;
7950 De Bauduin, son fill, Ogiers pria
Ke on en pense, et quant ce escouta
Li chastelains, de parfont souzpira,
Car de sa fille Mahaut li ramenbra.
A Ogier dist qu'à ce ne pense jà,
7955 Car de trestout son cuer en pensera;
En merciant Ogiers l'en enclina;

Lors s'en parti, à Cambrai s'en rala.
En ce païs rois Charles sejourna
Tant com lui plot; après s'en dessevra.
7960 Le droit chemin d'envers Ais s'arrouta,
Hainau, Brabant et Habaing traversa,
L'aigue de Muese au pont à Tré passa,
Dusques à Ais li rois ne s'arresta,
Tous li pays grant joie demena,
7965 De sa venue chascuns Dieu gracia.

A Ais fu Charles, où souvent ot esté,
Car ce lieu ot tousjours li rois âmé;
Toute sa vie le tint en grant chierté.
Un pou à dire vous ai entr'oublié
7970 Que ne deüsse pas avoir trespassé,
Mais g'i arai assez tost rassené.
Ains qu'à Paris fussent cil rassamblé
Qui esté orent ou voiage hounoré,
Ot la roynne de Hongrie mandé
7975 Au roi Charlon par fine verité
Que Gaufrois ot envers li si ouvré
Que l'en devoient à tousjours savoir gré
Tout si parent et cil de s'amisté,
Car à sa gent s'erent Coumain mellé;
7980 Par force fussent en son pays entré
Et l'en peüssent grant pan avoir gasté,
Mais li Danois ot le pays gardé
Et desfendu contre aus, et si tensé
Qu'il lui perdirent vaillant .i. œf pelé,
7985 Et des Coumains fist tel mortalité
K'en moult lonc tans ne furent recouvré.
Et coument furent si message arréé
Quant de leur barbes furent desfiguré,
Sot premiers Charles là la certaineté,
7990 Et que morte ert cele qui l'ot brassé,

Car ens es briés c'on li ot aporté
De par s'antain, fu ainsi devisé
Com la duchoise l'ot fait par fausseté.
De ces nouveles orent joie mené
7995 Charles et cil dont je vous ai parlé.
Ogier l'ot Charles maintes fois recordé
Et mercié souvent et acolé,
Et Ogiers Dieu en ot de cuer loé.
A Ais n'ot gaires rois Charles demoré
8000 Quant mander fist Gaufroi en son regné,
Et il i vint, qu'il n'i a arresté,
Et Charles l'a moult de cuer hounoré
Et festyé de bonne volenté.
Contre son pere avoit Ogiers erré
8005 .II. jours avant qu'il l'eüst encontré,
Com cil qui ot cuer sage et bien douté
Et en tous lieus de tous biens avisés.
De lié cuer l'ot ses peres regardé,
Car de ses fais savoit jà la purté,
8010 Et coument l'ot rois Charles adoubé
Et pour s'amour son mesfait pardouné.

En tel maniere que je ci vous devis
Vint à Charlon Gaufrois de son pays,
Hounorés fu dou roi et conjoïs;
8015 Bien moustroit Charles, li rois de saint Denis,
Que amé erent de lui il et ses fis.
Grant joie en fist dus Namles li hardis
Et pluseur autre, nus n'en fu alentis.
Ains que li rois se fust de là partis,
8020 Vint de Hongrie la royne gentis
Veoir Charlon, ce laissast à envis,
Et uns siens fils qui avoit non Henris;
N'avoit encore pas .xvj. ans acomplis,
De son aage estoit grans et fournis,
8025 Biaus et courtois fu moult, et bien apris;

Grant joie en fist Charles li poëstis,
De leur venue fu liés et esbaudis.

Li bons rois Charles, qui moult fist à prisier,
Fist de s'antain joie de cuer entier.
8030 Quant la royne vit Charlon au vis fier,
Que tant devoit amer et tenir chier,
De fine joie en prist à lermoyer :
« Sire », fait ele, « bien doi Dieu gracyer
« Quant je vous voi sain et sauf repairier
8035 « De là où ont esté tant preu guerrier
« Qui Dieu ne croient le pere droiturier ;
« Bien avez fait leur grant orgueil plaissier
« Et leur beubant confondre et abaissier,
« Dont bien avoit sainte eglise mestier. »
8040 — « Ante », dist Charles, « or sachez sanz cuidier
« Que Diex l'a fait pour s'ounour essaucier.»
S'antain ala rois Charles embracier ;
Devant lui lors se prist à genoillier
Henris ses niés en cui n'ot k'ensaignier ;
8045 Li gentis rois le rouva redrecier
Et lors l'ala acoler et baisier.
Or vous dirai de Namlon le Baivier,
Li cui sens fist mainte gent avancier.
Il s'avisa que de la suer Ogier
8050 Et de Henri porroit on bien traitier
Tel mariage c'on deveroit prisier ;
Tantost l'ala roi Charlon acointier.
Si tost que Charles l'en ot oy raisnier,
Ot de la chose faire grant desirrier ;
8055 Li rois meïsmes l'ala s'antain noncier,
Il et dux Namles n'en vorrent detryer.
Constance dist ne s'en doit conseillier ;
Puisk'au roi plaist, bien s'i doit otroyer
Que ses fils ait fille de tel princier

8060 Com est Gaufrois, k'en lui a chevalier
C'on ne devroit pas meilleur souhaidier.

Quant Charles ot oy s'antain parler
En tel maniere que m'oez deviser,
Bien vit que ele vourroit dou tout gréer
8065 Ce que à li plairoit à coumander.
Lors se coumence li rois à aviser
Qu'ele et Gaufrois erent à marier
Et c'on porroit bien aus .ij. assambler
Et que c'ert chose c'on devroit bien loer
8070 Et l'un et l'autre, pour la chose amender.
S'antain le prist tout errant à moustrer,
Et la royne prist .i. pou à penser;
En souzpirant dist au roi que véer
Ne vorroit riens que vousist arréer.
8075 « Dame », dist Namles, « se Diex me puist sauver,
« Plus loial prince ne porroit nus trouver
« Com est Gaufrois, deçà ne delà mer,
« Et de prouece sont clersemé si per. »
— « Namles », fait ele, « ce me doit bien sambler. »
8080 Le duc Gaufroi fist rois Charles mander,
Lui et Ogier; et il sans demorer
Vinrent au roi, ne vorrent arrester;
Bel et à point le sorent saluer.
En une chambre les alèrent mener
8085 Charles et Namles pour ce amonester
Qui leur estoit legier à achever.
Charles leur prist la chose à deviser
Des mariages qu'il vouloit ordener.
Dist Gaufrois : « Sire, ne m'en doi descorder,
8090 « Ains vous en doi à tousjours mercier;
« Les mariages vueil andeus creanter. »
Que vous feroie la besoigne durer?
Entre aus se prirent si bel à acorder,

Ains que de là vousissent dessevrer,
8095 Que il ne tint mais que à l'espouser.

Quant Charlemaines ot fait l'ordenement
Des mariages trestout à son talent,
A Gaufroi dist que il apertement
Fesist mander sa fille isnelement.
8100 Dist Gaufrois : « Sire, à vo coumandement. »
— « Voir », dist Ogiers, « g'i irai vraiement,
« Et l'amenrai, se je puis, courtement. »
— « Certes », dist Charles, « et dou tout m'i assent,
« Tousjours avés de ce faire talent
8105 « Qu'il apartient, sans autre ensaignement. »
Ogiers dou roi à ce mot congié prent,
Et de Constance, la royne au cors gent,
Et de son pere et son oncle ensement.
Se vous faisoie jà .i. lonc parlement
8110 De leur devises, de leur arréement,
Je i porroie metre trop longuement;
Pour ce m'en passe outre legiereme nt.
De là parti Ogiers au plus briément
Qu'il onques pot et au plus courtement;
8115 En Danemarche s'en vint hastéement,
De sa suer fu veüs moult liement
Et acolez et baisiez moult souvent.
A grant merveille l'esgardoient la gent
Pour sa prouece, dont li renons s'estent
8120 Plus k'ains ne fist d'oume de son jouvent;
Dieu gracioient le pere omnipotent
De ce que il prouvez s'ert telement.
Grant joie en firent et ami et parent,
Dont il avoit en pluseurs lieus granment;
8125 A sa serour moustra courtoisement
Ce pour quoi ert là venus et coument.
Et la pucele respondi telement

Que doit respondre fenme d'entendement,
En cui sens a pris son herbergement.
8130　De leur besoigne trestout l'estorement
Firent si bien qu'il n'i failli nient.

　　Quant Ogiers ot sa besoigne arréée
Bel et à droit et à point ordenée,
A grant plenté de gens de renoumée
8135　Sont esmeü à une matinée,
Il et sa suer, Flandrine la senée.
A Damedieu fu souvent coumandée
La damoisele, car de tous ert amée.
Dusques à Ais ne firent arrestée.
8140　Contre li vint plus d'une grant liuée
Namles, qui l'ot baisie et acolée.
Contre li vinrent gent estrange et privée;
Gaufrois i vint et cil de sa contrée;
Li dux Tierris à la chière menbrée
8145　Et li dux Namles ont Flandrine adestrée.
Li palefrois sor quoi ele ert montée
Estoit plus blans que n'est nois sor gelée;
Gentement sist sor la sele afeutrée,
Qui moult estoit richement façounée;
8150　Li frains ert d'or, d'uevre très afinée;
Ne vous aroie à pièce devisée
La riche estofe dont ele ert acesmée.
A grant merveille fu de tous esgardée
La damoisele, qui plus bele ert que fée;
8155　Plus estoit blanche que nule flour de prée,
Et plus vermeille que n'ert rose arousée.
De ce n'iert ore plus parole acontée;
Devant Charlon fu la bele amenée,
Qui l'a de cuer grandement hounorée.
8160　Que vous diroie? Au moustier fu guiée
Pour espouser, quant ele fu parée.

Blont ot le chief, à point fu galounée;
Une coroune très richement ouvrée,
Qui de rubis estoit avirounée,
8165 Ot la pucele deseur son chief posée.
La chose fu si faite et ordenée
Que Gaufrois a la royne espousée
Qui de Hongrie estoit dame clamée,
Henris Flandrine, à bonne destinée.
8170 Grans fu la feste de la leur assemblée,
Onques n'i fu chose nule oubliée
K'à roial feste couviengne estre estorée.

En tel maniere que vous oy avés
Furent les noces, dont bien savoir povés
8175 C'ouneurs i fu faite de tous costés,
Puisque li rois Charles s'en ert mellés,
Car d'ouneur faire fu tousjours avisés,
N'onques n'en pot estre bien saoulés,
Tant en estoit grande sa volentés;
8180 De ce n'iert ore plus lons plais demenés.
Tant fu li rois à Ais qu'il li fu grés,
Et après ce, s'en est d'iluec tornés;
Droit à Couloignes s'en est errant alés.
Là s'est Gaufrois dou roi Charlon sevrés,
8185 Constance aussi et Henri li senés,
Flandrine, en cui manoit toute bontés
Et courtoisie et parfaite biautés;
L'uns fu de l'autre là à Dieu coumandés.
De leur congié, coument il fu rouvés
8190 A roi Charlon ne coument fu gréés,
A ceste fois par moi plus n'en orrés;
Si à point fu fais et pris et dounés
C'onques n'i fu nus devoirs oubliés.
Avoec Charlon est Ogiers demorés,
8195 Car moult s'en fust à envis consirrés.

16

Ici endroit est cis livres finés
Qui des ENFANCES OGIER est apelés;
Or vueille Diex que il soit achevés
En tel manière k'estre n'en puist blasmés
8200 Li Rois Adans par cui il est rimés.

Oy avés de Charlon le guerrier
Et de Namlon son loial conseillier,
Dou duc Tierri d'Ardane au cuer entier,
Et de maint autre dont on doit bien pryer
8205 A Damedieu qui tout a à baillier,
Que à lui plaise leur ames à aidier,
Car bien moustrèrent qu'il orent desirier
De lui servir quant il en ot mestier.
De ceste estoire or plus parler ne quier;
8210 Diex doinst c'uns autres vueille ce embracier
Que au parfaire se vueille estudier,
Car ci endroit le me plaist à laissier.
Li bons Danois fist puis maint destourbier
En pluseurs lieus sor la gent l'aversier.
8215 Ci vous lairons des enfances Ogier
Qui teles furent, qui droit veut tesmoignier,
C'on les doit bien à tousjours mais prisier
Et recorder, pour les bons ensaignier
Le droit chemin c'on ne puet esprisier,
8220 Car on i puet, ce sachiez sans cuidier,
L'amour de Dieu et hounour gaaignier.
Bon fait tenir la voie et le sentier
Là où on puet desservir le loyer
De faire s'ame à ceaus aconpaignier
8225 Qui se laissièrent pour Dieu martiryer.
Ce livre vueil la royne envoyer
Marie, cui Jhesus vueille adrecier
De ce chemin tenir sans forvoyer.
Ci explicit, Diex le vueille octroyer! Amen.

Expliciunt les Enfances Ogier le Danois.

NOTES, RECTIFICATIONS & ERRATA

—⋈—

1   *Son affaire arréer,* régler sa conduite.

3   « C'est œuvre charitable que d'enseigner le bien. » Le *le*
caché dans *dou* est ici l'article défini du subst., régime
de l'infinitif; la tournure équivaut à « d'amonester le
bien »; cp. 14, *dou tans passer,* de passer le temps. —
Il en est de même des combinaisons *des* et *as* : c'est
ainsi que *as ruistes coups donner,* v. 949, doit se tra-
duire par : à donner les rudes coups.

5   *Ot,* entend; au subj. *oit,* 3916.

6   *Deviser* a des sens multiples, découlant tous de l'idée pre-
mière diviser, démêler, détailler, discerner; j'ai re-
marqué dans notre poëme les acceptions suivantes :
dire, raconter (c'est celle du vers présent), discuter,
délibérer (177, 1630), stipuler (205), décerner, assi-
gner (673), indiquer (2214), diviser, répartir (568,
652).

9   *Pour... à conquester;* pour l'insertion de *à* devant l'infi-
nitif, quand cet infinitif est séparé de la préposition
dont il dépend, par un régime ou un adverbe, voy.
mon Glossaire de Froissart, aux mots *pour* et *de.*

Cp. 407 *pour lui à pendre,* 2157 *de ce à faire,* 5562 *à
ce à faire,* 6549 *De son samblant à veoir fu pités;*
6811 *de la requeste à achever;* 4345 *sanz nous à par-
jurer.* — Je renvoie également à mon Glossaire de
Froissart à l'égard de la combinaison *pour à* = sous
peine de, que j'ai rencontrée v. 2285 *Pour à morir,
ce dist, n'en faussera;* cp. 1693.

11 *Sevrer* (= lat. separare), à l'actif, séparer, diviser (560),
au neutre, se séparer, partir (657). Même conversion
de sens que dans le mot *partir.* — *Maint paien* est
un datif.

13 On a fait un reproche à Adenès d'avoir traité avec tant de
dédain ses devanciers, au point de vue tant du fond
que de la forme de leurs récits; mais on perd de vue
que les observations que se permet ici notre trouvère
ne sont autre chose qu'une manière habituelle d'entrer
en matière et ne justifient nullement l'accusation de
présomption qu'il s'en est attirée. Nous trouvons
ainsi au début de la Destruction de Rome (Romania,
II, 6) :

> Niuls des altres jouglours k'els le vous ont contée
> Ne sèvent de l'estoire vailant une darrée,
> Le chanchon ert perdue et le rime fausée.

L'auteur du Doon de Mayence se plaint de la même
façon des jongleurs et de leur négligence à l'égard
de la vérité (p. 1) :

> Chil nouvel jougleor, par leur outrecuidanche,
> Et pour leur nouviaus dis, l'ont mis en oublianche;
> Mès jà orrés comment cheste canchon commenche
> Selonc la vraie ystoire que trouvon à pleisanche.

Notre poëte a inséré les mêmes reproches dans son
introduction de Berthe aus grans piés (str. 1).
Citons encore Raimbert, l'auteur présumé de la

Chevalerie Ogier de Danemarche, celui même qui a fourni la principale matière à Adenès; en commençant sa onzième branche, il s'écrie sur le même ton :

> Cil jogleor, saciés, n'en sèvent guere,
> De la canchon ont corrompu la geste ;
> Mais jel dirai, ben en sai la matere (11859).

14 *Faire force* de qqch., en faire cas, s'en soucier; cp. Cléomadès, 6954 Ne feroit force dou celer. Notre auteur construit aussi ce terme avec *à;* ainsi dans Cléomadès 7323 : Ne fist force à la mort celui; cp. Baud. de Condé, p. 31, v. 17 :

> Car il n'est mais nus qui i cure,
> Ne face force aux biaus examples;

Jean de Condé, I, 83, 51; 110, 95 (Et pau fait on à iaus de force) ; 266, 40.

16-17 *Mesurer,* comme *compasser,* exprime l'idée d'ordre, de proportion, d'harmonie.

18 *Enarmer,* emmancher, ici au figuré. Au propre, le verbe se dit particulièrement du chevalier qui passe le bras par les courroies du bouclier dans l'attente du combat; il est le primitif du subst. *enarme,* courroie de bouclier (v. 2638), voy. le Glossaire de Gachet. Le mot vient du lat. *armus,* all. *arm,* bras. — *A leur droit,* convenablement, comme elles le réclament.

21 *Sans point de* pour *sans* tout court revient souvent, cp. v. 95.

23 *Assener,* parvenir, atteindre.

25 *Ber,* selon la règle stricte, ne s'emploie qu'au sujet; au régime, il faut *baron* (1088); la même négligence se remarque v. 506 et ailleurs.

27 *A son droit,* à son état véritable.

29 *Celui* est le régime de *plaist.* — Notez le régime direct de la personne joint au verbe *refuser;* il est conforme à

la valeur étymologique de ce mot, qui est repousser, débouter.

36 Au début de Berthe aus grans piés, Adenès nous apprend qu'il a fait le même voyage à Saint-Denis dans l'intérêt de la vérité de son poëme; le *courtois moine* d'alors s'appelait Savari. — « Au treizième siècle, dit M. Léon Gautier, à l'époque des premiers remaniements de nos chansons de geste, il fut de bon ton d'annoncer, au commencement de chaque poëme, qu'on avait trouvé la matière de ce poëme dans quelque vieux manuscrit latin, dans quelque vieille chronique d'abbaye, surtout dans les manuscrits et dans les chroniques de Saint-Denis. On se donnait par là un beau vernis de véracité historique. Plus les trouvères ajoutaient aux chansons primitives d'affabulations ridicules, plus ils s'écriaient : « Nous avons trouvé tout cela dans un vieux livre. » Nous pourrions citer vingt exemples de ces singuliers avertissements. » (Épopées françaises I, 87.)

41 *Ouvrer* de qqch., y appliquer son travail.

43 *Riens;* l's final de ce mot est l'effet d'une habitude prise d'écrire *rien* substantif de la même façon que *rien* adverbe.

47 *Dant,* p. *dan, don* (dominus); le *t* est anti-étymologique, comme dans *tirant, faisant.* — On ne sait rien sur la personne de ce don Nicolas de Rains; c'est sans doute un personnage fictif.

60 *Si que* se lie au verbe *avint* du v. 57.

61 *Devers,* ici = lat. ex; cp. 1374 *qui devers Ais vient.*

67 Il faudrait ici *antain,* la forme normale du régime, cp. 153 et 208.

80 « En cui n'ot qu'ensaignier », en qui il n'y eut rien à enseigner. Dans cette formule et ses analogues, le *que* est le lat. quid, comme dans : je ne sais *que* faire. Il ne faut pas la confondre avec la suivante, où le sens

tourne au contraire et où *ne... que* est l'équivalent de seulement, rien que : *en aus n'ot qu'esmaier* (v. 921, cp. 1056, 2015, 4536).

85   *Bien* est une faute typographique pour *biau*, adv. = belle-ment. — *Acointier,* ici faire connaître, communiquer; nous rencontrons plus loin le même verbe avec le sens de prendre connaissance; par une conversion de sens analogue, notre mot *apprendre,* discere, est aussi devenu synonyme de docere; c'est ainsi encore que *desservir* et *merir* signifient à la fois mériter et ré-compenser.

89   L'omission du régime pronominal *le* devant le datif *li* ou *lor* constitue un des idiotismes les plus saillants de l'ancienne syntaxe; cp. vv. 149, 289, 691, 943, etc.

92   *Metre,* dépenser, sacrifier.

95   L'adv. *errant,* aussitôt, est employé de concurrence avec *erramment.*

99   *Seror,* cas - régime; *suer* (prononcez *seur*), cas - sujet, v. 106.

100   *Raisnier,* parler; dérivé de *raison,* parole.

109   *Bontés,* vertus; *mauvaistés* (v. 111), vices.

110   Lisez *ert* p. *est.*

111   D'après Raimbert 115, cette marâtre s'appelait Belissent.

113   *Alever,* exalter, priser, cp. 3710.

123   *Abosmé,* attristé, abattu. Diez tient l's pour intercalaire et explique l'origine du mot par *abominatus,* au sens de « qui a en abomination ».

125   *De par sa terre,* dans toutes les parties de son domaine; telle est la valeur de la formule *de par;* cp. 400.

127   *Teus,* sujet masc. sing. et régime pluriel de *tel;* cette forme alterne avec *tés* (137).

130   *Tous aprestés;* on voit que *tout* est traité en adjectif et non en adverbe; nous faisons encore de même devant un féminin.

135   *Passer,* verbe neutre (conjugué avec l'auxiliaire *être*),

joint avec l'accusatif *l'aigue dou Rhin,* n'est pas plus
étrange que quand nous disons *il est remonté le
fleuve.*

138 *Escouter* ⹀ entendre.

144 *A la chiere menbrée,* sur cette épithète-cheville, voyez
Gachet.

145 *Eschiver* la voie, se détourner de son chemin, cp. 981.

153 « La tante de [celui qui est] la fleur des rois renommés. »
Flour est un génitif.

154 *Desfaé,* infidèle, rénégat; le type est *disfidatus,* et sa re-
production exacte est *desfeé;* le changement de *e* en *a,*
en syllabe atone. se produit souvent; cp. *gréer* et
graer, dehait et *dahait.* — Raimbert emploie la forme
desfié ⹀ renié (3059).

158 *Avoir durée,* être de force à résister.

162 *Iert,* sera; à distinguer de *ert,* était.

170 *Frais,* nom. sing. de *frait* (fractus), rompu; participe
de *fraindre* (frangere) 855.

172 *Testée,* coup de tête, entêtement.

181 *L'uevre,* l'affaire.

195 Sur *Pohier* (Picard), voy. Gachet vº *Phohier.*

197 *A son chois,* selon son désir.

198 *Seur son pois,* contre sa pensée, contre son gré. Sur cette
locution, voy. ma note Baudouin de Condé, p. 439, et
Jean de Condé I, 395.

213 *Comfait,* quel, corrélatif de *sifait,* tel.

216 *S'en passa* peut se traduire ou par s'en tira, ou par se
contenta, mais dans le dernier cas, le sujet du verbe
est Charles et non pas Gaufroi.

222 *Taille,* apparence extérieure, figure.

234 *L'enfes,* cas-sujet de *l'enfant.* Cette orthographe *enfes*
ne fait aucun doute parmi les philologues qui ont fait
de l'ancienne grammaire une étude quelque peu
approfondie; mais comme on voit encore toujours des
éditeurs de vieux textes s'obstiner à écrire *enfès,* je

chercherai à les convaincre de leur erreur en leur
soumettant les deux vers suivants, extraits de la
Chevalerie Ogier de Danemarche, où la coupe de
l'hémistiche démontre péremptoirement le caractère
atone de la syllabé finale du mot *enfes* :

Sire, dist l'enfes, | nobile chevalier (v. 134) ;
Que puet cis enfes | se Gaufrois l'a boisié (v. 142).

236 *Encouvenancier*, promettre, synonyme de avoir *en cou-
venant* ou *en couvent*.

238 « Il le mettra hors de toute responsabilité pour les
risques qu'il court. »

244 *De saison*, de bonne heure, prématurément (?).

251 *D'une chançon*, de la même chanson.

254 *Arçon*, archet. Notre mot *archet* remonte toutefois au
xive siècle (voy. Littré).

259 *Pardon*, don, grâce.

265 Le séjour d'Ogier à Saint-Omer, autrement amené par
Raimbert, ne dure que quelques jours dans le poëme
de celui-ci ; Adenès lui prête une durée de trois ans.
La liaison formée entre le jeune prisonnier et la fille
de son gardien reçoit par là un caractère plus digne,
et la naissance du bâtard Baudouin est fondée sur
des relations prolongées plutôt que sur un mouve-
ment passionné lors d'une première entrevue.

276 Voici ce que, dès la mention de la naissance de ce Bau-
douin, Raimbert nous annonce sur sa mort :

A Loon fu puis au peron tués ;
Là li dona Callos le cop mortel,
Si com juoit as eskés et as dés ;
Là le feri d'un rok par tel fierté
Qu' andus les elx li fist du cief voler.
Por ce quelli Ogier si grant fierté
Du far de Rome dusqu'à Diepe sor mer
En fist le resne esciller et gaster (89-96).

Le récit même de la mort du fils d'Ogier forme le
début de son deuxième chant (vv. 3120 et suivants).

285 *Chasé,* vassal, fiévé; voy. le Glossaire de Gachet, sous
casement.

288 *A demoré;* le sujet est *Charles.*

290 *Message,* messager, bas-lat. missaticus, alterne avec *més,*
lat. missus (v. 306), et avec notre forme actuelle
messagier (350).

295 *De Gaufroi... mie* est analogue à notre « pas de Gaufroi ».

296 *Dahé = dahait, dehait,* contraire de *hait* (bonne santé,
bonheur). Voy. l'étude consacrée à ce mot par Ga-
chet, p. 113.

298 *Aé,* âge; ce mot reproduit très correctement le thème
latin *aetat;* d'abord *eët, eé,* puis par dissimilation *a-é*
(cp. *desfaé* p. *desféé*).

300 *S'apenser,* se mettre en tête.

303 *Ducheé,* duché; sur cette ancienne forme du mot *duché,*
voy. mon Glossaire de Froissart.

· 304 *Diverseté,* perversité.

307 *Rere,* raser, reproduit correctement le lat. *radere;*
partic. *rés = rasus.*

310 *Manaie,* protection, grâce, merci; aussi *manaide;* subst.
verbal de *manaider, manaier,* protéger, épargner;
litt. *manu adjutare;* donc, ajoute Diez, une composi-
tion analogue à *mantenere, mallevare, mamparar.*

318 Mettez une virgule après *Dieu.*

· 319 « Je ne conseille (*lo*) pas de demeurer longtemps. »

321 Ellipse de *que* devant la proposition dépendante de *dites;*
ce tour syntaxique très-commun de l'ancienne langue
se représente fréquemment dans notre poëme. Je l'ai
noté après *dire* aux vv. 1569, 4651, 7119 et 7863;
après *voir* 1236, 6255, 6873, après *cuidier* 1261, après
moustrer 5430, après *desirer* 1828, après *voloir* 4889,
après *jurer* 3817, après *prier* 4320, et après *croire*
1617 (*ce croi avons trouvé*).

321 *Nel crient un espi de forment* (froment); ces façons de
périphraser la négation *ne...mie* ou *ne...guères* se
présentent abondamment dans le poëme. Les termes
que nous avons recueillis pour exprimer ce que nous
rendrions par « pas grand'chose » sont, outre celui de
notre vers : *la monte* (valeur) *d'un festu* 365, 1422,
2366, la monte d'un *denier* 4005, 5784, la monte
d'une *astele* 5968, la montance d'un *gant* 7589, la
toile d'une araigne 5641, la *keue d'un maslin* 4801, la
plume d'un poucin 5954, une *feuille d'iere* (lierre) 5439,
le *rain* (rameau) *d'un olivier* 5783, un *rainsel de
feuchière* 5440, un *dé* 1647, *un festu* 5806, *deux
festus* 2955, *un oef pelé* 7984, *deus oes pelés* 4062,
6938, un *roumoisin* 4800, 5953, un *bouton* 7747, une
maaille 5406, une *paille* 5421, une *escaille*, 5419, une
eschaloigne 5457, une *chastaigne* 5640, une *cenele*
5967, vaillant *deus paresis* 6069. Les poëtes en avaient
de réserve pour toutes les rimes.

324 « Des promesses qu'il lui a faites », litt. promises (*avoir
en couvent* = promettre).

329 *Encroer*, litt. pendre au *croc*, type latin *incrocare;* voy.
Gachet.

332 *Oirre*, voyage, forme secondaire de *erre*, ancien milanais
edro; subst. verbal de *errer*, qui représente lat. *iterare*
(faire du chemin, *iter*). La diphthongue *oi*, en syllabe
accentuée, est conforme à la règle (cp. *bibere, boivre,
boire*).

334 *Granment*, longtemps.

342 *Mien escient*, à mon avis, je pense.

343 *Qui* = si on. — L'*ounour*, les magnificences ; cp. v. 815
N'i vousist estre pour l'or de Bonivent (Benévent).

349 *Ke* = car.

350 *Descendre à pié*, mettre pied à terre ; généralement *des-
cendre* tout court (1022).

351 *Irascu*, participe du verbe *iraistre*, lat. *irasci*.

352　*Souplement,* tristement.

359　Lisez *fussoumes* (fussions).

361　*Abatre,* rabattre.

369　*Acroire,* emprunter, prendre ou recevoir à crédit ; ici pris figurément au sens de contracter une dette ; *sor grief gage,* sur une créance qui leur reviendra cher ; cp. 4733.

375　*Sel = si le* (et le).

380　*Mainent,* lat. *manent,* demeurent.

382　*Par nage,* litt. en naviguant.

384　*Essoigne,* empêchement ; *malage,* maladie.

385　*Estage,* pour lieu d'arrêt ; *maistre estage,* quartier-général.

391　Ce changement de *en* en *à* (*n'à bourc n'a vile*) n'est peut-être pas le fait de l'auteur ; *remanoir,* dans le sens qu'il a ici (rester en arrière, manquer, ne pas se faire) demande à être lié par *en* avec la chose *en* laquelle gît la cause de l'empêchement.

393　*Treüage,* forme extensive de *treü;* pour ainsi dire *tribu-tage ;* cp. Cléomadès, 8430.

396　*Plege,* gage, garantie.

405　*Gaufroi* est un datif.

408　*Plaidier,* juger, prononcer l'arrêt.

409　*Cuidier* exprime très souvent la simple supposition opposée à la certitude ; il devient ainsi synonyme de douter ; cp. *ce sachiez sans cuidier* (916), cheville fréquente chez les trouvères.

411　*Touchier,* avec le datif, aller au cœur.

413　*Remest,* défini de *remanoir,* rester.

418　*Prirent,* se mirent, commencèrent.

420　*Destourt,* 3e pers. sing. du subj. prés. de *destourner,* préserver.

424　*Araisnier,* araisonner = *aparler,* lat. alloqui.

426　*Nel = ne le;* cp. *sel.* — *Noier,* nier.

428　*Lanier,* cruel ; distinct de *lanier,* paresseux, lâche, voy. v. 933.

430 *Respitier,* pr. donner du répit, épargner.

433 « Faites le lui transmettre (litt. amener, conduire) par vos engins. »

436 *Detrier,* tarder, ici gagner du temps.

440 L's de *conseils* est une faute typographique; la grammaire et le manuscrit s'y opposent.

441 *Avoir mestier,* rendre service; ailleurs avoir besoin (69).

442 « Eût il encore », proposition hypothétique.

450 *Charche* = charge, confie; cp. *revenchier* p. *revenger.* — *Kanque,* tout ce que, litt. *quantum quod.*

451 Ms. 1632 : *tout ce que.* — *Mesfaire* a ici la valeur de *fourfaire,* perdre par forfaiture.

454 Vers omis dans 1632; il est, en effet, inutile.

461 *Ajourner* qqn., lui fixer jour.

462 *Nes* = ne les, cp. 545.

464 *Que uns, que autres,* formule équivalente à « de toutes les espèces ».

465 Ms. 1632 *les a on bien esmés.* — *Aesmer* est un composé de *esmer* (604, 1982), et ce dernier, la francisation exacte du lat. *æstimare;* donc un doublet de *estimer.*

466 *Loins; s* adverbial; cp. l'adv. *premerains* (521).

468 On voit le verbe *irer* tantôt dans les tirades en *er* (116), tantôt dans celles en *ier* (444).

472 Ms. 1632 *courtois* p. *vaillans.*

481 *Estache,* pr. pilier, pilot, fig. soutien. — On connaît l'ancienne valeur de *fin* : vrai, parfait.

490 *Desbareté,* pr. désillusionné, désespéré, puis = *desconfit,* mis en confusion, en déroute.

493 *Chiet,* de *cheoir ,* comme *siet* de *seoir.*

498 « Que pitié vous en prenne »; *prendre,* dans cette acception, régit le datif (nous disons encore « il *lui* prend une envie »).

499 *Mais* = plus; cp. 615.

503 *Estrainst,* serra, lat. *strinxit;* cp. *çainst* (lat. *cinxit*) de *çaindre,* et *poinst* (*punxit*) de *poindre.*

514 Ms. 1632 a *Huon* p. *Hoël*, et *Montcler* p. *Valcler*.

518 Ms. 1632 *couvient à remuer* (changer).

524 *Osteler,* héberger.

527 *Se vanter,* se tenir pour assuré ; cp. v. 1363.

538 *Le laissier ester,* locution fréquente, laisser la chose comme elle est, y renoncer.

547 *Si fait,* tel.

552 Ms. 1632 *forment Dieu gracia.*

556 *Par tel couvent,* sous telle condition.

568 *Conroi = bataille,* division de troupes, bataillon.

584 *Regné,* royaume, d'un type latin *regnatus* (analogue à *ducatus, comitatus*).

598-99 Ms. 1632 *vous, vos,* p. *nous, nos.*

610 *Vouer,* faire vœu ; cp. 774.

621 *Gouverner,* entretenir, alimenter.

623 *Estre remué* d'un lieu, le quitter.

624 *Si =* jusqu'à ce que ; cp. vv. 775, 1437, 3583. Voy. sur cette valeur de la particule *si,* mon Glossaire de Froissart, et Bormans, Observations sur le texte de Cléomadès, pp. 129 et suiv.

632 Ms. 1632 *Il ne seroient.*

633 Mss. 1471 et 1632 *c'est ce que j'ai douté. — Fouir,* forme picarde de *fuir,* cp. 1493 et Cléomadès, 9935. — Suppléez *que* au commencement du vers. — L'ellipse de la conjonction *que* (lat. quam) après *tant* ou *si* est un fait commun, cp. 951, 2789, 3142, 3371 ; de même après *tel* 2793 et après *plus* 5313, 5414, 5983.

643 *Aigre,* dans l'ancienne langue, est synonyme de vif, ardent, acharné.

651 *Com faitement,* de quelle manière.

653 *De bon escient,* sagement.

656 *Ajournée,* lever du soleil.

665 Ms. 1632 *sur une anste fermée* (fixée).

667 Lisez *ert* p. *est.*

668 *Broingne,* cuirasse, prov. *bronha,* bas-lat. *brugna;* du
vieux haut-all. *brunja,* même signification, dérivé de
brinnan, brûler, briller.

676 *Car,* particule exhortative.

679 *Route,* troupe.

685 *Gerrai,* futur de *gesir.*

686 *Formé,* bien formé; cp. *faitis,* bien fait.

693 « Il lui aurait mieux valu. » *Enbuer,* enchaîner, de *buie,*
chaîne. — Raimbert de Paris 445 : *Mis* (mieux) *li
venist qu'il le laissast ester.*

695 *Par bonne destinée,* sous d'heureux auspices.

697 *Duit,* instruit, expert.

703 Ms. 1632 *venue et arréée.*

707 Ms. 1471 *no François.*

710 *Pourchacier,* se procurer.

714 Ms. 1632 *Et jurent Dieu.*

715 *Adrecier,* redresser un tort, en prendre satisfaction.

718 Ms. 1632 *Que il seroient ce jour mesaaisié.*

721 *Huchié,* v. 741 *crié.*

750 *Abriévé,* prompt, rapide, épithète fréquente de cheval ;
aussi *abrivé,* prov. *abrivat.* L'explication étymolo-
gique par *abreviare* (abréger), qu'on trouve dans
Gachet, ne peut être admise. Le mot vient, comme
l'a très bien établi M. Diez, du subst. ital. esp. port.
brio, prov. *briu,* v. fr. *bri,* vivacité, force, courage;
d'où le verbe prov. *brivar, abrivar,* hâter. Quant à
brio, M. Diez se prononce pour une origine celti-
que et cite l'anc. irlandais *brig,* gaél. *brigh,* force,
vie.

751 La forme *elme* (p. *hiaume*) est exceptionnelle dans notre
manuscrit.

754 *Penel,* pennon.

760 Dans un article de la Romania (II, 329) consacré à
l'examen de quelques noms de peuples payens encore
inexpliqués, M. Gaston Paris démontre, par des

preuves concluantes que les *Lutis* ne représentent
pas comme M. de Reiffenberg (Phil. Mouskes II, XXV)
l'avait pensé d'après Mone, les habitants de la Lusace,
mais les Wilzes, qui habitaient, entre les Obotrites et
les Pomorans dans le grand-duché actuel de Mecklem-
bourg. « Leuticios qui alio nomine Wilzi dicuntur »,
dit Adam de Brême.

762 Le ms. 1632 a, ici et toujours, *onc* p. *ainc*. A mon avis,
ainc, prov. *anc*, n'est qu'une variété phonétique de
onc = unquam (cp. *nequedent* p. *nequedont*, *volenté*
p. *volonté*), et doit être distingué de l'ital. *anche*,
grison *aunc*, v. fr. *hanc* et *anc* dans *ancui* (encore
aujourd'hui) et *anquenuit*. Diez, toutefois, préfère
ramener les deux *ainc* (jamais et encore) au type
commun *adhuc*, nasalisé *adunc*, d'où *aunc*, *anc*.

764 *Enheudir;* on ne connaît ce verbe qu'avec le sens de
munir d'un *heut* (poignée, anse). Cette signification
ne convient guère ici et encore moins au composé
renheudir qui se lit v. 5932. J'aimerais mieux tra-
duire par emmancher, au sens figuré de prendre en
main, commencer, mais *renheudir* ne s'y prête pas.
Partant donc du mot *heut,* pr. chose qui tient ou par
où l'on tient, je préfère interpréter notre verbe par
retenir, contenir, tenir en suspens, cp. le terme
enheuder des bêtes, les retenir par des liens, pour les
empêcher de s'écarter. Cette interprétation éclaircira
aussi le mot *renheudir,* qui paraît signifier contenir,
retenir dans le devoir. — Cette explication était
imprimée (en placard), quand je me suis souvenu
d'avoir rencontré le mot *enheudir* dans Watriquet de
Couvin. En étudiant de nouveau les vv. 353 et 1219
du Tournoi des Dames de ce poëte, je me suis aperçu
que j'ai probablement fait fausse route dans les lignes
ci-dessus. Citons d'abord les passages indiqués.
Vers 353 (p. 242) :

Certes, freres, ce sont les ames
Des chaitis qui vaincre se laissent
A leurs charoignes et se paissent
Des deliz et des vanitez,
Dont nuit et jour sont encitez,
Temptez du monde et *enheudis*.

Au v. 1219, à propos des mauvais serviteurs qui entourent les mauvais princes, l'auteur s'exprime ainsi :

Tout mal faire li *enheudissent*
Et enortent, puis se perissent
Ou malice et ès grans forfais
Qu'il ont ou nombre de lui fais.

Évidemment le sens d'*enheudir,* dans les deux exemples, est inciter, instiguer, conseiller; une fois avec la construction *enheudir qqn. de qqch.,* l'autre fois avec celle de *enheudir une chose à qqn.* (l'y engager). Il n'y a donc pas à douter qu'Adenès ne prêtât à « *enheudir* une expédition » la valeur de « *l'enorter,* la conseiller, la proposer », et à *renheudir* (5932), celle de stimuler, encourager, ranimer. Comme je l'ai déjà conjecturé dans la note relative aux passages de Watriquet (p. 475), la filiation des idées (toujours en partant de *heut* == retinaculum, lien) s'établirait ainsi : d'abord attacher, enchaîner, enlacer, circonvenir, persuader, engager, inciter, enfin par conversion des régimes : insinuer, suggérer, conseiller. Dans cet ordre d'idées, on comprend le sens de tromper attaché au verbe *enheudeler* dans le Corpus Chronic. Flandriæ III, 373 (*enheudelant et baretant*), et celui de tromperie qu'a le subst. *enheudissement* dans le Baud. de Sebourg I, 19 ; cp. les acceptions figurées de l'all. *bestricken* et *umstricken.* A la vérité, la transition de l'idée enchaîner à celle de pousser,

17

inciter, paraît violente, mais les significations du
moderne *engager* reposent sur un trope analogue. —
Le ms. 1632, dont le copiste paraît avoir voulu éviter
un mot peu employé et peut-être incompris, a mis
enhardis, mais *enhardir* une chose est tout aussi
insolite.

765   Ms. 1632 *tres lors* (dès lors) p. *tres dont.*

775   *S'aura,* jusqu'à ce qu'il ait. — *Choisir,* voir, apercevoir.

781   Ellipse de *qui* devant *tous;* cp. 996, 1260. Voy. Diez,
Gramm. III, 368.

782   *Plevir,* garantir; voy. mon Dictionnaire sous *pleige.* Voy.
aussi sous v. 6123.

786   *Belement,* doucement; voy. mon Glossaire de Froissart.

797   *En conroi,* en ordre de bataille.

808   *Rebrochièrent,* brochèrent à leur tour.

809   *Assambler,* sens ancien, en venir aux mains, combattre.

812   *Acointement* s'applique d'habitude à la rencontre ami-
cale; ici il prend un sens ironique.

814   *Charpentement,* synonyme de *chaplement,* action de
tailler en pièces, carnage.

821   Raimbert de Paris 491 : « Car à la mort n'a nus recou-
vrement. »

829   *Refuser,* ici = refuser le combat, fuir.

833   *Meserrer,* aller mal; verbe impersonnel analogue à *mesa-
venir;* litt. « il eût fallu que la chose tournât mal à
ces premiers [combattants] ». — Dans le sens per-
sonnel, le verbe signifie mal agir, cp. v. 1159.

840   *El,* autre chose.

842   *Soubiter,* litt. frapper subitement.

849   Ms. 1632 *rassambler* (cp. *raüner* v. 839).

856   *Descercler,* perdre leurs cercles; ellipse du pronom réflé-
chi *se* devant l'infinitif.

861   *Tenser,* protéger; d'un type *tentiare* (de *tentus,* tenu),
pr. soutenir.

866   *Aesmer,* estimer, voy. v. 465.

874 Sur *ferrant,* voy. le Glossaire de Gachet, v° *férant.*

880 Ms. 1471 et 1632 *Tel* (tellement) *li douna.*

882 *Recerchant,* parcourant à son tour.

890 *Le jour =* ce jour-là.

892 *Tas,* presse.

895 *Trous;* on peut aussi lire *trons* (le mot se retrouve
v. 1266). Bien que *trons* se rapproche davantage de
tronçon, qui est le sens qu'il nous faut; je donne ce-
pendant la préférence à *trous,* ancien mot français
(aussi *tros*) qui signifie trognon, tronçon, fragment,
qui correspond à l'ital. *torso* (piémontais *trous*), esp.
port. *trozo,* et que Diez ramène très plausiblement au
gréco-latin *thyrsus* (tige des plantes), d'où viennent
aussi le vieux haut-all. *turso, torso,* auj. *dorsch* (tro-
gnon). A la vérité, Diez admet à côté de *tros* une
forme nasalisée *trons,* à laquelle il rattache les dérivés
tronce et *tronçon* (prov. *tronso*), esp. *tronzar,* mettre
en pièces, mais il y a peut-être lieu d'expliquer autre-
ment la forme secondaire *trons.* Comme *fundus* a
donné au vieux français *fons* (*s* radical et non pas de
flexion), d'où *foncer* (ital. *fonzar*), *truncus* a pu faire
trons, d'où *tronce, tronçon* (d'où *troncener*). Si le *trons*
mentionné par Diez comme forme concurrente de
tros, trous, signifie en effet non pas tronc, mais
tronçon (Diez ne donne pas d'exemple), je mettrais
ici tout aussi volontiers *trons* que *trous;* dans l'incer-
titude, et comme *trons* a une apparence de pluriel qui
fait mauvais effet à côté du singulier *maint* et qui
pourrait faire croire à une négligence de la part de
l'éditeur, je m'en tiens à *trous.*

896 *Engrant,* désireux, empressé. L'étymologie de cet adjec-
tif, très répandu dans l'ancienne langue, a beaucoup
torturé les philologues; on a eu recours à la formule
« in grato » (Dom Carpentier), à l'adj. *graim gram*
= all. *gram,* triste (Raynouard, de Chevallet), et au

participe islandais, *angradz,* soucieux (Gachet), etc.
Les deux circonstances que *engrant* ne se trouve em-
ployé qu'à l'état d'attribut et que même en rapport
avec un sujet masculin, il se présente aussi sous la
forme *engrande,* m'avaient fait émettre la conjecture
(Jean de Condé, p. 386), que *engrant* (ou *engrande*)
n'est autre chose que la formule *en grant* (ou *grande*)
songne ou *peine* écourtée. Ma manière de voir a, de-
puis, été confirmée par M. Tobler dans ses Mitthei-
lungen, II, p. 21 (1871); il en fournit de nouvelles
preuves, particulièrement le pluriel *en grandes* (Des-
queles *on* doit estre *en grandes*. G. Guiart II, 9104),
et les vers de Perceval (11917) :

> De moult *grande* s'est escapés
> Li niés le roi, c'est verités,

où *grand* rend l'idée *grande songne, grande peine.*
M. Tobler ne manque pas, à l'appui de *grant* = grand
souci, de rappeler la locution fréquente (déjà alléguée
par de Chevallet et Gachet) *se mettre en grant*, se
mettre en peine, et à laquelle il ajoute celle de *tenir
en grant* d'une chose, pousser, porter, stimuler à
qqch.

897 *Desirant,* adj. suivi du génitif, comme le mot moderne
desireux.

900 *Ne tant ne quant,* formule équivalente au lat. *ne tantum
quidem;* cp. 2580.

902 *Par son coumant,* selon sa bonne volonté, favorablement;
aussi *à sa coumandie.*

905 *Poignier,* lat. pugnare; de la *poigneour,* combat-
tant.

906 *Aversier,* diable; *la gent l'aversier,* la gent infidèle.

908 *Tout le gravier,* formule adverbiale, par la chaussée. Sur
la valeur de *tout* dans ces formules, voy. Tobler,
Mitth. I, glossaire.

910 Ms. 1632 *delez*, p. *encoste*. — *Viez*, adj. des deux
genres, = lat. *vetus*, à distinguer de *vieil, vieille* =
lat. *vetulus*.

914 *Acointier*, ici prendre connaissance de, apprendre; **voy.**
v. 85.

921 Voy. la remarque v. 80 ; cp. 1056.

923 Ms. 1632 *mortel encombrier*.

924 *Il*, c. à d. les fuyards.

930 Bien que la tournure *d'ounour à querre* soit tout à fait
conforme à la syntaxe ancienne (voy. v. 9), je fais re-
marquer que les mss. autorisent à lire *aquerre* en
un mot.

933 *Le sien;* nous dirions aujourd'hui « son homme ».

936 *Ne que*, pas plus que, cp. 5368.

938 *Deschevauchier*, démonter.

939 Ms. 1632 *vois* (je vais) p. *vueil*.

940 *Baillier* a trois significations principales : 1. porter
(comme ici); 2. gérer, gouverner (*qui tout a à baillier*
2166); 3. apporter, présenter (*espiel li baille* 1755).

948 Ms. 1632 *qui tout a à baillier* (gouverner).

953 *Lanier*, lâche, voy. ma note Baud. de Condé, 417.

950 *Aclaroier*, s'éclaircir; voy. aussi v. 6138.

956 *Resplendir* a deux conjugaisons, l'une inchoative, qui
fait au présent *resplendist* 5256, l'autre, non inchoa-
tive, qui fait *resplent* (cp. 2622, 2640, 5195).

965 Peut-être la ponctuation serait-elle plus convenable dans
cet ordre d'idée : « mais elle n'était pas portée de la
manière (*selon les poins*) à laquelle elle était habituée
(*usée*), c'est-à-dire dans la plus grande presse des
infidèles»; je mettrai donc deux-points après *usée*, et
un point-virgule après *desfaée*.

972 *Assener*, assigner, remettre, confier ; le sens de l'homo-
nyme *assener*, diriger, conviendrait aussi, mais le
parallélisme du vers suivant fait opter pour le sens
assigner.

973 *A son droit,* dûment.

976 Ms. 1632 *qui* p. *et.*

977 *Malement = durement, forment,* lat. valde.

978 Ms. 1632 *Telement est sa route desevrée* (débandée). Notre leçon est préférable ; *desvié,* dévoyé, fig. dérouté, décontenancé, éperdu, cp. *marvier marvoyer ;* voy. toutefois, ma note v. 7257.

981 *Eschiver la voie,* cp. v. 145.

982 *Cavée,* chemin creux ; tout à l'heure *cavain.*

987 Ms. 1632 *grevée* (probablement un lapsus).

990 *Là,* comme souvent, = là où.

993 *Lues* (prononcez *leus*), aussitôt, = lat. *loco,* simple de *illico,* sur place, sur-le-champ ; l's final est la caractéristique de l'adverbe ; le ms. 1632 porte *lors.*

1000 *Purté,* vérité.

1012 *Alé,* mort, perdu ; cp. Cléomadès, 950 : Cui il ataint, cil est alés.

1015 *Maintenant,* aussitôt.

1026 Mettez un point à la fin du vers.

1028 *Manoier,* autre forme de *manier,* traiter, maltraiter. La var. *movoier* de 1632 signifie mettre en mouvement, secouer, d'un type *movicare ;* ce verbe, toutefois, se présente à moi pour la première fois.

1029 « Rien qu'ils (les Lombards) puissent leur fournir et dont ils (Ogier et les siens) pourraient avoir besoin. »

1033 Notez le genre masculin d'*oriflambe.*

1044 Lisez *lors* au lieu de *puis.*

1045 *Targe de quartier,* voy. Gachet, v° *quartier.*

1045 *Apertement,* vivement. Sur l'adj. *apert,* primitif des subst. *apertise, aperté,* voy. Jean de Condé I, 396.

1048 *Part,* prés. de *partir,* communiquer, donner. — *Sans dangier,* sans difficulté.

1053 Ms. 1632 *Que aus genz.* — Il s'agit de la partie de l'armée impériale restée à Sustre.

1064 Ms. 1634 *temprement repairier ;* mauvaise leçon.

1077 Ms. 1632 *à haut son.*

1084 Ms. 1632 *les voit, sès* (= si les) *moustra.*

1086 *Or dou bien faire!* phrase elliptique; il faut suppléer l'impératif *pensés;* cp. 5924. Baron, or dou ferir !

1087 *Que* = car.

1090 *Roion,* royaume; je ne m'explique pas la facture de cet ancien substantif; c'est sans doute une altération de *roiaume,* amenée par la rime.

1098 *A premerains,* d'abord; locution adverbiale; la leçon *aus premerains* de 1632 est moins recommandable.

1100 *Acueilli,* attaqué. — Ms. 1632 : *par aus tout desconfi.*

1101 *Poinst,* défini de *poindre,* brocher, éperonner; cp. *çainst, estrainst.*

1103 Ms. 1632 *un autre en pourfendi.*

1104 Écrivez en un mot *malbailli.*

1105 *S'aidier,* se tirer d'affaire, se gérer.

1107 *Guenchir,* se détourner; voy. Gachet.

1119 *Dessartir,* d'après Burguy, qui y voit un dérivé de *sarcire* (supin *sartum*), signifie littéralement découdre.

1120 *Bruni,* poli, fourbi; parfois écrit *burni* (cp. angl. *burnish*).

1147 Ms. 1632 *au cors sené.*

1151 Remarquez l'emploi de *tant* (= tam multi) au singulier; cp. 4719.

1153 Ms. 1632 *par les sains Dé.*

1157 *Cueillir en hé,* prendre en haine. *Hé,* subst. verbal de *haïr.*

1158 *Gart,* 1re pers. sing. de l'ind. prés. de *garder* (au v. 67, c'est la 3e sing. du subj. présent). *Ne pas garder l'eure que* paraît signifier s'attendre, prévoir avec certitude, cp. Berthe aux gr. p., p. 51 :

> Car je ne garde l'eure que à dens ou à poe
> Me tiegne ours ou lyons qui toute me deffroe.

1159 *Meserrer,* mal agir, cp. v. 833.

1162 *Lermé,* plein de larmes.

1164 Ms. 1632 *Dieu a de ce loé*.

1172 Lisez *maltalent* (en un mot).

1182 *Assené,* frappé.

1197 Ms. 1632 *ataigne*. — *Oiseler,* chasser aux oiseaux; *bien oiseler,* faire bonne chasse, faire un bon coup; cp. v. 2453.

1199 *Rentesé,* entesé de nouveau; *enteser,* c'est lever une arme pour frapper. — Le ms. 1632 porte *reüsé* dont le sens ne convient pas.

1213 Ms. 1632 *orent forment menée*.

1214 *Reüsée,* repoussée; cp. 1234 *arrier reculée*.

1225 Cp. Raimbert 463 : Des abatus furent joncié li pré.

1245 *Aler à folie,* courir à sa perte, cp. 1452, 1830; aussi *torner à folour,* 1752.

1260 *Grain,* triste, voy. v. 1391.

1267 Ms. 1632 *fourbis* p. *brunis*.

1287 *Courtement,* sous peu.

1293 Ms. 1632 *gracient forment*.

1296 Ms. 1632 *derompu* p. *decoupé*.

1298 *Pert,* paraît (de *paroir*).

1323 Ms. 1632 a *onc* p. *on* (*onc* = encore).

1329 Ms. 1632 *jà plus n'i soit gardé*.

1337 *Li sera destorné,* litt. il lui sera évité, épargné.

1351 Ms. 1632 *vueilt* p. *vient*.

1357 Ce vers est emprunté textuellement à Raimbert (v. 906), qui l'a fait suivre de celui-ci : Le sien meïsme estuet cascun porter. — Ms. 1632 *autre* p. *autrui*.

1367 Ms. 1632 *sot* p. *vot*.

1382-83 Ces deux vers sont omis dans le ms. 1632.

1391 *Grain,* triste, ital. *gramo,* prov. *gram*; de l'all. *gram*; c'est le primitif de *engramir* (3566), s'attrister.

1392 *Merveille,* adv. = *à merveille,* énormément.

1394 Ms. 1632 *ont* p. *sont*.

1395 Lisez *sont* p. *s'ont*.

1398 Ms. 1632 *dist Corsubles*.

1400 *Conneü,* fait connaître. *Conoistre* présente la même
    duplicité de sens qu'*acointier* et *aprendre.*

1411 Ms. 1632 *Celui a hui;* leçon moins correcte (*celui* au
    cas-sujet n'est pas rare, il est vrai, mais Adenès
    paraît l'éviter).

1416 Les deux mss. comparés ont *eüssent* p. *l'eüssent,* qui en
    effet doit être abandonné.

1427 Ms. 1632 *en sa sale.*

1429 *De la loi païennie,* à la manière des payens; nous disons
    encore « *de* telle manière ».

1435 *Eschevi, escavi,* prov. *escafit;* d'une taille fine, svelte;
    voy. sur ce mot Diez II, 290 et le Gloss. de Gachet.

1439 Ms. 1632 *pour sa très grant maisnie. — Prendre terre,*
    nous dirions aujourd'hui « faire les quartiers ».

1440 Ms. 1632 *faire vous nule vilounie. — Vilounie,* ici tort,
    désagrément.

1452 Vers omis dans le ms. 1632.

1457 *Jurer,* synonyme de *fiancer;* engager sa foi envers une
    femme.

1459 *Dourrai,* donnerai.

1463 Lisez *c'ert* p. *c'est.*

1468 *Adrecié,* ici = orné, paré.

1469 *Dou veoir,* non pas = de la voir (cela est grammatica-
    lement impossible), mais = de la vue. — *Melodie,*
    plaisir; voy. mes notes Watriquet de Couvin 418 et
    440.

1472 Ms. 1632 *Si mist en France* (évidemment un lapsus de
    copiste).

1473 Ms. 1632 *Et puis;* ms. 1471 *Que puis. — Puis* (depuis)
    est préférable à notre leçon *plus.*

1475 *Bien entechie,* douée de bonnes qualités.

1488 Ms. 1632 *à estour.*

1493 Ms. 1632 *sentir* p. *fouir;* au vers suivant *a mains* p. *et
    mains.*

1506 *Baiart de Montespir* est un nom propre qui ne paraît

plus dans le livre; il n'est applicable ici qu'au cheval de Sadoine et peut s'ajouter à la liste des noms de chevaux historiques, dressée par le baron de Reiffenberg (Phil. Mouskes II, cxi et suiv.). Cp. Raimbert 951, où Sadoine dit de son cheval : En nule terre n'a nul milleur coral.

1510 *Parcreü,* dans toute la maturité de l'âge.

1515 Lisez *sui* p. *fui.* — *Esmovoir,* ici = *movoir,* se mettre en route.

1517 *Pourveü,* propr. qui s'est pourvu pour une affaire, puis qui est prêt et résolu pour l'accomplir; cp. 1977.

1533 Mss. 1632 et 1471 :

> De Gloriande fu à droit respondus
> Rois Carahues et liement veüs.

1536 Le typographe a négligé ici la séparation des deux tirades.

1538 Mon ms., ainsi que 1632, porte *orent;* j'ai corrigé selon l'exigence du sens.

1552 Ms. 1632 *Rome* p. *Sustre,* leçon fautive.

1573 Ms. 1632 *maugré sien,* formule connue et qui s'explique comme un ablatif absolu : « Le gré sien étant mal » (contraire); cp. ital. *mal mio grado,* prov. *mal vostre grat.*

1581 Ms. 1632 *riens plus.* — *Nient,* forme variée de *noient,* aujourd'hui *néant,* est régulièrement de deux syllabes, comme le veut son étymologie; cependant, dans son emploi adverbial (*nient* = aucunement, pas), il se présente généralement comme monosyllabe; ainsi dans ce vers-ci, 5053 et 7773.

1595 Lisez *li nonça.*

1606 *Assembler,* combattre.

1618 *Li auquant,* plusieurs; voy. Gachet.

1629-30 « Avant qu'ils eussent réglé leur ordre de bataille (*conroi*) et délibéré (*devisé*) quelque peu (*se pou non*)

sur la conduite qu'ils auraient à suivre (*lor afaire*). »
On sait qu'*afaire* signifie particulièrement « manière
de faire, conduite », cp. v. 1.

1637 Mss. 1471 et 1632 *le voient;* v. 1639, *plus* p. *pas.*

1645 *Plané,* pr. raboté, puis = poli, lisse.

1648 *L'espiel quarré,* l'épieu solide ; sur cette signification
de *quarré,* voy. Gachet v³ *quaré* et *quartier.*

1649 Lisez *l'oriere* p. *l'arière. Orière,* bord, lisière ; le
ms. 1632 porte *oreille;* les deux formes se rattachent
au lat. *ora,* bord, l'un par un type *oraria,* l'autre par
un diminutif *oricula.* — *Blé,* champ de blé. — Au
lieu de *le trebuche,* les deux mss. collationnés ont
l'abati.

1651 Ms. 1632 *à terre verssé;* au v. suiv. *tué* p. *versé.*

1654 *Recouvrer,* recommencer, revenir à la charge, *as brans,*
avec les épées.

1659 *Tánt,* en si grand nombre ; le terme est encore renforcé
par le *par* qui suit ; cp. Cléomadès, 4091 : *Trop* me
par iroit près dou cœur.

1667 Sur la valeur et l'origine de *letré,* épithète fréquente
de *bran,* voy. Gachet.

1678 Lisez *choisist* p. *choisi.*

1680 *Espier* se distingue de *espiel,* non pas par la valeur pré-
cisément, mais par l'origine ; *espiel,* auj. *épieu,* a pour
type lat. *spiculum,* tandis qu'*espier,* comme l'all. et
néerl. *speer,* vient du lat. *sparus,* javelot, lance. A côté
de ces deux mots, il y a encore *espiet, espoit,* arme
tranchante (à l'origine pique, lance), qui est aussi
d'origine germanique et se déduit de l'all. *spiz,* pointe,
pique, néerl. *spit,* bas-lat. *spitum.*

1684 Ms. 1632 *Que s'au besoing;* v. 1689 *ferés* p. *feriés;*
v. 1693 *à* omis.

1723 Ms. 1632 *fu li estour,* leçon contraire à la grammaire.

1727 *Poiour,* forme variée de *piour* (lat. *pejorem*) ; *avoir le
poiour,* avoir le dessous, succomber.

1730 *Val tenebrour,* une vallée de ténèbres, obscure; *tene-brour* est un substantif; le cas étant très rare où la terminaison *our* est appliquée à un substantif, pour former un substantif abstrait, je suis disposé à ranger *tenebrour* parmi les substantifs tirés du génitif pluriel en *orum,* dont il est question v. 1732.

1731 *Esfréour,* effroi, est une forme moins commune que le simple *freour.*

1732 *Gent Francour,* gens Francorum, comme *gent paien-nour* (v. 1724), gens paganorum. Ces terminaisons de génitif *orum* (*arum*) se rencontrent encore dans *Pascour,* temps de Pâques, *parentour, chandeleur, milsoudour* (voy. v 1746).

1736 *De* = que, après un comparatif; imitation de l'ablatif latin; cp. 1765 *un cheval meilleur de Bucifal.*

1742 Ms. 1632 *et hyaume paint à flour;* v. 1743, *pour les diex que j'aour.*

1746 *Milsoudour,* précieux, prov. *milsoldor,* épithète de cheval. Le mot vient du lat. *mille solidorum,* de mille sous.

1747 Ms. 1632 *mais n'aie.*

1748 *Retoille,* reprenne; subj. de *retollir.*

1750 *Retour,* retourne (1re ps. sing du prés. indic.).

1752 *Torner à folour,* tourner mal, à perte; même sens qu'*aler à folie* (1240).

1754 *Rendre estal,* se mettre en position d'attaque ou de défense. Voy. Gachet, vo *estal.*

1758 Ms. 1632 *garnir* (p. *Garin*), probablement un lapsus.

1759 *Espiel poignal,* lance de combat; de *pugnalis* = pugna-torius.

1771 *Cit,* forme apocopée de *cité.*

1775 L'ancienne langue avait trois formes diverses répondant pour le sens à notre mot *massif :* 1. *masseïs,* fém. *masseïce,* d'un type latin *massaticius;* 2. *massis,* fém. *massice* (prov. *massis, -issa,* ital. *massiccio*); 3. *massic,*

à conclure du féminin *massie*, d'un type *massicus*
(cp. *mendicus, mendic*, fém. *mendie*).

1777 « Comme si de tout temps ils eussent exercé ces
choses. »

1778 *L'uns de l'autre* est, ce semble, une négligence ; la
construction exige *l'uns l'autre*.

1779 Ms. *en mis les pis*. Cette leçon n'est pas incorrecte (*mi*
est mis en accord, en sa qualité d'adjectif, avec le sub-
stantif qui l'accompagne), mais elle est insolite.

1780 Le *vernis* des écus doit répondre à autre chose que ce
que nous entendons aujourd'hui par ce mot. On
distingue ici trois parties de l'écu, susceptibles de se
briser : les ais (le bois), le cuir et le vernis ; absolu-
ment comme dans Raoul de Cambrai 182 : « Et fiert
Aliaume en l'escu de chantel, Fust et vernis li trancha
et la pel. » Je pense donc que les *écus à vernis*
(cp. Cléomadès 11410) sont des boucliers couverts
d'émaux (voy. Gachet sous *noelé*) ; cette idée s'accorde
davantage avec les termes *rompre* et *trenchier*.

1781 Ms. 1732 *Derrompent* (p. *detinrent*), mauvaise leçon. —
Detenir, retenir, arrêter. — *Treslis*, prov. *treslitz*,
ital. *traliccio*, d'un type latin *translicium ;* voy.
Gachet sous *trelli,* et Littré sous *treillis*.

1784 Ms. 1632 a, au lieu du prés. *traient*, le défini *traistrent*.

1789 *Li cercles ;* ailleurs, p. ex. 6221, nous trouvons *la cercle ;*
cette forme féminine répond à l'ital. *cerchia*.

1792 Ms. *daus* p. *deus*.

1795-96 Ces vers sont intervertis dans le ms. 1632.

1798-99 Ms. 1632 *A lons nous ent ou nous seroumes pris, Car
de François voi mout ces vaus pourpris*.

1802 *Amanevis*, prêt, prompt, vif, ardent ; ce vocable, très
répandu dans l'ancienne langue, est le participe
passé de *amanevir*, prov. *amanoir, amanavir, amarvir*,
que Diez fait venir très correctement du gothique
manvjan, préparer. Voy. aussi le Glossaire qui ter-

mine la Notice de M. Paul Meyer sur Guillaume de
la Barre, p. 39-40. Les étymologies fondées sur lat.
mane (Paulin Paris, Génin, Raynouard), ou sur
manus (Roquefort, Duméril) doivent être rejetées.
Gachet, qui traite longuement de notre mot, ne se
prononce pas sur son origine.

1818 *Acueillir en sa garde,* prendre sous sa protection.

1819 *Font,* verbe substituant du verbe actif *acueillir* qui
précède et gouvernant par conséquent l'accusatif (*lor
brebis*).

1822 *Remanoir faire,* faire cesser.

1830 *Aler à folie,* voy. v. 1240.

1831 Ms. 1632 *Et il avoient. — User* une chose, en faire
l'expérience.

1836 *Aviez* est ici de deux syllabes, contrairement à la règle
et même contrairement à l'usage d'Adenès lui-même ,
cp. Cléomadès 3204 Se vous *aviez* cinq cens testes,
et 7514 Sachiez se vous m'*aviez* prise; cp. encore
notre poëme 1865 Nel faites mais, car mains en
vaurryez; 1965 Se ces premiers *avions* recreü,
2190 Tout le meilleur que *porryez* viser. Le ms. 1632
est donc plus correct en supprimant le mot *plus* de
notre vers et restituant ainsi à *aviez* son caractère
normal de trissyllabique. Cependant, l'irrégularité
que je signale n'est pas isolée, elle se reproduit un
peu plus loin, v. 1863, Trestoute l'ost en vostre
garde *aviés,* où il serait facile de corriger *en vo garde
aviés* si la nature de la tirade n'exigeait des finales
en *iés* monosyllabiques et qu'il n'est pas conforme à
la facture du mot *aviés* de le lire *avi-iés,* comme il le
serait à l'égard de *pri-iés* (où le premier *i* appartient
au radical).

1853 *Pouroec* signifie d'habitude « pour cela, dans cette
intention », mais cette signification ne se prête ni
ici, ni dans les deux autres passages où il paraît

encore (4552 et 7303). Comme je le trouve les trois
fois accouplé au verbe *envoyer* (= mander), j'en con-
clus que l'auteur lui attribue la valeur de « par
exprès ». — *Refu,* fut à son tour.

1854   Mon ms. porte *il vienent;* voy. v. 5451.

1855   Ms. 1632 *vint.*

1857   *A aisié* de, en état de; cp. 7306.

1861   *A raisnier,* adresser la parole, apostropher; ailleurs
aparler.

1862   *Charchier,* forme secondaire de *charger,* confier;
cp. 2044.

1868   *De ci à tant que,* jusqu'à ce que.

1871   Mss. 1471 et 1632 *que ci nous retraiés* (dites).

1872   *Relaissié,* relâché, dispensé.

1874   *Par si,* à telle condition.

1875   Ms. 1632 *en memoire l'aiez.*

1909   *Li nouviaus adoubés; nouviaus* est logiquement un
adverbe (nouvellement); il faudrait donc *nouviel,*
mais les cas de flexion des adverbes, sous l'influence
du substantif voisin, ne sont pas rares dans les
poëtes; cp. Jean de Condé I, 52, 87 *les maus faisans*
(les malfaisants); 26,862 de hardement *caus en flamans.*

1910   Mon ms. portait *nés* p. *tés.*

1912   *Remés,* participe de *remanoir,* rester en arrière, ici au
fig., rester dans l'inaction.

1914   *Mais,* ici « plus tard, ultérieurement ».

1920   *Maint,* demeure; de *manoir.*

1935   *A trement,* lat. *atramentum,* encre.

1944   Mss. 1471 et 1632 *gaaigne souvent.* — Dans Raimbert,
Charlot dit la même chose à son père (1401) :

> Si va de guerre qui le velt demener,
> Car on i pert et regaingne assés.

1965   Ms. 1632 *Les rens premiers,* et v. 1967 *irons* p. *iriens;*
leçons contraires au sens.

1966   Ms. *eüssiez.*

1977   *Pourveü,* résolu ; cp. 1517.

1993   *Mais que,* pourvu que.

1997   *Créanter* a deux sens principaux : 1. garantir, promettre, assurer (v. 2198) ; 2. accorder ; ce dernier, applicable ici, a donné l'angl. *to grant.*

1999   *Aviser* qqn., en prendre l'avis.

2007   *Graer,* agréer. Le composé *agréer* est plutôt réservé au sens neutre être agréable (v. 2008).

2009   *Don* n'est souvent qu'un synonyme de grâce, marque de faveur ; cp. v. 3533.

2014   Lisez *trestous,* qu'exige la grammaire, ainsi que *Karahuel* au lieu de *Karahues.*

2018   Ms. 1471 *nommer* p. *douner.*

2019   *Recouvrer,* obtenir.

2027   Ms. 1471 et 1632 *Dist la pucele.*

2034   *Par conroi,* par mesure, fait opposition aux mots *à desroi* (v. 2028) ; cp. v. 2046 *à point et à raison.*

2055   *Garçon,* serviteur de condition inférieure ; je remarque ici l'absence de l'*s* de flexion.

2056   « Une fois que ou dès que (*puis que*) l'affaire avait trait à (*mouvoit de*) la guerre, et comme... »

2057   La leçon *n'estoit* de 1632 fausse le sens. *Naistre* est ici synonyme de *mouvoir,* être du ressort de.

2060   « Le signe auquel on reconnaissait que... »

2062   « Qu'il portait et tenait (*paumoioit*) sa lance du côté du (*devers le*) fer. » L'omission de *et* devant *paumoioit,* qui se remarque dans 1632, est injustifiable.

2064   *N'avoir garde,* n'avoir rien à craindre, cp. 2197.

2065   Vers rejeté dans 1632 après 2067.

2066   Ms. 1632 *estoit* p. *feroit.*

2067   *Sa chose,* l'objet de sa mission.

2074   *Courtain,* forme régime de *courte.*

2099   Les mots *maint conte* sont sautés dans mon ms.

2100   Vers sauté dans le ms. 1632.

2102 *En son estant*, debout.

2108 *Souflsant*, propr. qui plaît, puis au fig., remarquable, distingué.

2110 Ms. 1632 *à sa maisnie;* leçon impossible. — *Aparissant* est le participe d'*aparoistre* (cp. *counissant* de *counoistre*); la forme *aparant*, par contre, se rapporte à l'infinitif *aparoir*.

2112 *Adou* p. *adoub*, armure.

2114 *En oiant*, loc.-adverb., de manière à être entendu; cp. 3490.

2116 *Saut*, 3ᵉ pers. sing. du subj. présent dé *sauver*. — Retranchez l's de *Charlemaines*.

2123 *Mant*, subst. verbal de *mander*, analogue à *coumant* de *coumander*.

2133 Ms. 1632 *venir ne herbergier.*

2135 Ms. 1632 *Par un treü que vous voudrez chargier* (prendre à charge). — *Assis*, fixé.

2136 Ms. 1632 *Et vous coumant*, leçon faussant la grammaire.

2154 *Engrangier*, s'agrandir, empirer; plus loin (5609), la forme *engraignier*.

2165 Otez l's final de *Corsubles*. — *Noier*, nier.

2181 *S'acliner*, se soumettre.

2187 Ms. 1632 *neer* (forme insolite p. *neier, noier, nier*); peut-être mal lu p. *veer*, refuser (ici refuser de dire)?

2189 Ms. 1632 *sel poviés;* 2196 *voura* p. *venra*.

2202 *Par mon cors*, par moi-même; périphrase bien connue. Le ms. 1632 dit *par moi seul.* — *Conquester*, comme l'angl. *to conquer*, vaincre; de même *conquerre* 2341.

2216 *Assener*, v. n., arriver, parvenir; c'est là la seconde signification du mot; la première est diriger, particulièrement diriger ou porter un coup; les deux sens sont corrélatifs (cp. *consuivir*, pr. poursuivre, puis atteindre). Il y a deux *assener* dans l'ancienne langue, dont les sens se rapprochent assez pour qu'on les ait

18

souvent confondus; l'un est le lat. *assignare* et signifie assigner, allouer, placer ou marier (une fille), l'autre a pour primitif le subst. *sen,* sens, direction.

2221 Ms. 1632 *coumant* (contraire à la rime). — Supprimez la virgule après *couvent* (convention, arrangement).

2225 Ms. 1632 *malement.*

2226 Littér. « qui vous présentez (*metez en present*) pour (*de* ⊫ au sujet de) la bataille avant (*devant*) moi. »

2229 Ms. 1632 *Mès je l'aurai.*

2230 *Apendre à* ⊫ dépendre de.

2231 Ms. 1632 *premierement,* leçon préférable.

2237 *S'en soufrir,* en prendre son parti.

2239 Lisez *c'ert* p. *c'est.*

2240 Ms. 1632 *bonnement.*

2243 *Escient,* pensée.

2251 *Content,* dispute, bataille, cp. v. 3616; au sens concret, adversaire (2649).

2254 Ms. 1632 *ce sachiés vraiement;* v. 2267 *de lui* p. *de ce.*

2271 Mss. 1471 et 1632 *en pesa* (leçon préférable).

2272 Ms. 1471 *En son cuer pense.*

2282 Ms. 1632 *son doi.*

2285 *Pour à morir,* voy. v. 9. *Pour,* au même sens, se trouve aussi sans *à,* p. e. 2616 *pour les membres couper,* 3818 *pour estre desmembré.*

2311 *C'est chose passée,* voy. v. 6256.

2313 Ms. 1632 *en a levée.*

2316 *Rirai,* futur de *raler,* retourner.

2321 Lisez *a* pour *à.*

2341 Lisez *povés* p. *porés.*

2347 Lisez *est* p. *ert.*

2349 *Car,* conjonction exprimant commandement ou souhait.

2351 *Resne tenir,* comme *resne tirer* (2084), arrêter le cheval dans sa course.

2359 Ms. 1632 *devront* p. *donront.*

2380 *Rai,* j'ai également. — *Fiancier,* promettre.

2387 *Prendre une aatie,* faire une provocation.

2399 Vers sauté dans le ms. 1632.

2407 *Aquiter = quiter,* abandonner.

2410 Ms. 1472 *L'espié.*

2411 *Panel,* pennon.

2412 Ms. 1632 *tué* p. *navré;* v. 2417 *bouté* p. *enserré.*

2420 *Fraite,* propr. rupture, a parfois, comme ici, la valeur de fossé. Voy. aussi mon Glossaire de Froissart.

2422 Ms. 1471 *desirent* (leçon plus correcte). — *Ajouster = assembler,* combattre.

2424 *Assis,* assiégé.

2425 *Au plain,* en plaine, en rase campagne. — *Courtement,* comme *briément,* bientôt, sous peu.

2429 Ms. 1632 *le chief a encliné.*

2431 *Mar,* à son malheur; cp. 2474.

2432 *Que,* car.

2446 Ms. 1632 *ainsi;* notre leçon *aussi* (de leur côté) vaut mieux.

2454 *Tout =* quelque ; le mot tient étroitement à l'adj. *joene.*

2462 Il faut une virgule à la fin de ce vers au lieu d'un point-virgule.

2473 *Cis mans;* le *mant* de Charles, transmis par Karahuel.

2474 *S'acointier* de qqn., ici *= se montrer,* en agir à son égard.

2481 Ms. 1632 *De trestous ledengiés.* — Notre leçon *dejugiés* rappelle le composé allemand *ab-urtheilen.*

2487 Remarquez ici, comme dans beaucoup d'autres passages, l'emploi de l'infinitif passé au lieu du présent.

2507 Lisez *Charlos* p. *Charlot.*

2508 *Son non* n'est qu'une périphrase de Dieu, qui sert de cheville.

2509 *Se... non,* sinon *=* fors que, rien que.

2514 *Arréer,* préparer.

2517 *Venant,* en voie de se faire, synonyme de jeune; Froissart dit encore *en son venir,* p. en son jeune âge. Cp. 2572 : *bien venant,* en bon chemin, qui promet.

2519 *Ahan*, peine, labeur, subst. verbal d'*ahaner* == lat. laborare, au sens double de « avoir de la peine » et de labourer (la terre).

2522 *Gaitant,* attentif.

2527 *Souflant,* essoufflé.

2528 *Desconfortant,* sens neutre, se déconfortant, se désolant; de même, au v. suiv., *desconfisant.*

2531 « En un état deux fois pire. »

2535 Mon ms. a *dist il* p. *dist Namles.*

2536 *Coumant,* synonyme de volonté, désir.

2539 *Carchans,* ms. 1632 *charjans;* on disait plus souvent *encargier* les armes (armoiries) pour « les prendre ou faire prendre ».

2541 *Acesmant,* pr. ornant. — Otez la virgule.

2545 *Ourle* (bordure) *endentée,* voy. les ouvrages héraldiques; je ne saisis pas exactement le sens des deux vers qui suivent, d'où il paraît résulter que la bordure endentée accuse un degré de chevalerie inférieur, et qu'Ogier exprime la résolution de se rendre un jour digne de porter la bordure entière. Il y a ici une question de science héraldique que je laisse à d'autres à élucider. Cp. 5029.

2554 *Remouvant,* remuant, de *remouvoir,* changer de place, comme *remuant* de *remuer* (lat. *remutare*), m. sign.

2555 *Tost,* rapidement. — Ms. 1632 *bien corant.*

2560 « A chaque lance il y a ». Le ms. 1632 porte *Et chascuns a.*

2568 *Pere raiemant,* le père sauveur, rédempteur; participe prés. de *raicmbre,* lat. *redimere.* Cette cheville des romans de geste, variant sa forme, devient souvent *roiaument,* d'où l'on a fait ensuite *roi amant.*

2571 *Entendant,* intelligent; synonyme de *sachant.*

2595 *Se deporter,* ici se retirer.

2600   Il faut un point à la fin de ce vers, et deux points à la fin du suivant.

2610   Ms. 1632 *la pieur;* ms. 1471 *dou chapler.* — *Avoir le pieur* (pire), avoir le dessous.

2629   *Les leur ensaignes;* sur l'emploi de l'article auprès des pronoms possessifs, dans les différentes langues romanes, voy. Diez, Grammatik der rom. Sprachen III, 67. Cp. vv. 4455, 8180.

2632   Retranchez l's de *Sadoines.* — Ms. 1632 *apertement* (lestement). — Notre ms. porte fautivement *montrons.*

2639   *Gloriande* est le sujet de *tent* (ms. 1471 *rent*).

2641   *Au Mahom sauvement,* à la protection de Mahom; inversion du génitif.

2651   *Assenement,* direction (cp. *ensaignement* v. 2646).

2658   *Entre Charlot et Ogier orent passé,* Charlot et Ogier eurent passé ensemble; sur ce tour si fréquent de l'ancienne langue, voy. Bormans, Observ., p. 90-91, et mon Glossaire de Froissart.

2663   Mss. 1471 et 1632 *anstes roites.*

2670   *Oiier* doit être corrigé par *oi ier* (j'eus hier).

2677   *La cui biauté,* dont la beauté. — Ms. 1632 *nus ons prisier.*

2681   Je crois qu'il faut corriger *se l'ert à faire* (s'il lui fallait), au lieu de *s'ele ert.* Cependant, je ne sais si réellement l'apostrophe de *li* devant *ert* (comme celle de *ki,* cp. *k'ert* v. 2621) est admissible.

2685   *Puier,* monter; je n'ai pas encore remarqué l'emploi de ce verbe au sens de monter à cheval.

2687   *Sans dangier,* sans refus, sans difficulté.

2692   *Le manecier,* la menace.

2695   *Desraisnier,* pr. débattre une chose par paroles, puis débattre, disputer en général.

2696   *Dosnoier,* faire l'amour; l's est épenthétique, car le mot correspond au prov. *domneiar* et a pour primitif le lat. *domina,* dame.

2697   *Gerrai,* futur de *gesir,* lat. *jacere.*

2706   « Il pensa devenir fou tout vif », formule fréquente
       (cp. 3155). — *Vis,* sujet sing. masc. de *vif.*

2713   *Mencion,* ici = souvenir.

2724   *Joint,* vif, alerte; cp. Raoul de Cambrai 219 : La damoi-
       siele a regardé Bernier, Qui plus est joins que faus
       (faucon) ne esprevier; Girart de Roussillon 4947 :
       Girars joins en ses armes com uns amerillon; Jean
       de Condé I, 185, 548 : Une damoisielle moult cointe,
       Qui plus iert qu'esmerillons jointe; II, 65, 520 :
       Cointes et acesmez et joins. Je ne m'explique pas
       trop bien l'idée exacte attachée à ce mot.

2725   *Leur entencion fu* = *il entendirent,* c. à d. ils se por-
       tèrent sur, ils saisirent.

2731   *Fremillon,* épithète consacrée de *haubert;* voy. sur sa
       valeur et son étymologie, le Gloss. de Gachet, et
       Diez, Wörterbuch II, 303 (3ᵉ éd.).

2737   *Norreçon,* caractère acquis par l'éducation, ici appliqué
       au cheval.

2738   *Le son,* p. *le sien* est amené par la rime; toutefois cette
       forme se présente fréquemment dans les écrits com-
       posés dans le dialecte de l'Ile-de-France; voy.
       Burguy, Grammaire, I, 147.

2748   Mss. 1471 et 1632 *telement atorné.*

2752   *Combré,* saisi. Le verbe *combrer,* à mon sens, n'est
       qu'une forme nasalisée de l'équivalent *coubrer,* que
       nous rencontrons v. 7249 (Dou roi Charlon fu par la
       main coubrés). Quant à *coubrer,* prendre, il se re-
       trouve en esp., port. et prov., avec le même sens,
       sous la forme *cobrar,* que Diez fait venir de *cuperare,*
       le simple de *re-cuperare.* Cette étymologie présente
       quelques difficultés, que Diez ne se dissimule pas,
       mais elle est au fond très plausible; l'all. *koborôn,*
       kobern, erkobern se rencontre, dans beaucoup de ses
       acceptions passées et actuelles, avec celles des mots

romans *cobrar* et *recobrar,* mais l'opinion des philologues est qu'il est d'importation romane (voy. l'étude qu'y a consacrée M. Hildebrand, dans la suite du Dictionnaire de Grimm). Il nous reste à remarquer que Diez consacre un article séparé au verbe *combrer* (II, 261), qui, d'après lui, serait le simple de *encombrer* et qui aurait, du sens premier « mettre obstacle, empêcher, arrêter », dégagé celui de « empoigner, saisir ». Selon moi, il est difficile de séparer *combrer* de *coubrer;* cp. *convent* et *couvent.*

2756 Ms. 1632 *le branc.* La répétition de ce mot au v. suiv. fait préférer notre leçon.

2761 Ms. 1632 *malement atourné.*

2770 Ms. 1632 *s'est descloé.*

2773 Ms. 1632 je vous ai *retourné.*

2775 Lisez *avez* p. *arez.*

2776 *Avoué,* forme populaire d'*avocat,* aide, protecteur ; v. 3705 défenseur, champion.

2783 *La moie loiauté,* phrase interjective, par ma foi!

2787 *Enaigrir,* rendre *aigre,* c. à d. vif, ardent.

2792 *Choisir,* viser. — Ms. 1632 *seur l'hiaume,* de même v. 2816.

2798 *Le* est une faute typographique p. *li.*

2802 Ms. 1632 *esbauhir,* forme suspecte, intermédiaire entre *esbahir* et *esbaubir.*

2803 Mss. 1471 et 1632 *Pens' il :* « *Cis n'a...;* c'est ainsi, en effet, qu'il faut lire. J'avais mis dans mon texte *Ensi cis n'a* pour corriger la mauvaise leçon que présentait mon ms. *Par ensil cis n'a.*

2804 *Conseil,* résolution, ardeur.

2820 *Pardesraisnier,* mener à bonne fin (un débat, une lutte).

2822 *Aigrier,* attaquer *aigrement* (vivement); mot omis dans les glossaires.

2823 *Oye* (ouïe), oreille.

2824 *Par un pou,* peu s'en faut.

2825 *Rougier* (cp. 3503), forme concurrente de *rougir* (1496).

2827 *Que,* car; *manier,* traiter, ici malmener.

2830 *Semout,* lisez *semont* (de *semondre*). — *Renvier,* renfor-
cement de *envier* (= lat. *invitare*), pousser, stimuler.

2832 *Mie,* médecin; voy. ma note Jean de Condé, I, 439.
M. Tobler (Romania, II, 241) confirme ma manière
de voir à l'égard de l'étymologie de ce mot (lat. *me-
dius*); seulement, d'après lui, *medius* est issu de
medicus, par la syncope du *c* médial. Voici comment
il échelonne, très correctement, les formes pour
arriver à *mie* : *Medicum - medium, medie, meide*
(forme constatée), *meie* (sermons de saint Bernard),
d'où *mie.* Par une autre voie, *medicus* s'est francisé
par *miége,* comme *pedica* par *piége.* Le même savant
démontre encore comment de *mie,* par l'épenthèse
d'un *r,* s'est constitué le mot *mire* (v. 5456), troisième
forme principale sous laquelle la langue d'oïl nous
présente l'équivalent du mot *médecin* de la langue
moderne.

2835 Mss. 1471 et 1632 *Le bran.*

2843 Ms. 1632 *Si laidement;* v. 2844 *guenchie* p. *glacie*
(glissée).

2853 *Faire semblant,* montrer (par sa mine), avoir l'air.

2855 Ms. 1471 *que il muire.*

2858 *Ra,* a de nouveau.

2862 *Ogier* est un datif.

2868 *Conseü,* participe de *consievir* (atteindre), fait sur le
patron du lat. *consecutus;* cp. *pourseü,* v. 2975.

2878-88 Ces vers manquent au ms. 1632 par l'effet d'une
déchirure; de même vv. 2909-18, 2940-48 et 2971-78.

2884 Ms. 1471 *Trop avons.* — *Arestu,* forme contracte de
aresteü (v. 1397).

2890 Mouchet 5 *Mais j'en cuit vendre chierement le salu.*

2897 Ms. 1471 *s'ert sor lui.*

2912 *Enganer,* tromper, duper ; malgré la communauté de sens, ce verbe est indépendant de *engeingnier, engingnier* (3013), qui est un dérivé de *ingenium. Enganer,* ital. *ingannare,* esp. *engañar,* prov. *enganar,* ainsi que le bas-lat. *gannare* (237), pourrait, selon Diez, être un rejeton du vieux-haut-all. *gaman,* jeu, plaisanterie (contracté en *gamn*).

2915 Lisez *hiaumes.*

2924 *Vis,* adj. *vif* (vivant) au nom. sing.

2928 Ms. 1632 *fu remontés.*

2935 Il faudrait *tés* p. *tel.*

2940 Ponctuez : *Loiaument, ce verrés.*

2942 *Alé,* perdu, mort.

2948 *Or... mais,* désormais.

2955 Ms. 1632 *ne le mescreés plus.*

3006 *Outre bort,* outre mesure.

3007 Ms. 1632 *li Frans prisié.*

3040 *Autrement* = sans cela, est une redondance après *se ce ne fust.*

3044 Ms. 1632 *N'en peüst il eschaper.*

3046 *Pres que* = *petit s'en faut* (v. 3074); cela explique la forme négative de la phrase. Cp. aussi *par un pou* 2824.

3047 *Souple* exprime, dans l'ancienne langue, l'abattement, la tristesse; le ms. 1632 a, moins bien, *simplement.*

3048 Ms. 1632 *loiaument.*

3055 « Que je ne saurais découvrir en quoi il eût pu être meilleur. » Cp. la formule ordinaire « il n'i ot k'amender ».

3067 Ms. 1632 *regardé* (mauvaise leçon).

3087-3132 Ces vers manquent au ms. 1632, par suite de l'enlèvement du feuillet.

3090 *Querisse,* forme irrégulière p. *quesisse* ou *queïsse ;* voy. Burguy, I, 378.

3111 Lisez *que l'eüst atorné,* qu'elle l'eût déterminé. Mon ms.

cependant porte *qui,* que l'on pourrait prendre au
besoin au sens de « si on ».

3121 *Se tormenter,* se lamenter.

3139 *Reter,* accuser, port., prov. *reptar,* esp. *retar,* du bas-
latin *reputare* (voy. Diez, I, 347), cp. v. 3695. Mon
ms. porte *rester* et v. 3695 *restés;* j'ai eu tort de cor-
riger, car Adenés paraît favoriser l'orthographe
rester, on la trouve quatre fois dans Cléomadès :
vv. 2020, 3629, 4404 et 10458. L'épenthèse de l'*s*
n'est pas plus étrange que dans *roiste* (roide),
fluste, etc.

3142 Ms. 1632 *nel devriez clamer;* d'après notre leçon
devriez est bissyllabique.

3145 *Se relaver* d'un fait, s'en purger, le réparer.

3154 *Derver le sens,* perdre la raison; cp. vv. 3847 et 4378;
on trouve ailleurs aussi *derver du sens.* Sur l'éty-
mologie du mot, voy. mon Dictionnaire sous *en-
dêver.*

3155 Ms. 1632 *cuide bien forsener.*

3167 *Par conroi,* avec ordre, avec mesure; cp. 2034; *conroi*
est opposé à *desroi,* outrage (3188).

3179 *Soi* p. *lui,* cp. 5826.

3181 *Soi* (je sus), défini de *savoir,* comme *oi* (2184) de *avoir.*

3186 *Quel* = *que le.*

3189 *Proi,* je prie; selon la règle, l'*i* radical de *prier* devient
oi en syllabe tonique.

3191 *Ploi,* pli, au fig. implication, complicité de crime.

3192 Ce *toi,* amené par la rime, fait disparate avec les *vous*
qui précèdent.

3222 *Penser de,* avoir soin.

3227 *Gerra,* futur de *gesir,* coucher.

3228 Ms. 1632 *L'ot Karahues, forment...*

3239 *Un Sarrazin* est un datif.

3252 *Recrient,* de *recriendre,* redouter. — La syntaxe
moderne dirait ici *que on ne le laidist;* l'ancienne se

place au point de vue de l'acte accompli; cp. 3448 *eüsse parlé* p. *parlasse*.

3254 *Par fi* est une erreur typographique pour *par si; par si que* = à la condition que.

3259 Ma copie porte *roi*, mais la grammaire veut *rois*.

3261 Litt. « qu'il avait prise (*cueillie*) fort dure (*felenesse*) ».

3263 Lisez *Karahuel* p. *Karahues*.

3273 *Estreloi*, synonyme de *belloi* (3174), illégalité, déloyauté; propr. chose *estre loi*, extra legem.

3278 *Forjugier* sa terre à qqn., l'en déposséder judiciairement; plus bas, 3332, nous verrons la tournure « fourjugier qqn. de sa terre ».

3281 *Aatie*, défi. — 3283 *Sivre*, ici approuver.

3291 *Despaaisié*, soucieux, mot altéré de *despaisié*, peut-être sous l'influence de *mesaaisié* qui précède. Il se présente aussi dans Cléomadès, 8232.

3310 *Rapaié*, apaisé, calmé; opposé au *despaaisié* du v. 3291.

3312 *Et* renoue ici, comme *si*, la proposition principale à la subordonnée qui précède.

3316 Ms. 1632 *chevaliers* p. *sarrazins*.

3322 Ms. 1632 *de bonne heure*.

3339 Otez l's de *Charles*.

3340 *Desdire* qqn. de qqch., lui en donner le démenti.

3344 *Mettre ensamble*, faire se combattre.

3358 *Estre gré*, plaire, convenir; plus souvent *venir à gré* (3447).

3364 *S'ot ses cors coumandés*, s'est-il voué. La conjugaison des verbes réfléchis avec l'auxiliaire *avoir* n'est pas rare (cp. v. 3747); cependant je préfère, à cause de la finale de *coumandés*, la leçon des autres mss. : *soit ses cors*.

3367 Ms. 1632 *et lons*; 3372 *souvent* p. *forment*.

3379 Ms. 1632 *D'Ogier* (leçon plus correcte).

3389 *Sans nul point de dangier*, sans la moindre difficulté.

3403 *Molu* = *esmolu*, tranchant, litt. passé au moulin.

3404   Ms. 1632 *randounoit* (galoppait).

3407   Nous avons ici dans un intervalle de quinze vers les trois formes usuelles de l'ancienne langue pour messager : *més* (lat. missus) 3392, *message* (lat. missaticus) 3396, et *messagier*.

3429   Ms. 1632 *Pour quoi*.

3431   Vers omis dans 1632, sans préjudice du sens.

3445   Ms. 1632 *Namlon l'a pris,* leçon contraire à la grammaire et au sens.

3457   Ms. 1633 *en mon tré*.

3463   *G'irai avoec;* l'usage moderne a bien tort de condamner cette façon de parler, puisque *avoec,* d'après son étymologie, est essentiellement un adverbe.

3487   *De la loy,* selon la manière ou l'usage.

3500   Ms. 1632 *C'on li met sus* p. *c'on li amet.* — *Metre sus* (à charge) et *ametre* sont identiques de sens.

3511   Ms. 1632 *me met sus vilounie*.

3512   *Ce muet* (de *movoir*), cela part, provient.

3519   *Felounie,* cruauté; le sens moderne est étranger au mot ancien.

3521   Un feuillet arraché au ms. 1632 y fait manquer les vv. 3521-3639.

3524   *La voie,* le voyage.

3536   *Grand droit avés,* vous avez grandement raison.

3545   Ms. 1471 *ne veut estre.* — *Acorder* a ici le sens actif de mettre d'accord, faire consentir.

3552   *Lons plais,* longue parole.

3573   *S'aatir* d'une chose, en prendre fermement la résolution.

3574   *Ses cors meïsmes,* périphrase p. lui-même; cp. 3590 *pour son cors soulacier,* et 3617 *fors que ses cors*.

3576   *Seignoris* p. *seignorie,* concession à la rime; de même v. 4668.

3583   *S'eüst,* jusqu'à ce qu'il eût; cp. 624.

3640   Lisez *Il* p. *Et.* — L'accord du verbe avec le sujet

logique en tournure impersonnelle est chose usuelle
dans l'ancienne langue. — *Tapi* sans *s* est parfaite-
ment normal à l'accusatif singulier (il faut se rap-
peler qu'en tournure impersonnelle le sujet logique
prend la forme du régime direct); il faut distinguer
deux formes : *tapi*, prov. *tapit*, ⸗ lat. *tapétum*, et
tapis ⸗ bas-lat. *tapécius* (c'est ce dernier qui nous
est resté).

3643 *Iki*, forme picarde p. *ici*; le ms. 1632 porte *ainsi*.

3654 *Moie*, mienne, à moi.

3655 La forme *pri* alterne, suivant le besoin de la rime, avec
proi (3189). La dernière est plus conforme aux règles
de l'ancienne grammaire, voy. v. 3189.

3659 *Failli*, qui manque à l'honneur.

3667 Vers omis dans 1632.

3670 Ms. 1632 a *tort* p. *tour*; le mot est acceptable, mais
avec le sens de biais, expédient.

3673 Au lieu du neutre *le*, le ms. 1632 a *la*, avec rapport à
bataille. Il ne peut être question ici du picard *le* ⸗ *la*,
dont Adenés ne paraît pas avoir fait usage.

3690 *Garni*, comme *pourveü*, prêt.

3701 Ms. 1632 *consaus*; notre leçon *consens* donne un très
bon sens. A la vérité, on peut la prendre pour une
faute de lecture p. *conseus*, mais trouvant plus loin,
v. 3708, la forme *consaus* et non pas *conseus*, j'en con-
clus que l'auteur a réellement écrit *consens*.

3707 Mss. 1471 et 1632 *hardis et apensés*.

3710 *A levé*, élevé, honoré.

3735 Ms. 1632 *Et fierement es destriers afichier*.

3736-37 Ms. 1632 *Bien peüst dire : ci a noblez princier Et qui
sembloit...* (leçon incorrecte).

3741 *Ce que* ⸗ que; cp. Cléomadès 5007 : *Car moult près
dou cuer li toucha Ce que les devoit esloignier* (la
leçon *ce qu'eles* est fautive).

3752 Ms. 1632 *que j'ai mout chier*.

3762 *Amanevi,* voy. v. 1802.

3763 *Faitis* répond au lat. *facticius,* artificiel (opp. à naturel); de ce sens primitif se sont dégagés ceux de « fait avec art, fait selon les règles, convenable, parfait ».

3766 Ms. 1632 *que estriers n'en fu pris.*

3774 *Aatir de bataille,* provoquer au combat.

3775 *Autre fois,* une seconde fois.

3782 Ms. 1632 *Lance avoit.*

3784 Mss. 1471 et 1632 *ses chemins vertis* (tourné).

3787 *Chans* (nom. sing.), champ clos.

3796 *Aidis,* nom. sing. de *aidif,* aidant, secourable.

3803 *Pourpris,* entouré, garni de monde.

3804 *Li pris* est une faute typographique sur laquelle la convenance du sens m'a fait glisser; tous les manuscrits, et ma copie aussi, portent *li pis.* « Pour voir sur qui tournera le pis, c. à d. la défaite. » On connaît la locution *en avoir le pieur,* avoir le dessous, être battu.

3805 *Parc,* ici champ clos.

3809 Ms. 1632 *n'y ot.*

3813 Le genre masculin de *parenté* est conforme à celui de son type latin *parentatus.*

3818 *Pour,* au risque, sous peine de; cp. v. 2285.

3825 Lisez *s'esmerveillèrent.*

3829 Ms. 1632 *l'en a loé* (incorrect).

3838 *Amettre,* = mettre sus, imputer, cp. v. 3500.

3851 Ms. 1632 *Seur sen destrier.*

3852 *J'oi,* j'entends.

3864 *Se soufrir,* se passer; *se deporter,* s'abstenir.

3865 On disait aussi bien *quitter qqn. de qqch.,* tournure normale (cp. v. 3844), que *quitter qqch. à qqn.* (comme ici).

3869 Ms. 1632 *osteler* (héberger) p. *esconser* (cacher). C'est le dernier terme qui est généralement usité pour le coucher du soleil.

3873 *El,* autre chose.

3878 *La bataille muer,* ici changer les dispositions du combat.

3882 *Maint home* est un datif, régime de *couvient.*

3884 *Se consirrer,* se passer, s'abstenir, s'empêcher. Sur la signification vraie de ce verbe réfléchi et sur les erreurs commises à son égard par divers éditeurs ou glossateurs, voy. Bormans, Observ. sur le texte de Cléomadès, pp. 142-146. Mon honorable confrère de Liége m'a parfaitement convaincu d'erreur en ce qui concerne mon interprétation de certains passages de Baudouin de Condé; je m'en étais, d'ailleurs, et M. Bormans le rappelle, déjà aperçu en écrivant mes notes sur Cléomadès. — Nous rencontrerons encore notre mot aux vv. 6961 et 8205; je citerai aussi les Poésies de Froissart, I, 209, 4160.

3886 Ms. 1632 *Onques ne vi.*

3888 *Cuidier,* subst., pensée, particulièrement pensée présomptueuse, illusion.

3892 *Demoustrer samblant,* laisser paraître.

3898 *S'en partir,* s'en affranchir.

3902 *Le passet,* loc. adverb., au petit pas.

3909 Ms. 1471 *et qu'il apartenoit.*

3914 *A cui il en tenoit,* à qui cela incombait.

3916 *Oit,* prés. subj. d'*oïr;* l'indicatif est *ot.*

3918 *A taindre,* punir.

3930 *S'entrevenir,* se rencontrer, s'entrechoquer.

3933 Lisez *dusqu'es (es* ═ en les).

3939 *Conseü,* participe de *consievir,* atteindre; synonyme d'*assener* (3950).

3952 Le sens étymologique de *cravanter* (crepantem facere) est faire se briser, de là : abattre, détruire.

3964 Voy. la note v. 7257.

3965 *Arriéré,* trompé, déçu.

3976 *Saisir,* s'emparer de.

3988 *Meshaignier* est une forme abusive de *mehaignier* (ital.
        magagnare). L'*s* n'a pas de raison d'être.

3992 *Arrier,* en retour.

3996 Ms. 1632 *Li eüst,* leçon préférable. — *Descompaignier,*
        se séparer; ailleurs, dans cette formule, on emploie
        sevrer, partir ou *vuidier.*

3998 *Embronchier,* se pencher en avant. Les significations
        diverses et l'origine de ce mot difficile, qui ne se
        trouve que dans la langue d'oïl et dans la langue d'oc,
        ont été étudiées par Diez II, 284 (3ᵉ éd.) et par
        Gachet, p. 139, mais le problème étymologique n'est
        pas encore résolu.

4004 Ms. 1632 *Destrier.*

4009 *Desrochier,* prov. *desrocar,* ital. *dirocciare,* esp. *der-*
        rocar, renverser, abattre; tiré de *roc,* comme *démolir*
        de *moles.*

4010 Ms. 1632 *mestier* p. *besoing.*

4012 *Legier,* leste, agile.

4020 Lisez *fait* p. *sait.*

4024 Mss. 1471 et 1632 *qui fu letrés.*

4031 *Mustiel,* jambe, cp. Baud. de Condé, 165, 392: « A tes
        crons mustiaus as soros. » C'est le wallon *mustai,* tibia,
        os de la jambe, rouchi *mutiau,* os de l'épaule, etc.
        J'assignerais volontiers à ce mot l'étymologie *mus-*
        cellus (= *musculus,* muscle); ce qui m'arrête encore,
        c'est que *musculus* en bas-latin signifiait plutôt le
        gras, le mollet ou littéralement la souris de la jambe,
        que le tibia; pour la permutation de *c* et *t* (*mus-*
        quiau et *mustiau*), elle ne ferait pas difficulté, cp.
        rouchi *satiau* p. *saquiau,* petit sac.

4033 Ms. 1632 *mesmenés.* — Pour *desviés,* voy. la note
        v. 7257.

4038 *Saudrés,* futur de *saillir.* — 4039 *Avoir en son aumaire*
        (armoire), expression figurée p. tenir en réserve.

4040 « Je ne les ai pas encore tous dépensés. » Sur *alouer,* employer, dépenser (lat. *allocare*), voy. mon Gloss. de Froissart v° *aleuer.*

4056   Ms. 1632 *A embracié.* — Mss. 1471 et 1632 *com vassaus esmerés.*

4057   Ms. 1632 *seur l'hiaume.*

4058   Ms. 1632 *Si que tant fort est l. h. qu.*

4060   Ms. 1632 *Que n'i valu hiaumes n'haubers safrés.* — *Safré,* « couvert d'orfroi », disent les glossaires l'étymologie du mot m'est inconnue.

4061   Ms. 1632 *aus* (plur. de *ail*) p. *oes* (œufs).

4069   *Auques,* quelque peu, un petit nombre.

4082   Lisez *amoient* p. *amèrent* (faute typographique).

4112   Ms. 1471 *pour ma vie à sauver.*

4126   Mss. 1471 et 1632 *moult souvent.*

4133   *Revenir devant,* verbe impersonnel comme *souvenir,* venir en mémoire, causer des regrets, des remords.

4138   *Samblant,* avis.

4140   Ms. 1632 *son avenant.*

4143   *En sousploiant,* avec une mine triste ; l'*s* est abusif, car c'est un dérivé de *souple,* humble, triste.

4144   Ms. 1471 *La chiere abaissant.*

4149   Ms. 1632 *cremus* p. *creüs.*

4162   *Avoir couvenant* (ou *couvent*) qqch. à qqn. est un tour insolite ; la formule habituelle est *avoir qqch. en couvenant* (ou *en couvent*).

4163   Otez la virgule à la fin de ce vers.

4172   *Guiler,* verbe d'un fréquent usage, synonyme de *enganer* (v. 4186), existe encore dans l'anglais *be-guile,* tromper. Voy. sur son étymologie, Diez II, 335.

4177   *Sel,* = *si le* (et le).

4192   *S'enformer,* se métamorphoser.

4201   *Outrer* (pr. pousser à bout), vaincre ; *outrer le champ* ou *la bataille,* être vainqueur.

4215   *Prendre esconsement,* périphrase p. *s'esconser,* se cou-

cher (litt. se cacher), comme *faire présent,* au v. suiv.,
p. *présenter.*

4219 *A pensement,* intelligence, synonyme d'*escient* (4225).

4223 Ms. 1632 *Lors n'ot.*

4229 *De nient,* en aucune manière, tant soit peu.

4232 *Tenement* est un terme général désignant toute espèce
de fief, soit noble, soit roturier; l'*honneur* est plus
spécialement un fief noble.

4233 Ms. 1632 *Com bons vassaus.*

4243 *Juré,* conjuré de ne pas le faire.

4244 *Estre son gré,* contre sa volonté; *estre* = lat. *extra.*

4245 *Ressué,* forme renforcée de *essuer,* essuyer.

4247 *Soué* p. *souef,* lat. *suavis;* ici employé comme adverbe.

4256 *Presenté,* fait l'offre.

4267 *Finer* d'une chose, pr. en venir à bout, puis l'obtenir;
voy. mon Glossaire de Froissart.

4268 *Oposer* qqn., pr. lui faire une objection, ici lui faire une
proposition; la leçon du ms. 1632 *aposé* est rejetable.

4272 *Aprochier* a à peu près la même valeur qu'*oposer* du
v. 4268.

4273 *Avoir mestier,* d'habitude être nécessaire ou avoir besoin
(4776), signifie parfois aussi, comme ici, être utile,
valoir.

4282 Lisez *savez* p. *sarez.*

4289 *Employer,* appliquer, placer, est le terme usuel pour
exprimer la destination donnée à un don.

4290 Corrigez ce vers ainsi (d'après le ms.) : *Qu'en vous; nel
dis pas pour vous losengier.*

4291 *A convenu,* il a fallu [que votre épée se brisât].

4312 Ms. 1632 *Par dedenz Roume sous l'isle en la valée.*

4321 Ms. 1632 *Car ot oÿ conter.*

4326 *Puis,* pluriel de *pui,* montagne.

4345 Pour *sans* suivi de *à,* voy. v. 9.

4357 *Menuement* = dru.

4366 Le verbe *haïr* a produit deux substantifs; l'un, *hé,* dégagé du thème verbal ; l'autre, *haïne* (d'où notre *haine*), au moyen du suffixe *ine*. On peut aussi ramener *hé* directement au subst. gothique *hatis*, anc. saxon *hati*. La langue d'oïl, par le suffixe *or*, avait encore formé *haor*. — *Cueillir en hé*, prendre en haine.

4378 *Près*, presque, peu s'en faut ; notez le caractère négatif de cet adverbe.

4380 *Asseoir le dé* à qqn. doit vouloir dire lui faire poser le dé, c'est à dire quitter le dé, renoncer à son entreprise.

4382 Ms. 1632 *K'il eüst proposé*. Le terme *enproposer* de notre leçon est fréquent ; il est analogue à l'équivalent *enpenser* (vv. 4260, 4365). Dans les vv. 6463 et 6471 de Cléomadès, il faut lire en un mot *enproposé* et *enproposée*.

4383 *A tel gent*, avec tant de monde, avec une si forte escorte.

4384 *Reüsse*, j'eusse de mon côté.

4390 *Longues*, longtemps, forme adverbiale de *long*.

4393 *Se... non* accompagné du verbe négatif = seulement.

4404 Mss. 1471 et 1632 *de ce que à s. e.*

4407 Ms. 1632 *cui* p. *où*.

4410 *A sauvement*, hors de danger ; *par droit*, comme *par raison*, signifie parfois « selon toute probabilité ».

4442 *Double*, fois ; synonyme de *tant* ; cp. Berthe LXXXII : Car sa joie li ert à cent doubles doublée.

4452 Ms. 1632 *estre li miens cuers remués* (détourné).

4455 *Li vos Dieœ*, votre Dieu ; tour conservé en italien.

4456 Ms. 1632 *c'est la certainetés*.

4458 *Naturel* ou *naturé*, au sens moral du lat. ingenuus, noble, généreux.

4460 Voy. vv. 2060-62.

4466 *Camoussés*, meurtri, couvert de plaies ; prov. *camuzat*. Sur les significations diverses et l'origine de ce mot, voy. Gachet, v° *camois*, et Diez I, 106.

4485 *A pièce*, de longtemps.

4506 *S'on eüst*, comme si on eût.

4510 Ms. 1632 *en deüssent*.

4525 *Fereour*, litt. frappeur ; dérivé de *férir*.

4535 *Mireour*, miroir, fig. exemple, modèle ; répond exactement au type latin *miratorium* (provençal *mirador*).

4539 Ms. 1632 *la besoingne acointier* (faire connaître) ; mauvaise leçon.

4540 Lisez *encombrier*.

4552 *Pouræc*, voy. v. 1853.

4598-99 Il faut un point à la fin du premier de ces deux vers, et changer *où* du second en *on*.

4604 *Il fu arréé* doit être pris impersonnellement, sans cela le pronom *il* manquerait de rapport.

4626 « Il n'y avait plus qu'à se mettre en selle. » — Cp. Cléomadès 11260 : N'i avoit que de l'alumer ; aussi, dans le même sens, *ne tenir qu'à*, ainsi plus loin 8105 Que il ne tint mais que à l'espouser. Notez l'emploi substantival des infinitifs : *le monter, l'alumer, l'espouser.*

4650 *Salut*, 3ᵉ pers. sg. du prés. subj. de *saluer*. — *Li* est un « dativus ethicus », comme disent les grammairiens ; c'est le même datif qui se remarque dans des phrases telles que : *Ce pautonnier me pendés* (Raoul de Cambrai); *prends moi le bon parti* (Boileau), etc. — Cp. 7502.

4659 Je pense que *le* est un lapsus calami p. *la;* mon ms. s'abstient d'habitude de la forme picarde *le*.

4663 *Duerra*, durera.

4668 *Seignoris* p. *seignorie*, voy. 3576.

4689 Lisez *l'a* p. *fu* (qui est un lapsus de ma copie).

4708 *Mouvoir* prend ici le sens neutre de soulever une querelle, faire une attaque.

4710 *Lire son feuillet*, locution proverbiale, qui pourrait se rendre par « débiter son chapitre ».

4714 *Espoir*, adv., peut-être. Le mot étant proprement un verbe (« je présume »), il est parfois suivi de *que*, comme au v. 4841.— *Consentu* alterne avec la forme *consenti* (6125).

4717 Ms. 1632 *Et de prouesce.*

4723 Le second *que* est pléonastique. — Ms. 1632 *Dient* (le sujet serait alors les payens). — *Dire hu*, donner le signal.

4724 Le sujet du verbe doit être deviné : ce sont les Français.

4725 *Recreü*, qui renonce à la lutte, lâche.

4730 *Oü* alterne avec *oï*, comme *senti, issi* avec *sentu, issu.*

4733 Cp. v. 369.

4736 Mss. 1471 et 1632 *sont ci venu.*

4774ᐧ *N'est drois*, il n'y a pas de raison.

4778 Ms. 1632 *ne renvoions.*

4781 Ms. 1632 *Et k'autrement.*

4800 *Roumoisin*, monnaie romaine, voy. Du Cange sous *romesina.*

4810 Lisez *resjoïssans.*

4814 *Guiant*, subst., guide, chef.

4822 *Eschiele*, = *bataille*, corps de troupes; prov. *esqueira*, ital. *schiera*, du vieux haut-all. *scara* (auj. *schaar*), troupe. A côté de *eschiele* la langue d'oïl avait aussi *eschiere.*

4824 *Counoissant*, facile à reconnaître; cp. notre expression *voyant.*

4837 *Descounoistre*, faire distinguer une chose d'une autre.

4839 *Autre fois*, une seconde fois. — Les armes du roi Carahuel ont été décrites v. 2654.

4841 *Aucun* est un datif. — *Riote*, d'habitude = querelle, dispute, ne se prête pas bien ici ; on dirait que l'auteur y attache plutôt le sens de « chose risible, dérision », en le rapportant au verbe *rire;* cp. catalan *riota*, risée, rouchi *riote*, plaisanterie qui excite le rire.

4845 Ms. 1632 *se demenoit.*

4857 Cp. vv. 1901 et 3596.

4858 *Parissu,* entièrement sorti; cp. trois vers plus loin *par
      furent estendu.*

4861 Lisez en deux mots *par furent;* l'adverbe *par* (au com-
      plet) se lie à *estendu.*

4864 Ms. 1471 *eüst* (il y eût) *tant.*

4865 Ms. 1632 *Com à celui.*

4871 *Prendre terre,* prendre ses positions ou son campement.

4878 *Remanu,* forme de participe concurrente avec *remès;*
      quelques auteurs présentent, en outre, une forme
      fusionnée *remasu.*

4883 *S'ierent combatu,* se seront combattu, p. se combattront.
      Ce même point de vue du fait accompli se remarque
      dans un grand nombre de passages; cp. plus
      loin v. 4963.

4885 Ms. 1632 *l'a* p. *m'a,* bonne leçon; *le* = lat. *id,* c. à d.
      le plaisir de me joindre aux combattants.

4888 Ellipse de *que.*

4889 Ms. 1632 *Mais puis,* leçon préférable.

4890 Notez le caractère actif du verbe *gracier.*

4897 *Couvenant,* ici comme souvent, circonstance, affaire.

4914 Ms. 1632 *Aus crestiens.*

4915 *Se clamer,* se plaindre.

4917 *Poist,* prés. du subj. de *peser,* = *toucher,* aller au
      cœur. — Ms. 1632 *en sera.*

4925 *Le faire,* en agir, se conduire.

4926 *Mes cors meïsmes,* moi-même.

4928 Le singulier *il s'ouferra* est en désaccord avec le *ceaus*
      du vers précédent; on pourrait, pour l'éviter, lire
      souferra, en traduisant : *Qu'il* (Dieu) lui *permettra
      de venger sa honte.*

4932 *Asserra,* futur de *asseoir;* le double *r* est un effet de
      l'assimilation du *d* radical avec *r : assedra, asserra.*

4951 *Aatie,* résolution.

4955 *Eschiu* ou *eschif*, pr. qui recule devant (all. *scheu*), primitif du verbe *eschiver*, *esquiver*.

4964 *Conjoïr*, recevoir avec joie, une nouvelle comme une personne.

4968 *Bouge*, coffre, plus souvent sac, poche; voy. Diez, I, 72.

4970 Ms. 1632 *Or leur ayt;* le datif est en effet plus usité auprès de *aidier* que l'accusatif.

4989-90 *Bonté, seürté* p. *bontés, seurtés* (nom. sing.); concession à la rime.

5006 *De mi*, au milieu.

5021 *Ravoit*, prés. du subj. de *ravoier*, faire revenir, rendre.

5025 *Devision*, ici description détaillée; ailleurs (2722, 5995) le mot équivaut à manière.

5028 *Descomparoison*, signe de distinction.

5029 *Ourle* (bordure), ici du genre masculin; plus haut, v. 2547, l'*endentée ourle*.

5034 Ms. 1632 *ne chauça d'esperon*.

5039 Ms. 1632 *s'à prendre non*.

5042 *Avoir poi de foison*, être peu fréquent, peu en vogue.

5049 *Eschars*, avare, chiche; au vers suivant le mot est le nom. sing. de *escharn eschar*, subst. verbal de *escharnir*, railler, vilipender.

5051 *Ars*, arts = tours, procédés.

5052 *A fin nient*, litt. à vrai néant.

5053 *Nient*, ici bissyllabique; au vers suivant, monosyllabique; voy. v. 1581.

5056 *Escars*, nom. sing. de *escart*, entaille, brèche; c'est l'all. *schart, scharte*.

5060 *Derrout*, lat. *disruptus;* de là le verbe *dérouter* et le subst. *déroute*.

5062 Cette application métaphorique du mot *galantine* est curieuse. — Le ms. 1632 a *galaïne*, qui vient du type bas-latin *galatina* par syncope du *t*, tandis que *galantine* en vient par nasalisation. Une troisième forme, savante, est *gélatine*. Les rapports étymologiques de tous ces mots avec *gelare,* geler, sont sujets à discussion, surtout à cause du correspondant allemand *gallerte,* à l'origine duquel les continuateurs de Grimm ont consacré de minutieuses recherches, mais sans donner de solution définitive.

5068 *Seans* p. *seant,* concession à la rime (cp.7652); de même *laissans* p. *laissant* au v. 5076.

5072 *Mais que,* ici == si ce n'est que.

5080 Ms. 1632 *Des autres qu'ot,* leçon dépourvue de sens.

5090 Ms. 1632 *Le doit savoir.*

5106 Mss. 1471 et 1632 *Et noblement.*

5117 Renouer le preux Thierry d'Ardenne à la maison de Brabant devait particulièrement sourire au protégé de Marie de France, la fille du duc de Brabant.

5121 La sépulture de Godefroid le Barbu en l'abbaye d'Afflighem est constatée par les historiens, mais on ne comprend pas en quoi la mention de ce fait historique peut contribuer à la glorification du duc d'Ardenne.

5132 Ms. 1632 *Armes ot blanches.*

5161 Ms. 1632 *ouvrés* p. *ourlés.*

5173 *Charchié,* forme masculine de *charchie* (litt. chargée), charge. Ce vers est difficile de construction.

5191 Mss. 1471 et 1632 *noblement.*

5192 Lisez *n'i* p. *ne.*

5195 Ms. 1632 *fin hiaume.*

5215 *Tourt,* 3ᵉ ps. sg. du subj. prés. de *tourner.*

5227 *Douté,* doté, doué. Nous retrouvons cette forme savante *douter* aux vv. 7785 et 8006. Le ms. 1632 a mis *danté* (dompté), qui ne convient nullement.

5229 *Nes que,* pas plus que si.

5231 *Soutieveté,* intelligence, vient de *soutieu* == *soutif.* Les adjectifs en *ieu* procèdent aussi bien de types latins en *ivus* que de types en *ilis;* or, il arrive que ceux de la dernière sorte se confondant avec ceux de la pre-

mière (*soutif* se substituant ainsi à *soutil*), ils dé-
gagent parfois des féminins en *ieve* et par là des
substantifs en *ieveté*. A la rigueur *soutil* ne peut pro-
duire qu'un subst. *soutieuté* qui se voit d'ailleurs
souvent (cp. *vieuté, viuté*, de *vil*).

5235 *Aperté*, subst. mal formé de *apert;* il faudrait *aperteté*.
Un fait analogue est *chasté*, p. *chasteté*.

5237 *Desireté*, déshérité; 5239 *ireté*, héritage.

5249 *Dou veoir*, de le voir; voy. ma note v. 3.

5255 *Ajouster*, construit avec *être*, combattre (cp. *assembler*).
Plus loin (5318) : *la bataille est ajoustée* (engagée).

5270 *Enprunté*, qui prend une mine d'emprunt; cp. *faire
bon semblant par emprunt*, Froissart, Choniques (éd.
Kervyn)II, 460.

5272 *Receté*, retiré, dér. de *recet*, lat. *receptus*, retraite.

5291 *A loi de*, à la manière de; synonyme de *à guise de* 5350.

5298 *Contour*, pluriel façonné sur le modèle des subst. (à
terminaison génitivale) *Francour, paiennour, milso-
dour*; je le vois pour la première fois.

5301 *Routes*, rompues, lat. *ruptas*.

5304 Ms. 1632 *Bien se rassaillent*.

5313 Ellipse de *que* après *doutent;* voy. v. 633; cp. aussi
v. 5414.

5325 *Roé* (type latin *rotatus*, prov. *rodat*), arrondi.

5333 *Glaive* était anciennement des deux genres.

5335 *Ce que,* la circonstance que.

5350 *Maintenir*, il y a ici omission du pronom réfléchi
comme généralement devant l'infinitif.

5364 *Mendre* (moindre) au cas-régime est une irrégularité;
il faudrait *menour*.

5367 Il faut peut-être lire *destendre*, au même sens que
estendre 5377.

5369 *Contendre*, lutter.

5371 Dans le ms. 1632 ce vers est placé avant les deux pré-
cédents. — Ms. 1471 *cous* (coups) p. *corps*.

5375 « Manquer à l'honneur en aucune chose qui méritât le
blâme. »

5380 *Pourprendre* revêt ici le sens insolite de faire le vide
autour de soi.

5385 « Il ne fallait pas. »

5389 *Atendre* qqn., lui faire résistance.

5396 *Adevinaille,* conjecture, supposition, opposé à *fer-
maille,* certitude (vers suivant).

5398 *L'un des os* est un datif (la leçon *l'uns* de ma copie doit
être fautive); *mesaller* est un verbe impersonnel =
mescheoir, mesavenir.

5402 *Frapaille,* gens de rien, aussi *frapin.* D'où vient ce
mot? Il faut écarter d'abord le verbe *frapper,* qui,
paraît-il, n'avait pas encore cours au temps d'Adenès.
Le mot *frape,* consigné par Roquefort avec la valeur
de peine, châtiment, n'est pas constaté par l'exemple
qu'il allègue à son appui. Le primitif le plus naturel
sera donc *frape,* au sens de foule, multitude, parti-
culièrement réunion de clercs (voy. Ph. Mouskes
I, xcvii). Dans cette hypothèse, *roi de frapaille*
signifiera sinon roi de prêtraille, roi de gens vul-
gaires, sortis du commun. Quant à l'origine de *frape,*
je renonce à la poser, ne trouvant pas de lien naturel
entre l'idée de foule et celle du nordique *hrappa,*
injurier, avec lequel Diez (II, 309) l'a mis en rap-
port. — Diez cite un mot lorrain *frapouille* au sens
de lambeau, guenille; cela pourrait engager à expli-
quer aussi *frapaille* par tas de gueux (cp. all. *lum-
penvolk*). Reste à savoir si *frapouille* n'est pas un
dérivé de *fripe;* dans l'affirmative, on serait encore
autorisé à voir dans *frapaille* une variété de *fripaille,*
tas de fripons (*a* p. *i* en syllabe atone n'a rien qui
gêne).

5406 *Maaille,* forme ancienne et normale de *maille* (mon-
naie).

5411 *Destre et senestre,* locution adverbiale; cp. 5505.

5413 *Enviaille,* provocation, défi; de *envier,* forme ancienne
de *inviter,* qui nous a laissé la locution *à l'envi.*

5415 *Se touaillier,* se rouler, se vautrer.

5421 *Vaillissant,* forme de participe présent irrégulière,
mentionnée sans explication par Burguy (II, 111).
On est autorisé à la ramener à un type *valescere,*
p. *valere* (cp. *aparissant,* de apparescere, forme
concurrente de *apparant*).

5431 *Ourdière,* terrain renfoncé; *ordière,* par le changement
de *d* en *n,* a produit notre mot *ornière.*

5432 Il faut suppléer après *ou* le pronom *qui* comme sujet
de *requière* (attaque).

5434 *Manier,* adj., exercé, habile; cp. Cléomadès, 6542 (où
il faut lire *manier* p. *manié*).

5439 *Iere,* lat. *hedera,* lierre. — 5440 *Feuchiere,* fougère,
régulièrement tiré du type *filicaria* (dérivé de *filix*).

5447 Ms. 1471 *Griés fu.*

5450 *Antroigne,* fable, conte; cp. Cléomadès 6594-5 :

> Si c'om puet faire en une fable
> Ou en antroignes ou en songes.

Je n'ai rencontré le mot qu'en ces deux passages.
M. Bormans (Observ., p 152) y voit une des nom-
breuses modifications du mot *rotruenge* (espèce de
chanson à ritournelle), sur l'étymologie duquel voy.
Diez II, v° *retroenge,* mais cette explication me paraît
peu plausible, au point de vue de la lettre.

5451 Nous avons ici un des rares exemples où la césure vient
frapper un *e* muet; aussi le ms. 1632 met-il *Et cil
qui dient* (la grammaire, cependant, exigeait *ceaus*).
J'avais déjà remarqué un cas analogue au v. 1854 :
Et il vienent, mais je l'ai, de ma propre autorité, fait
disparaître en corrigeant *Et il i vienent;* d'autres cas
se présentent v. 6137 : *Car moult samble,* et v. 5849

Uns vens froides. Il faut noter à cette occasion que le pronom *ce* constitue un mot accentué et vient souvent tomber à la césure, ainsi v. 5150 : Oedes, pour ce ‖ que en mains lieus penés.

5455   « Que le ciseau (*force*) ne tranche le drap ou la *toigne.* » Je ne connais pas le mot *toigne;* il serait hardi d'y voir une métamorphose de *toile.*

5456   « Que le médecin lui administre des onguents. » Ms. 1632 *que mire aloigne,* leçon impossible.

5457   *Ses sens,* son savoir.

5458   *Loigne* de *longier,* s'éloigner, s'enfuir,=*eslongier*(5463).

5460   *Clavain,* haubert ; on disait aussi *clavel;* terme écourté p. *haubert à clavel* (voy. Gachet au mot *fremillon*).

5470   *Rooigner,* pr. couper en rond.

5472   *Soigne,* à la lettre, ne peut guère désigner la *Seine* (Sequana); le mot convient à la *Sogne* (dép. de l'Eure), lat. *Ciconia.*

5473   *Tremoigne,* Dortmund en Westphalie, lat. *Trutmania, Tremonia.*

5474   *Essoigne,* embarras, peine.

5482   *C'on,* car on ; *le couvenant,* l'affaire.

5486   Ms. 1471 *qu'il tint.*

5496   Ms. 1632 *Au lez senestre.* — *Glacier,* glisser.

5511   Ms. 1632 *grant et pesant.*

5531   Ms. 1632 *esbaubis.*

5538   *En,* parmi (le ms. 1632 porte *à,* qui ne convient pas); cp. v. 5563.

5539   *Mieudre* au cas-régime est irrégulier et amené par la mesure ; il faudrait *milleur.*

5562   *A ce à faire,* voy. v. 9.

5564   Ms. 1632 *sor les lis.*

5566   *Grans cors,* grand personnage.

5594   *Usé,* ici = fait preuve.

5598   Ms. 1632 *fu l'estours.*

5599   *Engaigne;* ce substantif se rencontre dans l'ancienne

langue avec les significations suivantes : 1° Ruse,
tromperie, adresse ; cette acception est indiquée par
Roquefort (dans le corps de l'ouvrage et au supplé-
ment), mais les deux passages qu'il cite n'y sont
aucunement favorables et se rapportent plutôt à notre
n° 3. Bien que je n'aie pas d'autres exemples à y
substituer, j'admets volontiers la réalité de cette
signification, en y voyant le subst. verbal féminin
de *engignier, engaignier,* user de ruse, tromper,
parallèle du masc. *engieng, engien, engin,* qui a le
même sens (« Trop set feme d'*engin,* de barat et de
lobe » Rutebeuf II, 481). — 2° Projectile, trait ; c'est
le sens qu'il a dans notre passage et qui a échappé à
Roquefort ; je le retrouve dans le Roman de Troie,
v. 7120 : Darz et engeignes empenées, et v. 17277 :
Qui traient engeignes agües Et granz saietes esmo-
lues. Ici encore le mot représente une forme féminine
de *engien,* machine de guerre. — 3° Chagrin, peine ;
c'est la valeur que nous lui trouverons plus bas
v. 5620 : Qui talent ont de faire à nos engaigne, et
dans Cléomadès 6986 : S'en ot grant ire et grant
engaigne ; comparez encore Jean de Condé, Blanc
chevalier 639 : Et en ot ire et grant engaigne, Re-
naut de Montauban 368, 1 : Jà m'a fait cist traîtres
maintes pesans angeignes ; Fragment de la Geste
d'Aubery (publ. par Tobler, Mittheilungen I, 183, 5) :
Mon porc preïstes dont j'ai moult grant engaigne.
Cette dernière signification découle également du
verbe *engaignier, engignier,* tromper, par l'intermé-
diaire de l'idée de déception. — Tobler, qui est, après
moi (Jean de Condé I, p. 387), le premier commenta-
teur qui ait relevé la troisième acception de notre mot,
cite à la même occasion une formule adverbiale
engaigne, qu'il propose avec raison d'écrire *en gaigne*
et à laquelle il trouve le sens d'aussitôt. Voici ses

exemples, tous tirés du Théâtre franç. au moyen âge :
Tien, chevalier soies en gaigne, De moy as eü le
colée (325) ; Alons après, alons en gaigne (443) ;
Ostés, et je l'accors en gaigne (448). Le savant roma-
niste n'ajoute rien pour expliquer cette expression.
Selon moi, elle signifie proprement « avec plaisir,
selon gré », et secondairement « sans hésiter, à
l'instant » ; *gaigne,* dans cette application, représente
une forme féminine du lat. *genius,* au sens de pro-
pension naturelle, plaisir (cp. indulgeré genio). J'ai
trouvé avec un sens analogue la formule masculine *à
gien,* dans Froissart XIV, 271 (éd. Kervyn) : Se, par
deffaute d'air ou de doulces viandes, mortalité se
boutoit en nostre ost, tous se moroient *à gien* (*gieu*
est une leçon fautive) l'un par l'autre ; cp. Froissart
Poésies III, 118.

5600   *Bargaigne,* pr. transaction commerciale, ici appliqué
métaphoriquement au combat, où chacun *vend chère-
ment sa vie.*

5603   *Refraindre,* sens neutre, se briser, fléchir.

5607   Il faut peut-être lire *çel* au lieu de *tel;* en tout cas, la
leçon *cil* du ms. 1632 est fautive.

5609   *Engraignier* (dérivé de *graindre,* lat. grandior), gran-
dir, s'accroître ; ailleurs *engrangier* (2154).

5610   « Ceindre l'épée haut », être de haut parage.

5615   Ms. 1632 *nes souspraigne.*

5620   *Engaigne,* chagrin, peine, voy. ci-dessus, v. 5599.

5621   *Cohaigne,* d'après Roquefort, querelle, dispute ; cette
signification ne convient guère, et le sens qui s'im-
pose est plutôt « bonne prise » ou « riche butin ».
Notre passage fournit un nouvel exemple de l'ancien-
neté du mot *cocagne.*

5633   Lisez *couvient* au lieu de *coument.*

5635   Mss. 1471 et 1632 *qui la loi Dieu adaigne* (agrée,
accepte).

5636 *Petit est heure que,* les moments sont rares où...

5637 *Griet,* prés. du subj. de *grever.*

5646 *De ce ne parolt nus,* formule affirmative ; litt. que personne ne le discute, n'en doute.

5648 *A la forclose,* plus souvent *à la parclose* ou *à la parfin,* finalement.

5649 Notre auteur emploie les deux formes de participe passé de *eslire* : 1. *eslit* (nom. sing. *eslis*), 5539, 5569, qui répond au lat. *ex-lectus;* 2. *esleü,* formé selon le système de la conjugaison romane, ici, 5706, 5818, etc.

5650 *Corir sus* se construit tantôt avec le datif (cp. 5814, 5853), tantôt, comme ici, avec l'accusatif.

5660 Ici la forme normale *receü,* plus loin, 5674, la forme contracte *reçut.*

5682 *A ce point,* en ce moment.

5683 *Vie* est un lapsus du typographe pour *voie.*

5685 Le subst. *maceclerie* suppose un verbe *macecler,* forme du mot *massacrer* qui n'a pas encore, à ma connaissance, été relevée, et qui vient à l'appui de l'étymologie all. *matsekern,* tailler en pièces, proposée par Diez.

5704 *Paiennour,* pr. un génitif (⟹ lat. *paganorum*), est devenu un adjectif, susceptible de flexion ; cp. *illorum* devenu *lour, leur,* plur. *les lours* (5703).

5711 *Conduiseours* au nom. sing. est une licence pour *conduisières.*

5712 Ms. 1632 *lors sejours,* mauvaise leçon.

5724 Le ms. 1632, pour éviter, paraît-il, le genre féminin de *labour* (d'ailleurs parfaitement correct), porte : *ert bien 'ses drois labours.*

5726 Ms. 1632 *uns ours.*

5728 Mettez une virgule après *drois* (raison); le *ke* qui suit a la valeur de *car.*

5731 *Ressours,* participe passé régulier de *ressourdre,* lat. *resurgere* (se relever).

5736 On reconnaît dans cette complaisance de l'auteur à mentionner les largesses de Thierri d'Ardenne envers les trouvères de son temps, le protégé reconnaissant de la maison de Brabant. Brabançon, Adenés qualifie Thierry, que plus haut déjà il a présenté comme l'ascendant du premier duc de Brabant, avec une certaine fierté comme *un de ses ancissours*. — Remarquez ici encore l'accumulation de termes relatifs aux diverses branches de la profession de ménestrel : jougleours, vieleurs, chanteours, trouveours, recordeours.

5748 Ms. 1632 *recours*. Notre mot *retours* (les *c* et les *t* ne diffèrent guère) peut aussi se lire *recours;* les deux termes sont synonymes, mais j'ai préféré *retour* qui signifie particulièrement repaire, refuge.

5749 Il y a ici une ellipse : jamais ils n'eussent été de si haut rang [*qu'ils échappassent au châtiment*]. — Il faudrait, selon la grammaire, *estrait* p. *estrais*.

5762 *Estraier,* errer çà et là; généralement dit du cheval, qui court sans maître, à l'aventure; cp. Partonopeus 1683 :

> Et a laissié son noir destrier
> Al pié des degrés estraier.

On est tenté d'y voir le correspondant du verbe prov. *estraguar* ⚌ lat. extra-vagare; mais Diez doute du caractère verbal du mot et pense qu'il peut être pris partout pour un adjectif ou un substantif, et qu'il représente le prov. *estradier* (« qui bat l'estrade »). Voy. sur l'emploi de l'adjectif *estraier, estraer,* les citations de Gachet (Glossaire) et de Duméril (Gloss. de Floire et Blancheflor), et pour l'étymologie, Diez I, 402 et II, 296. Gachet s'est gravement mépris en rattachant notre mot au latin *extrahere*, et encore

plus en le rapprochant de l'ital. *straniere* (notre fran-
çais *étranger*).

5773 *Maint Sarrazin* est un datif.

5797 Ms. 1632 *valu* p. *paru.*

5812 *Apleü*, de *aplovoir*, affluer.

5826 *Soi = lui*, comme souvent; cp. 3179.

5849 Le masculin *froide* est aussi justifié que *roide*. — Ici
encore la césure frappe un *e* muet, voy. v. 5451.

5913 *Espaouri*, saisi de peur, manque aux glossaires.

5920 Le mot *chief*, au sens de bonheur et formant opposition
à *meschief*, est intéressant à signaler; je ne l'ai jamais
rencontré.

5926 Mss. 1471 et 1632 *N'on ne se doit.*

5930 Vers omis dans le ms. 1632.

5931 *Burir*, verbe inconnu qui paraît signifier se lancer avec
fougue; il revient v. 6197. Il pourrait bien être
connexe avec le subst. *burine* « querelle où l'on se dit
beaucoup d'injures » (Roquefort), bas-lat. *burina*,
seditio, rixa. — Le ms. 1632 a *bruir* (bruire, faire du
bruit).

5932 *Renheudir*, ranimer, verbe inconnu, sur lequel voyez
ma note concernant *enheudir*, v. 764. — Ici encore,
dans le ms. 1632, le mot difficile a fait place à un mot
connu; il porte *renhardir.*

5941 Ms. 1471 *se maintient.*

5944 *En train*, en route, en arrière.

5945 *A dens*, couché face contre terre (6349 *adenté*); la posi-
tion opposée est exprimée par *souvin* (lat. *supinus*).

5956 *Praële*, forme féminine de *prael*, comme *vaucele*, au vers
suivant, de *vaucel* (vallon). — Cette tirade en *ele* est
la seule de l'espèce dans tout le poëme.

5957 *Une vaucele* est un régime indirect du lieu où se fait
l'action *poindre.*

5959 *Reveler* peut signifier aussi bien faire résistance (*rebel-
lare*), que se livrer au plaisir; ces deux significations,

20

comme on sait, découlent d'une origine distincte.

5963 *Embronchier*, faire pencher en avant ; sur l'étymologie du mot, voy. Diez II, v° *embronc*.

5964 *Mestraire la merele*, litt. faire un mauvais coup de *mereau*, de là : jouer mauvais jeu, se mettre en danger de perdre. J'ai rencontré deux fois cette expression dans Jean de Condé : I, 116, 95 (variante) et II, 281, 130. Depuis, plusieurs autres exemples ont été recueillis par Tobler (Mittheilungen aus altfranz. Handschriften I, glossaire). Remarquez cependant qu'ici, comme dans l'un des deux passages de Jean de Condé, *mestraire* doit être pris au sens neutre de mal tourner.

5965 *Chaeler*, forme syncopée de *chadeler*, *cadeler*, diriger, commander ; dérivé de *chadel*, capitaine, qui répond à un type latin *capitellus*.

5968 *Astele*, éclat de bois, du lat. *astella* = *astula*.

5970 *Saucele*, petit saule ; tiré de *salicellus*, dimin. de *salix* (cp. *vaucele*, de *vallicellus*). Le ms. 1622 a *sentele*, petit sentier.

5983 *Ane*, lat. *anas*, canard. Cp. Cléomadès 1169 :

> Que devant s'espée fuioient
> Com fait ane devant faucon
> Et grue pour l'alerion.

5987 *Garde*, regarde.

5991 *Cuisençon*, souci, empressement.

5996 *En son*, lat. *in summo*.

6004 Ms. 1632 *il l'en a*.

6014 Mss. 1471 et 1632 *son bon destrier*.

6020 *Livrer estal*, prendre une attitude de défi ; voy. Gachet sous *estal*.

6059 *Obeï*, au sens actif d'*obéissant*.

6074 Ms. 1632 *à tous biens* ; cette leçon change le sens, mais elle est tout aussi acceptable que la nôtre.

6075 *Lues,* aussitôt; ms. 1632 *lors.*

6078 *Faitis,* fait comme il faut, de bonne qualité.

6082 *Aidis,* nom. sing. de *aidif,* secourable; même sens que *aidable.*

6100 *Croistre,* affluer, venir en grande quantité, signification fréquente.

6123 La forme *plevi* (je garantis) p. *plevis* (782, 4695, 6479), est irrégulière. Elle ne s'accorderait qu'avec un infinitif *plevier,* qui à ma connaissance n'existe pas.

6136 *Desconfi* p. *desconfit* est irrégulier.

6138 *Aclarir,* devenir moins serré, s'éclaircir; plus loin, 6419, la forme *aclaroier.*

6150 Lisez *Turc, Achopart...*

6151 *Si norri,* de tel caractère (litt. ainsi élevé).

6154 Cette périphrase du verbe *être* suivi d'un attribut substantif joint à un adjectif, est familière au langage poétique; « il y a en lui un vaillant homme = il est vaillant homme; cp. vv. 2104, 2220, 2570, 6748.

6165 Ms. 1632 *ne soiez.* — 6166 *Voist,* aille.

6177 *Avant,* plus longtemps.

6178 *Bienfaisant,* valeureux (= *qui le font bien*).

6180 Ce tour *aler doutant,* comme tout à l'heure *aler souhaidant,* exprime une action continue; il est encore usuel en italien, comme il l'était dans le provençal. Dans le français moderne il se présente peu (p. e. la rumeur va croissant); le gérondif veut y être accompagné de *en* (« le genre humain va en se perfectionnant »).

6182 Ms. 1632 *fierement.*

6197 *Burir,* voy. v. 5931. Ici aussi le ms. 1632 a mis *bruir.*

6222 *Tele* expression elliptique, p. *tele colée, tel coup;* cp. pl. haut 5333 : *Le glaive abaise, tele li a dounée.*

6235 *Outrer la bataille,* décider du sort de la bataille.

6256 La formule *c'est passé* ou *c'est chose passée* = c'est décidé, incontestable, est d'un fréquent retour dans les poëmes d'Adenés. Elle se rapporte au verbe *passer* au sens de certifier, sanctionner.

6267 *Aconter pou à,* faire peu de cas de; cp. 7357.

6280 *Lues,* aussitôt, ne convient pas au sens; la leçon *plus* des mss. 1471 et 1632 est donc préférable.

6309-10 Vers omis dans 1632; le vers 6311 y est, en conséquence, ainsi modifié : *Il se défent.*

6322 *Ainçois* est ici préposition, synonyme de *ains* (174, 4115).

6331 Ms. 1632 *assés ouniement* (sans discontinuer).

6389 *Arrière* est pléonastique; de même v. 6394.

6398 Vers manquant dans 1632.

6409 *Fuiant,* d'après le sens, doit être une faute de lecture pour *sivant,* comme porte en effet le ms. 1632.

6417 *Tant* est, comme on sait, traité en adjectif, aussi bien au singulier qu'au pluriel; cela explique le singulier *crestien.*

6427 Corrigez *desfois* p. *desfort.* « Qui, par leur défense, témoignaient (*moustroient samblant*) que... » *Desfois,* défense, répond correctement au type latin *defensum;* c'est la forme masculine de *desfense* (6447).

6431 *Le* est une faute typographique pour *li.*

6434 Il vaut peut-être mieux, selon la syntaxe du temps, écrire *de lui à damagier,* cp. v. 6811.

6437 *Forsainnier,* faire une grande perte de sang; cp. l'all. *verbluten.* Le ms. 1632 a *fort sainnier.*

6445 *Employer,* appliquer.

6455 Ms. 1632 *si grant* p. *si fait* (tel).

6473 Ms. 1632 *volenteïs* p. *moult volentis.*

6475 *Escremir,* défendre, protéger; c'est le sens étymologique du mot.

6478 *Li chans desconfis,* la bataille perdue; cette expression, littéralement, signifie « le champ de bataille défait ».

6483 Lisez *cils diex cui sui sougis.*

6495 Ms. 1632 *noir, sor, bauçant et gris.*

6524 Lisez *laissie* p. *baisie.*

6527 Ms. 1632 *si fort fichie..*

6528 *Estachier,* planter sur *estaches* (pilots).

6538 Ms. 1632 *Ont fait.*

6539 *A joignant,* à côté de.

6545 *Acueillir,* attaquer.

6546 *Dolant;* il faudrait *dolans.*

6555 Ms. 1632 *Pour quoi.*

6587 Il faudrait, selon la grammaire, *drois.*

6603 Ms. 1632 *creniaus* p. *crestiaus;* les deux mots sont
synonymes. — *Ravisa,* reconnut.

6613 Ms. 1632 *n'i aura.*

6654 *Penser,* ici = douter.

6679 *Gré,* j'agrée.

6680 Mon manuscrit porte fautivement *viel* p. *viés* (forme
masc. et fém.).

6713 Ma leçon *deswaraudé* m'embarrasse; je n'ai jamais ren-
contré ni ce verbe, ni son radical *waraud.* Je crois
donc qu'il faut lire *deswarandé* et traduire le mot par
« réduit à un état de misère », litt. dépourvu de
warant ou *garant* (aide, appui, protection). Je ne
sais si *deswarandé* se trouve ailleurs, mais, en tous
cas, on peut en tirer un sens. C'est probablement
son étrangeté qui a déterminé la variante *très
vergondé* (humilié, maltraité) du ms. 1632.

6716 Ms. 1632 *despané.* — Je conserve la leçon *desparé* de
mon ms., car *desparer* est fréquent avec la significa-
tion de détériorer (opposé à *reparer* ou *remparer*).

6731 Mss. 1471 et 1632 *hom plains de valour.*

6733 « Nostre Sauveour » dans la bouche d'un infidèle fait
un singulier effet.

6736 *Estre en errour,* balancer, hésiter, se mettre dans l'in-
quiétude. Le sens d'hésitation, de trouble ou d'in-
quiétude est propre déjà au lat. *error* (Ovide, Mét.

2, 39 : Hunc animis errorem detrahe nostris ; Plaute
Merc. 2, 3, 12 : Tantus cum cura meo est error
animo). Cp. Cléomadès, 2107 :

> Mais dou tiers sont en grant errour ;
> N'i a cele n'en ait paour ;

Ib. 3179 : N'est merveille s'en ot *errour* (var. p.
paour).

6744 *Emploier* une faveur, l'adresser, offrir, accorder.

6753 Ms. 1632 *Rois Carahues.*

6755 *Recouvrer une perte,* dans le sens ancien, c'est faire ou
essuyer (litt. obtenir) une perte.

6756 Ms. 1632 *Que presque toute lor gent ierent tuée,* leçon
rejetable à cause du désaccord grammatical entre
ierent et *tuée.*

6774 Ms. 1632 *enpourpensée* (mot insolite).

6780 Ms. 1632 *Grant joie en ot et mout s'en esjoï;* cette leçon
laisse le pronom *il* du vers suivant sans rapport.

6785 Vers inutile, omis dans 1632.

6788 Ms. 1632 *iert garni,* leçon incorrecte ; *iert* d'ailleurs,
dans notre manuscrit du moins, est constamment
une forme de futur et non d'imparfait.

6797 Ms. 1471 *n'i menti.*

6809 Manque dans 1632.

6811 Pour *de* suivi de *à,* voy. v. 9.

6837 Vers indispensable omis dans 1632.

6855 Ms. 1632 *Lors coumanda.*

6868 Il faut une virgule après *sachiez.*

6888 *Adrecement,* disposition.

6896 *Avoir chevissement* = *se chevir,* litt. se tirer d'affaire,
puis suffire à ses besoins.

6901 Il faut prendre *de tout* au sens de « en toutes choses ».

6907 Ms. 1632 *Et que sont bos fleuri, pré et buisson.*

6914 *Garnison,* approvisionnements.

6924 Ms. 1471 *li rois Charles;* notre leçon convient mieux, seulement il faut effacer l's de *Charles,* qui blesse la grammaire.

6931 *La nuit devant dont le jour...,* la veille du jour où.

6954 Ms. 1632 *Cil i devoit bien estre rois clamés.*

6960 Lisez *mandés* p. *mandé.*

6964 *Qui* ⸺ si on.

6971 *Entre Tierri et Namlon vinrent,* Thierry et Naime vinrent ensemble ; idiotisme de l'ancienne langue souvent relevé (voy. Jean de Condé I, 429, et Bormans, Observ. p. 90).

6973 Ms. 1632 *cil voist devant* (?).

6977 Ms. 1632 *Pourquoi.*

6992 Mettez un point-virgule à la fin du vers.

7016 *Que* ⸺ ce que.

7042 *Araisouner,* adresser la parole (*raison*), forme antérieure de *araisnier* (7073, 7895) ; cp. *maisonage - maisnage - ménage ; moisoneau - moineau.*

7059 Mss. 1471 et 1632 *à point.* — *Sousployer,* comme *humelyer,* se rapporte aux gestes extérieurs de révérence et de courtoisie.

7075 *Acointier,* faire connaître, ici exprimer.

7085 *Aaisier,* ici contenter, réjouir.

7087 Ms. 1632 *envers vous ;* v. 7090 *acointier;* v. 7092 *quant daingnera.* Toutes ces variantes sont rejetables.

7095 Vers omis dans 1632.

7098 Le ms. 1632 fait suivre ce vers de celui-ci : *Car bien de lui avoit oy raisnier.*

7102 Ms. 1632 *en son cuer li toucha.*

7103 Ms. 1632 *meïsmes apela.*

7109 *Employer,* appliquer ; « y porta son coup », y plaça son mot.

7110 Ms. 1632 *com li plaira.*

7133 Mss. 1471 et 1632 *vos prisons.*

7161 *Ogier* est le régime de *mercier.*

7170 *De li deshounorer,* de ce qu'on la déshonorât.

7174 Ms. 1632 *me vousist delivrer.*

7179 Ms. 1632 *veuille agréer.*

7197 Ms. 1632 *sans nul detri.*

7211 Mettez une virgule au lieu du point-virgule à la fin du vers.

7212 Le sens réclame *iert* (sera) au lieu de *ert* (était).

7213 Ms. 1632 *voit* p. *ot.*

7217 Ms. 1632 *Ains li ert vis,* mauvaise leçon.

7222 Ms. 1632 *arriere laisseroit.*

7249 *Coubré,* voy. v. 2752. — Ms. 1632 *combré.*

7251 Ms. 1632 *Tous estes joenes,* tout jeune que vous soyez; le subjonctif qu'a notre leçon, vaut mieux.

7256-7375 Lacune dans le ms. 1632.

7257 Ma copie portait *desivés;* j'en ai fait *desviés* pour obtenir le sens déconcerté, confus, mais la collation du ms. 1471, qui porte *desievés* (cp. *eschiever* p. *eschiver*) m'engage à revenir sur cette correction. En effet, *desiver* ou *desiever* a existé avec le sens de décontenancer; je l'ai moi-même noté deux fois dans mon édition des Condé, mais sans l'avoir interprété d'une manière bien exacte. Dans un de ses dits où il s'abandonne avec fougue à son jeu favori des vers équivoques, Baudouin de Condé dit de l'amour mondain que

> S'ajue n'a soing de l'iver,
> Ains *desive* quant plus ounist
> Par samblant.

Iver, dans ce passage, c'est (conformément à son sens étymologique *aequare,* rendre égal) mettre en humeur égale, paisible, calme (cp. en lat. aequus animus); le contraire *désiver,* c'est faire sortir de cette disposition placide, causer de l'émotion, troubler, agiter. — Jean de Condé, d'autre part, traitant des bourdeurs qui entourent les princes, dit (II, 286) qu'ils sont *estruit*

d'eulz fourvoier et desiver. Ici *dis-aequare* ou *des-iver*
revêt l'acception métaphorique de jeter hors du
niveau, hors de mesure, égarer. — Je pense qu'il
faut également lire *desivés* p. *desviés* au v. 8822 de
Cléomadès :

> Car moult les avoit malmenez
> Cléomadès et *desivez.*

Ne pouvant plus douter d'un verbe *desiver,* dérouter,
égarer, troubler, je me demande si dans les vv. 978
(*de fraour desviée*), 3964 (*Cis coups a moult Bru-
namon desvié*) et 4033 (*Dou coup fu si li chevaus
desviés*), il ne faut pas aussi corriger *desivée,* etc. (car
les traits du manuscrit sont les mêmes pour *iv* que
pour *vi*). Ce qui me fait pencher pour l'affirmative,
c'est que l'on trouve généralement *desvoyer* avec le
sens de troubler, mais non pas *desvier;* ce qui,
d'autre part, me laisse dans le doute, c'est que l'au-
teur ayant employé *marvier* (6512), forme concur-
rente de *marvoyer,* peut aussi bien s'être servi de
desvier p. *desvoyer,* et avoir rendu l'idée troubler,
dérouter, consterner tantôt par *desvier,* tantôt par
desiver.

7264 *Se donner garde* de qqch., ici ═ s'y attendre.
7267 Ms. 1471 *Ogier, dit Charles,* leçon plus claire.
7285 Ms. 1471 *rassis* (cp. v. 7312 *rasegiés*).
7303 *Pouroec,* voy. v. 1853.
7306 *Aaisié,* en état de.
7310 Ma copie portait *quant el;* je corrige d'après le ms. 1471.
7313 Ms. 1471 *ses vestemens.*
7351 *S'acouter* ═ lat. accubitare, s'accouder.
7356 *Converser,* séjourner.
7358 *Racesmer, ratourner,* remettre en état.
7380 Ms. 1632 *furnis* p. *pardis.*

7387 *Juïs,* du lat. *judicium;* on voit plus souvent la forme
        juïse.

7408 *Saigner,* faire le signe de la croix, bénir.

7416 *Se raréer,* se remettre en état, se réinstaller.

7420 Ms. 1632 *amoient.*

7422 Ms. 1632 *Chevaus et ce;* leçon préférable.

7425 *Capitoire,* capitole; cp. *estoire,* appareil, flotte, de
        stolium = grec στόλιον.

7435 Ms. 1632 *rapareillier.*

7444 *Nagier,* au sens neutre, naviguer; à l'actif, comme ici,
        conduire par eau.

7470 Vers omis dans 1632.

7484 *Valoir,* être utile.

7488 Le *si* du vers précédent impose la leçon *k'à faire* des
        deux autres mss.

7500 Ms. 1632 *se loe.*

7513 *Parafaitier,* renforcement de *afaitier,* ajuster, parer,
        garnir; nous dirions : « assaisonnée de sagesse ».

7516 Mss. 1471 et 1632 *fust perie;* leçon préférable.

7533 *Ancesserie,* ancienneté, litt. qualité de ce qui date des
        ancêtres.

7560 *Lors à primes,* alors seulement.

7570 *Ses* = *se les,* si les.

7584 *Retourner,* avoir son *retour* (c. à d. refuge).

7588 *Aferir,* être comparable; ce verbe signifie le plus sou-
        vent appartenir, convenir (c'est avec ce dernier sens
        qu'il se présente dix vers plus loin). Il suit, dans les
        deux acceptions signalées, tantôt la conjugaison de
        notre verbe *courir* (en modifiant, dans les syllabes
        toniques du présent de l'indicatif, *e* en *ie :* il *affiert*),
        tantôt la conjugaison inchoative; de là la double
        forme du participe présent : *aferissant* et *aferant*
        (v. 7598); cp. aussi Cléomadès 17068 : *C'est chose
        qui aferissoit.*

7597 Mss. 1471 et 1632 *fist* p. *font.*

7609 Ms. 1632 *environ et en lé.*

7612 Il faut lire *seürté* au lieu de *féeuté.*

7616 Mss. 1471 et 1632 *Ce que il durent.*

7627 *Cent tans,* cent fois.

7640 Ms. 1632 *Et crut en Dieu.*

7661 Ms. 1632 *plus noumans;* notez la construction du participe *noumant* (qui fait mention) avec le génitif.

7677 Ms. 1632 *retornés.*

7699-7758 Lacune dans le ms. 1632.

7700 *Renge,* subj. prés. de *rendre.*

7707 *L'ost,* au nom. sing., perd d'habitude son *t* final.

7727 « Aussi le (*sel*) devrait faire chacun avec empressement ».

7735 *Repairement,* comme *repaire,* lieu de résidence.

7753 *Bricon,* criminel, coupable; voy. Diez I, v° *bricco.*

7785 *Douté,* voy. v. 5227.

7787 *Ensaielé,* pr. enscellé, fig. gravé dans la mémoire.

7810 *Pert,* de *paroir,* paraître. — *Estre arriéré,* rester en arrière, ne pas faire son chemin.

7844 *A droit,* par de bonnes raisons.

7849 Ms. 1632 *faisoit* p. *l'usoit* (l'avait en usage).

7851 *Torturier,* coupable. L'étrangeté de ce mot paraît avoir motivé la variante de 1632 *le tort pugnoit;* mais celle-ci pèche par deux côtés : d'abord par la forme *pugnoit* p. *pugnissoit,* qui n'est pas incorrecte, mais insolite, puis en privant de rapport les pronoms *son* et *li* du vers suivant.

7865 Ms. 1632 *ainsi.*

7872 *Esploitier,* agir.

7875 *Rouver* dit ici plus que demander, savoir : commander, ordonner.

7906 *A mon greigneur mestier* (besoin); nous dirions « à mon heure suprême ».

7907 *Retraitier,* forme fréquentative de *retraire,* dire.

7909 *Afichier,* affirmer.

7912   Ce *neveu* (petit-fils), c'est *Bauduinet,* fils d'Ogier et de
        Mahaut; voy. v. 276.

7916   Ms. 1632 *s'en prist à abaissier* (= *encliner*).

7926   Ms. 1632 *Li bons rois Charles.*

7927   Ms. 1632 *mercia.*

7930-88   Nouvelle lacune dans le ms. 1632.

7931   *Desservir,* ici = *mérir,* récompenser.

7954-55   Nous avons ici côte à côte *penser à* (se préoccuper) et
        penser de (avoir soin).

7962   *Tré,* Trajectum; il s'agit ici de Maestricht.

7971   *Rassener,* revenir.

7979   *Se meller,* se prendre de querelle. — Sur les *Coumains,*
        voy. la note de M. de Reiffenberg, Phil. Mouskes
        20458.

7986   *Recouvrer,* sens neutre, se relever.

7999   Mss. 1471 et 1632 *sejourné.*

8024   *Fourni,* avancé, développé.

8026   Ms. 1471 *li bons rois poëstis.*

8035   Ms. 1632 *Du lieu où a tant de preux guerrier,* mauvaise
        leçon.

8036   Ici se termine, par suite de lacération, le ms. 1632.

8037   *Plaissier,* plier, fléchir; cp. Raimbert 1252 E Sarrasin
        ont les nos si plaissiés Moult en i ot de pris et de loiés.
        Le type latin du mot est *plexare,* dérivé de *plexus,*
        plié (de *plectere*); le même *plexus,* au sens d'entrelacé,
        tressé, a donné le verbe *plaissier* ou *plessier,* au sens
        de « entourer de haies ».

8057   *S'en conseillier,* prendre conseil, réfléchir.

8070   *Amender,* faciliter, accélérer.

8095   *Espouser,* sens absolu, célébrer un mariage, faire la
        noce.

8098   *Apertement* fait double emploi avec *isnelement.*

8110   *Devises,* pourparlers.

8116   *Suer* étant strictement la forme du cas sujet, il faudrait
        ici, comme au v. 8124, la forme *serour.*

8130 *Estorement*, arrangement.

8147 *Nois,* nom. sing. de *noif,* neige, qui vient correctement
      du lat. *nivem* (nix).

8170 *Assemblée,* ici = mariage.

8215 Sur la valeur du mot *enfance,* nous renvoyons à l'excel-
      lent article de Gachet; quoi qu'on en ait dit, dans
      l'esprit d'Adenés, le terme *les Enfances Ogier* exprime
      non pas ses faits et gestes en général, ni sa légende,
      mais ses débuts chevaleresques, les actes d'Ogier
      l'*enfant* ou l'adolescent.

NOMS DES PERSONNES

ABILANT, roi persan, chef de corps sarrasin, 4827.

ALORI, de Lombardie, né de Valprée, époux de la comtesse de Calabre, le lâche porte-bannière de l'empereur, 678-80.

AMAURI, chef dans l'armée de Charles, 1111.

ANDROINE, roi payen dans l'armée de Corsuble, 594; commande la troisième division (l'avant-garde) dans la bataille de Rome, 4817; seigneur de Valgu, 4867; ses armoiries, 4819; tué par Ogier, 5786.

AUKETIN, Normand, chef dans l'armée de Charles; ses armoiries, 5077; cousin du duc Richard, 5087, 5948.

BAUDOUIN, fils d'Ogier (fruit de ses amours avec Mahaut, la fille du châtelain de Saint-Omer), 276, 7865.

BIAUFORT, seigneur français (sire de Biaufort en Valée), tué par Danemon, 5326.

BRAIMANT, chef de corps sarrasin, frère d'Abilant, roi des Aufricains, tué par Namle, 4829, 5880.

BRUNAMON, roi d'Aumarie, sire d'Abilant, 592, 3261, 3492; rival de Carahuel pour Gloriande, 3263; tué en duel par Ogier, 4064; c'est sur lui qu'Ogier conquit le cheval Broiefort, 4072.

BRUNCOSTÉ, roi payen, 594.

CARADÉ, chef dans le camp de Corsuble, 592.

CARAHUEL, avec Ogier et Charles, le principal personnage du poëme, type de bravoure et de loyauté; fils du roi d'Orcanie, 1431 (nommé lui-même roi d'Orcanie, 6498); fiancé de Gloriande, fille de Corsuble, 1434; ses armes, 2654.

CARDOS DE BRADIGANS, chef de corps sarrasin, 4823.

CHARLES, l'empereur, avec Ogier la figure dominante dans tout le cours du poëme; ses armes, 5004; met fin à la grande bataille de Rome.

en tuant le roi Corsuble, 6227 (« Qui vous a mort », s'écrient les Sarrasins, « la bataille a outrée »).

CHARLOT, fils de Charlemagne, rejoint l'armée de son père à Sustre, récemment fait chevalier par son maître Thierri d'Ardenne, 1373 ; sa téméraire expédition, 1561 et ss.; son combat contre Sadoine, 2711 et ss.; ses armes, 5023.

CLODUÉ, roi payen dans l'armée de Corsuble, 593.

CONSTANCE, reine de Hongrie, fille de Flore et de Blanchefleur, sœur de Berthe aux grands pieds et tante de Charlemagne ; demande l'appui de ce dernier contre les incursions de Gaufroi, duc de Danemarche, 61 ; durant l'expédition d'Italie, Gaufroi l'ayant défendue vaillamment contre les Coumains, il en devient l'époux, 8072 et ss.

CORRAS, l'aîné des fils de Gaufroi de son second lit avec Belissent, 114.

CORSUBLE, chef suprême des Sarrasins, 483 ; roi de Surie, de toute la Nubie et de *trestoute Boucidant*, 2119 ; tué par Charlemagne, 6227; son corps est recueilli par Carahuel, 7149, et enterré solennellement à Triple, 7597.

DANEMON, fils de Corsuble, roi de Balesgués, 2907, des puis de Valfondée, 4326 ; tué par Ogier, 6070.

DESIIER, le pape, 7067 ; réinstallé par Charlemagne, après la prise de Rome, 7863.

DESIIER, né de Mondidier, chevalier dans l'armée de Charles, 1678.

ENGERRANT DE MONCLER, chevalier français, se distingue dans le premier combat de Rome, 867.

ERNAUT DE CLARVENT, chevalier dans l'armée de Charles, 1273.

ESCORFAUT DE VALBRON, Sarrasin, tué par Ogier, 1080.

FAGON, duc de Tours, 515, 4565, 5068 ; un des principaux chefs de l'armée chrétienne.

FLANDRINE, fille de Gaufroi et sœur d'Ogier, 104 ; épouse le prince Henri, fils de la reine Constance de Hongrie, 8169.

FOUCHERÉE, chevalier dans l'armée de Charles, 1274.

FOUCHIERS DE PIERRELÉE, un des chefs de l'armée chrétienne, 2292, 5157.

GAIFIER DE VALCLER (Ms. 1632, *Montcler*), chevalier dans l'armée de Charles, 514.

GAUFROI, duc de Danemarche, père d'Ogier ; il eut trois femmes, 1° la sœur de Naime de Bavière, dont il eut Ogier et Flandrine, 99-104 ; 2° une femme *pleine de mauvaistés* (Raimbert, v. 115, la nomme Belissent), qui le rendit père de Corras, Huon et Giboué, 110-115 ; 3° Constance, reine de Hongrie, 8072 et ss.

GIBERT DE MONT-WIMER, seigneur de la cour de Charles, 508.

GIBOUÉ, troisième fils de Gaufroi de son second mariage, 115.

GILLEBERT DE CLARVENT, cousin d'Alori et complice de sa lâcheté, 816.

GLORIANDE, fille du roi Corsuble, fiancée de Carahuel; son intervention dans plusieurs épisodes, sa tendresse pour Carahuel, son dévouement affectueux pour Ogier, sa résolution et son courage, son esprit de justice et de rigide loyauté, en font la figure la plus attachante du poëme. Partie de Rome, en société de Carahuel, de Sadoine et de tous ceux à qui l'empereur avait assuré la vie et la liberté, elle est investie de l'héritage de son père, en la cité de Sur, après quoi elle procède au mariage avec Carahuel, 7601-30.

GROHAN DE VAL-OUNI, roi persan, chef de corps dans l'armée de Corsuble, 4817; tué par Ogier, 5912.

GUI DE SAINT-OMER, chef dans l'armée de Charles, 515, 868; *estrais dou lignage Charlon*, 5128; ses armoiries, 5132; ses prouesses, 5521.

GUILLAUME D'ORANGE, mentionné, 249, comme l'égal d'Ogier en vaillance.

GUIMER, seigneur de l'entourage de Charles, 509.

HOEL DE NANTES, chef de corps dans l'armée chrétienne, 514, 575; portait les armes de Gauvain, 5097; chargé de l'oriflamme, 5102; ses prouesses, 5524.

HUON, fils de Gaufroi, de son second lit, 115.

HUON, châtelain de Saint-Omer, gardien de l'otage Ogier, père de Mahaut, 264; fêté et récompensé par l'empereur, après l'expédition de Rome, 7885. Dans le poëme de Raimbert, ce personnage porte le nom de *Guimer* (v. 31).

HUON DU MANS, chevalier dans l'armée chrétienne, 511; parent du duc Fagon, 5072; ses armes, 5071; ses prouesses, 5654, 5857.

HUON DE TROIES, chef chrétien, 509, 868, 4566, 5468; ami d'Œdes de Lengres, 5147, 5672; ses armes, 5144.

JOFFROI D'ANJOU, chef de corps dans l'armée de Charles, 513, 574, 4567; ses prouesses, 5488.

JOFFROI DE MONTAGU, chevalier français, tué par Danemon, 5805.

MAHAUT, fille du châtelain de Saint-Omer, l'amie d'Ogier, qui le rendit père de Baudouin, 268, 7857.

MALEKAIGNE, « un payen estrait de Sartaigne », tué par Naime, 5638.

MANESIER, comte de Montcler, seigneur du conseil de l'empereur, 507.

MARADOS DE BROUSSAL, « un sarrasin de Portingal, » seigneur de Luserne, 1755.

NAMLE ou Naime, duc de Bavière, un des principaux personnages et commé conseiller de Charles, et comme guerrier; notre poëte en fait le beau-frère de Gaufroi et l'oncle d'Ogier, 99; la tendre affection dont il entoure son neveu est mise constamment en relief.

NICOLAS DE RAINS, le moine de Saint-Denis, par lequel Adenés s'est fait instruire sur la véritable histoire d'Ogier, 47.

ŒDES DE LANGRES, chef de corps dans l'armée de Charles, 508, 5145 ; ses armes, 5152 ; ses prouesses, 5666.

ŒDES DE MONDIDIER, chevalier de l'armée de Charles, jouant aux échecs avec Carahuel, au camp de Sustre, 3472.

OGIER LE DANOIS, le héros du poëme.

RAIMON, né de Roumanie, messager chargé d'apprendre à Charlemagne la prise de Rome par le roi Corsuble, 473.

RICHARD, duc de Normandie, un des principaux conseillers et capitaines de l'empereur, 512, 576 ; ses armes, 5045 ; ses prouesses, 5513.

SADOINE, un des principaux personnages du camp sarrasin, ami particulier de Carahuel ; blessé dans le combat singulier qu'il eut à soutenir contre Charlot, il n'a pu prendre part à la dernière bataille. Il est qualifié de *roi* tout court, 593, et de sire de Valflour, 1737 ; ailleurs, il est désigné par Sadoine de Clarvent, fils du roi de Boucident, 2255 ; par « roi Sadoine à cui Persie apent », 2655 ; par « fils du roi Manesier », 2672 ; ses armes, 2656.

SALEMON, seigneur de Bretagne, un des barons du conseil de Charles, 506.

SANSON, du conseil de Charles, 509, 4566 ; frère d'Huon de Troies, 1072 ; dans Raimbert, v. 608, *Sanson le mescin*.

SANSON, chevalier français, né de Val-Eloi, « norri l'avoit o soi Charles », tué par Danemon, 5837.

SIMON DE MEULANT, chef de corps de l'armée française, 805.

TIERRI, duc d'Ardenne, le maître de Charlot, 1380, prend part à l'échaufourée de ce dernier, 1562 ; ancêtre des ducs de Brabant, 5117 ; ses prouesses, 5716.

TIERRI, frère du duc Widelon, prend part au premier combat de Rome, 1110.

WIDELON, duc, un des barons du conseil de Charles, 511, 4564 ; pris au premier combat de Rome et délivré par Ogier, 1071.

TABLE DES MATIÈRES

———o-o°o°o°oo———

———◦Ω◦———

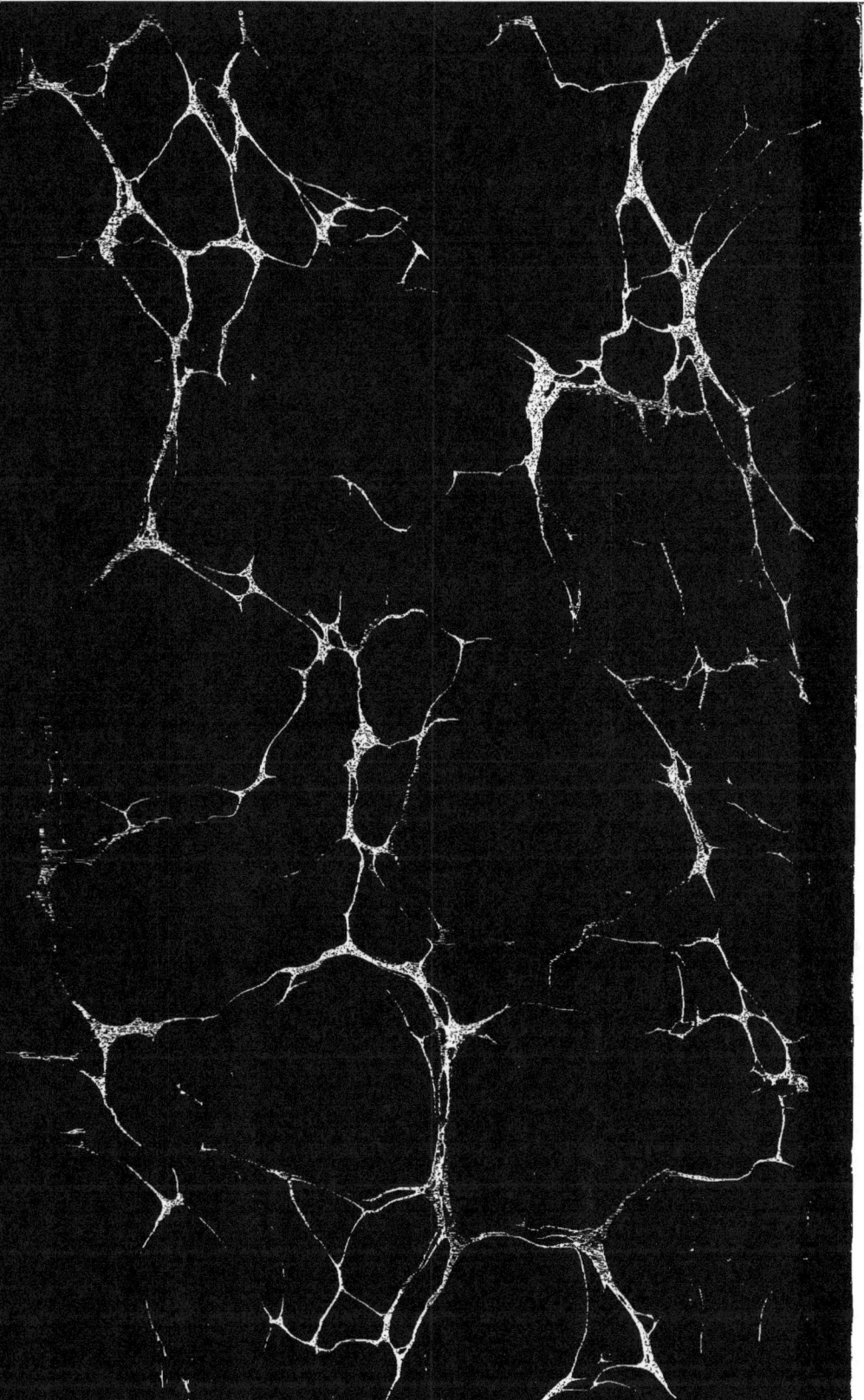